Foto: Bernard Ramanauskas

Pauline Gedge, 1945 in Auckland / Neuseeland geboren, verbrachte einen Teil ihrer Kindheit in England und lebt heute in Alberta / Kanada. Ihre Bücher sind in zahlreiche Sprachen übersetzt worden.
Zu ihren Welterfolgen gehören die historischen Romane «Die Herrin vom Nil» (rororo Nr. 5360) und «Pharao» (rororo Nr. 12335). Im Wunderlich Verlag erschien 1992 ihr Roman «Der Sohn des Pharao».

PAULINE GEDGE

Die Herren von Rensby Hall

Roman

Deutsch von
Claudia Preuschoft

rororo

ROWOHLT

Die Originalausgabe erschien 1992 unter dem Titel
«The Covenant» bei Viking (Penguin Books Ltd.), London
Umschlaggestaltung Walter Hellmann

Deutsche Erstausgabe
Veröffentlicht im Rowohlt Taschenbuch Verlag GmbH,
Reinbek bei Hamburg, August 1994

Satz Janson (Linotronic 500)
Gesamtherstellung Clausen & Bosse, Leck
Printed in Germany
1290-ISBN 3 499 13430 6

Pauline Gedge
Die Herren von Rensby Hall

Prolog

Sie hatte den Dorfanger schon fast erreicht, als das Auto neben ihr hielt. Ihr sank der Mut. Sie hatte sich darauf gefreut, im Schatten des Kastanienbaums noch etwas zu lesen, bevor sie heimgehen mußte, um ihrer Mutter bei der Vorbereitung des Abendessens zu helfen. Es war eigentlich nicht viel zu tun an einem heißen Sommertag wie diesem. Vermutlich würde es kalten Braten geben, vielleicht etwas Schinken mit dem süßen Senf, den ihr Vater so gern mochte, kalte gekochte Kartoffeln und rohes Gemüse frisch aus dem Garten. Sie würde nur den Tisch decken und zum Dorfkrämer gehen müssen, um zum Nachtisch Eis zu kaufen. Ihr blieb noch eine gute halbe Stunde Zeit, bevor sie sich an diese häuslichen Pflichten machen mußte.

Aber jetzt wurde sie auf der Straße aufgehalten. Widerstrebend drehte sie sich um und blickte in das offene Wagenfenster zu der Frau, die sich hinauslehnte und sie anlächelte.

«Meine Liebe, ich habe ganz vergessen, dir das Buch zu geben, das mein Mann für dich herausgelegt hat», erklärte sie. «Ich mußte heute an so viele andere Dinge denken, da ist es mir völlig entfallen. Komm, steig ein, ich nehme dich mit. Er hat es irgendwo hingelegt, wo es nicht verlorengehen kann, und jetzt erinnert er sich nicht mehr, wohin – du weißt ja, wie er ist. Bis wir dort sind, hat er es sicherlich gefunden. Beeil dich! Ich muß dich hinterher noch nach Hause bringen.»

Das Mädchen zögerte. Das Buch, das sie gelesen hatte, als sie die Straße entlangwanderte, war eigentlich schon spannend genug, außerdem war sie etwas erstaunt über die Eile der Frau.

«Das ist sehr nett von Ihnen», sagte sie höflich, «aber könnte ich es nicht morgen abholen, wenn Mum zur Arbeit geht?»

«Mir wäre es lieber, wir erledigen es gleich, damit ich es nicht wieder vergesse.» Die Frau öffnete die Beifahrertür. «Beeil dich, meine Liebe! Steig ein!»

Ohne große Begeisterung gehorchte das Mädchen, sehnsüchtig sah es hinüber zu den dunklen Schatten unter den knorrigen Ästen des Kastanienbaums. Jetzt hatte sie keine Zeit mehr, sich dort hinzukuscheln und zu lesen. Als sie die Autotür zugeschlagen hatte, saß sie angespannt da, die Hände zwischen den Beinen verkrampft. Die Frau wendete inzwischen das Auto mitten auf der verlassenen Straße, die in der Sonne glühte, und fuhr los. Sie sagte nichts mehr. Ihre Hände umklammerten das Steuerrad, sie sah sich immer wieder um, und das Mädchen bemerkte eine Schweißperle auf ihrer Oberlippe.

«Stimmt etwas nicht?» fragte das Mädchen schüchtern. Die Frau warf ihr einen Blick zu, lächelte sie kurz an und schüttelte den Kopf.

Als sie beim Haus angekommen waren, nahm die Frau sie an der Hand und führte sie hinein. Im Eingang war es wunderbar kühl und dämmrig nach der Bruthitze im Auto. Die Frau hielt sie fest, bis sie nebeneinander auf dem Sofa im Salon saßen. Das Mädchen war dort noch nie gewesen, sie wußte, daß er nur zu besonderen Anlässen benutzt wurde. Die schweren, zugedeckten Möbel und die feierlichen Tapeten schüchterten sie ein wenig ein. Vor ihr standen auf der Marmorplatte eines sehr schönen Beistelltisches ein Krug und ein Glas.

«Ich gehe das Buch holen», sagte sie. «Trink etwas Limonade, solange ich danach suche. Du bist doch sicher sehr durstig, nachdem du so weit gelaufen bist.» Sie schenkte ihr ein Glas ein und ging hinaus.

Das Mädchen sah die Limonade an. Eiswürfel klirrten leise in dem Glas, das bereits beschlug. Plötzlich empfand sie brennenden Durst, aber sie wurde unruhig. Bald würde ihre Mutter durch die offene Tür des Cottage nach ihr Ausschau halten und vielleicht sogar ihre Schwester losschicken, um sie nach Hause zu holen. Das bedeutete eine Strafpredigt.

Im Haus war es sehr still. Irgendwo konnte sie eine Uhr ticken hören. Vor ihr stand die kühle Limonade. Sie nahm das Glas und nippte versuchsweise. Die Limonade war köstlich, nicht zu sauer. In großen Zügen trank sie das Glas leer, wischte sich den Mund mit einem Hemdzipfel ab, lehnte sich zurück und wartete.

Die Frau kam nicht wieder, und allmählich wurde das Mädchen schläfrig. Das Zimmer schien größer zu werden, immer länger, und ihre Augen wollten zufallen. Wenn sie nicht bald kommt, werde ich einfach gehen. Ich muß unbedingt los, dachte sie verschwommen, doch ihre Glieder waren viel zu schwer, um sich zu bewegen. Das Buch, das sie die ganze Zeit über festgehalten hatte, glitt aus ihrer Hand und landete mit einem dumpfen Aufprall auf dem Teppich.

Dann kam die Frau zurück, und ihr Mann war bei ihr. Sie sahen seltsam aus. Ihre Gesichter glichen riesigen Monden, als sie sich in Augenhöhe vor sie hinhockten, und als sie sprachen, hallten die Wörter nach.

«Ist sie bewußtlos?» fragte der Mann. Die Frau nickte.

«Ich glaube ja. Wir können anfangen. Es ist so ärgerlich, daß wir ...»

«Ich weiß», sagte er ungeduldig. «Aber Jammern hilft uns auch nicht weiter. Wirklich schlimm. Nette Familie. Hilf mir, sie auf die Beine zu stellen.»

Das Mädchen fühlte, wie sie hochgehoben wurde. Sie konnte den Kopf nicht gerade halten, immer wieder fiel er auf die Brust. Ihre Beine sahen schrecklich lang aus, und sie kicherte. Dann schämte sie sich, denn die beiden mußten sie fast aus dem Zimmer schleifen, und sie war anderen nicht gern eine Last. Als sie durch die Halle gingen, spürte sie warme Sonnenstrahlen auf ihrer Wange. Dann schleppten der Mann und die Frau sie von der Eingangstür weg weiter nach hinten ins Haus. Sie wollte protestieren, doch ihre Zunge war ganz dick geworden und füllte ihren Mund vollkommen aus.

«Vorsicht!» sagte der Mann. Vor ihnen tauchte eine Treppe auf, die hinab ins Dunkle führte. Einen Augenblick lang stand sie schwankend da, während die Frau eine weitere Tür öffnete, die in eine noch schwärzere Finsternis führte. Licht wurde angeknipst. Träge blinzelte das Mädchen in die jähe grelle Helligkeit.

Der winzige Stich von Angst, der sie durchzuckt hatte, war vergessen, als sie ihren Freund auf sich zukommen sah. Seine scharlachroten Schuhe mit den großen goldenen Schnallen klapperten auf dem Steinboden. Er lächelte. Benommen bemerkte sie die steife Spitzenkrause, die seinen Hals umschloß und weiß und zart um seine Handgelenke fiel. Sein Gesicht sah ebenfalls ungeheuer groß aus, und seine Stimme kam schleppend von sehr weit her.

«Hallo, mein Püppchen», sagte er. «Bist du bereit, ein kleines Spiel mit mir zu spielen?»

Verzweifelt bemühte sie sich, sein Lächeln zu erwidern, ihm höflich zu antworten, aber sie konnte ihn nur dumm anstarren. Heute nicht, danke, wollte sie sagen. Es tut mir leid, aber ich muß jetzt nach Hause gehen. Es wird spät. Sie bemerkte nicht, daß die Wörter ungesagt blieben.

Der Mann und die Frau legten sie auf etwas Hartes, Kaltes. Ihr Freund stellte sich daneben, beugte sich über sie und streichelte ihre Wange. «Wie zart und köstlich. Du bist genau richtig, Kind. Ich kann es kaum erwarten.»

Seine Finger streichelten weiter ihr Gesicht, aber plötzlich war auch der Mann da. Er hatte ein Messer in der Hand. Sie runzelte die Stirn, und die Angst kehrte zurück, dumpf und schwach. Der Mann griff ihr Haar und bog ihren Kopf nach hinten. Was macht er da bloß? dachte sie geistesabwesend. Was macht er ...

Erstes Kapitel

Sie hatte eigentlich vorgehabt, den Flughafenbus in die Londoner Innenstadt zu nehmen, wo sie sich nach einem Zug erkundigen wollte, der sie so nahe wie möglich ans Dorf bringen würde. Aber als sie verschwitzt und müde aus der Gepäckausgabe trat, sah sie einen mageren Mann in einem abgetragenen schwarzen Anzug, der mit Leichenbittermiene direkt hinter der Absperrung stand und ein Stück Pappe über dem Kopf hielt, auf das ihr Name gekritzelt war: *Jessica Mortimer*. Rücksichtslos drängte sie sich durch die Menge. «Hallo», sagte sie. «Ich bin Jessica Mortimer.»

Mit einem kühlen, unpersönlichen Lächeln ließ er das Schild sinken. «Guten Morgen, Mrs. Mortimer, Lady Eleanor schickt mich, um Sie nach Rensby Rill zu fahren.» Höflich, aber bestimmt nahm er ihr die beiden Koffer ab. «Wenn Sie mir bitte folgen möchten, der Wagen steht genau gegenüber. Mein Name ist Ron.»

Er wartete ihre Antwort nicht ab, sondern ging auf den Ausgang zu. Jessica folgte ihm. Sie zitterte unter ihrem dicken Mantel, als die Türen aufglitten und ihr ein Schwall frischer, nach Stadt riechender Luft entgegenschlug. In den vergangenen acht Stunden im Flugzeug war sie in gleichbleibende Wärme eingehüllt gewesen wie in einen Kokon.

«Wenn Sie hier bitte warten wollen, ich werde den Wagen vorfahren», sagte er. Sie blieb stehen und sah der schmalen schwarzen Gestalt nach, die in der Düsternis des ebenerdigen Parkplatzes verschwand. Fröstelnd zog sie den Mantel fester um sich und kniff die Augen zusammen, um sich gegen den Wind zu schützen.

Es war Anfang Juni, ein Monat, in dem das Wetter in England normalerweise beständig war. Die meisten Männer, die sich an ihr vorbeischoben, trugen leichte Jacketts und die Frauen über ihren Kleidern die in England unvermeidlichen Strickjacken. Der Himmel war von einem blaßen, wäßrigen Blau, durch das sich graue Wolkenbänder zogen, und das Pflaster glänzte feucht. Jessica dachte daran, daß zu Hause in Kanada gerade ein ganz anderer Sommer anfing.

Es wird nicht leicht sein, sich nach zwanzig Jahren wieder einzugewöhnen. Zwanzig Jahre. Sie erinnerte sich noch lebhaft an den Tag, an dem sie London mit ihren Eltern verlassen hatte. Es war Januar, ein eiskalter Regen prasselte auf sie herunter. Ihr Vater war blaß und still gewesen, und trotz ihrer neun Jahre hatte sie gespürt, wie verzweifelt er war. Sie hatte sich an die Hand ihrer Mutter geklammert, als sie das Flugzeug nach Kanada bestiegen, und sie erst losgelassen, als sie schon lange in der Luft waren. Vieles hatte sie vergessen, die Erinnerungen waren vergraben von einem Bedürfnis nach Selbsterhaltung, das die Weichen im Unterbewußten stellt und in heilendes Dunkel führt, aber dieser Tag war ihr im Gedächtnis haftengeblieben.

Der Wagen, der jetzt stilvoll an den Bordstein heranrollte, war sehr groß und glänzte tiefschwarz. An der charakteristischen Form mit dem feierlich geschwungenen Heck und den elegant gewölbten Schutzblechen konnte sie erkennen, daß es ein Daimler war. Sie kannte sich mit Autos zwar nicht besonders gut aus, aber doch gut genug, um zu wissen, daß die Autos, die heutzutage unter dem Namen «Daimler» verkauft wurden, in Wirklichkeit Jaguars waren. Dieses stromlinienförmige Ungetüm mußte mindestens dreißig Jahre alt sein. Ron stieg aus, ging um das Fahrzeug und hielt ihr die hintere Wagentür auf.

«Ihr Gepäck befindet sich im Kofferraum», verkündete er. «Die Fahrt wird mehrere Stunden dauern, Mrs. Mortimer, aber meine Frau hat einen Lunch für Sie zurechtgemacht, und alkoholische Getränke stehen bereit, damit Sie sich die Zeit vertreiben können.» Jessica hätte beinahe losgeprustet, merkte aber gerade noch rechtzeitig, daß keine Spur von Humor seine todernste Miene erhellte.

«Danke», antwortete sie und kletterte auf den Rücksitz. «Aber es kommt mir so vor, als hätte ich auf dem Weg über den Atlantik ununterbrochen gegessen. Sie mästen einen auf Flügen ganz schön, nicht wahr?» Seine Antwort bestand in einem höflichen Brummen, und die Tür fiel mit einem dumpfen Schlag hinter ihr zu. Jessica schälte sich aus ihrem Mantel und lehnte sich zurück. Im Innern des Wagens roch es nach Lederpolitur. In die Rückenlehne des Sitzes vor ihr war ein Fach aus Walnußholz und Messing eingelassen, das sie nicht öffnete – sie war nicht hungrig, und sie wollte nicht nach Alkohol riechen, wenn sie in Rensby Hall ankam. Mit geschlossenen Augen spürte sie, wie der Wagen vom Bordstein glitt, fort vom Flughafen Heathrow und fort von einem Leben, das unerträglich geworden war. Der Rücksitz war so breit, daß sie sich hinlegen konnte, wenn sie die Knie ein wenig anzog. Ohne die Augen zu öffnen, schob sie ihren Mantel in eine Ecke und ließ den Kopf daraufsinken.

«Unter dem Sitz vor Ihnen befindet sich eine Decke, wenn Sie eine benötigen, Mrs. Mortimer», sagte Ron, doch Jessica murmelte nur «danke» und schlief erschöpft ein.

Zwei Stunden später wachte sie auf. Sie setzte sich hin, gähnte und wußte einen Augenblick lang nicht, wo sie war. Immer noch brummte der Motor. Ron saß bewegungslos hinter dem Steuer. Wir müssen durch einen Regenschauer gefahren sein, dachte Jessica, als sie bemerkte, daß Wassertropfen an den Scheiben perlten. Sogar im Auto roch es feucht. Ich muß mich wieder daran gewöhnen, sagte sie sich. Es war ein vertrauter Geruch und doch fremd, wie ein halberinnerter Traum aus alten Zeiten.

«Ich hoffe, Sie haben wohl geruht, Mrs. Mortimer?» Ron sprach, ohne sich umzudrehen, und Jessica sah, daß er sie im Rückspiegel betrachtete.

«Ja, danke», antwortete sie und wurde sich plötzlich bewußt, daß ihr Haar zerzaust und ihr Gesicht vom Schlaf verquollen sein mußte. «Können Sie mir sagen, wie spät es ist, damit ich meine Uhr stellen kann? Ich habe immer noch kanadische Zeit.»

«Es ist drei Uhr nachmittags», teilte er ihr mit. «Wir haben noch eine Stunde Fahrt vor uns. Wir sollten aber rechtzeitig zum Tee in Rensby Hall ankommen. Wenn Sie einen Spiegel benötigen, ziehen Sie das Fach in der Rückseite des Fahrersitzes auf.» Jessica dankte ihm, zog das Fach auf und fand den Spiegel, der sich automatisch aufstellte. Aus ihrer Handtasche förderte sie Kamm, Puder und Lippenstift zutage. Sie richtete sich so gut sie konnte wieder her, wobei sie spürte, daß er sie von Zeit zu Zeit betrachtete. Als sie ihre Tasche geschlossen hatte und aus dem Fenster auf die vorbeigleitende Landschaft schaute, bemerkte er: «Ich darf wohl annehmen, daß Sie keine Fremde in unserem kleinen Dorf sind, Mrs. Mortimer.» Jessica wünschte sich plötzlich, er würde sie mit ihrem Vornamen anreden. Jetzt, wo sie nicht mehr ganz so erschöpft war, kam ihr die fremde Umgebung plötzlich zu Bewußtsein. Doch sie behielt ihren Wunsch für sich, um nicht irgendwelche gesellschaftlichen Konventionen zu verletzen, außerdem verspürte sie keine Lust, von diesem abweisenden Mann in ihre Schranken verwiesen zu werden.

«Ja, das stimmt», antwortete sie widerstrebend. «Ich habe meine Kindheit in Rensby Rill verbracht, zumindest bis ich neun Jahre alt war. Dann wanderte meine Familie nach Kanada aus.»

«Können Sie sich überhaupt noch an das Dorf erinnern?» wollte er wissen. «Ich glaube, Sie werden es nicht allzu verändert finden. In diesem Teil der Welt ändern sich die Dinge nicht so rasch.»

Sie lächelte. «Ich erinnere mich an Kleinigkeiten. Wir hatten ein Häuschen mit Blick auf den Dorfanger. Der Weg zur Schule kam mir jeden Morgen unendlich lang vor.»

Er nickte bedächtig. «Die Cottages sind immer noch da. Ich vermute, der einzige Unterschied, den Sie feststellen werden, ist die große Wohnsiedlung, die auf der anderen Seite der Hauptstraße, hinter den Geschäften, gebaut wurde.»

«Zwischen den Geschäften und dem Bach? Wo früher das große Feld war? Meine Schwester und ich haben dort gespielt, wir sind im Rill herumgewatet und haben im Frühjahr Kaulquappen gefangen. Wir durften eigentlich nicht allein über die Hauptstraße gehen, aber wir waren oft ungehorsam. Das hohe Gras und das klare Wasser waren einfach zu verlockend.» Vor ihren Augen stieg ein Bild auf, von ihr und Jane – Hand in Hand, mit klopfenden Herzen flitzten sie über die Straße, am Pub vorbei, am Rathaus und der Post, bis sie sich endlich in dem süß duftenden üppigen Grün verloren.

«Das ging vielen anderen Dorfkindern ebenso», antwortete er, während ein plötzlicher Regenguß an die Windschutzscheibe platschte. «Es wurde von seiten der Eltern recht lautstarker Protest erhoben, als die Baugenehmigung erteilt wurde, aber natürlich ohne Erfolg. Wenigstens sind die Häuser vom eigentlichen Dorf aus nicht zu sehen.»

Vom eigentlichen Dorf aus. Jessica mußte lachen. «Wie lange ist es her, daß die Siedlung gebaut wurde?» erkundigte sie sich.

Er zuckte die Schultern. «Meine Frau und ich traten die Nachfolge Ihrer Eltern im Dienst von Sir Matthew an, und das war vor zwanzig Jahren. Damals lag das Feld noch brach. Ich glaube, die Bauarbeiten begannen drei Jahre später.»

Er wußte also, daß ihr Vater und ihre Mutter auf Rensby Hall gearbeitet hatten. «Sie scheinen ja gut über meine Vergangenheit informiert zu sein», sagte sie mit unbeabsichtigter Schärfe. «Und wo wohnen Sie, im Dorf?»

Er drehte sich kurz um, ein unerwartet entwaffnendes Lächeln verwandelte seine Züge für einen Augenblick. Jessica fragte sich, ob der Anflug von Ärger, der ihr entschlüpft war, es hervorgelockt hatte. «Nein», erwiderte er. «Tillie und ich haben eine kleine Wohnung im Herrenhaus. Wir haben keine Kinder, wissen Sie.

Außerdem, Mrs. Mortimer, sind wir ursprünglich nicht vom Land. Wir sind aus London nach Rensby Rill gekommen. Aber uns beiden ist das ruhige Landleben lieber.»

«Aha», sagte Jessica.

Eine Weile schwiegen sie beide. Jessica betrachtete wieder die unglaublich grüne, kultivierte Landschaft von Buckinghamshire, die sich um sie her ausbreitete. Der Himmel klarte auf, und nach kurzer Zeit brach die Sonne hinter den dünner werdenden Wolken hervor. Plötzlich erwachten ihre Lebensgeister. Die Straße wurde immer enger, nur noch gelegentlich begegneten sie anderen Autos. An einer Abzweigung, die im Schatten einer Gruppe frisch belaubter Buchen kaum zu sehen war, drosselte der Daimler das Tempo, Ron schwang das Steuerrad herum und sagte: «Ich hoffe, Sie haben nichts dagegen, daß ich einen etwas längeren Weg nehme als gewöhnlich. Ich habe mir gedacht, Sie möchten vielleicht gern durch das Dorf nach Rensby Hall fahren, anstatt von Norden her, an der Kirche vorbei.»

«Oh, danke», sagte Jessica überrascht. «Das würde ich wirklich gern tun.» War das die Wahrheit? Auf einmal erschien ihr die Luft im Auto stickig, und sie holte tief Atem.

«Noch eine Kurve...» kündigte Ron an. «Ah! Da ist die Schule, zu Ihrer Rechten.»

Das Auto fuhr langsamer. Jessica sah hinaus. Ja, da stand das alte Fachwerkhaus noch, die Kletterstangen, an die sie sich kopfüber gehängt hatte, bis ihr schwindelig wurde, waren nach wie vor fest in dem gepflasterten Spielplatz verankert, und angesichts der halbhohen Feldsteinmauer, die den Platz umgab, stellte sich immer noch unvermittelt ein Gefühl der Befriedigung ein über die Vollkommenheit, mit der die Mauer gefügt war. Genau dieses Gefühl hatte sie als Kind schon empfunden. Der Wagen rollte vorsichtig über eine kleine Kreuzung und fuhr majestätisch weiter. Ich hatte die Straße so breit in Erinnerung, dachte Jessica, so furchteinflößend, so voller Gefahren, aber wenn ich es mir genauer überlege, mußten Jane und ich nur selten stehenbleiben und warten, bis der Verkehr vorüber war. Die Atmosphäre ist noch die gleiche, heute wie damals ist die Straße still und verlassen, aber wie klein sie geworden ist! Jessica sah zum rechten Wagenfenster hinaus, zur sicheren Straßenseite, wo sich der hübsche Wirtsgarten an den leicht windschiefen Pub anschloß, dann kamen die kopfsteingepflasterte Gasse und die fensterlose Rückwand der Bücherei. Das leise hin und her schwingende Wirtshausschild des *Monk's Fast* war gereinigt worden. Jessica erinnerte sich, daß etwas unbestimmbar Dunkles darauf gewesen war, und sie mußte lächeln über die ungelenke Darstellung eines feierlich dreinblickenden Mönchs in brauner Kutte, der sich den vom Fasten geschrumpften Bauch hielt. Sie zwang sich, den Kopf zu wenden.

Das dichte Gras des Dorfangers war frisch gemäht worden, der Duft drang bis zu ihr ins Auto. In der Mitte stand immer noch der mächtige Kastanienbaum, der wie ein freundlicher Wächter aussah. Seine Zweige breiteten sich fast über die gesamte Fläche der Grünanlage, seine glänzenden Blätter waren bereits voll entfaltet. Auf der anderen Seite des Dorfangers standen in unregelmäßiger Reihe die uralten Cottages. Jessica erhaschte einen Blick auf sie, als der Daimler vorüberfuhr, die Reetdächer waren in gutem Zustand, und in den Gärten prangten Blüten in hellen sommerlichen Farben.

Das vorletzte Häuschen in der Reihe, das größte und auch bei weitem das älteste, war offenbar bewohnt. Die Fassade und die Anlage des winzigen Vorgartens hatten sich nicht verändert. Die Tür stand offen. Jessica wußte, daß das Morgenlicht durch diese Tür strömte und warm und golden auf den kühlen Fliesen der engen Diele lag. An Samstagen hatten sie und Jane sich mit ihren Puppen in den offenen Eingang gesetzt und glücklich und zufrieden gespielt, bis die schrägen Sonnenstrahlen aus dem Haus glitten, die Wand hochkrochen und in dem Wäldchen hinter dem Cottage verschwanden. Sie schüttelte diese Gedanken ab und sah zurück zum Dorfanger, der in ein dichtes Buchengehölz überging. Es zog sich bis zum nördlichen Ende des Dorfes hin und weiter in das, was sich ein kleines Mädchen unter Unendlichkeit vorstellte.

Rechts lag offenes Land, ein breiter Streifen bebauter Felder, und als Jessica den Hals reckte, konnte sie die Weiden sehen, die das gewundene Ufer des Rill säumten, dann gabelte sich die Straße, sie kamen an dem kleinen Tümpel mit stehendem Wasser vorbei, der unter Wasserpflanzen erstickte. Links verbarg sich die Kirche aus grauem Stein hinter der abweisenden Strenge dunkler Eiben. Sie bogen nach rechts ab und fuhren zwischen zwei Reihen dichter Hecken hindurch, die sie zu ihrem Ziel führten. In wenigen Augenblicken würden sie ankommen.

Jessica hatte die Ruinen der Abtei, die jetzt zu ihrer Linken in Sicht kamen, immer gemocht. Der Weg von ihrem Zuhause am anderen Ende des Dorfes zu den stillen, warmen Mauerresten war sehr lang für ein kleines Mädchen, und sie war nicht oft zu Fuß hierhergekommen. Aber manchmal, wenn ihre Mutter auch am Wochenende gebeten wurde, in Rensby Hall zu arbeiten, nahm sie ihre Tochter in dem verbeulten alten Austin mit, und Jessica hatte viele friedliche Stunden dort verbracht. Sie hatte im Schneidersitz unter einem der mächtigen Bögen im Gras gesessen und Kränze aus Gänseblümchen geflochten oder an heißen Sommernachmittagen einfach dagelegen und die bizarren Konturen betrachtet, die die verfallenden Mauern gegen den Himmel bildeten.

Gelegentlich waren Touristen an diesem Ort, den sie als ihre private Domäne betrachtete, eingefallen. Sie benutzten die halb in der Erde versunkenen Steine, um ihre Butterbrotpakete darauf auszubreiten, und ließen leere Flaschen zurück, die unsicher auf den Resten dessen, was einmal das Weihwasserbecken gewesen war, balancierten. Die Ruinen waren jedoch historisch von zu geringer Bedeutung und lagen zu weit ab von den Hauptverkehrsstraßen, um mehr Neugierige anzuziehen als dann und wann eine kleine Gruppe. Aber immerhin standen sie unter Denkmalschutz, so unbedeutend sie auch waren, und es war Aufgabe der Regierung, für ihre Bewahrung und Instandhaltung zu sorgen. Sie zahlte einem Mann aus dem Dorf eine bescheidene Summe, damit er das Gras mähte und die Ruinen nach Spuren von Verwitterung und weiterem Verfall absuchte. Als das Auto vorsichtig an dem eisernen Tor zu ihrer Linken vorüberfuhr, drückte Jessica die Nase gegen das Fenster, um sie sich genau anzusehen.

Ron hielt vor dem hohen Portal an, das den Besitz der Rensbys verschloß, und stieg aus, um die Torflügel aufzustoßen. Jessica begann ihre Sachen zusammenzusuchen und strich sich rasch mit der Hand übers Haar. Der Wagen setzte sich wieder in Bewegung, fuhr nach rechts über den Kies die Auffahrt hoch, die im Bogen um ein großes Stück dichten Rasens führte, auf dem eine knorrige Eiche stand, an die sie sich gut erinnern konnte, und hielt vor dem Vordereingang an. Ron ging rasch um den Wagen und öffnete ihr den Schlag. Ein wenig steif kletterte Jessica hinaus und zwang sich, dem Mann für den Umweg durch das Dorf zu danken, obwohl die Fahrt sie etwas verstört hatte. Sie hätte ihre Umgebung lieber nach und nach wiederentdeckt und sich dabei Zeit gelassen. Er nahm ihre Worte mit einem Nicken zur Kenntnis, ging zum Kofferraum und stellte ihre Koffer auf den Kies. Jessica hatte kaum Gelegenheit, einen Blick über den weiten, von Bäumen bestandenen Park zu werfen, der sanft von der Ostseite des Hauses her abfiel, denn die Tür ging auf und eine Frau trat lächelnd heraus.

«Jessica, meine Liebe!» Sie streckte ihr die Hand entgegen. «Wie schön, Sie nach all den Jahren wiederzusehen! Ich habe Sie sofort erkannt, wissen Sie. Sie haben die dunklen Augen Ihrer Mutter und das eigensinnige Kinn Ihres Vaters. Kommen Sie herein!» Sie hielt Jessicas kalte Finger mit ihren warmen Händen fest und zog sie ins Haus. «Sie können den Wagen wegfahren, Ron», wies sie ihn in gleichgültigem Ton an. «Aber bringen Sie zuerst Mrs. Mortimers Koffer herein. Wir wollten gerade anfangen, Tee zu trinken», fuhr sie an Jessica gewandt fort, als sie in die Eingangshalle traten. «Ich nehme an, Sie können eine Tasse Tee vertragen? Tillie! Bringen Sie doch bitte den Teewagen ins Wohnzimmer!»

Jessica schritt über einen Holzfußboden, der sich in die Unendlichkeit zu erstrecken schien, an geschlossenen Flügeltüren links und rechts vorbei. Vorne links führte eine dunkle Eichentreppe in die Düsternis unterhalb der hohen Decke, und sie erhaschte gerade noch einen Blick auf die beiden Ritterrüstungen, die den Fuß der Treppe bewachten, bevor ihre Gastgeberin hinter der Treppe eine weitere Tür aufstieß und sie in einen gemütlichen Raum geleitete.

Aus einem der tiefen, offensichtlich vielbenutzten Sessel neben dem Fenster, das der Tür genau gegenüberlag, erhob sich ein junges Mädchen und kam ihnen entgegengeschlendert. Sie war groß und dunkelhaarig, mit blassem Teint und einem Gesicht, das von festen, ein wenig schmollenden Lippen beherrscht wurde. Blitzende, intelligente Augen huschten über Jessicas Gestalt, dann streckte das junge Mädchen eine Hand aus. Jessica ergriff sie.

«Sie können sich nicht an mich erinnern, denn ich kam erst zur Welt, als Sie bereits aus Rensby Rill fortgezogen waren», bemerkte die junge Frau. «Ich bin Caroline, neunzehn Jahre alt, Kunststudentin in London. Im Augenblick allerdings habe ich Sommerferien, deshalb bin ich zu Hause. Willkommen in Rensby Hall.» Sie warf sich wieder in den Sessel, schwang ein Bein über die Lehne und beugte sich vor, um nach der Zigarettenschachtel zu angeln, die auf dem Beistelltischchen neben ihr lag. «Ich muß schon sagen, Sie sind sehr attraktiv, Mrs. Mortimer. Ich hatte wirklich keine Ahnung, was mich erwartete. Meine Eltern beschrieben Sie als das kleine Kind, an das sie sich erinnerten, und ich versuchte mir vorzustellen, wie eine Kanadierin wohl aussieht. Reiten Sie? Dort drüben reitet doch jeder, oder?» Sie zündete ihre Zigarette an und blies eine Rauchwolke in die Luft.

Jessica mußte lachen. «Ich mag Pferde nicht besonders», erwiderte sie und ließ sich auf einem der Sofas nieder, auf die Carolines Mutter gedeutet hatte. «Und sie mögen mich nicht. Mein Metier ist die Musik. Ich bin Musiklehrerin. Und nennen Sie mich bitte Jessica. Sie auch, Lady Eleanor.»

«Danke, meine Liebe.» Die ältere Frau lächelte. «Sie müssen die Unhöflichkeit meiner Tochter entschuldigen. Sie begrüßt alle, die sie nicht kennt, auf die gleiche Weise, aber wenn man sie besser kennenlernt, wird sie netter. Ich nehme an, es ist eine Art Test. Sie nennt es Offenheit. Ziehst du dich um, Caroline? Ich spüre einen Hauch von Stallgeruch.» Mißbilligend streifte ihr Blick die Reithose ihrer Tochter.

«Nach dem Tee», antwortete Caroline. «Wo bleibt Tillie denn bloß?»

In diesem Augenblick erschien der Teewagen, geschoben von einer kleinen, drahtigen Frau mit einem Schopf ungebärdigen grauen Haars. Sie trug eine viel zu große weiße Schürze.

«Ich habe heute außer Tee auch noch Kaffee gemacht», verkündete sie. «Amerikaner trinken lieber Kaffee, oder?» Sie hob fragend die Augenbrauen und sah Jessica an.

«Mrs. Mortimer ist Kanadierin, nicht Amerikanerin, Tillie», korrigierte Caroline, drückte ihre Zigarette aus und betrachtete erwartungsvoll den Teewagen. «Wir haben bereits herausgefunden, daß sie nicht reitet. Vielleicht trinkt sie auch keinen Kaffee.»

«Oh.» Tillie hob die Leinenserviette vom Teewagen.

«Jessica, dies ist unsere Haushälterin, Rons Frau Tillie», schaltete sich Lady Eleanor ein. «Tillie – Mrs. Mortimer.»

Tillie ging zu Jessica hinüber und gab ihr die Hand. «Freut mich, Sie kennenzulernen», sagte sie fröhlich. «Möchten Sie Tee oder Kaffee?»

Jessica fragte sich, ob Rons düstere Unzugänglichkeit ein Schutzwall gegen das Temperament seiner Frau war. «Kaffee bitte», antwortete sie und sah amüsiert zu, wie Tillie Kaffee und heiße Milch in eine Tasse goß, ihr dann die Tasse reichte und dazu eine hübsche silberne Zuckerdose hinhielt. Der Kaffee war stark und munterte sie auf, dankbar trank sie in kleinen Schlukken. Inzwischen wurde Tee ausgeschenkt, dazu gab es winzige Sandwiches, warmes Käsegebäck und Früchtekuchen. Schließlich nahm die Haushälterin Jessica den Mantel ab und ging hinaus. Lady Eleanor rührte die helle, duftende Flüssigkeit in ihrer Tasse um, schlug die nylonbestrumpften Beine übereinander und fixierte Jessica mit dem leicht kurzsichtigen Blick ihrer hellblauen Augen.

«Es tat uns allen sehr leid, vom Tod Ihres Mannes zu hören», sagte sie sanft und legte den Löffel auf die Untertasse. «Sie sollen wissen, daß Ihnen unser ganzes Mitgefühl gehört, und wir hoffen, daß Ihr Aufenthalt hier bei uns Ihnen helfen wird, sich wieder zu fangen und ins Leben zurückzukehren. Sie waren sieben Jahre lang verheiratet, nicht wahr? Ihre Mutter ist immer mit uns in Kontakt geblieben.»

Jessica trank ihren Kaffee aus, bevor sie antwortete. Sie war sich plötzlich der Aufmerksamkeit von Caroline sehr bewußt. Aus den Augenwinkeln konnte sie sehen, wie das Mädchen sorgfältig die Krümel von ihrem Schoß pickte. «Es waren eigentlich sechseinhalb wunderbare Jahre, die Michael und ich miteinander hatten», sagte sie zögernd. «Sein Tod kam sehr plötzlich, ein Herzfehler, von dem niemand etwas ahnte. Ich habe ihn vor einem Jahr verloren, und ich versuche immer noch, darüber hinwegzukommen.» Lady Eleanor lächelte sie ermutigend an und schob Strähnen ihres fedrigen blonden Haars zurück.

«Sir Matthews Angebot, vorübergehend für ihn zu arbeiten, war genau, was ich brauchte», fuhr Jessica fort. «Ich befürchte allerdings, ich habe keine allzu großen Kenntnisse in Geschichte.»

«Dazu brauchst du auch gar keine Kenntnisse zu haben», warf Caroline ein. «Du sollst bloß Ordnung in dieses unglaubliche Chaos bringen. Danke meinem Vater nicht, solange du nicht das schreckliche Durcheinander in seiner Bibliothek gesehen hast.» Sie stand auf und stellte ihren Teller auf den Teewagen. «Ich ziehe mich jetzt um und telefoniere dann mit Scott», verkündete sie. «Wir sehen uns zum Essen.» Sie warf Jessica ein unerwartet strahlendes Lächeln zu und schlenderte aus dem Zimmer. Jessica merkte auf einmal, wie erschöpft sie war.

«Sie haben eine sehr lange Reise hinter sich», stellte Lady Eleanor fest. «Möchten Sie Ihr Zimmer sehen und sich vor dem Abendessen ausruhen? Möchten Sie vielleicht noch eine Tasse Kaffee? Oder sollen wir einen Rundgang durchs Haus machen? Ich kann mir vorstellen, daß Sie sich nicht mehr sehr gut daran erinnern, oder? Matthew wird spät zurückkehren, und Peter kommt erst in ein paar Tagen aus Oxford, deshalb wird unser Essen sehr informell sein. Ich nehme an, Tillie hat bereits Ihre Sachen ausgepackt.»

Wieder lösten sich Strähnen aus ihrer Frisur, und wieder versuchte sie vergeblich, sie zu bändigen, indem sie mit unbestimmten kleinen Gesten auf ihrem Kopf herumstrich, während sie auf Jessicas Antwort wartete. Sie mußte über fünfzig sein, überlegte Jessica, aber sie war schlank und geschmeidig wie ein junges Mädchen unter diesem strengen, konventionellen Kleid. Ihre Haut hatte einen Schimmer, den nichts aus einer Flasche oder Tube hervorrufen konnte. Und wo waren die Krähenfüße? Sie hätte Carolines ältere Schwester sein können. Lady Eleanor hatte etwas Anziehendes, wirkte aber irgendwie unnatürlich, denn ihre klaren blauen Augen verrieten das Alter, das ihr Körper und ihr Gesicht leugneten. Jessicas Blick fiel auf die flatternden Hände, sie waren weich, nirgends traten Adern hervor, und die langen Nägel waren so durchscheinend wie die einer Heranwachsenden. Sie erinnerte sich, wie warm sie sich angefühlt hatten, als sie ihr die Hand gegeben hatte. Aus irgendeinem Grund war ihr dieser Gedanke nicht angenehm.

«Ich glaube, ich würde mich vor dem Abendessen wirklich gern etwas hinlegen», entschied Jessica und stand auf. Sofort erhob sich auch Lady Eleanor.

«Gut!» sagte sie herzlich. «Wir sehen nach Tillie, sie kann Ihnen Ihr Zimmer zeigen. Ich muß mich um den Garten kümmern und dann ein paar Dinge im Dorf besorgen. Wenn Sie also etwas brauchen, sagen Sie ihr Bescheid. Wir haben in jedem Zimmer Klingeln, um nach ihr zu läuten, aber sie funktionieren nicht immer, und manchmal reagiert Tillie auch nicht darauf.»

Unter freundlichem Geplauder führte sie Jessica zurück durch die Halle auf die Treppe zu. Kühl kroch die Luft in dem lichtlosen Raum durch das dünne Hemd der jungen Frau. «Tillie!» rief Lady Eleanor scharf, und sofort erschien die Haushälterin von irgendwo aus dem hinteren Teil des Hauses. «Zeigen Sie Jessica bitte ihr Zimmer. Wenn Sie mich brauchen, ich werde eine Weile draußen sein.» Mit einem letzten aufmunternden Lächeln ging sie davon, die Absätze ihrer praktischen flachen Schuhe hallten auf dem Parkettboden, der Rock aus fester Baumwolle, der sie verhüllte wie eine geschickte Verkleidung, stieß steif gegen ihre Waden.

«Folgen Sie mir bitte, Mrs. Mortimer», sagte Tillie gewichtig, und steifbeinig stieg Jessica hinter ihr die Treppe hinauf. Oben gingen sie nach rechts über die Galerie, die sich offenbar über die gesamte Länge des Hauses erstreckte. Jessica spähte flüchtig durch zwei offenstehende Türen, registrierte aber kaum, was sie sah. Am Ende der Galerie bogen sie wieder nach rechts ab, in einen kleineren Trakt des Hauses mit Schlafräumen. Schließlich blieb Tillie stehen, stieß eine Tür auf und deutete gleichzeitig über den engen Flur. «Dies ist der Gästeflügel», verkündete sie. «Hier ist Ihr Zimmer. Das Badezimmer liegt leider gegenüber, aber Sie müssen es mit niemandem teilen, es sei denn, irgendwann im Sommer kommen Hausgäste. Ich habe kein Feuer gemacht», fuhr sie fort und schlängelte sich hinter Jessica ins Zimmer. «Ab April heizen wir normalerweise nicht mehr. Aber wenn Ihnen zu kalt ist, kann ich später eines für Sie anzünden. Ich hatte nicht viel Zeit, Ihre Sachen auszupacken. Wenn ich etwas falsch gemacht habe, rufen Sie mich bitte, ich werde es gleich richten. Das Abendessen ist um acht. Soll ich Ihnen Bescheid sagen?»

Jessica sah sie leicht benommen an. «Ja, danke», sagte sie schließlich. «Um halb acht, wenn Sie so nett sein wollen. Zieht sich die Familie zum Abendessen um?»

«Sie ziehen sich um, wenn Sir Matthew zu Hause ist, heute abend aber sicher nicht.» Die Frau hatte ihre Schürzenbänder aufgemacht und zog sie rasch wieder fest. «Ich hoffe, es gefällt Ihnen hier.» Sie wandte sich ab. «Manchen gefällt es. Den meisten nicht. Wenn Sie sonst nichts mehr brauchen, würde ich gern weitermachen.» Ohne auf eine Antwort zu warten, ging sie hinaus und schloß leise die Tür hinter sich.

Jessica sah sich um. Der Raum war recht klein, allerdings immer noch größer als irgendein anderer, in dem sie je geschlafen hatte. Links von ihr stand ein mit rotem Samt bezogener Ohrensessel vor einem leeren Kamin, ein hübscher faltbarer Schirm mit Blumenmuster verbarg die Feuerstelle. Links, an der Innenwand, stand das Bett, und Jessica war, in dem Augenblick, als sie es sah, begeistert von ihm. Es war riesig, weich und solide, ein Überbleibsel aus Zeiten, als man nicht nur einfach aus Nützlichkeitserwägungen darin schlief, weil es gut für die Gesundheit ist. Frauen hatten in solchen Betten liegend Freunde empfangen, geplaudert, Briefe geschrieben, Kräutertees genippt, sich mit Liebhabern vergnügt und ihre Herzenskümmernisse in die aufgehäuften Kissen geschluchzt. Ein üppiger roter Satinüberwurf hüllte es ein, an allen vier Seiten ragten Pfosten auf, von denen rote Samtvorhänge herabhingen. Daneben standen auf einem Tisch eine Nachttischlampe, ein Aschenbecher aus Porzellan, der zu zerbrechlich und elegant war, um ihn zu benutzen, eine Wasserkaraffe aus Kristall und ein Kelchglas.

Normalerweise wäre sie ans Fenster getreten, um die Aussicht zu betrachten, doch jetzt zog sie nur an der Schnur, um die schweren Vorhänge zu schließen. Geräuschlos glitten sie zu, und sie fuhr mit der Hand über den dicken Samt, bevor sie sich umdrehte und die Kleider abstreifte. Als sie ins Bett kletterte, spürte sie, wie kühl die Laken waren, wie weich die Kissen sich anfühlten, und sie seufzte tief. «Wie himmlisch», flüsterte sie, während jeder Muskel in ihrem Körper sich entspannte.

Eine Weile beschäftigten sich ihre Gedanken mit Bildern, in denen sich die Eindrücke der beiden vergangenen Tage mischten – das ängstliche Gesicht ihrer Mutter, als Jessicas Flug aufgerufen wurde, die Geborgenheit im Bauch des Flugzeugs, in dem sie mit dem Gefühl völliger Körperlosigkeit dahinglitt, der Anblick von Ron mit dem Schild über seinem Kopf, auf dem ihr Name stand, und die unerwünschte Fahrt durch das Dorf, die sie schließlich in dieses kalte, fremde Haus gebracht hatte, zu diesen seltsamen, fremden Menschen. Bei dem Gedanken an das Dorf durchfuhr sie ein Schauder, allmählich aber wärmte ihr Körper das Bett, die Erschöpfung übermannte sie, und sie schlief ein.

Irgendwann wurde sie aus dem Schlaf gerissen. Sie öffnete die Augen; um sie herum herrschte vollkommene Finsternis. Einen Augenblick lang wußte sie nicht, wo sie war, doch dann legte sich die Verwirrung, und sie konnte nach der Lampe tasten. Als das Zimmer hell wurde, sah sie auf ihre Armbanduhr. Es war halb ein Uhr morgens. Wasserkaraffe und Wasserglas auf dem Nachttisch waren zurückgeschoben worden, an ihrer Stelle stand ein Tablett, diskret mit einer gestärkten Serviette bedeckt. Jessica hob sie hoch und fand einen Teller mit Hühnchen, Gurken und Tomaten, Brot mit zwei säuberlichen Kringeln hellgelber Butter und ein Glas Weißwein. Ein Schälchen Vanillecreme, mit Muskat gesprenkelt, vervollständigte das Mahl. Entweder war es Tillie nicht gelungen, sie zum Abendessen aufzuwecken, oder Lady Eleanor hatte verfügt, sie einfach schlafen zu lassen. Jessica zog das Tablett auf ihre

Knie, machte kurzen Prozeß mit dem Abendessen, spülte es mit Wein hinunter und stellte das Tablett zurück auf das Tischchen.

Dann knipste sie das Licht aus und legte sich wieder hin. Das Haus war völlig still, so still wie die Nacht draußen. Kein Lufthauch regte sich. Dies war die Stunde tiefsten Friedens, aber Jessica, deren Gedanken jetzt nicht mehr so sehr von Müdigkeit benebelt waren, spürte ein Unbehagen, das sich steigerte, je länger sie dalag und darauf wartete, wieder vom Schlaf überwältigt zu werden. Sie war in dieses großartige Haus gekommen, hatte gegessen, getrunken, mit den beiden Frauen gesprochen, versucht, ihre Umgebung in sich aufzunehmen, aber all das wie durch einen Schleier und mit einem Gefühl von Orientierungslosigkeit, das jetzt verflogen war.

Kindliche Erinnerungen drängten sich in ihr Bewußtsein. Sie stand vor den beiden furchteinflößenden Wächtern der Treppe und blickte ehrfurchtsvoll in die leeren Gesichter ihrer Visiere. Sie fühlte sich wie ein Zwerg vor den Stufen, die hoch und höher zu reichen schienen, in ein Land voller Geheimnisse.

Damals hatte sie Angst vor diesem Ort gehabt. Verglichen mit der heimeligen Enge des Cottage, war Rensby Hall ein unendlich großes, unpersönliches Haus voll von schummrigen Ecken, schweren Möbeln, die in ihrer unberührbaren Strenge fast bedrohlich wirkten, und eiskalten Luftwirbeln, die unerwartet aus allen möglichen Ecken zu dringen schienen.

Die Porträts der toten Rensbys, die die Wände bedeckten, verfolgten einen mit mißbilligenden Blicken, bis man sich eilig ihren gestrengen Augen entzog. Oft hatte Jessica nach der Hand ihrer Mutter gegriffen, und wenn sich die schwere Eingangstür am Ende eines Arbeitstages hinter ihnen schloß, hatte sie stets eine immense Erleichterung verspürt.

Kinder haben so seltsame Phantasien, dachte sie und drehte sich um. So irrationale, unergründliche Ängste. Wer hätte gedacht, daß ich eines Tages zurückkehren würde, um in einer sehr viel angenehmeren Stellung zu arbeiten als meine Mutter? Sie versuchte das Kind in sich zu beruhigen, das immer noch ängstlich zusammenfuhr, wenn sich ein Schatten bewegte. Doch die Stille um sie her blieb unangenehm, und als sie wieder in Schlaf sank, fand sie keine Ruhe.

Zweites Kapitel

Als Jessica das nächste Mal die Augen öffnete, drang Tageslicht rosig durch die Vorhänge. Sie blieb einen Moment lang still liegen und betrachtete die dämmrige Decke, die staubigen Falten der dichten Bettvorhänge, das Fußteil des Bettes, das sie mit den Füßen nicht erreichte, und die im leicht trüben Spiegel der Frisierkommode verzerrte Zimmertür. Im Haus herrschte noch Stille, aber als Jessica ihre Armbanduhr zu Rate zog, sah sie, daß es schon nach halb acht Uhr war. Sie überlegte, wann es wohl Frühstück gab, und wünschte, sie hätte am Abend zuvor gefragt. Ohne große Begeisterung glitt sie aus der Geborgenheit der schweren warmen Decken, ging zum Fenster und zog die Vorhänge auf.

Es war ein frischer, sonniger Morgen, und sie blinzelte, als die Helligkeit ins Zimmer drang. Der große Park von Rensby Hall breitete sich majestätisch vor ihrem Blick aus, eine weite Fläche von glattem grünen Rasen, bestanden von ausladenden Bäumen, deren üppig belaubte Wipfel sich auf gleicher Höhe befanden wie sie. Zwischen den Stämmen waren hier und da die Weiden zu erkennen, die den Bach dahinter säumten, und vor den Bäumen thronte auf einem unbepflanzten Areal eine riesige Sonnenuhr aus grauem Stein.

Unmittelbar unter ihrem Fenster konnte Jessica die breiten Steinstufen sehen, die von der Terrasse auf das Gras führten. Es kostete sie einige Anstrengung, das altmodische Schiebefenster zu öffnen, doch schließlich gelang es, und milde feuchte Luft strömte ins Zimmer. Entweder hatte es in der Nacht geregnet, oder der Tau war besonders reichlich gefallen, denn der Rasen glänzte und die Terrassenstufen schimmerten vor Feuchtigkeit. Jessica riß sich von der wunderbaren Aussicht los. Sie würde noch genug

Gelegenheit haben, die Umgebung zu erkunden, jetzt war es an der Zeit, zu sehen, wo Tillie ihre Kleider hingehängt hatte, eine Dusche zu nehmen und dann der Familie gegenüberzutreten.

Sie ging über den stillen Korridor ins Badezimmer. Es war ein blendend weißer, rein funktionaler Raum, dessen Kälte von der elektrischen Heizsonne an der Wand, die Jessica sofort anstellte, kaum gemildert wurde, doch das Wasser war heiß, und die Handtücher waren weich und flauschig. Nachdem sie sich angezogen hatte, ging sie in ihr Zimmer zurück, setzte sich vor den Spiegel und trug eilig, aber mit kundiger Hand ihr Make-up auf. Es war jetzt nach acht. Nach einem letzten Zögern riß sie sich zusammen, nahm das Tablett vom Tisch und ging hinaus, erst nach rechts, wo ihr Flügel mit der Galerie des Hauptgebäudes verbunden war, und dann nach links, über die Galerie. Während sie sich dem eleganten Schwung der Treppe näherte, wurde ihr das laute Klappern ihrer Sandalen peinlich bewußt. Unten zögerte sie. Am gegenüberliegenden Ende der Halle hörte sie gedämpfte Stimmen durch eine offenstehende Tür. Sie ging auf das Speisezimmer zu, das rechts von ihr lag. Mit einem tapferen Lächeln trat sie ein.

Die drei Rensbys saßen zwanglos an einem Ende des herrschaftlichen Eichentisches, vor sich die Reste ihres Frühstücks. Sonnenlicht flutete sanft in den Raum und brach sich in zwei reichverzierten Silberleuchtern. Auf der Anrichte, die nahezu die gesamte gegenüberliegende Wand einnahm, stand eine Reihe zugedeckter Servierplatten. Jessica bemerkte flüchtig die düstere, grüngolden gemusterte Tapete und die verschnörkelte Wuchtigkeit des marmornen Kamins, bevor das Gespräch des Trios abbrach. Einen Moment lang herrschte Schweigen, und sie fragte sich, ob man wohl über sie gesprochen hatte. Dann aber breitete sich ein entgegenkommendes Lächeln über alle drei Gesichter, und der Mann, der auf dem gepolsterten Armstuhl am Kopfende des Tisches saß, stand auf und ging mit ausgestreckter Hand auf sie zu. Hastig stellte Jessica das Tablett auf dem Tisch ab.

«Jessica, Jessica!» rief Sir Matthew aus. «Als ich Sie das letzte Mal sah, waren Sie eine schüchterne kleine Knospe von neun Jahren, und jetzt sind Sie zu einer Rose erblüht! Sie geben mir das Gefühl, uralt zu sein, meine Liebe. Erinnern Sie sich überhaupt noch an mich?»

Sir Matthew war hochgewachsen und breitschultrig, seine glitzernden Augen umgab ein Fächer tiefer Falten. Er trug eine ausgebeulte braune Cordhose und ein noch formloseres Tweedjackett mit durchhängenden Taschen. Jessica stellte bald fest, daß er die Angewohnheit hatte, seine großen Fäuste ruckartig in die Taschen zu stoßen. Sobald sie ihm die Hand geschüttelt hatte, tat er genau dies.

«Natürlich erinnere ich mich an Sie, Sir Matthew», erwiderte sie. «Ich glaube, ich hatte früher ziemlich viel Angst vor Ihnen. Sie kamen mir damals ungeheuer groß und laut vor.» Ja, o ja, mein Gott, Angst, dachte sie mit einem Schock des Wiedererkennens, als er zu seinem Stuhl zurückkehrte. Nach zwanzig Jahren stellte sich das kindliche Gefühl bestürzend schnell wieder ein. Auf ihrem Gesicht trug sie indessen weiter das tapfere Lächeln, wie aufgemalt. Ich habe mich gewunden, wenn Sie mich berührten, schreckte zurück vor Ihrer rauhen, überschwenglichen Herzlichkeit. Sie waren immer nett und großzügig zu mir. Warum hatte ich dann Angst vor Ihnen?

«Da hast du es, Matthew», sagte Lady Eleanor mit einem Anflug von Humor in der Stimme. «Du schüchterst die Kinder ein, wenn du dich zu ihnen hinunterbeugst und sie anschreist, als wären sie taub. Kein Wunder, daß die Dorfkinder erschrecken, wenn du versuchst, ihnen Süßigkeiten zu geben. Kommen Sie und bedienen Sie sich, Jessica. Ich glaube, es ist noch heiß. Wir wollten Sie heute morgen nicht aufwecken. Ich weiß sehr gut, wie ermüdend ein Jet-lag sein kann. Und bemühen Sie sich in Zukunft nicht, das Geschirr herunterzubringen. Tillie räumt es fort, wenn sie die Betten macht.»

Jessica murmelte ein Dankeschön, ging zum Büffet und hob nacheinander die Deckel von den warmgehaltenen Platten. Es gab Nieren und Schinken, Rühreier, geräucherten Hering, Bratkartoffeln, Toast, Kaffee und Tee. Sie lud sich eine kleine Portion Rührei auf den Teller und schenkte sich eine Tasse starken heißen Kaffee ein. Neben Caroline, die sich auf ihrem Stuhl lümmelte, die Teetasse in den zierlichen Fingern, war ein Gedeck für sie aufgelegt worden. Jessica setzte sich und trank einen Schluck Kaffee.

«Hast du gut geschlafen?» fragte Caroline mit wohlbemessener Höflichkeit. Jessica begegnete ihr mit gleicher Kühle. Sie hatte nicht das Gefühl, das Benehmen des Mädchens sei persönlich gemeint. Caroline war einfach eine überaus von sich eingenommene Person, die möglicherweise für alle eine milde Verachtung hegte, die weniger selbstsicher waren als sie.

«Sehr gut», antwortete Jessica. «Allerdings bin ich irgendwann in der Nacht aufgewacht, hungrig wie ein Wolf. Ich war sehr dankbar, daß mir jemand etwas zu essen neben das Bett gestellt hatte. Es tut mir leid, daß ich nicht zum Abendessen heruntergekommen bin.»

«Sie haben nicht viel versäumt», erwiderte Lady Eleanor. «Caroline und ich haben im Wohnzimmer gegessen, die Teller auf den Knien, und dabei ein bißchen ferngesehen.» Es klang, als hätten sie beide etwas ziemlich Ungezogenes getan. «Matthew kam gegen elf wieder, und dann gingen wir alle zu Bett.»

«Wir führen ein so aufregendes Leben», murmelte Caroline sarkastisch. «Und was steht heute Spannendes auf dem Programm?»

Sir Matthew stand auf und schenkte sich eine weitere Tasse Tee ein. «Ich nehme an, du wirst tun, was dir Spaß macht, wie üblich», knurrte er gutmütig. «Ich werde mit den Hunden zum Bach gehen, damit sie ihr Bad nehmen können, und dann muß ich einen Aufsatz für die Archäologische Gesellschaft in London schreiben. Keine Angst, Jessica» – seine Augen verengten sich zu Schlitzen, als er lächelte –, «ich werde Sie heute nicht arbeiten lassen. Ruhen Sie sich aus, laufen Sie herum, gewöhnen Sie sich ein bißchen ein. Sie können morgen anfangen. Oder übermorgen, wenn Sie mögen. Es kommt nicht so darauf an.»

«Das ist sehr nett von Ihnen», entgegnete Jessica, «aber ich habe ein Jahr lang so gut wie gar nichts getan, und ich würde lieber morgen mit der Arbeit anfangen. Ich habe keineswegs vor, Ihre Gastfreundschaft auszunutzen.»

Sir Matthews Gesicht wurde ernst. «Mein Beileid zu Ihrem Verlust», sagte er. «Sie brauchen Abwechslung, und ich bin ein bißchen steckengeblieben mit meiner Forschungsarbeit. Sie sehen also, es ist ein glückliches Zusammentreffen. Wir freuen uns jedenfalls, Sie hier zu haben.»

«Ein bißchen steckengeblieben? Das ist die Untertreibung des Jahres», murmelte Caroline. Sie stand unvermittelt auf. «Wartet nicht mit dem Mittagessen auf mich. Ich werde das Auto nehmen und draußen ein bißchen malen, solange das Wetter gut ist.» Damit stolzierte sie aus dem Zimmer.

«Ich nehme an, Sie möchten Ihre Bekanntschaft mit der Umgebung auffrischen», sagte Lady Eleanor, als Caroline fort war. «Gehen Sie ruhig, wohin Sie wollen, Sie brauchen keine Bedenken zu haben. Ich habe heute nachmittag einen Termin im Dorf, der Gartenverein, wissen Sie. Sie können mit mir fahren, wenn Sie mögen.» Sie trug an diesem Morgen eine locker fallende, kurzärmelige Seidenbluse in einem Hellblau, das die Farbe ihrer Augen unterstrich und ihr seidiges blondes Haar zur Geltung brachte. Die glatte weiße Haut ihrer bloßen Arme hatte keine Altersflecke, an ihrem Hals und Ausschnitt waren weder verräterische Linien noch ein leichtes Nachlassen der Elastizität zu entdecken. Jessica dachte an ihre Mutter, mit ihren breiten Hüften und der rauhen Haut, die ohne Aufhebens behaglich in die Jahre gekommen war. Im Gegensatz dazu strahlte die Frau vor ihr etwas

Irritierendes, Unnatürliches aus, ihr Auftreten schwankte zwischen der frischen Unbekümmertheit der Jugend und der gemessenen Reife des Alters.

Vermutlich gibt sie ein Vermögen für Kosmetika aus, dachte Jessica. Vielleicht hat sie sich hier irgendwo einen Raum eingerichtet mit allem, was man braucht, um fit zu bleiben. Englische Frauen finden es geschmacklos, ihre Attraktivität zur Schau zu stellen, aber man spürt förmlich, welche Sinnlichkeit Lady Eleanor unter diesen gräßlichen, praktischen Kleidern versteckt. Versteckt sie sie absichtlich? Welche Erinnerungen habe ich an sie? Sehr wenige. Ihre Wange fühlte sich immer weich und glatt an, bei den wenigen Gelegenheiten, wo sie sich herabbeugte, um mir einen Kuß zu geben, und sie duftete betörend. In ihrer Nähe empfand ich nicht das gleiche Unbehagen wie in der ihres Mannes. Ansonsten habe ich überhaupt kein deutliches Bild von ihr im Gedächtnis. Lady Eleanor sah Jessica erwartungsvoll an, und sie beeilte sich zu antworten: «Wenn Sie nichts dagegen haben, würde ich mich heute lieber nur in der Nähe des Hauses umsehen», sagte sie leichthin.

«Natürlich haben wir nichts dagegen», antwortete Sir Matthew. «Wenn ihr mich jetzt bitte entschuldigen wollt...» Er wuchtete sich aus dem Stuhl, schob die Hände in die Taschen und stapfte hinaus. Lady Eleanor seufzte.

«Tillie wird den Wohnzimmerfußboden schrubben», sagte sie trübsinnig, «und ich muß Ron seine Anweisungen für heute nachmittag geben. Ich habe eine Liste gemacht mit den Dingen, die er für mich im Dorf besorgen soll, während ich auf der Versammlung bin, aber ich habe sie offenbar verloren.» Sie stand ebenfalls auf. «Ich muß mich darum kümmern. Wir werden vermutlich um zwölf zu Mittag essen, und wenn es schön bleibt, können wir es auf der Terrasse einnehmen. Sie lächelte abwesend und nickte Jessica zu. Schon hatte sich eine vorwitzige Locke ihres hellen Haars aus dem losen Knoten auf ihrem Kopf befreit. «Lassen Sie sich Zeit mit dem Frühstück», sagte sie und ging zur Tür. «Bleiben Sie so lange sitzen, wie Sie wollen, und genießen Sie den Sonnenschein.»

Jessica schenkte sich Kaffee nach und blickte über den Tisch hinweg durchs Fenster, hinaus zu den im Wind schwankenden Blumen in den Beeten zwischen dem Haus und der blendend weißen Auffahrt. Die Eiche mit ihren knorrigen Ästen und dem unerforschlich dicken, dunklen Laub warf einen bizarren Schatten auf den Rasen, der sich kaum bewegte, und der Himmel war unnatürlich blau.

Eine Weile blieb sie sitzen in einer Art angenehmer Trägheit, die sie für eine Nachwirkung ihrer Reise hielt, und kümmerte sich um nichts. Als sie gerade ihren Kaffee austrank, ging links hinter ihr die Tür auf, und Tillie schritt auf die Anrichte zu. Als sie Jessica erblickte, blieb sie überrascht stehen und wünschte ihr dann einen guten Morgen. Das freundliche Brummen einer Geschirrspülmaschine drang ins Zimmer, und sie zog einen Servierwagen hinter sich her. Jessica dankte ihr für das späte Abendessen, aber Tillie schien nicht zum Sprechen aufgelegt zu sein.

Nach dem Frühstück hatte Jessica Lust auf einen Spaziergang. Durch den immer noch offenstehenden Haupteingang schlüpfte sie ins Freie. Unter dem steinernen Vordach spürte sie kurz, wie feuchte Kühle über ihr Gesicht glitt, bevor sie die süße, warme Luft einatmete. Ohne sich bewußt dafür entschieden zu haben, wandte sie sich nach Osten, ging an der Fassade des Hauses entlang und ließ im Vorbeigehen die linke Hand sanft über die dichtstehenden Blumen in den sauberen Beeten gleiten. Schlüsselblumen, weiße Tausendschönchen, Stiefmütterchen und ein paar wilde Löwenmäulchen blühten fast versteckt unter den Pfingstrosenbüschen und den Rhododendren, die an der Hausecke Wache standen. Jessica war bereits aufgefallen, daß die wildwachsenden Blumen, die früher in Überfülle an den Wegrainen in England wuchsen, nicht mehr da waren, und sie freute sich, daß sich hier jemand, vielleicht Lady Eleanor, darum kümmerte, daß sie wenigstens in diesem Garten überlebten.

Sie bog um die Ecke und blieb dann stehen. Entlang der Ostseite des Hauses erstreckte sich eine Terrasse, auf deren gesamte Länge Fenstertüren hinausgingen. An allen vier Ecken der Terrasse standen massive Steinvasen und warteten darauf, mit sommerlichen Sträuchern bepflanzt zu werden. Die Kletterrose, die sich um das schützende steinerne Geländer und die Balustrade wand, war schon grün und ließ, als Jessica sie näher untersuchte, bereits winzige Knospen erkennen. Vom Fuß der Stufen erstreckte sich nach rechts der mit Bäumen bestandene Rasen und verlor sich in dem blauen Dunst, der stets über den Weiden und dem Dornengestrüpp am Bach lag. Der Anblick war insgesamt auf so kultivierte Art bezaubernd, wie es nur ein englischer Garten sein kann.

Dieser Eindruck verstärkte sich noch, als Jessica um eine weitere Ecke bog und sah, wie Weg und Beete an den gelblichen Pflastersteinen eines geometrisch angelegten Rosengartens vorbeiführten. Etwa vierzig runde Büsche, jeder in einem säuberlichen Viereck schwarzer Erde, standen im Schutz der Nordwand des Hauses und der Westwand des Wohnzimmers, die einen großen Winkel bildeten. Dahinter, rechts vor der Hauswand, stand eine Steinbank, auf der man sich niederlassen und die im Sommer sicherlich betäubenden Düfte der Blumen einatmen und ihre exquisiten Farbnuancen bewundern konnte.

Jessica schlenderte weiter, doch kurz darauf blieb sie stehen. Ihr Herz klopfte schneller, und die Rosen waren vergessen. Links war das Wohnzimmer. Die doppelten, bis zum Boden reichenden Fenstertüren standen offen, und das Geräusch eines Staubsaugers brummte zu ihr heraus. Der Weg führte an den Fenstern vorbei in den Küchengarten, den Hof und zu den Hundezwingern, wie sich Jessica erinnerte. Aber es war das Meer duftender weißer Blüten, das ihr Herz und ihre Gedanken sofort gefangengenommen hatte. Obwohl sich jetzt kein Lüftchen mehr regte, zitterten die Blütenblätter schwach, und dann und wann löste sich eines und schwebte zart auf das Gras. Es war der Obstgarten, der durch einen hohen schmiedeeisernen Zaun vom Park abgegrenzt war, über den sich die Bäume, von denen einige sehr alt waren, beugten wie ehrwürdige Prälaten. Der Weg ging zwischen dem Obstgarten und dem Wohnzimmer hindurch, machte eine scharfe Biegung nach rechts und verlief weiter zwischen der halbhohen Mauer des Küchengartens links und dem Obstgarten rechts.

Jessica hielt die Luft an. Ganz plötzlich sprang etwas aus ihrem Gedächtnis in die Gegenwart, eine Vision aus ihrer Kindheit, die so unverfälscht war, daß sie die Erinnerung ohne Mühe auf den sonnendurchfluteten Anblick vor sich übertragen konnte. Sie sah sich selbst, wie sie auf das Wohnzimmerfenster zuging und hineinblickte. Ihre Mutter schob mit gesenktem Kopf und rhythmisch hin und her schwingenden Armen den Staubsauger über den Teppich. Sie spürte Jessicas Gegenwart und richtete sich unvermittelt auf, wobei sie sich mit einer Hand ins Kreuz fuhr.

«Jessica, wo bist du gewesen?» fragte sie scharf. «Vater hat schon vor einer Stunde nach dir gefragt, er wollte dich mit nach Hause nehmen, aber du warst nirgends zu finden. Jane sucht immer noch nach dir.»

«Tut mir leid, Mummy», hatte Jessica erwidert und war in den Schatten des Hauses getreten. «Ich bin zum Rill hinuntergegangen und habe nicht mehr an die Zeit gedacht.»

«Ich weiß ja, daß du es nicht böse meinst», hatte ihre Mutter mit einem Seufzer gesagt, «aber du darfst nicht vergessen, daß wir hier nicht zu Hause sind. Es ist überaus freundlich von Lady Eleanor, daß sie euch Kindern erlaubt, an Samstagen mit uns zur Arbeit zu kommen, und wenn du dieses Privileg ausnutzt und überall herumstreifst, wo du willst, ändert sie vielleicht ihre Meinung. Na ja, was soll's.» Sie stellte die Maschine wieder an und rief, um sie zu übertönen: «Geh und hole Jane. Ich glaube, sie ist irgendwo bei den Obstbäumen. Sag ihr, sie soll mit dir nach Hause laufen, denn

Vater ist schon mit seiner Arbeit fertig. Ich sehe euch dann beim Abendessen.» Damit machte sie sich wieder an die Arbeit, und Jessica lief davon.

Der Tag war wunderschön für Anfang Juni, warm, sonnig und windstill, der Obstgarten stand in voller Blüte und duftete fast unerträglich süß. Auf halber Strecke den eisernen Zaun hinunter, gegenüber vom Küchengarten, war das Tor, durch das man zu den Apfelbäumen kam, es stand einen Spalt weit offen. Jessica war stehengeblieben, hatte sich dagegengelehnt und ihre Sandalen ausgezogen, bevor sie sich zwischen die Stämme vorwagte. «Jane, wo steckst du?» rief sie. «Bist du hier?» Sie schwang ihre Schuhe gegen einen Ast über sich, und ein Schauer von Blütenblättern rieselte über ihr Gesicht, ihre Hände und blieb auf ihrem Haar liegen.

«Hier bin ich!» Janes Stimme klang merkwürdig gedämpft durch die dicht an dicht stehenden dicken Bäume. «Wo bist du nur gewesen, Jess? Mum ist böse auf dich, und das bedeutet, daß ich heute abend das Essen kochen muß.» Aber sie schien deshalb nicht allzu verärgert zu sein. Jane wurde niemals böse. Sie nahm alles, wie es kam, gelassen und manchmal mit einem sonnigen Humor. Jessica erhaschte einen Blick auf das hellrote Hemd ihrer Schwester und die weite blaue Latzhose und rannte auf sie zu. Jane warf ihr verstrubbeltes Haar zurück, Jessica holte sie ein und ging neben ihr her. Gemeinsam schlenderten sie zurück zum Tor.

«Ich schäle die Kartoffeln», hatte Jessica angeboten, und Jane hatte das Angebot klugerweise angenommen.

«Ja, ist gut. Hast du heute unten am Rill irgend etwas Interessantes gefunden?»

«Eigentlich nicht. Es sind Kaulquappen da und viel mehr Wasserpflanzen. Ich glaube, ich habe eine Köcherfliegenlarve gesehen. Jane, ich bin müde. Ich will nicht den ganzen Weg nach Hause laufen.» Sie waren am Tor angekommen und wanderten den Weg am Haus entlang.

«Daran hättest du vor einer Stunde denken sollen, aber da standest du bis zum Knöchel im Wasser und hattest die ganzen Hände voll Schlamm. Außerdem ist deine Schleife aufgegangen. Na komm schon. Vielleicht erlaubt Mum ja, daß wir im Dorf anhalten und ein Eis essen.» Sie hatte Jessica liebevoll die Hand auf die Schulter gelegt, und Jessica hatte in das ernste, freundliche Gesicht ihrer Schwester geschaut.

Die Obstbäume hatten an jenem Tag genauso geduftet und genauso ausgesehen. Das Blau des Himmels war fast dasselbe. Vielleicht wurde ich auch von einem kaum merklichen Windhauch angeweht, als ich um die Ecke bog, so wie jetzt, dachte Jessica. Vermutlich war es das, was die Vergangenheit ein paar Augenblicke lang so lebendig für mich werden ließ. Sie stellte fest, daß sie auf der Höhe des Wohnzimmers angekommen war. Das Brummen des Staubsaugers hatte aufgehört, eine bedrückende Stille hing über dem Haus, untermalt vom Summen der Bienen in den Apfelbäumen.

Jessica ging weiter, aber ihr Frieden war dahin. Sir Matthew sagte heute morgen, ich sei damals eine Knospe von neun gewesen, dachte sie, aber Jane mit ihren dreizehn Jahren muß sich gerade zur vollen Blüte entfaltet haben. Ich habe zu jener Zeit nicht bemerkt, wie schwierig das Leben für sie gewesen sein muß, wie wenig sie über eigene Zeit verfügte. Wenn sie all ihre Haushaltspflichten erledigt hatte, war sie für mich verantwortlich. Und doch hat sie sich nie beklagt. Sie war immer entschieden, aber nie unfreundlich, und ich, unbeständig und egoistisch, wie Kinder in dem Alter sind, habe es ihr nicht gedankt.

In Gedanken versunken wäre sie weitergegangen, wenn nicht das Geräusch eines Spatens, der in die Erde drang, ihre Aufmerksamkeit erregt hätte. Ron, der irgendwie unpassend mit einem schreiend roten Hemd und Jeans bekleidet war, die Hemdsärmel voller Lehm, grub den Garten um. Einen Augenblick lang sah Jessica den rhythmischen Bewegungen zu, mit denen er das Werkzeug in die Erde stieß und sich darauflehnte, um es mit dem Gewicht seines ganzen Körpers tief in den Boden zu treiben. Sein Hemd war entlang der Wirbelsäule dunkel gefleckt von Schweiß. Hinter dieser Magerkeit verbirgt sich doch eine gewisse Kraft, dachte Jessica.

Ron mußte ihre Gegenwart gespürt haben, denn er sah auf. Sie winkte und rief «Guten Morgen», aber seine Antwort bestand nur in einem zögernden, widerstrebenden Heben der Finger. Sofort widmete er sich wieder seiner Arbeit. Jessicas Blick glitt von seiner gebeugten Gestalt auf die Mauer dahinter. Die Mauer trennte den Garten von dem Grundstück der Abtei und ging in die Westwand des Hauses über. An der harten, grob behauenen Mauerfläche waren Birnbäume an Spalieren gezogen worden, deren Zweige jetzt nahezu vollständig von frischem Laub verdeckt wurden. Den Rest des Gartens nahmen Gemüsebeete ein. Jessica erkannte an Stangen aufgebundene Tomaten und die verheißungsvollen Hügel von Kartoffeln.

Jessica wußte, daß die Laube noch da sein würde, natürlich war sie da, aber dennoch nahm sie ein dumpfes Gefühl von Überraschung wahr, als sie in Sicht kam. Ich bin heute morgen unterwegs auf den Pfaden der Erinnerung, dachte sie sarkastisch. Na ja, vermutlich ist das nicht zu vermeiden, obwohl es mir lieber wäre, ich könnte mich davor drücken. Ich habe in den vergangenen zwanzig Jahren alles getan, um das mit Jane zu vergessen. Doch jetzt ist sie da, die Laube, unverändert und so abweisend wie eh und je.

Die Laube ragte vor ihr auf, umgeben von einer Ligusterhecke, die so dicht war, daß man nicht hindurchsehen konnte, das hohe und düstere schwärzliche Grün war säuberlich beschnitten. Ein Spalier, von dem zarte Glyzinien hingen, bildete ein Dach, das den Innenraum fast vollkommen bedeckte, und darin, so wußte Jessica, standen zwei Steinsitze und ein kleiner Steintisch. Die Laube war als kühle Zuflucht vor der Sommerhitze gedacht, als Ort, an dem man an endlosen Nachmittagen faulenzen oder sich abends zu einem Stelldichein verabreden konnte. Jessica hatte sie allerdings nie gemocht, selbst wenn das Sonnenlicht durch die gelben Glyzinien fiel und den Innenraum mit einem sanften Glühen erfüllte.

Jane hatte diesen Ort geliebt. Jessica trat entschlossen durch die Lücke in der Hecke, an der der Weg endete, auf die kühlen Steinplatten, mit denen die Laube ausgelegt war. Sie dachte daran, daß an diesem Ort ihrer Schwester ein paar Stunden kostbaren Alleinseins vergönnt waren, hier war sie für eine Weile ihrer Pflichten ledig und konnte sich in den Schulmädchenromanen verlieren, die sie so gern las. Weder die Geräusche vom Haus noch die Stimme ihrer Mutter drangen bis hierher.

Zaghaft ging Jessica weiter. Sie spürte, wie ihr die zarten Blütentrauben der Glyzinien über das Haar strichen. Ein paar winzige Blüten waren herabgeweht und lagen verstreut auf dem Sitz gegenüber vom Eingang, doch die Hecke war so dick und undurchlässig, daß sie von keinem Hauch bewegt wurden.

Hier hatte Jane gesessen am letzten Tag, an dem Jessica sie gesehen hatte. Natürlich hatte sie gelesen. Mit beiden Händen hatte sie sich das Buch vor die Nase gehalten, ihre weiße Bluse unter der lose sitzenden Trägerhose schimmerte im stickigen Halbdunkel, sie hatte die Beine übereinandergelegt und wippte mit den Füßen, ihre staubigen Zehen guckten aus den offenen Sandalen hervor. Jessica war zu ihr hineingelaufen, heiß und keuchend.

«Daddy ist da, mit dem Auto, ich fahre mit ihm heim», hatte sie gerufen. «Kommst du mit?» Das Buch hatte sich nicht bewegt, aber die Beine hielten kurz still.

«Nein», hatte Jane erwidert. «Ich warte auf Mum. Sag ihr, daß ich noch hier bin, ja? Ich komme in ungefähr einer Stunde zum Haus. Bis dahin ist sie wohl mit dem Saubermachen fertig.»

Später am Nachmittag war Jane mit ihrer Mutter nach Hause gegangen. Sie waren bis zu dem Buchengehölz gekommen, als Jessica und ihr Vater, die zurückgefahren waren, um sie mit dem

Auto abzuholen, ihnen entgegenkamen. Ihre Mutter war ins Auto gestiegen, aber Jane wollte nicht mitfahren. «Ich möchte lieber zu Fuß gehen. Danke, Daddy», hatte sie gesagt, und er hatte gelächelt, denn er wußte, sie wollte auf dem Heimweg unter dem großen Kastanienbaum auf dem Dorfanger haltmachen, um noch etwas zu lesen, bevor sie zum Cottage herüberkam. Ihr Vater hatte das Auto gewendet und war zurückgefahren, Jessica jedoch, die auf dem Rücksitz saß, hatte sich umgedreht, um zu sehen, wie ihre Schwester langsam zurückblieb, ein liebenswertes, ungelenkes Mädchen, das im hellen Tageslicht mit den Augen blinzelte und deren weiße Zähne in dem sonnengebräunten Gesicht blitzten, als sie lächelte.

Monatelang hatte die Polizei das Dorf und die Umgebung abgesucht, jeden befragt, auch die Landstreicher und Zigeuner, die in jenen Tagen die endlosen Sommer belebten, und schließlich wurde die Suche weit über die Grenzen der Grafschaft hinaus ausgeweitet, aber Jane war und blieb verschwunden, wie vom Wind verwehte Distelblüten. Auf den ersten Schock, die schlaflosen Nächte und die angespannten Tage bangen Hoffens folgte die erschöpfte Fügung ins Unabänderliche. Jessicas Mutter bekam hysterische Weinkrämpfe, ihr Vater aber hatte sich in sich selbst zurückgezogen, Wut und Verzweiflung machten einer schweigsamen Trostlosigkeit Platz, die sich in seine Seele, aber auch, wie Jessica fest glaubte, in seinen Körper fraß. Ein Jahr nach Janes Verschwinden hatte er entschieden, mit dem, was von seiner Familie übrig war, in eine kalte Stadt im Westen Kanadas zu ziehen, und ein wenig später hatte er Krebs bekommen. Es war ein langes und bitteres Sterben. Als er tot war, nahm Jessicas Mutter eine Stelle als Hausmädchen an, denn das war die Arbeit, von der sie am meisten verstand. Jessica hatte die Schule beendet und war dann an die Universität gegangen, um mit Hilfe von Stipendien und Ausbildungskrediten Musik zu studieren. Sie hatte weiterhin bei ihrer Mutter gewohnt und ein ruhiges Leben geführt, das durch ihr Diplom kaum gestört wurde. Nach und nach begannen Schüler regelmäßig das kleine Haus zu besuchen, das sie und ihre Mutter gemietet hatten.

Ich hatte dich fast vergessen, sagte Jessica leise zu sich, zu Jane, und beugte sich vor, um mit den Fingerspitzen sanft über die Kante des Sitzes zu streichen. Vergib mir. Schmerz und Disziplin und das Unverständnis des kleinen Mädchens, das ich damals war, all das zusammen hat bewirkt, daß meine Erinnerung an dich in den hintersten Winkel meines Gedächtnisses gedrängt wurde. Dann trat Michael in mein Leben, der liebevolle, zuverlässige Michael, der mir eine emotionale Sicherheit versprach, die ich nie zuvor gekannt hatte, der mich wieder das Lachen lehrte und der eine neue Art der Ordnung mit sich brachte. Mutter war sehr glücklich über unsere Beziehung. Durch ihn entdeckte auch sie nach und nach etwas von dem Humor und dem Optimismus wieder, die einst ihre Stärke waren.

Jessica zog die Hand zurück. Über ihr hingen duftend und unbewegt die gelben Glyzinien. Die Düsterkeit, die selbst an den strahlendsten Tagen in der undurchdringlichen Ligusterhecke lauerte, kroch her und nahm der stickigen Luft alle Farben. Es war die Hölle, dachte sie. Es war die reine Hölle für uns alle. Wie konnte ich das vergessen? Dies war Janes Lieblingsplatz, der Ort, wo sie am glücklichsten war mit ihren Büchern und ihren Jungmädchenphantasien. Warum widerstrebt es mir so sehr, hierherzukommen? Ich sollte doch in diesem abgeschlossenen kleinen Eden sitzen können, wie sie es tat, voll Frieden, und mich in aller Ruhe an sie erinnern. Aber ich habe das völlig irrationale Gefühl, beobachtet zu werden, als hätte die Tatsache, daß ich hier bin, die Aufmerksamkeit von etwas Feindlichem geweckt, das nun unsichtbar durch den Garten huscht, um sich meiner zu bemächtigen. Es kam ihr vor, als wollten die dichten Kletterpflanzen sie ersticken. Der Stein, auf dem sie saß, begann eine tödliche Strahlung in ihre Knochen auszusenden. Und doch war da etwas Berauschendes in der kalten Vorahnung, die sie empfand. Es hatte etwas Hypnotisches, das sie veranlaßte zu warten, atemlos, die Hand um die Kante des Sitzes geklammert. Mit einemmal hatte sie das Gefühl, Gegenstand eines spöttischen Blicks zu sein. Irgend etwas war hier bei ihr in der erstickenden Luft. Etwas beobachtete sie lauernd.

Ein feines Rascheln drang an Jessicas Ohr, wie das Umblättern einer Seite, und der Bann, der sie festgehalten hatte, war gebrochen. Mit einem leisen Schrei sprang sie auf und floh.

Ron schwitzte noch immer zwischen den Gemüsebeeten. Die Apfelbäume standen unverändert im Obstgarten, ihre Zweige zitterten leicht und ließen gelegentlich weiße Blütenblätter auf den Rasen schneien. Jessica zwang sich, normal zu gehen. Es waren nur die Erinnerungen, dachte sie grimmig. Sie hatten sie jetzt, wo sie wieder hier war, so massiv und schnell überfallen. Es war etwas so Verlorenes um Jane gewesen, an jenem letzten Tag, eine solche Aura von Fatalismus, etwas, das sie als Kind spürte, aber nicht ausdrücken konnte. Oder übertrug sie nach all den Jahren eine Vorahnung auf diese Situation, die sie gar nicht hatte? Als ihr ein Ferienaufenthalt in England angeboten wurde, war sie sofort darauf eingegangen. Man mußte ihr nur einen einfachen Job hinwerfen, und schon lief sie davon vor dem Schmerz und der Ungerechtigkeit von Michaels Tod. Aber vielleicht eilte sie ja auch nur einer längst überfälligen Konfrontation mit den Gespenstern der Vergangenheit entgegen. Vielleicht war da etwas in ihr, das bereit war, hierher zurückzukehren und zu kämpfen. Oder wieder aufzuerstehen. Oder endlich begraben zu werden. Sie hatte immer Sicherheit gesucht, ob im Beruf oder bei ihrer Mutter oder in der Ehe, und manchmal hatte sie sich selbst dafür gehaßt. Hier würde es keine Sicherheit geben, keine schützende Wand zwischen ihr und dem Schattentheater der Vergangenheit. Die Laube hatte es gerade bewiesen.

Der späte Morgenhimmel über den Giebeln und Schornsteinen des Hauses war immer noch von einem herrlichen Blau, und als sie um die Terrasse herumging, ertönte irgendwo hinten in dem Gewirr von wildwachsenden Bäumen und Weiden am Bach das Krächzen von Saatkrähen. Ich muß in das Buchenwäldchen gehen, dachte sie, um einen Kuckuck rufen zu hören. Juni ist die richtige Zeit dafür. Wir haben ein Picknick dorthin mitgenommen, wir alle, Vater, Mutter, Jane und ich, und den ganzen Tag dort verbracht, um einen Kuckucksruf zu hören. Warum klingt es immer so, als hätte der Ruf eines Kuckucks ein Echo?

Sie ging auf die Vordertür zu, als sie wütendes Gebell hörte. Sie drehte sich um und sah Sir Matthew, der durch den Park spaziert kam, vor ihm her rannten zwei zerzauste, nasse Hunde, die begierig in ihre Richtung galoppierten. Sie blieb stehen, beugte sich nieder und streckte eine Hand aus. Der Golden Retriever kam sofort zu ihr, stupste seine kalte Schnauze in ihre Handfläche und schnüffelte begeistert, aber die dänische Dogge hielt sich zurück, sträubte die Nackenhaare und gab ein grollendes Knurren von sich. Sir Matthew kam strahlend näher.

«Sie lieben ihr morgendliches Bad!» sagte er. «Der Retriever ist Missy, und dieser ungeschlachte Kerl ist Boris. Nicht sehr originell, was? Caroline taufte ihn so vor vielen Jahren.» Er ging neben Jessica her, und die Hunde liefen hinter ihnen. Boris gab immer noch deutliche Zeichen der Mißbilligung von sich. «Schöner Tag. Sehr schön!» plauderte Sir Matthew weiter. «Ignorieren Sie Boris einfach. Er wird sich schon an Sie gewöhnen. Die Hunde kommen sowieso nicht gern ins Haus, meine Liebe, Sie werden also nicht allzuoft von ihnen belästigt werden.»

Beide Tiere blieben vor dem Eingangsportal stehen. Boris ließ sich auf seine Flanken sinken, die Ohren angelegt, und Missy fing an zu winseln.

«Aber ich fühle mich keineswegs von ihnen belästigt», erwiderte sie. «Ich mag Hunde. Meine Mutter hat einen fetten alten Terrier, er heißt Rolly. Er ist schon recht betagt, aber er kann immer noch zum Park watscheln und schnaufen.»

Sir Matthew grinste. «Früher, als sie klein war, hat Caroline Boris buchstäblich ins Haus gezerrt und in ihr Zimmer bugsiert. Ich glaube, sie hätte ihn an ihrem Bett festgebunden, wenn ich sie gelassen hätte. Aber er wollte nicht im Haus bleiben. In dem Augenblick, wo sie ihn losließ, rannte er sofort zur Treppe und sauste aus der Tür. Hunde von seiner Größe sind offenbar von Natur aus lieber draußen. Los, ihr beiden!» rief er. «Ab in den Zwinger!» Offensichtlich erleichtert trottete das Paar davon. «Sie haben eine warme Unterkunft in einer Ecke des hinteren Hofes», erklärte Sir Matthew, während Jessica vor ihm ins Haus trat. «Trotzdem gehören sie zur Familie, obwohl sie sich nicht im Winter vor dem Kamin im Wohnzimmer räkeln, wie sich das eigentlich für gute englische Hunde gehört.» Seine Hände schossen in die ausgebeulten Taschen seiner Jägerweste. «Und wo sind Sie herumspaziert?»

«Ich habe der Laube einen Besuch abgestattet», sagte Jessica und drehte sich zu ihm um. «Als Kind habe ich sie nie gemocht, und ich fühle mich da drin immer noch wie auf glühenden Kohlen, obwohl es ein sehr hübscher Platz ist. Man sollte meinen, ich wäre inzwischen über solche dummen Vorurteile hinausgewachsen.»

Er warf ihr einen scharfen Blick zu. «Wir alle bleiben zu einem gewissen Teil in der Kindheit verhaftet. Aber es ist schade, daß Sie eine Abneigung gegen die Laube haben. Ich gehe gern dorthin und rauche abends manchmal in Ruhe eine Pfeife. Vielleicht verbinden Sie eine unangenehme Erinnerung damit?» Sein Blick wurde bohrender, und Jessica spürte plötzlich den Drang, sich einen nicht existierenden Schmutzfleck vom Gesicht zu wischen.

«Ich sah Jane dort an dem Tag, als sie verschwand», erklärte sie, und sofort wurde sein Blick weicher.

«Ach ja», seufzte er. «Natürlich. Tragisch. Eine schreckliche Geschichte für Sie alle. Also, ich muß sehen, daß ich weiterkomme. Ich muß etwas über die Assyrer schreiben, wissen Sie. Ich hoffe, bis zum Essen mit dem Entwurf fertig zu sein.» Er warf einen bedauernden Blick zurück in den strahlenden Morgen, lächelte Jessica väterlich zu und verschwand im Halbdunkel der kleinen Diele vor dem Wohnzimmer. Fast schien es ihr, als sei er erleichtert. Jessica erinnerte sich plötzlich, daß es rechts und links in diesem seltsamen Vorraum Türen gab, die linke führte in die Küche und die rechte in das Arbeitszimmer, wenn sie sich richtig erinnerte. Sie beschloß, sich den Rundgang durch das Haus für später aufzuheben, und ging statt dessen an den beiden Wächtern in voller Rüstung am Fuß der Treppe vorbei, rannte nach oben und schritt über die Galerie. Diesmal standen die beiden Türen links weit offen, und sie riskierte einen raschen Blick in die Zimmer, als sie daran vorbeiging. Das erste wurde offenbar von Sir Matthew und Lady Eleanor bewohnt, es war ein riesiges herrschaftliches Schlafzimmer in Weiß und Türkis, mit einem schweren viktorianischen Frisiertisch direkt gegenüber der Tür. Jessica konnte außer dem Fuß des riesigen Bettes kaum etwas sehen. Das Zimmer ging nach Norden hinaus und kam ihr eiskalt und klamm vor; sie war froh, daß ihr ein sonnigeres Zimmer gegeben worden war.

Der zweite Raum wurde von Caroline bewohnt, und hier trat Jessica für einen Augenblick über die Schwelle. Das Mädchen war besessen von Licht, wie alle Künstler. Ihr Zimmer ging ebenfalls nach Norden, aber an jedem freien Fleckchen der Wand hingen Spiegel, um das einfallende Licht einzufangen und zu reflektieren. Links befand sich ein Kamin, dem in Jessicas Zimmer sehr ähnlich. Darüber hing eine große und recht eindrucksvolle schwarze Tuschzeichnung vom Haus, es war vom Park auf der Ostseite aus gemalt worden. Die Terrasse stieg anmutig über den Rasen auf, das Auge folgte ohne Mühe den Stufen, glitt durch die offene Steinbalustrade und über den Boden zu der beeindruckenden Reihe französischer Fenster, hinter denen, wie Jessica wußte, die Bibliothek lag, wo sie arbeiten würde. Die Mauer und die Fenster des zweiten Stockwerks waren ebenso sorgfältig und kühn skizziert, aber der Gesamteindruck, den das Bild vermittelte, war der von Verfall. Als Jessica näher herantrat, um es genauer in Augenschein zu nehmen, bemerkte sie, daß «Caro» in die untere rechte Ecke gekritzelt war. Also war es von Carolines eigener Hand.

Aber obwohl es technisch so gelungen war, hatte das Bild etwas Trostloses. Keine Spur von den Blumenbeeten, den bauchigen Steinurnen für die Pflanzen auf der Terrasse und den Korbmöbeln, die draußen herumstanden. Die majestätische Parade von Fensterscheiben, welche die Bibliothek abschirmten, gab keinen Hinweis darauf, was sich im Innern des Hauses befand, sie hatten keine Tiefe und spiegelten nichts von dem, was draußen war. Auf dem Bild wirkte Rensby Hall wie ein trauriges, abweisendes Haus, von dem eine Atmosphäre kalter Vorahnung ausging. Am Himmel darüber hingen bedrohliche Wolken. Jessica zuckte die Achseln und wandte sich ab. Vielleicht war Caroline nicht glücklich hier, das wäre eine einleuchtende Erklärung für dieses Bild gewesen.

Überall im Zimmer hingen Spiegel, kleine und große, dazwischen andere Arbeiten des Mädchens, die alle technisch brillant waren, aber dem Raum eine Atmosphäre von Disharmonie verliehen. Wie Carolines Persönlichkeit war ihre Malerei durchsetzungsfähig und selbstbewußt, doch unter der Sicherheit lag etwas verborgen, das nicht so leicht zu definieren war.

Jessica wandte sich zum Bett um, von dessen vier Pfosten schwere cremefarbene Brokatvorhänge herabhingen. An der Wand am Fuß des Bettes hing der größte Spiegel im Zimmer, ein vergoldetes Monstrum, das vom Boden bis zur Decke reichte. Er mußte einen geringfügigen Fehler im Glas haben, denn das Spiegelbild des Zimmers war leicht verzerrt. Über dem Kopfende des Bettes hing ein weiterer Spiegel. Die gesamte Innenwand neben der Badezimmertür dagegen wurde von einem Wandbehang eingenommen.

In verschiedenen Brauntönen von Beige zu Hellgold gehalten,

stellte er eine nackte und sehnsüchtige Eva dar, die von der Schlange den Apfel der Erkenntnis entgegennahm. Der Hintergrund war winterlich und öde, verdorrte tote Pflanzen, einstürzende Türme, eine leblose, fast wüstenartige Landschaft. Die Schlange lag zusammengerollt zwischen den gespreizten Beinen der Frau, den Apfel im grinsenden Maul. Mit einem Schock erkannte Jessica, daß sie ein menschliches Gesicht hatte, mit straffer, bleicher Haut und kohlschwarzen Augen, die vor Gier funkelten. Der Wandteppich strahlte eine so beängstigende Düsternis aus, daß Jessica sich brüsk abwandte. Das Ding war offenbar sehr alt und vielleicht auch phantastisch wertvoll, aber sie mochte es ganz und gar nicht.

Als sie ihr eigenes Zimmer betrat, kam es ihr vor wie der Inbegriff von Gemütlichkeit, obwohl die Sonne nicht mehr hineinschien. Sie stellte fest, daß sie nicht allein war. Tillie polierte die Kommode am Bett, und die Luft war erfüllt mit dem Geruch von Bienenwachs. Mit hoher, zittriger Stimme sang sie vor sich hin und bemerkte Jessica zunächst gar nicht. Dann aber stieß sie einen Schrei aus und sprang auf.

«Mein Gott, haben Sie mich erschreckt!» rief sie aus und streckte abwehrend ihre kräftige Hand aus, die zu Jessicas Überraschung leicht zitterte.

Jessica zuckte die Schultern und lächelte. «Es tut mir leid, ich wollte Sie nicht erschrecken», entschuldigte sie sich.

Tillie lächelte ein wenig verlegen zurück. «Oh, Sie brauchen sich nicht zu entschuldigen», sagte sie. «Ron sagt, ich hätte Angst vor meinem eigenen Schatten, und vielleicht hat er ja recht. Wenn Sie einen Augenblick Geduld haben, ich bin in einer Minute hier fertig. Ich habe den Boden bereits gesaugt und Ihr Bad geputzt.»

Jessica ging zu dem Ohrensessel hinüber und schüttelte die Sandalen von den Füßen. «Lassen Sie sich bitte nicht stören», bat sie. «Ich habe diese Dinger seit dem letzten Sommer nicht mehr angehabt, und sie drücken. Ich bin gleich wieder fort.»

«Sie sind sehr hübsch», sagte Tillie bewundernd. «Aber Sie eignen sich nicht dazu, auf dem Land herumzustreunen. Oder gehen Sie nicht gern zu Fuß?» Sie nahm die Kommode erneut in Angriff.

«Was das Herumstreunen betrifft – ich weiß nicht recht», antwortete Jessica, «aber ich habe allerdings vor, mich wieder mit dem Dorf vertraut zu machen, und da geht man am besten zu Fuß.»

Tillie rieb eifrig. «Können Sie sich noch gut an früher erinnern?» wollte sie wissen, und Jessica wußte, was nun kommen würde. Also gut, dachte sie mit zynischer Gelassenheit. Rensby Rill ist ein sehr kleines Dorf, und es ist zweifellos unvermeidlich, daß der alte Klatsch wieder aufflammt. Am besten, ich bringe es hinter mich.

«Ich erinnere mich an mehr, als ich erwartet hatte», sagte sie ruhig. «Meine Familie verließ das Dorf unter sehr traurigen Umständen, und jetzt kommt mir das alles wieder ins Gedächtnis.»

Tillie richtete sich auf, ihre Augen glänzten. «Ihre Schwester ist verschwunden, nicht wahr? Furchtbar, Mrs. Mortimer, wirklich furchtbar. Aber das ist gar nicht so ungewöhnlich in diesem Dorf. Rensby Rill hat irgend etwas Ungesundes an sich.» Sie lachte verächtlich. «Kein Zweifel, es ist ordentlich, sauber und wohlhabend, und ich kann über die Leute nicht klagen. Die meisten scheinen sehr freundlich zu sein, obwohl Ron und ich nicht allzuviel mit ihnen zu tun haben, denn wir sind Außenseiter, Sie wissen schon. Aber Ihre arme Schwester war nicht die erste, die sich einfach in Luft aufgelöst hat.» Sie fuhr mit dem Lappen ein letztes Mal besitzergreifend über das glänzende Holz. «Vor fünfundvierzig Jahren ging ein kleiner Junge für seine Mutter etwas einkaufen, kam aber nie in dem Laden an. Es heißt, man kann Jahrhunderte in der Geschichte des Dorfes zurückgehen und wird feststellen, daß so etwas regelmäßig immer wieder passierte. Diese schlechte Welt ist voller dunkler Geheimnisse, nicht wahr?»

«Das Leben ist voller merkwürdiger Zufälle», bemerkte Jessica sanft. Tillie sah sie an, offensichtlich enttäuscht von ihrem Mangel an Interesse. Sie nahm den Eimer, der vor ihren Füßen stand, und stopfte den Lappen in das Durcheinander von Putzlumpen und Flaschen. «Ich glaube, Sie haben recht», sagte sie widerstrebend. «Noch einmal Entschuldigung, daß ich geschrien habe. Ich dachte schon, Sie sind der Geist.»

«Ein Geist am hellichten Tag?» zog Jessica sie auf. Aber Tillie machte ein ernstes Gesicht.

«Es heißt, daß es hier einen Geist gibt», erwiderte sie. «Er kann das Aussehen von jedem im Haus annehmen, so daß man nie weiß, ob man mit jemandem von der Familie spricht oder nicht. Ekelhafter Gedanke, was? Ich habe keine Ahnung, wessen Geist es ist, wenn Sie wissen, was ich meine. Die Familie lacht einfach darüber, aber...» Sie zuckte vielsagend die Schultern. «Einmal hatte ich ein langes Gespräch mit einem der Dorfmädchen, unten im Keller. Sie war angeheuert worden, um für Ihre Ladyschaft nach einem Fest die zusätzliche Wäsche zu waschen. Wir plauderten über das scheußliche Winterwetter und Rons Erkältung. Dann machte sie die Ladung Wäsche fertig, und ich ging wieder nach oben und erledigte die übrigen Hausarbeiten. Als ich nach Hause kam, zitterte ich, und am nächsten Tag lag ich selbst mit einer Grippe im Bett. Das war ein schreckliches Jahr, überall schwirrten Viren herum. Jedenfalls konnte ich zwei Wochen lang nicht zur Arbeit gehen, und als ich das Mädchen auf der Straße traf und zufällig auf unsere Unterhaltung im Keller zu sprechen kam, war sie völlig überrascht. ‹Das kann nicht sein›, sagte sie. ‹Milady hat doch in diesem Jahr Doris angestellt. Ich war mit meiner Freundin fort, wir haben zu dieser Zeit ein paar Tage in London verbracht.› Ich war sprachlos, kann ich Ihnen sagen! Ich glaube, ich habe eine Stunde mit dem Gespenst im Keller gesessen! Na ja.» Sie wandte sich zur Tür. «Ich hoffe, ich habe Ihnen keine Angst gemacht. Die meisten Leute lieben solche Geschichten. Besonders die Touristen.»

Jessica sah sie scharf an, konnte aber keine Boshaftigkeit in ihrem Gesicht entdecken. «Ich glaube nicht an Gespenster», erklärte sie entschieden.

«Jeder nach seinem Geschmack», sagte Tillie heiter. «Ich bin fast fertig für heute, aber ich muß weitermachen. Es war nett, mit Ihnen zu plaudern.» Sie hielt inne und blickte sich um. «Ich muß Ihnen ja wohl nicht sagen, Mrs. Mortimer, daß ich seither nicht gerne die Wäsche gemacht habe!»

Jessica hörte, wie ihr tremolierender Gesang die Treppe hinab schwächer wurde, und unterdrückte einen Anflug von Ärger. Abergläubisches altes Weib! Jessica stand auf, um sich andere Schuhe aus dem Schrank zu holen, und beschloß, das Gespräch so schnell wie möglich zu vergessen.

Drittes Kapitel

Den leichten Lunch nahmen sie auf der warmen Terrasse ein. Sir Matthew war im Geiste mit etwas anderem beschäftigt, und Lady Eleanor plauderte unaufhörlich über dieses und jenes, aber das Geplätscher ihres Redeflusses war nicht unangenehm. Jessicas Gastgeberin war offenbar in dem Glauben aufgewachsen, Gesprächspausen seien ein Zeichen von Unhöflichkeit, und so beeilte sie sich, alles zu äußern, was ihr gerade in den Sinn kam. Meist vergaß sie mitten in ihrem Redestrom, was sie hatte sagen wollen, sprach ihre Sätze nicht zu Ende, sondern brachte rasch eine neue Flut von Wörtern hervor. Schließlich saß Jessica mit geschlossenen Augen da, von der Sonne gewärmt und eingelullt von dem liebenswürdigen Geplapper ihres Gegenübers. Missy und Boris lagen auf dem Terrassenboden, sie dösten vor sich hin und schnappten ab und zu nach einem Bissen. Sir Matthew gab jedem eine Scheibe Brot mit Lachscreme. Caroline war zum Mittagessen nicht erschienen.

Nach kurzer Zeit konnte Jessica ihrer bleiernen Müdigkeit nicht mehr widerstehen, entschuldigte sich und ging auf ihr Zimmer. Sie spürte eine tiefe körperliche Zufriedenheit und war bald eingeschlafen. Inzwischen sank die milde Sonne, und der strahlende Tag verblaßte.

Sie war entsetzt, als sie beim Erwachen feststellte, daß sie den Nachmittag weitgehend verschlafen hatte, aber sie schob das auf die Nachwirkung des Jet-lag und weigerte sich, ein schlechtes Gewissen zu haben. Auf ihrer Armbanduhr war es halb sechs. Gähnend schlüpfte sie aus dem Bett, ging ins Badezimmer hinüber und wusch sich das Gesicht. Im Korridor des oberen Stockwerks wurde es bereits dunkler, obwohl es noch eine Weile dauern würde, bis die Sonne unterging.

Erfrischt betrachtete Jessica die wenigen Kleider, die Tillie in den Schrank gehängt hatte, und überlegte, welches wohl für das Abendessen am besten geeignet sei. Trotz einiger Bedenken entschied sie sich schließlich für ein weiches schwarzes Jerseykleid, das Michael ihr vor zwei Jahren gekauft hatte. «Musiker sollten immer Schwarz tragen», hatte er sie geneckt. «Insbesondere, wenn diese Musiker Lehrer sind. Es gibt ihnen ein künstlerisches Aussehen und verleiht ihnen den Anschein von Autorität.» Sie hatte ihm darauf irgendeine nicht ganz ernstgemeinte Antwort gegeben, aber sie liebte dieses Kleid, und sie sah darin wirklich «künstlerisch» aus. Sie streifte es über, steckte Perlen in die Ohren, frischte ihr Make-up auf und bürstete sich das Haar zurück.

Als sie fertig war, zeigte ihr ein Blick auf die Uhr, daß es erst sechs war, also setzte sie sich in den Ohrensessel und las die Partitur von «Zar und Zimmermann» – eine Oper, die Michael sehr gern gemocht hatte. Sie hatte die Partitur als eine Art Talisman mitgenommen, als Unterpfand für das Versprechen, das sie sich selbst gegeben hatte: daß diese quälende Zeitspanne in ihrem Leben zu Ende gehen und der unaufhörliche, bohrende Schmerz über Michaels Tod endlich nachlassen würde. Dann würde sie wieder unterrichten und klassische Musik hören können, ohne daß es ihr das Herz in Stücke riß. Doch die Partitur stimmte sie traurig, und sie legte sie beiseite. Nur zu deutlich hörte sie im Geist die Musik, dabei wollte sie doch keinesfalls die Erinnerungen wecken, die damit verbunden waren.

Sie stand auf und ging zum Fenster. Das Gras im Park färbte sich dunkel, und die Bäume warfen düstere Schatten zum Bach hinunter. Die Fensterscheibe fühlte sich kühl an, als sie ihre Hand darauflegte. Rasch zog sie die Vorhänge vor und ging hinunter.

Sie durchquerte die Halle und betrat den Salon. Es war niemand dort, obwohl eine Lampe einen warmen Lichtkreis auf den Beistelltisch neben dem Sofa warf. Das Zimmer war sehr groß, aber spärlich möbliert, es stand nicht viel mehr darin als das Sofa, ein paar Sessel, ein Mahagonitischchen mit einer Tischplatte aus venezianischem Marmor und ein Flügel, auf dem dicht an dicht ordentlich gerahmte Familienbilder standen. Das Alltagsleben der Bewohner spielte sich im Wohnzimmer im hinteren Teil des Hauses ab. Dieser Raum war für große Einladungen oder den Empfang wichtiger Gäste gedacht. Jessica betrachtete neugierig die Fotos. Zwei davon waren Studioporträts von Sir Matthew und Lady Eleanor, sehr förmlich und ohne eine Spur von Lebendigkeit. Die übrigen zeigten die Kinder. Jessica erkannte in dem Kleinkind mit dem dunklen Haar und dem an die Brust gedrückten Wasserball Caroline. Auf einem späteren Schnappschuß grinste sie, einen Pinsel wie ein Piratenmesser zwischen die Zähne geklemmt, und ihr kindliches Gesicht sprühte vor Leben.

Bei weitem die meisten Bilder aber zeigten einen jungen Mann in verschiedenen Lebensabschnitten. Als molliges Baby saß er mit überraschtem Gesichtsausdruck nackt auf einem Eisbärfell, eine blaue Rassel in der Faust. Dann stand er mit kräftigen braunen Beinen fest auf dem Sand, ein Krabbennetz über der Schulter, das Meer hinter ihm. Gelassen blickte er, mit Blazer und Schlips bekleidet und vor dem Eingang eines beeindruckenden, von Efeu überrankten Gebäudes postiert, Jessica direkt an. Das mußte Peter sein, Carolines älterer Bruder. Jessica zog die Stirn kraus und versuchte sich ins Gedächtnis zu rufen, was sie über ihn wußte. Er war zur Welt gekommen, als sie ein kleines Mädchen war. Sie konnte sich undeutlich erinnern, wie er einen Weg entlangwakkelte, während irgend jemand, vermutlich ein Kindermädchen, die Arme über ihn breitete, aus Angst, er könnte hinfallen. Sonst hatte er keinen Eindruck bei ihr hinterlassen.

Lächelnd wollte sie sich schon abwenden, als ihr eine weitere Fotografie ins Auge fiel. Ein kleines Mädchen saß ordentlich auf einem Sessel, eine Puppe neben sich. Eine dekorative Schleife balancierte auf ihrem Kopf, und ihr Gesicht sah sehr feierlich aus. Es waren nicht Carolines Züge. Natürlich, dachte Jessica und richtete sich auf. Es gibt noch eine andere Tochter. Sie war etwa in meinem Alter, glaube ich, aber so gut wie nie zu Hause, so daß ich mir kaum noch ein Bild von ihr machen kann. Ich sah sie gelegentlich im Vorbeigehen, aber sie schien so unzugänglich und geheimnisvoll, daß ich sie nie aufforderte, mit mir zu spielen. Vermutlich war sie im Sommer meist in Rensby Hall, aber damals fuhr Vater immer drei Wochen mit uns nach Brighton, und die Rensbys reisten oft ins Ausland. Unsere Wege haben sich selten gekreuzt. Wie war doch gleich ihr Name? Ich kann mich nicht einmal mehr daran erinnern. Nun, wahrscheinlich werde ich ihr und Peter in der Zeit, wo ich hier bin, irgendwann einmal begegnen.

Jessica wandte sich ab. Fast genau gegenüber der Tür, durch die sie den Salon betreten hatte, befand sich eine weitere Tür, durch die ein schwacher Lichtschein fiel. Durch diese Tür trat sie nun und kam in die Bibliothek.

Es war ein atemberaubender, staubiger Saal von unermeßlicher Weite, von dem weitläufigen glänzenden Parkettfußboden bis zur Decke, die sich ins Unendliche zu erheben schien, gemeinsam mit den hohen, jetzt dunklen Fensterscheiben auf der rechten Seite. Von der linken Wand ragten zehn Regale in den Raum, die alle bis zur Decke reichten, und Jessica wußte, daß sich zwischen dem fünften und sechsten Regal ein riesiger Kamin befand, der ganze Baumstämme verschlang. In gleichmäßigen Abständen standen drei Lesetische mit weichen, ledergepolsterten Stühlen im Raum verteilt, sie wirkten jedoch seltsam verloren in der überwältigenden, höhlenartigen Weite. Als Kind hatte sie diesen Raum, wenn man ihn so bescheiden als Raum bezeichnen durfte, ungeheuer spannend gefunden, sie war sich so winzig darin vorgekommen, und jetzt, als sie durch das Halbdunkel auf den Lichtstrahl am anderen Ende zuging, stellte sie fest, daß sich an dieser kindlichen Wahrnehmung scheinbarer Unendlichkeit nichts verändert hatte.

Als sie am siebten Bücherregal vorbeikam, konnte sie die Lichtquelle ausmachen. Es war eine angelehnte Tür, hinter der Sir Matthew zu sehen war, er schrieb über einen Schreibtisch gebeugt im Licht einer streng funktionalen, verstellbaren Schreibtischlampe. Als sie näherkam, spürte sie plötzlich einen eiskalten Luftzug, der sie erschauern ließ. Ihr entfuhr ein leiser Schrei, und Sir Matthew fuhr zusammen. Einen Augenblick lang starrte er sie mit völlig ausdruckslosem Gesicht an, dann aber nahmen seine Züge eine gutmütige Miene an, und er stand auf.

«Jessica, meine Liebe. Entschuldigen Sie, aber einen Augenblick fragte ich mich, wer um alles in der Welt das sein könnte. Die Bibliothek ist völlig dunkel. Kommen Sie doch herein! Ich schinde mich immer noch mit diesem verflixten Aufsatz und wünschte, ich hätte nie etwas von den Assyrern gehört.» Er winkte ihr zu, hereinzukommen, aber sie zögerte und empfand plötzlich Widerwillen, den Raum zu betreten.

«Es tut mir leid, Sir Matthew», sagte sie. «Ich wollte Sie nicht stören. Ich hatte vor dem Abendessen einfach nichts zu tun.»

«Abendessen?» wiederholte er. «Ist es schon so spät? Kommen Sie doch herein und trinken Sie ein Glas Sherry mit mir, bevor ich mich umziehen gehe. Ich bin ganz steif, und die Arbeit ödet mich an.»

Sie konnte diese erneute Einladung nicht ablehnen. Als sie erst einmal im Arbeitszimmer stand, verflog ihre irrationale Furcht. Das Zimmer war nicht kalt, es war sogar überheizt, denn im Kamin hinter Sir Matthews Schreibtisch brannte ein Feuer. Auf Jessica machte das Arbeitszimmer den Eindruck eines Refugiums, es war ein Ort, wo man Papiere zerknüllen und auf den Boden werfen konnte. Wenn es ihm beliebte, konnte Sir Matthew hier in Socken herumlaufen und Asche aus seiner Pfeife auf den Teppich streuen. Es roch sogar anders als im übrigen Haus. Neben dem Rauch des Holzfeuers nahm sie einen leicht beißenden, moschusartigen Geruch wahr, bei dem sie unwillkürlich die Nase rümpfte. Sir Matthew führte sie zu einem Stuhl am Feuer und drückte ihr ein Glas Sherry in die Hand.

«Meine Güte, wie kalt Sie sind!» bemerkte er, ließ sich auf dem anderen Stuhl nieder und streckte seine Beine aus. «Ach ja, ich weiß, wie das ist. Man gewöhnt sich an die Zentralheizung, und ohne sie wird es einem selbst in dieser Jahreszeit zuweilen eiskalt. Sie müssen daran denken, Tillie abends zu bitten, daß sie in Ihrem Zimmer Feuer macht, wenn Sie es brauchen. Wir wollen alle, daß Sie hier vollkommen glücklich und zufrieden sind.» Er lächelte und inspizierte geistesabwesend die goldgelbe Flüssigkeit, bevor er sie genießerisch kostete. «Völlig glücklich und zufrieden, liebe Jessica.»

Jessica nahm versuchsweise einen Schluck Sherry und bemühte sich, sein Lächeln zu erwidern, aber es fiel etwas gezwungen aus. Irgend etwas an ihm verstörte sie. «Danke sehr», sagte sie pflichtschuldig und wünschte plötzlich sehnlichst, sie wäre nie in die Bibliothek eingedrungen.

Es war dieser Blick, dachte sie. Dieser Blick, mit dem er mich vorhin ansah, bevor er zu sich kam. Ausdruckslos. Vollkommen gleichgültig. Ich hätte nicht geglaubt, daß ein derart leutseliges Gesicht so emotionslos sein kann, wenn es entspannt ist.

Er unterhielt sich mit ihr über die Zeit, die er während des Krieges in Kanada verbracht hatte, über Zentralheizung, über wirkliche Kälte und den Aufsatz, an dem er arbeitete. Sie nickte, lächelte und beobachtete seine Augen. Sie waren umgeben von Lachfalten, das mußte der Grund sein, schloß sie, weshalb sie ihn falsch eingeschätzt hatte. Seine Augen strahlten nicht, wenn sein Mund lächelte.

Sie dachte an Sir Matthew, der sich herabgebeugt hatte, um ihr Bonbons zu geben, und der sie auf seinen Schultern hatte reiten lassen, als sie klein war. Er hatte ihr Süßigkeiten in die Hand gedrückt – Lakritz, Gummibärchen, Zitronendrops –, sie in die Luft geschwungen und hochgeworfen, ob sie wollte oder nicht. Sie wußte noch, wie sie geschrien hatte, und keineswegs vor Vergnügen. Sie hatte es gehaßt, sein rauhes Jackett an ihren bloßen Schenkeln zu spüren. Sie schrak zurück vor der Berührung seines roten, derben Halses. Er griff nach ihren Fingern und zwang sie, die Hände an seine Stirn zu legen, so daß sie gegen seinen Hinterkopf gepreßt wurde, und jeder Muskel in ihrem kleinen Körper hatte sich vor Widerwillen verspannt. Wahrscheinlich meinte er es gut, und es war unartig und undankbar von ihr gewesen, eine solche Abneigung gegen ihn zu hegen, aber vielleicht waren die mächtigen, blinden Instinkte der Kindheit doch gar nicht so unbegründet.

Jetzt war da ein anderer Sir Matthew, der leicht exzentrische Gutsherr, der wohlwollende Gastgeber und liebevolle Familienvater. Aber hinter diesen Augen verbarg sich noch etwas anderes, ein intelligenter, berechnender, vielleicht sogar ein kalter Charakter, der nach einer verborgenen Musik spielt.

Sie merkte plötzlich, daß er schwieg, und kam zu sich. «Entschuldigung, was sagten Sie eben?»

«Daß Sie ganz reizend aussehen in diesem Kleid.» Er stand auf. «Nein, nein, bleiben Sie hier am Feuer und trinken Sie Ihren Sherry. Ich muß mich umziehen. Tillie wird den Gong schlagen, wenn das Abendessen serviert wird.» Er verließ das Zimmer durch die Tür hinter ihr und verschwand im Haus.

Jessica zwang sich sitzen zu bleiben und versuchte, den Sherry und die Wärme des Feuers an ihren Beinen zu genießen, aber sie wurde immer unruhiger. Es war zu still, es schien, als werde jedes leise Geräusch, das Ticken einer Uhr, das gelegentliche Knacken des Feuers, sofort in der Luft erstickt. Schließlich trank sie mit unangemessener Hast ihr Glas aus, stellte es auf dem Kaminsims ab und verließ schaudernd den Raum.

Eine halbe Stunde später ertönte der Gong. Jessica, die keine Lust gehabt hatte, in ihr Zimmer zurückzukehren, und zu aufgewühlt war, um sich ins Wohnzimmer zu wagen, war in der riesigen Eingangshalle herumgeschlendert, wo ein Dutzend Porträts längst verstorbener Rensbys abweisend und arrogant über sie hinwegsahen. In die Rahmen waren kleine Messingschilder eingelassen, von denen sie die Namen der Dargestellten ablas, als sie von einem zum anderen wanderte – Sir Reginald, Sir Crispian, Sir John. Vor sich selbst rechtfertigte sie das als Übung: Wenn sie ihrem Arbeitgeber helfen sollte, eine Chronik ihrer Lebensläufe aufzuzeichnen, dann mußte sie auch in der Lage sein, Gesichter mit den Namen zu verbinden, die in den Aufzeichnungen auftauchen würden. In Wirklichkeit aber versuchte sie, das Gefühl von Panik abzuschütteln, das sie aus dem Arbeitszimmer vertrieben hatte. Als Tillie, mit rotem Gesicht und zerzaustem grauen Haar, in der Halle erschien und heftig einen großen Messinggong zu bearbeiten begann, den sie mit ihrem bloßen Arm hochhielt, hatte Jessica sich einigermaßen beruhigt.

Als Jessica aufsah, erblickte sie Sir Matthew, der in einem dunklen Anzug rasch über die Galerie schritt. Gleichzeitig kamen die beiden anderen Rensbys zu Jessica durch die doppelten Türen zwischen der Halle und der kleineren Diele, die zum Wohnzimmer führte.

«Endlich etwas zu essen», bemerkte Caroline trocken und ging rasch auf Jessica zu. «Ich hoffe, du hattest einen angenehmeren Tag als ich, Jessica. Ich habe vergessen, mir etwas zu essen mitzunehmen. Ich habe auf halbem Weg nach Clapton Skizzen gemacht, hockte auf einer Straßenseite und mußte jedesmal, wenn ein Auto vorbeifuhr, meine Staffelei festhalten und die Augen zukneifen.» Ihre halb humorvolle, halb schroffe Art, sich auszudrücken, war eine Wohltat nach der eigenartigen Begegnung mit ihrem Vater im Arbeitszimmer.

Caroline sah an diesem Abend erstaunlich verändert aus: Das schimmernde dunkle Haar hatte sie aufgesteckt, wodurch ein sehr weißer, langer Hals zum Vorschein kam, neben dem zwei goldene scheibenförmige Ohrgehänge baumelten. Sie trug ein knielanges, schulterfreies, blutrotes Kleid, das sich eng um ihre schmalen Hüften legte, und ihre Lippen waren in der gleichen auffälligen

Farbe geschminkt. Die Verwandlung des schlampigen jungen Mädchens in Reithosen von gestern in diese faszinierende junge Frau, die eine Aura von Sinnlichkeit umgab, war verblüffend.

«Ich habe den ganzen Tag über gefaulenzt», antwortete Jessica leichthin. «Und den Nachmittag habe ich verschlafen.»

«Ich wollte, das hätte ich auch getan.» Caroline nahm einen Zug von der Zigarette, die sie nachlässig zwischen den Fingern hielt. «Komm, Tillie kann es nicht leiden, wenn wir nicht anfangen zu essen, sobald sie fertig ist.» Die Pfennigabsätze ihrer schwarzen Schuhe klapperten, als sie über den glänzenden Fußboden glitt. Lady Eleanor nahm Jessicas Arm.

«Ich bin froh, daß Sie geschlafen haben», sagte sie. «Sie sehen jetzt besser aus. Ich hoffe, es hat Ihren Appetit angeregt, denn ich glaube, Tillie hat heute abend Ente gemacht. Natürlich ist noch keine Jagdsaison, das ist noch lange hin, aber wenn Matthew im Herbst jagen geht, nimmt er immer welche aus und friert sie ein, das reicht dann für das ganze Jahr. Ständig möchte ich Ente ja auch nicht essen – Sie etwa? Aber ab und zu mag ich Entenbraten wirklich gern. Tillie macht ihn so gut...» Sie plauderte weiter und umgab Jessica mit einer angenehmen Wolke von Kölnisch Wasser, als sie ins Speisezimmer gingen. Sie trug an diesem Abend ihr Haar offen; von den wirkungslosen Klammern befreit, wellte es sich von ihrer hohen Stirn aus dem Gesicht und schmiegte sich sanft um ihre Schultern. Weiche Falten von grauem Satin hüllten sie ein, und winzige Diamanten blitzten an ihren Ohrläppchen. Sie sah nicht älter aus als dreißig, und als Jessica sie ansah, kam sie sich plötzlich wie eine arme, unscheinbare Verwandte vor.

Sir Matthew führte sie ins Speisezimmer und schloß die Flügeltür. Beide Leuchter waren angezündet worden, heimeliges gelbes Licht fiel auf die gestärkten weißen Leinentischtücher und brach sich in den schweren silbernen Platztellern. Erstaunt sah Jessica, daß Ron neben der Anrichte stand und darauf wartete, servieren zu können. Er sah prächtig aus in seinem schwarzen Anzug und den weißen Handschuhen. Was für seltsame Menschen das doch sind, dachte sie. In der Mitte des Tisches stand das prächtigste Salzfaß, das sie je gesehen hatte, eine Ansammlung von Türmen und Türmchen aus antikem Silber. Sir Matthew nickte, als er Jessicas erstaunten Blick bemerkte.

«Großartig, nicht wahr?» sagte er. «Ist schon seit Generationen in der Familie. Die Versicherung kostet mich ein Vermögen, aber was soll ich machen?» Er zog den Stuhl rechts von seinem Platz für sie zurück. «Setzen Sie sich neben mich! Ich muß schon sagen», fuhr er fort, als Jessica seiner Aufforderung folgte, «Sie sehen ganz reizend aus heute abend. Wirklich ganz reizend. Schwarz steht Ihnen.»

Jessica fragte sich, ob er wohl immer so geistesabwesend war, denn er hatte ihr erst vor zwei Stunden genau das gleiche Kompliment gemacht. Er war zwar exzentrisch, doch bisher hatte sie keine Anzeichen von chronischer Vergeßlichkeit an ihm bemerkt. Vielleicht hatte er ja die Schmeichelei wiederholt, um ihr in diesem Moment die Befangenheit zu nehmen, überlegte sie. Sie sah ihm kurz ins Gesicht, konnte aber keinen Hinweis auf ein geheimes Einverständnis entdecken.

Dann erinnerte sie sich plötzlich an Tillies dummes Gerede. «Es heißt, daß es hier einen Geist gibt... Er kann die Gestalt von jedem im Haus annehmen, so daß man nie weiß, ob man mit jemandem von der Familie spricht oder nicht.» Ihre Hände wurden kalt, und ein Schauer überlief sie. Sir Matthew hatte sich auf seinem Stuhl zurechtgesetzt, und auf sein Zeichen hin trat Ron mit der Servierschüssel in der Hand vor und bediente Lady Eleanor.

«Sir Matthew», sagte Jessica bedächtig, «als wir uns vorhin im Arbeitszimmer unterhielten, erwähnten Sie, daß Sie einige Zeit in Montreal verbracht haben. Wie lange waren Sie dort?» Sie beobachtete ihn genau und hätte schwören können, daß er einen kurzen Augenblick lang völlig verblüfft war, aber sehr rasch die Fassung wiedergewann. Ron war nun zu Jessica getreten und legte dünne

Scheiben Entenbraten auf ihren Teller. Seine Manschetten waren makellos sauber. Sie konnte seinen ruhigen Atem hören und kämpfte gegen den Impuls an, zurückzuweichen, als er sich ihr näherte. Ihr Gastgeber antwortete, ohne zu stocken, seine Frau korrigierte ihn automatisch, und er nahm ihre Einmischung mit seiner üblichen guten Laune hin. Ron war zur Anrichte zurückgekehrt und brachte das Gemüse.

Das Essen war köstlich, der Wein hervorragend. Auf Bitten ihrer Gastgeber erzählte Jessica von ihrem Leben als Musikerin, plauderte über die Eigenheiten ihrer Schüler und verlor sogar ein oder zwei Worte über Michael und ihre erste Begegnung bei einem Kammerkonzert. An diesem Punkt wurde Caroline plötzlich lebendig und fragte abrupt: «Wie war er, dein Mann? Sah er gut aus? War er ein guter Liebhaber?»

«Caroline, also wirklich!» rief ihre Mutter aus. «Muß das sein?» Caroline beachtete sie nicht. Sie hatte sich Jessica zugewandt und wartete auf eine Antwort. Ihre schwarzen Augen, die denen ihres Vater so sehr glichen, wanderten von Jessicas Mund zu ihren Augen und wieder zurück, und ihre roten Lippen waren leicht geöffnet.

«Schon gut», sagte Jessica, obwohl sie verärgert war. «Ich kann ihn wahrscheinlich nicht richtig beschreiben, denn wer ist schon objektiv gegenüber jemandem, den er liebt? Ich will Sie nicht mit all seinen Stärken langweilen.»

Alle lachten höflich, nur Caroline nicht. Ihre Miene zeigte unverändert einen Ausdruck fast schon schamloser Gier. «Er hatte eine seltene musikalische Begabung, um die er sich aber nicht richtig kümmerte, obwohl er manchmal auf unserem Klavier spielte», fuhr Jessica fort. «Er hatte einen ausgeprägten Sinn für Humor, der aber von einer Menge Takt gemildert wurde. Er war ruhig, zuverlässig. Äußerlich war er groß und sportlich, denn er lief regelmäßig früh am Morgen und ritt gern. Er war ein guter Reiter. Sein Haar war dunkel, wie deines, Caroline, und er hatte warme grüne

Augen. Und was seine erotische Begabung angeht – das ist Privatsache.» Stopf dir das in die Pfeife und rauch es, du obszöne kleine Hexe, dachte sie mit Genuß, aber plötzlich legte sich die Hand des Mädchens fest auf ihre. Caroline lächelte leicht.

«Es klingt, als sei er wirklich wunderbar gewesen», sagte sie. «Es tut mir leid.» Die Hand wurde zurückgezogen, und Jessica war sprachlos. «Pete kommt übermorgen nach Hause», fuhr Caroline fort. «Der Sohn und Erbe, er wird in diesem Sommer einundzwanzig. Er hat bereits eine große Party angekündigt, Jessica, vielleicht wird dich das ein bißchen aufheitern. Ich persönlich möchte meinen einundzwanzigsten Geburtstag in Südfrankreich feiern. Ich möchte mit einem bildschönen Franzosen am Strand liegen, der mir Champagner einflößt.»

«Der arme Scott», sagte ihr Vater gereizt. «Es ist sein Unglück, in dich verliebt zu sein.»

Caroline legte ihre Gabel hin. «Ach, Scott ist schon in Ordnung», entgegnete sie unbeirrt, «aber seiner Ansicht nach sind die Franzosen alle degeneriert und unzuverlässig, denn aufrecht und tapfer können nur Engländer sein. Er wäre an der französischen Riviera völlig fehl am Platz. Für ihn besteht der Himmel auf Erden in der Aussicht, in ein paar Jahren Byways zu erben, sich wie sein Vater als Gutsherr niederzulassen und haufenweise Kinder mit mir zu bekommen. Und ich werde vielleicht sogar einwilligen», fügte sie mit entwaffnender Offenheit hinzu. «Bis dahin habe ich eine Menge Bilder verkauft und kann dem häuslichen Glück so oft entkommen, wie ich will.»

«Das ist eine sehr egoistische Einstellung, Caroline», murmelte ihre Mutter.

«Aber realistisch», gab Caroline unbekümmert zurück.

«Es hängt viel von diesem Sommer ab», sagte Sir Matthew nachdrücklich, «wenn du die Hoffnung hegst, mehr von deinen Arbeiten verkaufen zu können, Caro. Man muß für alles im Leben bezahlen.»

«Ich weiß!» rief Caroline mit mißmutigem Gesicht. «Schenken Sie mir bitte noch ein Glas ein, Ron.»

Das Mahl ging friedlich zu Ende. Jessica trug kaum noch etwas zur allgemeinen Unterhaltung bei. Sie fragte sich, ob Sir Matthews Bemerkung bedeutete, daß Caroline irgendwann vor dem Herbst ihre Arbeiten ausstellen würde, in London vielleicht, aber sie entschied sich, nicht zu fragen. Es könnte so aussehen, als stecke sie ihre Nase in Dinge, die sie nichts angingen, zumal Caroline offenbar empfindlich auf dieses Thema reagierte.

Als sie den Kaffee getrunken hatten, lud Lady Eleanor Jessica ein, mit ihnen ins Wohnzimmer zu gehen, wo sie und Caroline fernsehen oder Karten spielen würden. Sir Matthew hatte vor, in sein Arbeitszimmer zurückzukehren. Aber Jessica entschuldigte sich so höflich, wie sie konnte, und ging auf ihr Zimmer. Dort räumte sie einen Platz auf der Frisierkommode frei und schrieb einen Brief an ihre Mutter, in dem sie vom Flug und von ihren beiden ersten Tagen in Rensby Hall berichtete.

Manchmal kommen sie mir vor wie die normalsten Menschen der Welt, schrieb sie. *Aber dann wieder setzen sie mich in Erstaunen, und ich finde sie überaus merkwürdig. Wie hast Du sie wohl in Erinnerung, Mutter? Überall im Garten ist Jane zu spüren, dabei habe ich jahrelang nicht mehr an sie gedacht. Aber obwohl so viel Neues auf mich einstürmt, klammert sich mein Herz fest an Michael. Morgen fange ich mit meiner Arbeit für Sir Matthew an, und ich freue mich auf diese Herausforderung.*

Als sie den Brief zusammengefaltet und versiegelt hatte, machte sie sich fertig, um ins Bett zu gehen. Sie glitt zwischen die kühlen Laken und versuchte, sich auf einen Krimi zu konzentrieren, den sie im Flugzeug angefangen hatte. Doch immer wieder drängte sich ungebeten und ganz und gar unerwünscht die Erinnerung an Sir Matthew im Arbeitszimmer in ihre Gedanken. Schließlich ließ sie das Buch auf den Bettvorleger fallen und legte sich zum Schlafen nieder. Das Licht ließ sie brennen.

Ihre Träume waren friedlich, bis sie gegen Morgen wach wurde und in dem ungeheizten Zimmer fror. Die dicke Bettdecke war zu Boden gefallen, sie beugte sich im Halbschlaf aus dem Bett, tastete danach, zog sie über die Schultern und schlief sofort wieder ein, dieses Mal aber war ihr Schlaf leicht und unruhig.

Sie träumte, sie stünde in der Wohnzimmertür der Wohnung, die sie und Michael gemeinsam bewohnt hatten. Er saß mit dem Rücken zu ihr und beugte sich über den kleinen Schreibtisch, an dem er seine Artikel schrieb, mit denen er ihnen ein zusätzliches Einkommen sicherte. Seine Knie waren leicht gespreizt, der dunkle Kopf war gesenkt. Es war schon spät, und sie wünschte im Traum, er würde ins Bett kommen. Er sah nicht so aus, als ob er wirklich arbeitete. Sein Körper war völlig unbewegt. Sie wollte ihn ansprechen, fürchtete sich aber plötzlich vor der Vorstellung, daß er sich bewegen, sein Gesicht sich langsam zu ihr umwenden oder er gar von seinem Stuhl aufstehen würde. Sie zog sich leise zurück und betete, die Dielen würden nicht knarren, voll Angst, die Augen von der unbeweglichen Gestalt zu lösen. Und plötzlich wußte sie, daß er sie gehört hatte. Er drehte sich um. Der Stuhl scharrte über den Boden, als er sich erhob. Sie stieß einen leisen Schrei aus und schlug im Schlaf um sich, aber sie wachte nicht auf. Am Morgen erinnerte sie sich nur, daß ihr kalt gewesen war.

Viertes Kapitel

Als Jessica in das Speisezimmer trat, sah sie sich wieder mit dem gehaltvollen traditionellen englischen Frühstück konfrontiert, dieses Mal aber häufte sie sich den Teller voll und aß mit Appetit. Lady Eleanor berichtete von ihren Plänen für den Tag und besprach bestimmte Details mit ihrem Mann, Jessica jedoch hörte kaum zu, sondern schnitt beherzt ihre Nieren auf und bestrich ihren knusprigen Toast mit Butter. Caroline aß wenig und sagte gar nichts. Sie war noch im Morgenrock, ihr Haar verstrubbelt und ungekämmt, unter ihren Augen zeichneten sich dunkle Ringe ab. Sie hatte offenbar nicht gut geschlafen, und sobald sie eine dritte Tasse Kaffee getrunken hatte, zündete sie sich eine Zigarette an, entschuldigte sich, schob sich hinter Jessica hindurch und verließ das Zimmer. Sir Matthew verabredete sich mit Jessica in der Bibliothek, sobald er die Hunde zu ihrem täglichen Bad gebracht hatte, dann stand auch er vom Frühstückstisch auf und ging.

«Wir sind heute morgen ja keine besonders fröhliche Gesellschaft», bemerkte seine Frau. «Matthew ist gestern abend mit seiner Arbeit steckengeblieben, und nichts ärgert ihn mehr, als wenn eine Arbeit sich lange hinzieht. Sie haben heute nacht gefroren, nicht wahr?»

Verdutzt sah Jessica auf. «Ja, ein bißchen. Woher wissen Sie das?»

Eleanor lächelte triumphierend. «Das erkenne ich an der Art, wie Sie Ihr Essen verdrücken. Ich glaube, wir haben irgendwo eine elektrische Heizdecke. Ich sage Tillie, sie soll sie auf Ihr Bett legen. Für alle Fälle.» Sie erhob sich. «Es wird Zeit, daß ich mich auf den Weg mache. Viel Glück mit der Arbeit. Lassen Sie sich von mir einen guten Rat geben, achten Sie einfach nicht auf Matthew, wenn er Ihnen erst einmal erklärt hat, was er von Ihnen erwartet. Er kann zwanzig Seiten über die Bedeutung irgendeines Kratzers an einem assyrischen Topf schreiben, aber wenn es darum geht, Aufzeichnungen und Unterlagen zu ordnen, benimmt er sich wie ein wirrköpfiger Idiot. Das gilt übrigens für uns alle. Außer Peter natürlich.» Sie seufzte, ob aus Bedauern über die Unfähigkeit der Familie oder in tiefer Bewunderung für ihren Sohn, konnte Jessica nicht sagen. Sie legte ihre Serviette neben den Teller und stand ebenfalls auf.

«Ich komme mit», sagte sie. «Ich möchte gern ein bißchen frische Luft schnappen, bevor ich mich an die Arbeit mache. Es sieht ganz so aus, als würde es wieder ein schöner Tag werden.» Lady Eleanor stimmte ihr lebhaft zu und begann, wortreich das diesjährige Juniwetter mit dem des letzten Jahres zu vergleichen, während sie gemeinsam in die Halle hinausgingen. Dort verabschiedete sie sich, und Jessica trat aus dem Haupteingang in den Sonnenschein des neuen Tages.

Ihr erster Impuls war, denselben Weg zu gehen wie am Tag zuvor, und sie wandte sich, ohne zu zögern, nach links, blieb dann jedoch wie angewurzelt stehen. Irgend etwas will, daß ich zur Laube zurückkehre, dachte sie. Irgend etwas wartet dort auf mich, irgendeine Enthüllung, die mich ängstigt und bedrängt. Aber sie wollte nicht wissen, was es war, nicht heute, noch nicht. Später vielleicht, wenn sie gelassener sein konnte, wenn sie nicht mehr zwanghaft versuchte, ihrem Leben eine neue Richtung zu geben, wenn sie ausgeglichener war und sich erste Schritte auf den dunklen Pfaden der Seele erlauben konnte. Es war ein langer Weg, zwanzig Jahre lang, und sie war noch nicht bereit für eine so geheimnisvolle Unternehmung. Nicht, solange sie all ihre Energie darauf verwenden mußte, in der Gegenwart zu leben. Wie heiß die Sonne auf ihrer Haut brannte! Und das Vogelgezwitscher war ohrenbetäubend!

Sie kehrte um und ging über die Auffahrt, durch den Schatten der Eiche, wo das Gras unter ihren Füßen weich und noch feucht war, und weiter auf den weißen Kies, der zu dem hohen schmiedeeisernen Eingangsportal führte. Die Flügeltüren waren geschlossen. Auf der anderen Seite verlief die Straße, auf der sie vor zwei Tagen so stilvoll angekommen war, zwischen der Ruine der Abtei zu ihrer Rechten und einer unüberschaubaren Reihe von Feldern zu ihrer Linken. Sie war versucht, das Tor aufzustoßen und hinüber in den Hafen ihrer Kindheit mit den freundlichen alten Steinen zu laufen, aber sie wollte ihren Arbeitgeber nicht warten lassen. Widerstrebend schlenderte sie zurück zum Haus und atmete tief die schwach nach Blumen duftende Luft ein. Alles würde gut, sie wußte es. Ihre Wunden würden vernarben, sie heilten bereits an diesem bezaubernden, aber seltsamen Ort, und die Zeit würde ihr die innere Heiterkeit wiedergeben, die sie verloren hatte.

Sie ging zur Bibliothek über die Terrasse, stieg die blankgeputzten Steinstufen hinauf und überquerte den hübschen Vorbau. Die blinkenden Fenstertüren waren alle geschlossen. Sie sah hinein und konnte Sir Matthew erkennen, der Papiere auf einem der Lesetische stapelte. Sie klopfte leise. Er kam zu ihr ans Fenster und ließ sie ein.

«Eine gute Idee!» sagte er, als sie an ihm vorbeiging, und stieß die vom Boden zur Decke reichende Glastür weiter auf. «Lassen wir etwas von dieser herrlichen Luft herein! Sie sind also bereit, sich unters Joch zu beugen, wie? Wollen Sie nicht noch einen Tag freinehmen, um sich einzugewöhnen?»

«Nein, danke.» Sie ging zu dem Tisch, neben dem er nun stand, die Hände tief in den ausgebeulten Taschen. «Zeigen Sie mir bitte, was ich für Sie tun soll und wie weit Sie gekommen sind. Ich glaube, ich werde die Arbeit überaus interessant finden.»

«Du lieber Himmel, das hoffe ich sehr!» Er ließ den Blick über das Durcheinander schweifen, das einen Tisch vollständig bedeckte, sich über den Boden ergossen und auf mehreren Stühlen niedergelassen hatte. «Sonst werden Sie sich den ganzen Sommer über zu Tode langweilen. Im Arbeitszimmer steht eine Schreibmaschine, wenn Sie eine brauchen. Sie können Sie hierherbringen. Richten Sie es sich hier ganz so ein, wie Sie möchten, und fragen Sie mich alles, was Sie wissen wollen.» Er bedeutete ihr, sich zu setzen. «Die Recherchen sind soweit abgeschlossen. Ich habe einen Studenten angestellt, der in London einen Teil der Laufereien für mich erledigt hat, und Eleanor habe ich überredet, die Kirchenbücher für mich durchzusehen. Darüber brauchen Sie sich keine Gedanken zu machen.» Er klopfte auf einen Berg von Papieren, der jeden Moment umzukippen drohte. «Das Problem besteht darin, liebe Jessica, daß die Jahrhunderte ziemlich durcheinandergeraten sind. Ich habe mich nach Kräften bemüht, sie auseinanderzuhalten, aber ich arbeite jetzt schon seit Jahren daran, und in dieser Zeit, na ja, sind ein paar Teile unter andere Teile geraten, Seiten sind auf den Boden gefallen und falsch eingeordnet worden – es muß einmal gründlich aufgeräumt werden. Außerdem müssen ein Register angelegt und kleine Überleitungen geschrieben werden, um die einzelnen Fakten miteinander zu verbinden. Wollen Sie ein paar Kartons haben? Sie könnten sie beschriften, einen für jedes Jahrhundert.»

Jessica nickte. «Ja, ich glaube, Kartons sind eine sehr gute Idee. Um wie viele Jahrhunderte geht es denn?»

Er wandte sich ab und begann im Raum auf und ab zu gehen. «Wie viele Jahrhunderte? Nun, die Rensbys sind mit Wilhelm dem Eroberer herübergekommen – 1066, wie Sie wissen. Damals waren sie einfache Landbesitzer. Natürlich noch nicht geadelt. Sie sind im Domesday Book erwähnt. Das Dorf hieß schon damals Rensby Rill. Tatkräftig und ehrgeizig waren sie, die Rensbys. Und sind es immer noch, glaube ich. Ich hatte einen jüngeren Bruder im Parlament, aber ich mochte ihn nicht. Scheinheiliger, intoleranter, selbstgefälliger Tugendbold. Er ist gestorben. Wie auch immer. Meine Vorfahren blieben nicht lange bloße Landbesitzer. Die Rensbys waren überall dabei, beim ersten Kreuzzug, bei der Magna Carta, im Kampf gegen die Spanier unter Elizabeth I., bei Waterloo – wir gehören sozusagen zu den Grundfesten dieser Nation.» Er blieb auf der anderen Seite des Tisches stehen. «Die Abtei nebenan wurde am Ende des 13. Jahrhunderts gegründet. Es war nur eine kleine Stiftung. In der Zeit, als die Klöster aufgelöst wurden, machte sie Heinrich VIII. keine Schwierigkeiten, deshalb ließ er sie in Ruhe, nachdem er den gesamten Kirchenschatz hatte fortschaffen lassen. Aber er ließ, nur einen Katzensprung davon entfernt, dieses Haus bauen. Dazu enteignete er ein großes Stück Land des Klosterbesitzes und verwendete eine der Wehrmauern für den Bau, unsere jetzige Westwand, und einen Teil der Speisekammer der Abtei als Keller. Schlauer alter Fuchs. Er schenkte das Haus im Jahr 1542 meinem Vorfahren Julian Rensby und befahl ihm, ein Auge auf die Mönche zu haben.»

Seine Stimme hatte sich verändert. Jessica, ein wenig überwältigt von dieser Flut von Informationen, bemerkte, daß an die Stelle seiner chaotischen Jovialität eine klare Logik getreten war. Jetzt blieb er stehen und sah sie mit strahlenden, intelligenten Augen an.

«Und was hielten die Mönche davon?» erkundigte sie sich.

Er zuckte die Schultern. «Nicht viel. Die Beziehungen waren entschieden gespannt, und das wurde noch schlimmer, nachdem Julian seine Frau mit einem Liebhaber erwischt und sie lebendig im Keller eingemauert hatte. Danach setzte keiner der Mönche je wieder einen Fuß auf diesen Boden, und der Abt verbot allen Rensbys, die Abtei zu betreten. Nicht, daß ihnen allzu viel daran gelegen hätte. Zehn Jahre später waren die Mönche fort. Die Kirche hatte ihnen eine neue Unterkunft zugewiesen, irgendwo im Norden, und ließ die Gebäude verfallen. Ich kann mir vorstellen, daß Julian darüber sehr erleichtert war.»

«Lebendig eingemauert?» wiederholte Jessica entsetzt. «Meinen Sie, er hat sie im Keller sterben lassen? In Ihrem Keller hier? Ist sie da immer noch?»

Er lachte. Seine Hände fuhren in die Jackentaschen, und er war wieder ganz der alte Sir Matthew. «Tut mir leid, meine Liebe», sagte er. «Wir sind alle so an diese Geschichte gewöhnt. Wir sind damit aufgewachsen, aber Ihnen muß das ziemlich grausig vorkommen. Mein Großvater fand ihr Gerippe. Er ließ im Keller elektrische Kabel verlegen, Steckdosen und so weiter da unten einbauen. Als die Arbeiter die Wände aufstemmten, fanden sie einen winzigen Raum, eigentlich nur eine Höhlung, in dem das Gerippe lag. Der Pfarrer sorgte für ein anständiges Begräbnis. Ich ließ sie in der Familiengruft bestatten, neben ihrem Gatten.»

Jessica erschauerte unwillkürlich. Die Luft war frischer geworden, kleine Windstöße drangen durch die offenen Fenstertüren. Die Papiere vor ihr raschelten leicht. «War sonst noch etwas in dem Raum?»

Sir Matthew richtete sich energisch auf. «Nein, nur ihr Skelett und ein ziemlich hübscher Tudor-Stuhl. Ich ließ ihn restaurieren, und er steht jetzt im Arbeitszimmer, neben dem Kamin. Übrigens steht diese Geschichte irgendwo in meinen Notizen. Ich möchte wetten, daß Sie bald darüber stolpern. Kartons. Ich werde Ihnen Kartons besorgen. Ron soll welche für mich auftreiben. Dann muß ich einfach diese verdammte assyrische Geschichte fertigmachen, sonst verpasse ich den Abgabetermin für die Zeitschrift der Gesellschaft. Ich will, daß der alte McNaughton sie gedruckt sieht und mir einen bösen Brief schreibt. Amüsieren Sie sich gut, meine Liebe.»

Jessica sah ihm nach, wie er über die Terrasse spazierte und in der strahlenden Morgensonne verschwand. Plötzlich wünschte sie, er würde sie nicht «meine Liebe» nennen. Das Wort bekam allmählich einen leicht herablassenden Klang, der ihr nicht gefiel. Sie stand auf und schloß das Fenster, blieb einen Augenblick stehen und dachte in milder Verzweiflung an die Aufgabe, die vor ihr lag. Schließlich ging sie durch den Raum zu dem großen Messingknopf, der neben dem Kamin in die Wand eingelassen war, und drückte ihn fest. Als Tillie endlich aus dem Salon kam und «Ja, bitte?» rief, war Jessica bereits damit beschäftigt, das Chaos zu sichten.

«Ich hätte gern eine Kanne Kaffee, Tillie, wenn es Ihnen nichts ausmacht», rief sie zurück. «Schwarz, mit Zucker.»

«Ja, ist gut. Aber ich bin gerade beim Backen, deshalb wird es ein Weilchen dauern. Ich habe die Heizdecke auf Ihr Bett gelegt.» Damit zog sie sich wieder in die Küche zurück.

Jessica beugte sich über ihre Arbeit, hielt aber plötzlich inne, als ihr ein unangenehmer Gedanke durch den Kopf schoß. Dieser Stuhl, der im Keller gefunden worden war. Hatte sie gestern abend im Arbeitszimmer darauf gesessen? Sie stand auf und rückte ihren Stuhl so hin, daß sie der jetzt geschlossenen Tür zu dem kleinen Raum genau gegenübersaß. Kurz danach besann sie sich und stellte den Stuhl wieder zurück. Zornig über ihre eigene Feigheit, konzentrierte sie sich mit verdoppelter Energie auf die Aufgabe, die ihr übertragen worden war.

Eine halbe Stunde später kam der Kaffee, und mit Tillie trat Ron ins Zimmer. Er stellte neun Verpackungskartons neben Jessica auf den Boden, warf ihr einen ausdruckslosen Blick zu und ging wieder. Neun, dachte Jessica. Neun Jahrhunderte, von 1066 bis heute. Ich möchte wissen, was für Geheimnisse dieses Haus noch bereithält? Sie schenkte sich eine Tasse dampfenden Kaffee ein und begab sich auf die Suche nach einem Stift.

In den nächsten vier Stunden arbeitete sie konzentriert und wurde immer stärker von Sir Matthews ungeordneten, aber anschaulichen Aufzeichnungen gefangengenommen. Tillie rief sie zum Mittagessen, aber sie lehnte ab mit der Begründung, sie habe ein großes Frühstück zu sich genommen und sei nicht hungrig. Sie hörte, wie sich im Arbeitszimmer etwas bewegte, und wußte, daß ihr Gastgeber sich dort seiner eigenen Arbeit widmete. Obgleich sie nicht wußte, warum, war sie froh, daß jemand in dem Zimmer saß. Sie bemühte sich, die Texte, die unter ihren Händen durchgingen, nicht Wort für Wort zu lesen, sondern nur so weit wie nötig, um die Seiten in die entsprechende Schachtel ablegen zu können. Ihre natürliche Neugier gewann jedoch oft die Oberhand, und nach und nach setzte sich vor ihrem geistigen Auge aus den zahllosen Bruchstücken ein Bild der Familie Rensby zusammen.

Tatkräftig und ehrgeizig waren sie mit Sicherheit, aber auch skrupellos. Sie hatten kein Geheimnis daraus gemacht, wenn sie zu ihrem eigenen Vorteil Ehen schlossen, Freundschaften heuchelten, um an nützliche Informationen zu gelangen, kleine Verrätereien begingen, kalt und unpersönlich manipulierten, um ihr Geschick weiter zu fördern. Jessica fand sie faszinierend, aber sie konnte sich nicht vorstellen, herzliche Gefühle für sie empfinden zu können. Schiere Kaltblütigkeit zog sich offenbar wie ein roter Faden von einer Generation zur anderen. Obwohl sie das Material, das vor ihr lag, nur oberflächlich zur Kenntnis genommen hatte, gewann sie den Eindruck, daß allein das jeweilige Familienoberhaupt und sein Nachfolger vor ihnen und ihrer Eigensucht sicher waren.

Mit ihrer unleugbaren Skrupellosigkeit aber ging eine leidenschaftliche Lebenslust einher, die Jessica gefiel. Sie waren schnell dabei, Duelle auszutragen, bei denen sie meist gewannen, leidenschaftlich wurde um Liebhaber und Geliebte geworben, die ebenso leidenschaftlich wieder abgelegt wurden, trunksüchtige Söhne verschleuderten im Spiel die Einkünfte eines ganzen Jahres, eine Tochter lief fort, von der man niemals wieder etwas hörte.

Sämtliche Aufzeichnungen, ob getippt oder handschriftlich, waren voller Quellenangaben, die ihre Glaubwürdigkeit stützten. Sir Matthew hatte bereits eine monumentale wissenschaftliche Arbeit geleistet, und Jessica fragte sich, was für sie überhaupt zu tun bliebe, außer alles in die richtige Reihenfolge zu bringen. Sie hatte die Arbeit angenommen, weil sie eine Abwechslung brauchte. Michaels Tod war völlig ohne Vorwarnung eingetreten, sie war danach wie gelähmt gewesen und vorübergehend unfähig zu allem, was das Leben von ihr verlangte. Der Schock hatte allmählich nachgelassen, aber nicht der nagende Schmerz, nicht die tief verankerten Gewohnheiten jahrelanger enger Gemeinsamkeit. Morgen für Morgen wachte sie zu Hause in ihrer Wohnung auf und drehte sich schlaftrunken zu einem Körper um, der ihr durch seine Abwesenheit ein unsanftes Erwachen bescherte. Immer noch deckte sie den Tisch für zwei, wenn sie in Gedanken war, erwartete sie, seine Stimme am Telefon zu hören, wenn sie abnahm, rannte sie zur Tür, wenn sie meinte, im Flur seine Schritte vernommen zu haben. Ihr Verstand sagte ihr, daß er nicht mehr da war, doch ihr Herz reagierte, als hätte sich nichts verändert, und wollte die Wirklichkeit nicht akzeptieren. Er war alles für sie gewesen, Vater, Beschützer, Freund und Gefährte, und sie konnte sich mit dem grausamen Verlust einfach nicht abfinden.

«Du brauchst einen gründlichen Tapetenwechsel», hatte ihre Mutter gesagt. «Nicht eine Woche Strandurlaub, sondern ein paar Monate irgendwo, wo alles ganz anders ist.» Sie hatte resigniert zugestimmt. «Würdest du nach Rensby Rill zurückkehren?» hatte ihre Mutter sie gefragt. «Als du klein warst, hat es dir dort sehr gefallen. Du bist fast ständig im Wald herumgestromert oder hast im Wasser geplanscht. Ich könnte an Lady Eleanor in Rensby Hall schreiben und sie fragen, ob wir im Dorf billig ein Cottage für dich mieten können.» Jessica hatte einen Augenblick nachgedacht. Rensby Rill. Riesige Buchen, die das Spiel des kleinen Mädchens beschirmten. Wasser, das sich warm und glitzernd in der Sommersonne kräuselte, aufgewirbelt von schattenhaften Elritzen. Die verlassene Straße, voller Regenpfützen, ruhig und friedlich. Ja, sie hatte es geliebt.

«Aber vielleicht würde es dich nur noch mehr durcheinanderbringen», hatte ihre Mutter sanft zu bedenken gegeben. «Wegen Jane, meine ich.» Jessica war aufgefahren. Irgend etwas hatte ihr Innerstes gestreift und ein erwartungsvolles Zittern verursacht, einen leichten Anflug von Angst und Hoffnung. «Nein, es wird mich nicht durcheinanderbringen», hatte sie langsam erwidert. «Das mit Jane kam erst am Schluß. Davor gab es so viel Gutes.» Sie sah ihre Mutter an. «Aber ich habe fast ein Jahr lang nicht gearbeitet. Wovon sollen wir die Miete bezahlen?» Ihre Mutter stand energisch auf. «Es kann nicht schaden, einen Brief zu schreiben und zu fragen», hatte sie gesagt. Als Antwort war mit fast schon verdächtiger Eile ein überschwenglicher Brief von Lady Eleanor gekommen, in dem sie Jessica eindringlich bat, Rensby Hall den Sommer über als ihr Heim zu betrachten. Wenn sie wünsche, könne sie als Gegenleistung regelmäßig an Sir Matthews Manuskript arbeiten. Mutter muß meine Bedürftigkeit ganz schön übertrieben haben, dachte sie reuevoll. Die Rensbys wollten ihr um der alten Zeiten willen einen Gefallen tun. Die Armen! Was haben sie wohl erwartet? Eine in Tränen aufgelöste, trauernde Witwe, die halb von Sinnen ist? Wie peinlich für uns alle!

Die Kaffeekanne war leer. Jessica trank den kalten Rest, der noch in ihrer Tasse war, stand auf und streckte sich. Sie würde es von der besten Seite sehen. Ihnen zuliebe würde sie weiter so tun, als gäbe es hier tatsächlich Arbeit für sie, würde sie die Zeit, die sie hier war, als einen langen Urlaub betrachten und genießen. Sie hatte jetzt schon das Gefühl, langsam wieder zu sich zu kommen. Michael wäre der erste, der sie ermahnen würde, sich aus dem Sumpf der Trostlosigkeit zu ziehen und einfach weiterzuleben. Und das würde sie von nun an tun.

Das Geräusch von Absätzen, die über das Parkett klapperten, ließ sie herumfahren. Lady Eleanor kam auf sie zu, gekleidet in ein sehr modisches hellblaues Kostüm, mit einem weißen Chiffonschal um den Hals. Die Jacke war maßgeschneidert, folgte der Linie ihrer schlanken Taille und war über ihren schmalen Hüften provokativ ausgestellt. Der Schal paßte nicht so recht dazu, er wirkte wie der Versuch einer älteren Frau, ihren Hals zu verhüllen, der allerdings bei Eleanor noch kein bißchen erschlafft war.

Plötzlich hatte Jessica eine überraschende Vision von üppigem

Haar, das verführerisch über glatte nackte Schultern fiel, und einem lasziven Blick aus halbgeschlossenen Lidern. Sie überlegte, wie viele Männer Sir Matthew wohl um seine Frau beneideten. Vielleicht war er eifersüchtig. Vielleicht steckte hinter Eleanors Kleidungsstil weniger die Konvention ihres Alters und ihrer Klasse als eine bewußte Unterdrückung ihrer Sinnlichkeit, mit Rücksicht auf ihren Mann. Caroline hatte ihre leidenschaftliche Sexualität ganz sicher nicht von ihrem Vater geerbt. Lady Eleanor trug eine Aktenmappe, ihre Handtasche hatte sie unter den Arm geklemmt.

«Wie kommen Sie voran?» erkundigte sie sich heiter. «Ich kann auf dem Boden keine Haarbüschel entdecken, daraus schließe ich, daß Sie noch nicht verrückt geworden sind. Würden Sie gern eine Pause machen? Heute nachmittag ist eine Versammlung des Schulvereins, und da ich die Vorsitzende bin, muß ich dort erscheinen. Ich dachte, Sie hätten vielleicht Lust, mit mir ins Dorf zu fahren und sich dort einfach ein bißchen umzuschauen, solange ich zu tun habe.»

Jessica warf einen Blick auf den noch immer von Papierstapeln bedeckten Tisch. Immerhin lagen bereits in jedem der Kartons ein paar Seiten. «Ich würde gern mitkommen, wenn Sir Matthew nichts dagegen hat», sagte sie. «Ich habe gestern abend meiner Mutter einen Brief geschrieben, den könnte ich dann gleich zur Post bringen.»

«Darüber brauchen Sie sich doch keine Gedanken zu machen», sagte Lady Eleanor. «Wenn Sie Briefe haben, können Sie sie einfach auf den Tisch im Flur legen. Ron bringt sie jeden Tag zur Post, es sei denn, daß jemand von uns ins Dorf fährt. Matthew ist mit seinem Aufsatz fertig», fuhr sie fort, «den können wir dann gleich mit abschicken. Er hat sicher nichts dagegen, wenn Sie den Nachmittag freinehmen. Er weiß, daß Sie eine gewissenhafte junge Frau sind. Sie können ja heute abend weiterarbeiten, wenn Sie möchten. Außerdem wäre es ein Jammer, das schöne Wetter nicht zu nutzen.» Während sie sprach, ging sie zum Salon zurück.

«In diesem Fall würde ich sehr gerne mitkommen», erklärte Jessica kurzentschlossen. «Ich brauche nur einen Augenblick, um meinen Brief und meine Handtasche zu holen.»

Lady Eleanor fuhr einen beigefarbenen Austin Mini, der Jessica an das alte Auto erinnerte, das ihr Vater besessen hatte. Sie ließ das Auto langsam zum Tor rollen, fuhr dann weiter an den Ruinen vorbei und bog schließlich links ab. «Was halten Sie bisher von der Dynastie der Rensbys?» wollte sie wissen, während sie schneller an der Gabelung vorbeifuhren, an der die Straße nach Norden Richtung Clapton abzweigte. «Hatten Sie Gelegenheit, einen Eindruck von ihnen zu gewinnen?»

Die Wortwahl war etwas seltsam, und Jessica mußte lächeln. «Nach dem, was ich bisher gesehen habe, scheinen sie ganz schön gewalttätig gewesen zu sein», antwortete sie. «Sir Matthew erzählte mir von Sir Julians Frau, die im Keller eingemauert wurde.»

Lady Eleanor kicherte. «Sie waren eine schreckliche Sippschaft, aber stark, wissen Sie. Voller Energie. Die Linie hat sich ohne Unterbrechung bis in die Gegenwart fortgesetzt, jede Generation hat wenigstens einen gesunden Sohn hervorgebracht, der den Titel erbte. Matthew hat mich gedrängt, ein paar einfache Nachforschungen für ihn anzustellen, und ich fand es recht interessant.»

«Interessant wird es sicherlich für mich auch», sagte Jessica, «aber es ist wirklich nicht viel, was ich zu tun habe, Lady Eleanor. Sir Matthew braucht mich eigentlich gar nicht.»

«O doch, er braucht Sie.» Lady Eleanor zog die Stirn kraus, als sie vorsichtig über die Kreuzung fuhr und das Auto vor der Schule zum Halten brachte. Sie stellte den Motor ab, ließ den Schlüssel in die Handtasche fallen und zog eine Geldbörse heraus. «Sie müssen genau den Teil der Arbeit machen, den Matthew verabscheut. Er hätte jemanden aus dem Dorf dafür anstellen können, aber heute beherrschen so viele Mädchen nicht einmal die Rechtschreibung, von Registern oder vom Katalogisieren ganz zu schweigen.» Sie bedachte Jessica mit einem herzlichen Lächeln. «Außerdem brauchen Sie uns. Ich finde, es ist ein sehr befriedigendes Arrangement. Also.» Sie ließ ein paar Münzen in Jessicas Hand fallen und öffnete die Autotür. «Das wird für das Porto wohl reichen. Ich werde in etwa drei Stunden fertig sein – hoffe ich wenigstens. Wollen Sie mit mir zurückfahren?»

Jessica kämpfte sich aus dem kleinen Gefährt. «Nein, danke. Ich würde lieber zu Fuß zurückgehen.» Lady Eleanor nickte und überquerte resolut die Straße. Jessica machte sich mit ihrem Brief und dem dicken Umschlag ihrer Gastgeber in der Hand auf den Weg zur Post.

Es war wunderbar, in der Sonne spazierenzugehen. Das Dorf war wie ausgestorben, es dämmerte friedlich vor sich hin und strahlte eine völlig andere Stimmung aus als an dem Tag, an dem sie mit Ron hier durchgefahren war. Damals hatte es unter dem bewölkten Himmel leicht verloren gewirkt. Sie ging am Garten des «*Monk's Fast*» vorbei. Auf dem kurzgeschnittenen grünen Rasen des Wirtsgartens hinter der schützenden Hecke standen Tische unter festlichen rotweißen Sonnenschirmen. Kein Gast war zu sehen, nur ein dickes Rotkehlchen hüpfte durch das Gras und verschwand im Schatten eines Lorbeerbaums. Das Rathaus, ein langes, ziemlich häßliches Ziegelgebäude mit winzigen Fenstern, hatte sich nicht verändert, ebensowenig die Post. Jessica überquerte die Straße und trat durch die offene Tür.

Der große Raum war immer noch dunkel und roch nach Staub und Packpapier. Vergilbte Plakate an den Wänden rollten sich an den Ecken ein, der Schalter war blank und voller Kerben. Jessica betätigte mit dem Ellenbogen die Klingel und bemerkte, daß ein Durchgang zu dem Gemischtwarenladen neben dem Postgebäude gebrochen worden war. Aus diesem Gang schob sich jetzt eine dicke Frau, die Füße in Hausschuhen und auf dem Kopf ein altmodisches Haarnetz, das ihre Frisur zusammenhielt. «Ja?» rief sie.

Jessica schob ihr die Briefe zu und legte ein paar Münzen auf den

Schalter. Die Frau untersuchte die Briefe, dann runzelte sich ihr gerötetes Gesicht zu einem vergnügten Lächeln.

«Sie müssen Jessica Carter sein!» rief sie. «Sie wohnen in Rensby Hall, nicht wahr? Ich erinnere mich gut an Sie, als Sie klein waren, und natürlich auch an Ihre Eltern. Es tat mir leid zu hören, daß Ihr Vater gestorben ist. Willkommen in Rensby Rill! Was meinen Sie, hat es sich sehr verändert?» Sie wog Sir Matthews Päckchen und riß Briefmarken ab, während Jessica höflich antwortete und versuchte, die barsche Riesin, die sie als Kind gekannt hatte, mit dieser gemütlichen, freundlichen Dörflerin in Übereinstimmung zu bringen, die sie mit ihrem Mädchennamen anredete. «Nun, es ist nicht mehr wie früher, das ist schon mal sicher», erklärte die Postmeisterin und reichte ihr das Wechselgeld. «Bert und ich führen jetzt auch noch den Lebensmittelladen. Die Archers haben ihn an uns verkauft und sind nach Newbury gezogen. Sie sagten, es sei ihnen hier zu ruhig. Grüßen Sie Ihre Mutter von mir! Ja, Mrs. Trent, was kann ich für Sie tun?»

Eine weitere Kundin war eingetreten. Jessica ergriff dankbar die Gelegenheit zur Flucht, blieb zögernd auf dem schmalen Weg stehen und überlegte, ob sie einen Spaziergang zum Cottage, in dem ihre Familie gewohnt hatte, machen oder weitergehen und sich die Wohnblocks am Ende der Straße ansehen sollte. Bevor sie jedoch zu einer Entscheidung gekommen war, fühlte sie, wie jemand ihren Arm berührte. Die Frau, die in der Post hinter ihr gestanden hatte, hielt ihr die Hand hin.

«Ich hörte in der Post Ihren Namen», sagte sie, als Jessica ihr die Hand schüttelte. «Ich bin Alix Trent, die Frau des Pfarrers. Sie können uns nicht kennen, denn wir sind erst seit etwa fünf Jahren hier, aber wir haben alles über die Carters gehört.» Sie war noch jung, stellte Jessica fest, nicht viel älter als sie selbst, und sah recht anziehend aus mit ihrem lockigen Haar, das zu einem unordentlichen Pferdeschwanz gebunden war, ihrem klaren, hellen englischen Teint und den langen Beinen, die in Jeans steckten. «Dies ist die erste Pfarre meines Mannes», fuhr sie fort, «und uns gefällt es gut hier auf dem Land, aber wir sehen nicht oft ein neues Gesicht. Kommen Sie auf ein Bier mit mir in den Pub?»

Jessica wollte schon ablehnen, aber es lag etwas Bittendes in der Einladung. Sie überlegte, ob Alix sich hier wohl einsam fühlte, in diesem Dorf, wo man sogar nach zwanzig Jahren noch als Außenseiter angesehen werden konnte. «Gern», sagte sie. «Ich wollte durch das Dorf spazieren und sehen, ob ich mich noch zurechtfinde, aber das kann ich immer noch machen. Ich werde den ganzen Sommer über hier sein.»

«Das habe ich gehört», sagte Alix, als sie nebeneinander um die Ecke bogen. Das Schild des Pub quietschte leicht in der nachmittäglichen Brise. «In einem kleinen Dorf gibt es keine Geheimnisse. Aber der Klatsch ist harmlos. Die Leute haben Besseres zu tun, als sich ihre Beziehungen damit zu verderben. Ich nehme an, Sie wurden von allen gefragt, ob sich das Dorf sehr verändert hat und ob Sie sich freuen, wieder hier zu sein?»

«Ja, das wurde ich wirklich gefragt, aber das macht nichts. Sie meinen es ja nur nett. Ehrlich gesagt, ich habe noch nicht viele Veränderungen entdeckt, Mrs. Trent. Es ist seltsam, aber ich habe gleichzeitig ein Gefühl von Vertrautheit und von Fremdheit.»

«Können wir es nicht beim Vornamen belassen?» fragte Alix, als sie über die Schwelle schritten. Jessica nickte und folgte Alix in den Garten, wo sie sich unter einem der Schirme niederließen. Das Rotkehlchen war wieder auf dem mit Gänseblumen gesprenkelten Rasen und beobachtete sie mit geneigtem Kopf aus sicherer Entfernung. Ein junger Mann trat an ihren Tisch, sie gaben ihre Bestellung auf, und als er ging, rief Jessica: «Ach, du liebe Zeit, das habe ich ja ganz vergessen – ich habe noch gar kein Geld, nur Reiseschecks.»

Alix winkte ab. «Ich habe dich eingeladen, und ich werde bezahlen.» Sie lächelte. «Ist das Wetter nach Kanada ein Schock für dich, oder ist es eher wie ein vertrauter alter Mantel, den man sich wieder überstreift? Ich bin nicht viel gereist, aber Ben, mein Mann, ist viel herumgekommen. Er sagt, was einen an einem Ort am meisten deprimiert, begeistert oder einschränkt, ist immer das Wetter.»

Sie unterhielten sich eine Weile heiter und unbeschwert. Jessica erfuhr, daß Alix noch keine Kinder hatte, daß ihr die Gemeinde gefiel, sie aber kein Vereinsmensch war und die verschiedenen Frauengruppen ziemlich anstrengend fand. Sie war mit fünf Jahren in ein Internat gekommen und hatte eine Privatschulerziehung genossen, wollte dann aber nicht studieren, sondern war statt dessen Tanzlehrerin geworden, bevor sie geheiratet hatte. Jetzt mußte sie sich damit zufriedengeben, die örtliche Aerobic-Gruppe zu leiten. Jessica erzählte ihr von ihrer eigenen Laufbahn, und sie unterhielten sich mit der gleichen Begeisterung über Musik, bis Jessica auf die Uhr sah und sagte: «Danke für das Bier, Alix, aber ich muß los. Ich möchte noch zur Bank, bevor sie zumacht, und dann nach Rensby Hall zurückgehen.»

«Ich habe den gleichen Weg», sagte Alix. Gemeinsam standen sie auf und gingen zur Tür. «Hast du schon angefangen, für Sir Matthew zu arbeiten?» fragte sie im Plauderton. «Wird er dich sehr in Anspruch nehmen? Ich hoffe nicht. Ich würde dich gern einladen, morgen im Pfarrhaus mit uns Tee zu trinken. Da ich nie gereist bin, höre ich nur zu gern von den Orten, die andere Leute gesehen haben!» Sie zahlte an der Bar, und nebeneinander traten sie wieder hinaus in den milden Nachmittag.

Jessica gelang es gerade noch, ein paar von ihren Reiseschecks umzutauschen, bevor die Bank schloß, dann machte sie sich mit Alix auf den Weg. Eifrig ins Gespräch vertieft, gingen sie die Straße hinunter. Als sie an dem Buchenwäldchen vorbeikamen und auf das Tor zugingen, das zum Kirchhof, aber auch zum Pfarrhaus führte, hatte sie sich entschieden, Alix' Einladung anzunehmen. Es sah ja nicht so aus, als sei Sir Matthew darauf bedacht, daß sie strenge Arbeitszeiten einhielt. Wenn sie jeden Tag in der Bibliothek verbrachte, würde die ziemlich einfache Aufgabe in ein paar Wochen erledigt sein. Außerdem fühlte sie sich in der Gegenwart von Alix wohl, und es war schön, eine unkomplizierte Freundin zu haben, solange sie sich in Rensby Rill aufhielt.

«Ich sehe dich dann morgen!» verabschiedete sie sich von der Pfarrersfrau, als sie auseinandergingen. «Ich rechne mit Crumpets und chinesischem Tee, und natürlich Sandwiches mit Wasserkresse!»

Alix lachte und winkte. «Selbstverständlich!» rief sie zurück. «Es ist mir ein Vergnügen. Bis dann!»

Jessica schlenderte die Straße entlang, bis sie zu den Ruinen kam. Sie hatte vorgehabt, direkt nach Rensby Hall zu gehen, aber der Lieblingsplatz ihrer Kindheit lockte, die weisen alten Steine und Bögen dämmerten ruhig in der Wärme vor sich hin, und so stieß sie das Tor auf, ging hinein und überließ sich ihrem Zauber.

Fünftes Kapitel

Eine Stunde später wurde der Himmel langsam blasser, im Westen waren Wolken aufgezogen. Das Wetter änderte sich. Ab und zu zerrte ein Windstoß an Jessicas Haar, als sie die schützende, windabgewandte Seite der Marienkapelle verließ und über das weiche Gras zu dem niedrigen Eisentor der Abtei zurückkehrte, das sich warm anfühlte, als sie es berührte. Sorgfältig zog sie es hinter sich zu, wandte sich nach links und trat nach wenigen Schritten durch das weitaus pompösere Eingangsportal von Rensby Hall.

Der Wind folgte ihr unter das Vordach, und sie mußte ihr zerzaustes Haar mit einer Hand festhalten, als sie die schwere Haustür schloß und in die Halle ging. Dort blieb sie verblüfft stehen. Der dämmrige Raum war mit lila Fliederzweigen geschmückt worden, deren Duft nun, da kein Luftzug mehr hereinwehte, beinahe betäubend wirkte. Mehrere hohe Keramikvasen waren an den Wänden aufgestellt worden und verdeckten die Unterseiten der mürrischen Familienporträts, zwei Blumenvasen standen vor den beiden Ritterrüstungen. Tillie, die energisch ein paar abgefallene Blütenblätter zusammenfegte, warf Jessica einen kurzen Blick zu.

«Danke», sagte sie kurz angebunden, als die junge Frau langsam näher kam. «Ich wollte die Tür gerade selbst zumachen. Der Wind frischt auf, heute abend wird es regnen. Das können wir gar nicht gebrauchen.»

Jessica nickte. «Die Blumen sind überwältigend», bemerkte sie. «Sind sie aus dem Garten?»

«Nein», erwiderte Tillie. «Eine Freundin von Lady Eleanor hat sie gebracht. Ganze Arme voll. Sie bringt immer welche, wenn der

Fliederstrauch blüht. Milady hat sie sehr gern. Hatten Sie einen schönen Nachmittag?»

Jessica fühlte sich ein wenig benommen. «Ja, sehr schön», brachte sie hervor, und als Tillie sich wieder über den Besen beugte, ging sie in Richtung Bibliothek. Der Weg dorthin kam ihr endlos vor. Fliederzweige verfingen sich in ihrem Rock, als sie an der Vase vor der Salontür vorbeiging, und sie machte sich mit einer Heftigkeit von ihnen los, über die sie selbst erschrak. Die Blüten wippten auf und ab und ließen eine Duftwolke aufwallen. Sie schloß die Augen und eilte weiter.

Ihr Arbeitsplatz war noch genau so, wie sie ihn verlassen hatte, der Stuhl war vom Tisch zurückgeschoben, die Kartons lagen auf dem Boden verstreut – sie stieß versehentlich einen beiseite, als sie sich hinsetzte. Flieder. Nicht ein Zweig, nicht ein bescheidener Strauß, sondern Dutzende dieser verdammten Dinger, die ihren Gestank im ganzen Haus verbreiteten.

Michael hatte ihr Flieder geschenkt, als sie sich verlobt hatten. Sie waren zum Essen verabredet, und er hatte großartig ausgesehen in dem Anzug, den sie nie zuvor gesehen hatte und auch nie wieder sehen sollte, denn er trug lieber Jeans und Sportsakkos. In den Armen hielt er die zarten Blütendolden. Er hatte sie ihr sanft in die Hand gedrückt und sie geküßt, wobei die Blüten ihre Wange kitzelten. «Heute abend ist ein besonderer Abend», hatte er gesagt. «Rosen passen einfach nicht zu diesem Anlaß.» Er war aufgeregt wie ein Kind und trat besorgt zurück, um ihre Reaktion zu beobachten. Sie hatte tief Luft geholt und den süßen Duft eingeatmet. Der Strauß kam ihr vor wie ein Wunder, denn es war der zwanzigste Januar, das Land lag unter Eis und Schnee. «Wo hast du die denn her?» hatte sie atemlos gefragt. «Wie hast du das gemacht, Michael?» Er hatte gegrinst und gesagt: «Das ist mein Geheimnis.» Dann hatte sie die Fliederzweige liebevoll mit Wasser versorgt und die Vase neben ihr Bett gestellt. Sie waren ausgegangen, hatten Champagner getrunken, und er hatte ihr einen Ring angesteckt. Als sie nach Hause kam, war ihr ganzes Zimmer erfüllt von Frühlingsduft, dem zarten Duft der Erwartung. Von da an hatte er ihr jedes Jahr am zwanzigsten Januar Flieder gebracht, und sie hatte nie herausgefunden, wo er die Blumen herbekam. Aus Kalifornien vielleicht? Oder aus Mexiko? In einem Jahr war es weißer Flieder gewesen, und er hatte sich wortreich entschuldigt, denn der weiße Flieder duftete nicht.

Jessica betrachtete ihre Hand, an der sie die Ringe getragen hatte. Sie zitterte. Vor nicht einmal zwei Wochen hatte sie den Schmuck abgelegt, in dem verzweifelten Verlangen, endlich Ruhe zu finden! Schließlich war sie in der Hoffnung nach England gekommen, ihre Trauer zu überwinden. Jetzt aber schnürte ihr eine Art Panik die Kehle zu. Ihr war klar, daß ihr Körper gegen den Duft der Blumen rebellierte, gegen den Ansturm von Erinnerungen, die ihr so unvermittelt aufgedrängt wurden, und sie kämpfte gegen das Gefühl, zu ersticken. Inzwischen verblaßte der strahlende Tag allmählich, und die Wolken, die vor einer Stunde kaum mehr als eine warnende dünne Linie am Horizont gewesen waren, ballten sich zusammen und verfinsterten die hohen Fenster der Bibliothek.

Sie hatte sich gerade wieder in das Chaos von Sir Matthews Manuskripten vergraben, als es an der Tür klopfte und Eleanor den Kopf ins Zimmer steckte. «Tillie sagte mir, daß Sie zurück sind», rief sie durch die Dämmerung. «Meine Güte, Kind, wollen Sie sich kein Licht machen? Hier ist es ja stockfinster.»

Jessica stand auf. «Ja, wirklich», sagte sie verwirrt. «Das hatte ich gar nicht bemerkt.»

Eleanor kam herein und schaltete das Licht an. Jessica blinzelte, als es plötzlich blendend hell wurde. «Ich glaube nicht, daß es ein Gewitter gibt», sagte Eleanor, «aber wir bekommen mit Sicherheit einen Schauer ab. Ich bin gekommen, um Ihnen zu sagen, daß im Wohnzimmer Tee serviert wird, wenn Sie mögen.» Plötzlich blieb sie stehen. «Fühlen Sie sich nicht wohl, Jessica?» fragte sie. «Sie sehen sehr blaß aus.»

«Ich glaube, das war der Spaziergang», erwiderte Jessica ohne zu zögern. «Der Rückweg vom Dorf nach Rensby Hall ist doch weiter, als ich dachte.»

«Dann sollten Sie auf jeden Fall herüberkommen und etwas essen», meinte Eleanor bestimmt. «Hatten Sie einen schönen Nachmittag?» Sie nahm Jessica bei der Hand und zog sie mit sanftem Nachdruck zur Tür. «Ja, danke», murmelte Jessica und folgte ihrer Gastgeberin durch den unbeleuchteten, stickigen Raum und die kleine Diele ins Wohnzimmer. «Nachdem ich die Post aufgegeben hatte, traf ich Alix Trent, die Frau des Pfarrers, und wir haben ein Bier miteinander getrunken.»

Unmerklich versteifte sich Lady Eleanors Rückgrat. «Ach wirklich», sagte sie. «Eine nette junge Frau. Wir sind beide im Gartenklub. Aber etwas zu ernst für meinen Geschmack, liebe Jessica, und ein bißchen zu leichtgläubig.» Sie blieb stehen, um Jessica an sich vorbeizulassen, und schloß dann fest die Wohnzimmertür. Sir Matthew sah von seinem Teller auf.

«Wer ist leichtgläubig, Ellie?» wollte er wissen. «Hallo, Jessica.»

Jessica setzte sich in den Sessel, in dem am ersten Nachmittag Caroline gesessen hatte. Sie beugte sich zum Teewagen vor und schenkte sich eine Tasse Kaffee ein. «Ich habe Lady Eleanor gerade erzählt, daß ich heute mit Alix Trent auf einen Sprung in den Pub gegangen bin», berichtete sie. «Ich fand sie sehr sympathisch. Sie hat mich für morgen zum Tee eingeladen, und ich denke, ich werde ihre Einladung annehmen.»

Alle schwiegen. Jessica beugte sich über ihren Kaffee, aber der rasche Blick, den Lady Eleanor und ihr Mann wechselten, als sie sich neben ihm auf das Sofa niederließ, entging Jessica nicht. Sie mögen sie nicht, dachte Jessica verärgert. Nun, das geht mich nichts an. Ich kann in meiner freien Zeit tun, was ich will. Ich hoffe, sie werden im Lauf des Sommers nicht immer besitzergreifender.

«Wie schön für Sie», sagte Sir Matthew und lächelte ihr zu. «Alix Trent ist eine Außenseiterin, und ich nehme an, daß sie über interessantere Themen sprechen kann als die Ernte und das Wetter und den üblichen Dorfklatsch. Gehen Sie nur, liebe Jess.»

Es gefiel ihr nicht, die vertraute Abkürzung aus seinem Mund zu hören, und sie beantwortete sein Lächeln nur widerwillig. Die beiden betrachteten sie, als erwarteten sie irgendeine Bemerkung von ihr. Der Kaffee schmeckt furchtbar, dachte sie. Es ist der Fliedergeruch, er bringt meine Geschmacksempfindungen durcheinander. Sie begann über die kleinen Veränderungen zu plaudern, die sie auf ihrem Rückweg nach Rensby Hall bemerkt hatte, und kam nicht wieder auf Alix zu sprechen. Seltsamerweise schienen ihre Gastgeber darüber ebenso enttäuscht wie erleichtert zu sein.

Nach dem Tee kehrte sie in die Bibliothek zurück und arbeitete noch zwei Stunden, dann ging sie durch die Halle nach oben. Sanftes, goldenes Licht fiel von mehreren Wandleuchtern auf die Galerie und auf die langen, geräumigen Truhen, die an den Wänden standen. Die Tür von Carolines Zimmer war angelehnt, und Jessica zögerte einen Moment. Das Mädchen war nicht zum Tee erschienen. Sie wollte schon vorbeigehen, aber Caroline sah auf und winkte sie herein.

«Ich hasse die Stunden zwischen Tee und Abendessen», sagte sie und fegte ein paar Kleider vom Sessel, damit Jessica sich hinsetzen konnte. Sie trug einen schwarzen Seidenkimono, der locker um ihre schmale Taille gebunden war, und ihr Haar war feucht. «Man hat nicht genug Zeit, um irgend etwas anzufangen, und um etwas zu Ende zu bringen, ist es für mich die falsche Tageszeit. Mein Biorhythmus ist zwischen drei Uhr nachmittags und acht Uhr sehr niedrig. Also nehme ich ein Bad und widerstehe dem Drang, Cocktails in mich hineinzuschütten.» Sie klaubte eine Zigarette aus einem verknautschten Päckchen und schob sie sich in den Mund. «Hast du Feuer?»

«Tut mir leid», sagte Jessica und setzte sich in den angebotenen Sessel. «Ich rauche nicht.»

Caroline zuckte die Schultern und begann zwischen den Flaschen und Töpfen auf ihrem Schminktisch zu wühlen. «Sehr vernünftig. Wir kriegen Regen. Ich kann ihn riechen. Wenigstens glaube ich, ihn riechen zu können, trotz des Fliedergeruchs. Ein bißchen übermächtig, nicht wahr?» Sie hob die dunklen Augenbrauen und sah Jessica an, während sie sich mit einem schmalen goldenen Feuerzeug die Zigarette anzündete.

«Ein wenig», erwiderte Jessica unsicher. «Sag mal, Caroline, wo malst du eigentlich? Gibt es hier irgendwo auf dem Gut ein Atelier?»

«Nein.» Das junge Mädchen kauerte auf der Bettkante und zog an der Zigarette. Ihr Kimono glitt auseinander und ließ ein langes weißes Bein sehen. «In London benutze ich eines der Ateliers in der Akademie, und da ich die meiste Zeit über dort bin, lohnt es sich nicht, zu Hause eins einzurichten. Wenn ich hier bin, male ich in meinem Zimmer oder in dem Gästezimmer neben deinem, es sei denn, das Haus ist gerade voll, dann arbeite ich überhaupt nicht. Ich packe einfach meinen ganzen Kram für eine Weile in den Keller.»

Ihre ungeschminkten Lippen verzogen sich zu einem spöttischen Lächeln. «In den Ferien arbeite ich eigentlich nicht ernsthaft. Ich kleckse einfach herum, um die Zeit totzuschlagen.»

«Langweilst du dich zu Hause?»

«Meistens. Ich weiß, Langeweile ist eine schlechte Angewohnheit, und ich versuche dagegen anzukämpfen, aber normalerweise gähne ich mich schließlich doch nur durch die Tage.» Sie drückte ihre halbgerauchte Zigarette in einer kleinen Schale am Bett aus, sammelte die Kleider auf, die sie achtlos über die Kommode am Fußende geworfen hatte, ging zu einem der vielen Spiegel in ihrem Zimmer und hielt sie, eines nach dem anderen, vor sich, wobei sie ihr Spiegelbild kritisch beäugte.

Jessica erinnerte sich an Sir Matthews Bemerkung beim Abendessen am Tag zuvor. «Planst du in diesem Sommer eine Ausstellung?» fragte sie.

Caroline betrachtete sich weiter stirnrunzelnd im Spiegel. «Wie kommst du denn auf die Idee?» wollte sie wissen. «Nein. Ich muß bis Ende nächsten Jahres genug Bilder für eine Ausstellung zusammenbekommen, und diese Aussicht begeistert mich nicht gerade. Mir ist es wirklich egal, ob ich ein Diplom von der Kunstakademie bekomme oder nicht. Was habe ich schon davon? Ich male ja doch nur, damit ich etwas zu tun habe. Peter wird Rensby Hall eines Tages erben und irgendeine vertrauenswürdige Debütantin heiraten, von der man erwarten kann, daß sie sich hier niederläßt und einen weiteren Rensby-Erben produziert. Ich werde den guten alten Scott heiraten, reisen und Affären haben. Vielleicht bleibe ich auch einfach hier mit Peter und seiner Frau und werde alt und zickig. Geld ist genug da, weißt du. Vater stellt es nicht gerade zur Schau, aber es ist da. Es war immer...» Ihre Stimme brach ab, und sie starrte Jessica einen Augenblick lang abwesend an. Dann kam sie wieder zu sich. «Das Grüne oder das Rosafarbene?»

Jessica blinzelte. «Das Grüne. Irgendwie paßt Rosa nicht zu deiner Persönlichkeit, Caroline.»

Caroline lachte, und das rosa Kleid fiel in einem duftigen Knäuel auf den Boden. «Du hast recht. Es war ein Fehlkauf. Dieser alberne Chiffon. Ich muß wohl an irgendeinem trübseligen Nachmittag bei Harrods Mutters Genörgel nachgegeben haben.» Sie ging zur Kommode und begann in einer Wolke zarter Wäsche herumzukramen.

«Du kommst mir eigentlich nicht vor wie jemand, der sich leicht langweilt», sagte Jessica nachdenklich. «Du bist sehr lebendig, Caroline.»

Carolines Hände hielten still. «Lebendig?» wiederholte sie leise. «Ja, vermutlich bin ich das, obwohl ich mir da manchmal nicht so sicher bin. Und was ist mit dir, Jessica? Glaubst du, du wirst wieder leben können?»

Sie ist ein außergewöhnliches Geschöpf, dachte Jessica und beobachtete, wie Caroline sich wieder der Schublade zuwandte und sich mit sicherer Hand darin zu schaffen machte. Sie hat eine ruhelose Vitalität, die ans Neurotische grenzt, aber sie ist keineswegs so unaufmerksam, wie sie scheint. Jessica war sich nicht sicher, ob sie Caroline mochte oder nicht, aber vielleicht konnten sie trotz allem bis zum Ende des Sommers Freundinnen werden. «Ich weiß es nicht», antwortete sie aufrichtig. «Aber ich bin hier, weil es an der Zeit ist, es zu versuchen.»

Plötzlich wirbelte Caroline herum und trat auf Jessica zu. Ihre Bewegung kam so unvermittelt, daß Jessica Mühe hatte, nicht zurückzuschrecken. «Ich will dich nicht mögen», sagte sie mit leiser Stimme. «Ich will nicht, daß du und ich etwas miteinander zu tun haben. Das wäre nicht richtig. Es wäre nicht angenehm.» Von den warmen, schattenhaften Brüsten des Mädchens, die der Kimono nur locker bedeckte, stieg ein leicht beißender Geruch in Jessicas Nase, und ihr Blick war fast hypnotisch. Jessica war schockiert und verwirrt. Aber bevor sie reagieren konnte, richtete sich Caroline träge auf, hob ihr Haar im Nacken an, ließ es fallen und ging wieder zur Kommode. Sie zog eine Handvoll schwarzer Wäsche heraus, knallte die Schublade zu und sagte, ohne sich umzudrehen: «Es tut mir leid. Ich habe es nicht so gemeint.»

«Doch, das hast du», entgegnete Jessica und stand auf. «Mir ist es egal, ob du mich magst oder nicht, Caroline, aber wäre es nicht höflicher, deine Gefühle für dich zu behalten?»

«Aber ich mag dich doch», antwortete das Mädchen rasch und sah Jessica an. «Ich weiß, daß du immer noch trauerst, und ich finde dich sehr tapfer und wünsche mir, ich könnte ebenso sein. Mir ist emotionaler Schmerz verhaßt! Ich kann ihn nicht ertragen. Bitte, Jessica, verzeih mir meine Unhöflichkeit, ja? Glaubst du, daß du hier glücklich sein kannst?»

Jessica zuckte die Achseln. «Ich verstehe dich nicht, Caroline», sagte sie. «Aber vermutlich muß ich das ja auch nicht. Ich werde nicht lange genug hier sein, deshalb spielt es ohnehin keine Rolle. Ich werde meine Arbeit machen, irgendwann über Michael hinwegkommen und dann nach Hause zu meinen Schülern und zu meinem normalen Leben zurückkehren. Ich...»

Caroline kam näher, sie wirkte so ernst, daß Jessica die Worte auf der Zunge erstarben. Überraschend heftig packte das Mädchen sie an den Schultern. «Wenn du bald herausfindest, daß du es hier nicht aushältst», unterbrach sie, «wenn du feststellst, daß es nicht funktioniert, wenn du Heimweh bekommst oder irgend etwas und fort willst, wirst du zuerst zu mir kommen und es mir sagen? Nicht Mutter oder Vater, sondern mir? Bitte!»

Jessica entzog sich ihrem Griff. «Du bist ein sehr seltsames Wesen, Caroline Rensby», erwiderte sie halb lachend. «Ich habe nicht die Absicht, nach Hause zu fahren, aber wenn ich daran denken sollte, ja, dann werde ich es dir zuerst mitteilen. Bist du nun zufrieden?»

«Du machst dich über mich lustig», stellte Caroline fest. «Aber ich meine es ernst, Jess.» Dann hellte sich ihr Gesicht auf. «Na ja, wie auch immer, ich ziehe mir jetzt besser was an. Scott kommt heute abend zum Essen, und dann fahren wir nach Clapton, um ein bißchen tanzen zu gehen. Willst du mitkommen? Scott hat Brüder.»

Jessica ging zur Tür. «Nein, danke», sagte sie bestimmt. «Ich bin noch nicht ganz soweit.»

«Schon gut, ich verstehe.» Caroline lächelte. Jessica trat auf den Flur, aber gerade, als sie die Tür schließen wollte, rief Caroline: «Jess?»

«Ja?»

«Glaubst du an Gott?»

Plötzlich hatte Jessica Sehnsucht danach, bis zum Kinn in heißem Badewasser zu liegen und hinter einer verschlossenen Tür ihre Ruhe zu haben. «Ja, das tue ich, Caroline, fast immer», rief sie zurück und ging fort. Aber sie konnte noch hören, wie Caroline seufzte, bevor sie antwortete: «Ich auch.»

Jessica fand keinen Frieden, als sie in ihr Zimmer kam. Kaum hatte sie die Tür hinter sich geschlossen, als der Fliedergeruch unerträglich wurde, und sie sah voller Bestürzung, daß jemand eine Vase mit Fliederzweigen auf den Tisch neben ihr Bett gestellt hatte. Sie nahm die Vase und deponierte sie im Flur auf der Truhe neben Carolines Tür.

Es sind nette Menschen, sagte sie sich, als sie Wasser in die Wanne im glänzend antiseptischen Badezimmer einlaufen ließ und schließlich mit dem Gefühl ungeheurer Erleichterung hineinglitt. Sie haben keine Ahnung, wie mich das alles verfolgt. Ich werde mit allem fertig, solange ich mich darauf einstellen kann, aber ich gerate immer noch zu leicht aus dem Gleichgewicht, wenn jemand auf der Straße ein paar Takte Chopin pfeift, wenn ich einen dunklen Lockenkopf in der Menge verschwinden sehe oder unvorbereitet auf Berge von Flieder treffe...

Sie zog wieder das schwarze Kleid an, schlüpfte in ihre Pumps und war gerade dabei, ihr Make-up zu vollenden, als sie den Gong hörte. Caroline, in dem figurbetonten grünen Wickelkleid aus Crepe, das Haar aufgesteckt, so daß es in Kaskaden über eine Schulter fiel, kam gerade aus ihrem Zimmer, und gemeinsam gingen die beiden Frauen nach unten. Die Halle war düster, wie üblich, der eine Leuchter erhellte kaum die schattigen Ecken, aber aus dem Speisezimmer drangen strahlendes Licht und ein Gemurmel heiterer Stimmen. «Scott ist da», bemerkte Caroline trocken. Ein appetitanregender Duft von gebratenem Lamm überlagerte fast den Duft der Blumen, verdrängte ihn aber nicht ganz. «Wir brauchen etwas zu trinken», sagte sie laut, als Jessica hinter ihr eintrat. «Scott, das ist Jessica. Bitte gib dir Mühe, sie nicht zu sehr zu langweilen.»

Jessica schüttelte einem jungen Mann mit frischem, gerötetem Gesicht und einem raschen, natürlichen Lächeln die Hand. Trotz der freundlichen Begrüßung spürte Jessica, daß seine Aufmerksamkeit vollkommen auf Caroline fixiert war. Als sie auf den Tisch zuging, beeilte er sich, ihr den Stuhl zurechtzurücken. Im allgemeinen Geplauder und dem Geklapper von Besteck schenkte Sir Matthew den Wein aus, und Ron, wieder in schwarzem Anzug und weißen Handschuhen, servierte die Suppe.

Scotts Beiträge zur Unterhaltung waren liebenswürdig und arglos, er schilderte Ereignisse auf dem Hof und Geschehnisse im Dorf, Familienzusammenkünfte und Reiterlebnisse. Er hatte offenbar mit Sir Matthew sehr viel gemeinsam, was besonders deutlich wurde, als das Gespräch auf Hunde und Jagden kam. Jessica, die Scott mit einer Mischung aus Wärme und Mitgefühl betrachtete, bedauerte ihn. Wenn Carolines Hand für einen Augenblick auf der Tischdecke ruhte, berührte er sie zärtlich, bisher aber hatte Jessica keine Erwiderung von Carolines Seite entdecken können. Das Mädchen rauchte, unterhielt sich weiter mit ihrer Mutter und ignorierte ihn. Er war ihrer aggressiven Intelligenz offensichtlich nicht gewachsen, ein wohlerzogener, sanftmütiger, eher schlichter Mensch, der nicht verbergen konnte, daß er verrückt nach ihr war. Jessica fragte sich, warum Caroline überhaupt daran dachte, ihn zu heiraten, wenn sie derart herablassend über ihn sprach und sich beim Abendessen nicht einmal die Mühe machte, seine Anwesenheit zur Kenntnis zu nehmen. Vielleicht handelte es sich ja um eine dieser seltsamen, arrangierten Hochzeiten, die es immer noch gab, obwohl das unwahrscheinlich war, denn es sah nicht so aus, als schere sich Caroline um die Wünsche anderer Menschen. Man fragte sich ja bei manchen Paaren, was sie aneinander fanden, dachte Jessica, während sie darauf wartete, daß ihr serviert wurde. Wenn man sie zusammen sah, hielt man es für ausgemacht, daß sie nichts füreinander empfanden, aber man wußte nie, was sich in ihren vier Wänden abspielte. Sie hoffte, Scott und Caroline waren so ein Paar. Sonst stand zu befürchten, daß der arme Junge schrecklich verletzt werden würde.

Sie stellte ihm aus Höflichkeit ein paar Fragen, die er bereitwillig beantwortete, und sie plauderte mit Lady Eleanor über die Sitzung des Schulvereins am Nachmittag. Die meiste Zeit jedoch aß sie schweigend und beobachtete Scotts Versuche, mit Caroline Kontakt aufzunehmen, die diese jedoch lässig übersah. Es war ihr ein Rätsel.

Der Kaffee wurde im Salon serviert, und hier endlich erlaubte Caroline Scott, sich neben sie auf das Sofa zu setzen und eine Hand leicht auf ihre Schulter zu legen. Doch kaum hatte er seine Tasse ausgetrunken und ein Stückchen Käse geknabbert, stand sie auf und zog ihn mit sich. «Es ist schon neun», sagte sie, «bis wir nach Clapton kommen, wird es fast zehn sein. Beeil dich Scott. Ich will tanzen!»

Er verabschiedete sich rasch, und gleich darauf hörten sie, wie die Eingangstür ins Schloß fiel. Jessica lauschte dem Geräusch von Scotts Wagen, der über die Auffahrt davonfuhr. Kurz darauf begann es zu regnen. Dicke Tropfen prasselten gegen die Fensterscheiben. «Vermutlich wird es die ganze Nacht regnen», bemerkte Eleanor und rückte zur Sofakante, um sich noch einen Kaffee einzuschenken. «Ich hoffe, Scott fährt vorsichtig.»

«Das sagst du jedesmal, wenn sie zusammen ausgehen», erinnerte ihr Mann sie träge und hielt ihr die Tasse hin. «Schenk mir bitte auch nach, Liebes.»

Jessica hatte sich in die Ecke des großen Sessels gekuschelt und beobachtete die beiden Köpfe nebeneinander, Eleanors unordentlichen Blondschopf und Matthews graumelierte Mähne, beide blickten auf den dampfenden Kaffee in der Tasse, die Matthew hochhielt. Schweigend vermittelten sie die Verbundenheit einer kameradschaftlichen Beziehung, die sie zweifellos im Lauf der Jahre entwickelt hatten, aber Jessica fiel allmählich auf, daß die beiden auch eine gewisse selbstzufriedene Unnahbarkeit umgab, die sie weniger mochte. Lady Eleanor stellte die Kanne zurück auf den Tisch, sah auf und lächelte Jessica an.

«Ich hätte gern, daß Sie für uns spielen», sagte sie und deutete auf den Flügel, auf dessen polierter Oberfläche sich die dicht beieinanderstehenden, silbergerahmten Fotos spiegelten. «Es rührt ihn überhaupt niemand mehr an, was wirklich schade ist. Als Caroline klein war, habe ich mit ihr den Flohwalzer geklimpert, aber jetzt spielt nur noch Peter ab und zu.»

«Ich wußte gar nicht, daß er spielt», erwiderte Jessica, und Sir Matthew ließ ein röhrendes Lachen hören.

«Er haut die alten Jazzmelodien runter, aber er hat eigentlich kein Gespür für Musik. Kommen Sie, Jess. Hier gibt es abends nicht allzu viele Beschäftigungen. Spielen Sie etwas, bitte!»

«Ich möchte Ihrem Wunsch gern nachkommen, aber später, im Lauf des Sommers», sagte Jessica ehrlich und ein wenig schuldbewußt. «Im Augenblick glaube ich nicht, daß ich das kleinste Stück hinbekommen würde, ohne mich zu blamieren. Ich habe ein Jahr lang nicht geübt.»

«Wir hätten Sie nicht bitten sollen», entschuldigte sich Eleanor. «Schenk uns allen einen Brandy ein, Matthew, und lege einen Chopin auf den Plattenspieler. Jessica, ich habe etwas für Sie. Ich fand es, als ich das Fotoalbum auf den neuesten Stand brachte.» Sie klopfte neben sich auf das Sofa, wo ihr Mann gesessen hatte. Er war zu den ordentlich aufgereihten Platten neben der Tür zur Bibliothek getreten und fuhr mit dem Finger an den Hüllen entlang. «Kommen Sie zu mir herüber», forderte Eleanor sie auf, und Jessica löste sich widerstrebend aus ihrer gemütlichen Ecke und tat, die Kaffeetasse in der Hand, wie ihr geheißen.

Neben dem Sofa stand ein riesiger Zeitschriftenständer aus Messing, und während die Klänge eines Chopinwalzers sich in das ständige Trommeln des Regens mischten, zog Eleanor ein dickes und recht staubiges Buch daraus hervor. Sofort glitten lose Fotos zwischen den Seiten hervor und fielen auf den Boden. Sie kümmerte sich nicht darum. «Wo habe ich es bloß?» murmelte sie vor sich hin. «Ich habe es in einen Umschlag gesteckt... Ah! Hier!» Sie reichte Jessica den Umschlag, nahm die Hand der jungen Frau für einen Augenblick in ihre Hände und sah Jessica vielsagend an. «Ich habe es aufgehoben, denn wenn Menschen einen Verlust erlitten haben, verlieren sie manchmal ein bißchen die Fassung und werfen Fotos und Erinnerungsstücke an den geliebten Menschen weg. Später bedauern sie dann, so übereilt gehandelt zu haben», erklärte sie. «Ich weiß nicht, wie das bei Ihren Eltern war, jedenfalls...» Sie lockerte ihren Griff und lehnte sich zurück. «In Wirklichkeit gehört das ja Ihnen.»

Jessica öffnete vorsichtig den Umschlag und zog ein bißchen ungeschickt die Fotografie heraus. Es war Jane, natürlich, ein alter, etwas verwackelter Schnappschuß in schwarz-weiß mit leicht hochgebogenen Ecken. Jane grinste träge, die Augen hatte sie gegen die heiße Sommersonne halb zugekniffen, eine Haarsträhne flatterte leicht unter ihrem Kinn. Sie stand vor der dicken Ligusterhecke an der Laube und trug ein weites, helles T-Shirt und noch weitere Hosen. Ein Schnürsenkel ihrer Turnschuhe war offen. Das unvermeidliche Buch hielt sie locker in beiden Händen. Janes lichtüberflutetes Gesicht, ihre bloßen Arme, das trocken wirkende Gras unter ihren Füßen – alles vermittelte eine hochsommerliche Atmosphäre.

Sie sah Jessica direkt an, mit jenem zufriedenen, rätselhaften Lächeln, an das Jessica sich jetzt wieder genau erinnern konnte. Aber es war nicht der Schock des plötzlichen Wiedererkennens, der Jessica veranlaßte, heimlich tief Luft zu holen und einen Augenblick lang bewegungslos zu verharren. Eine Erinnerung war in ihrem Bewußtsein aufgeblitzt und schon wieder verflogen, als sie ihre Schwester auf dem Foto erkannt hatte. Es hatte etwas mit Jane zu tun, in der Laube oder im Obstgarten. Etwas Merkwürdiges, etwas, das zu seltsam war, um es glauben zu können. Aber bevor Jessica die Erinnerung festhalten konnte, war sie schon wieder ins Dunkel zurückgeglitten. Sie schob das Bild wieder in den Umschlag. «Vielen Dank, Lady Eleanor», sagte sie mit einem Lächeln, in das sie Sir Matthew mit einschloß, der ihr einen Cognacschwenker reichte. «Meine Mutter hat ein paar von Janes Sachen und sämtliche Fotografien aufgehoben, aber dieses Bild habe ich noch nie gesehen. Ich würde es gern behalten, wenn ich darf.»

«Natürlich dürfen Sie!» beeilte Eleanor sich zu versichern. «Ich hoffe nur, es hat sie nicht aufgeregt, meine Liebe. Matthew hat es in jenem letzten Sommer vor der Laube aufgenommen, im Juni, glaube ich. Die arme Jane verschwand Mitte Juni, nicht wahr?»

Es war kein heiterer Walzer mehr, es war eine der Sonaten Chopins, leidenschaftlich und ungehemmt schwollen die Klänge an, und Jessica hatte einen Kloß im Hals, vor Bewunderung, aber auch vor Entsetzen. Sie nahm einen Schluck Brandy. «Ja», sagte sie. «Am zwölften Juni. Ich hatte am Tag danach Geburtstag, am dreizehnten Juni. Es war der schrecklichste Geburtstag meines Lebens. Ich war wütend auf Jane, weil sie ihn mir verdorben hatte!» Sie lachte kurz auf. «Kinder sind manchmal so gedankenlos, natürlich hatte ich keine Ahnung, daß Jane nie mehr nach Hause kommen würde. Arme kleine Seele.»

«Ja, die arme Jane», murmelte Sir Matthew. «Eine schreckliche, grauenvolle Geschichte. Es ist... daß es so ungeklärt blieb, ist das Schlimmste daran, wenigstens müssen Sie es so empfinden, Jess, denn Sie waren die letzte, die sie sah, nicht wahr?»

Jessica nickte und nippte an ihrem Glas. «Jedenfalls sagten mir das alle.» Sie stellte das Glas auf den Tisch und stand auf. «Es ist eine wunderbare Zeit, um im Bett zu lesen», sagte sie. «Insbesondere, wenn ein guter Krimi auf einen wartet. Gute Nacht, Lady Eleanor, gute Nacht, Sir Matthew. Es war ein angenehmer Abend.»

In Wirklichkeit war es alles andere als das, dachte Jessica und verließ den recht gemütlichen Salon. Schaudernd nach dem plötzlichen Temperatursturz ging sie durch die Halle. Sie konnte sehen, wie das Wasser außen an den Fenstern niederrann, die den jetzt fest geschlossenen Vordereingang flankierten. Die Massen von Flieder, dessen Farbe in dem trostlosen, schwachen Licht zu einem düsteren Grau verblichen war, rochen jetzt ziemlich widerlich. Sie machte einen vorsichtigen Bogen um die Blumen, die am Fuß der beiden Rüstungen in Büscheln zusammenstanden, und stieg die Treppe hinauf, ihre Hand umklammerte immer noch den Umschlag. Die Galerie lag verlassen in völliger Dunkelheit. Sie tastete nach den Schaltern an der gegenüberliegenden Wand und ging den Flur entlang. Die Türen, an denen sie vorbeikam, waren fest geschlossen, und sie war froh, als sie mit einem plötzlichen Schauder in ihr Zimmer schlüpfen konnte.

Der hübsche Kaminschirm war an die Wand gestellt worden, und im Kamin glomm ein Feuer, von dem Jessica heimelige Wärme entgegenströmte. Mit klappernden Zähnen dankte sie Tillie im stillen und hoffte, der kalte Regen möge nicht andauern. Im nächsten Augenblick aber schrie sie laut auf vor Ärger. Der Flieder stand wieder neben ihrem Bett, und sein Duft war in der warmen Luft so frisch und überwältigend, als hingen die Blüten noch am Strauch. Verärgert nahm Jessica die Vase hoch, marschierte auf den Flur, stellte sie wieder auf die Truhe, auf der sie die Blumen vorher schon abgestellt hatte, und schlug auf dem Rückweg die Tür hinter sich zu. Tillie kann es doch nicht wissen, ermahnte sie sich, als sie vor dem Feuer stand und in die Flammen blickte. Ein heftiger Regenguß prasselte gegen die Scheibe, und die Vorhänge bauschten sich leicht. Keiner von ihnen kann es wissen. Es ist nicht ihre Schuld. Aber dennoch, man sollte meinen, sie könnten einen Wink verstehen.

Sie nahm das Foto aus dem Umschlag, betrachtete es lange und versuchte das seltsame Gefühl erneut zu wecken, das vorhin so plötzlich über sie gekommen und wieder verschwunden war. Doch Jane lächelte weiter versonnen und unschuldig in die Kamera, und schließlich stellte Jessica das Foto gegen die Lampe auf ihrem Nachttisch und machte sich fertig, um ins Bett zu gehen. Dann wickelte sie sich in ihren Morgenmantel und kuschelte sich in den Ohrensessel, um zu lesen. Aber sie konnte sich nicht konzentrieren. Hinter ihr trommelte der Regen wild gegen die Scheibe. Dann und wann knackte das Feuer, von dem eine stetige, einschläfernde Wärme ausströmte. Nach ein paar Seiten begann sie zu gähnen und gab auf. Sorgfältig legte sie ein weiteres Scheit auf das Feuer, kletterte dankbar unter die Decke und war sofort eingeschlafen.

Es kam ihr so vor, als hätte sie eben erst den Kopf auf das Kissen gelegt, und doch stellte sie plötzlich fest, daß sie hellwach war und bei klarem Bewußtsein. Im Zimmer war es kalt. Zitternd setzte sie sich auf, zog die Decke bis zum Kinn, knipste das Licht an und sah, daß das Feuer ausgegangen war. Immer noch wütete der Sturm. Der Wind heulte und pfiff im Duett mit dem Regen, der weiter gegen die Fensterscheiben prasselte. Die Vorhänge wehten im Zugwind. Sie überlegte, ob sie wohl von einem plötzlichen Guß aus dem Schlaf gerissen worden war, verwarf aber diese Begründung. Es war etwas anderes gewesen, etwas weniger Offensichtliches. Sie hatte wieder von Michael geträumt, unsichtbar irrte er in irgendeinem finsteren, verworrenen Labyrinth und rief nach ihr. Sie konnte immer noch seine flehende Stimme hören. Es geht so nicht weiter, dachte sie und zog in dem friedlichen gelben Licht eine Grimasse. Ich muß darüber hinwegkommen.

Plötzlich schlug eine Tür zu, das Echo hallte in den leeren Fluren wider und ließ ihre Zimmertür erzittern. Sie fuhr auf, entspannte sich dann aber und sah auf die Uhr. Es war zwei Uhr morgens. Caroline mußte gerade nach Hause gekommen sein.

Jessica legte sich wieder hin, machte aber nicht das Licht aus. Sie hatte Angst, einzuschlafen und weiterzuträumen. Michael irrte herum, gefangen an einem Ort, wo sie ihn nicht erreichen konnte, er flehte sie an, ihm zu helfen . . .

Und es stimmte, er war an einem Ort, wo sie ihn nicht erreichen konnte. In seinem Grab, gefangen in der Erde, das Fleisch fällt ihm verfaulend von den Knochen.

Hör jetzt auf damit! ermahnte sich Jessica. In zehn oder fünfzehn Minuten wird der Traum verblaßt sein, es besteht keine Gefahr, daß er wiederkommt. Ich warte einfach ab.

Sie legte sich auf die Seite und betrachtete die reglosen Schatten, versuchte an unverfängliche, alltägliche Dinge zu denken, aber ihr Blick blieb an dem Bild von Jane hängen. Das Leben war so kurz. Die sonnige Normalität alltäglicher Dinge, die süße Wirklichkeit des Duftes von Kaffee an einem späten Sonntagvormittag oder des Lärms spielender Kinder im Park war eine Illusion, nichts als ein dünner Schleier, der jeden Moment zerreißen konnte, um die nüchterne und entsetzliche Wahrheit zu enthüllen. Der Tod ist stärker als das Leben. Er löscht den stärksten Herzschlag aus, läßt das heißeste Blut erstarren. Er ist die entscheidende Macht.

So sehr sich Jessica bemühte, sie konnte die Verzweiflung nicht aufhalten, die sie plötzlich überflutete. Sie kämpfte mit sich, um ihr emotionales Gleichgewicht wiederzuerlangen. Dabei wurde sie sich mit einemmal bewußt, daß die Atmosphäre im Zimmer sich verändert hatte. Der Gestank des Flieders war erstickend. Er legte sich auf ihre Haut, kroch ihr in die Nase und in ihre protestierenden Lungen. Sie konnte kaum atmen, wollte nicht atmen, denn der Geruch war so ekelhaft und morbide wie in einem Beerdigungsinstitut.

Sie warf die Decken zurück, schlüpfte aus dem Bett und suchte nach der Quelle dieses Geruchs, nach einer kleinen Blumenvase, die ihr vorher entgangen war, nach einem Potpourri aus getrockneten Fliederblüten auf dem Kaminsims, aber da war nichts. Der Geruch schien aus ihrem Bademantel, aus ihrem Haar zu strömen. Sie hob eine Hand zum Gesicht und stellte fest, daß er von ihrer Haut ausging. Er wehte von den bewegten Vorhängen auf sie zu und stieg vom Teppich auf. Würgend riß Jessica die Zimmertür auf und taumelte hinaus.

Im Flur war es dunkel. Sie sog die kühle, geruchlose Luft ein und merkte, daß sie schwitzte und keuchte. Dann ging sie zu der langen oberen Galerie, um zu sehen, ob die Blumen, die sie vorher so nachdrücklich aus ihrem Zimmer verbannt hatte, immer noch auf der Truhe vor Carolines Zimmer standen. Geräuschlos glitten ihre Füße über den eiskalten Parkettboden.

Die Galerie war sehr dunkel, sie wurde nur leicht erhellt von dem Licht, das unten in der Halle brannte, die Begrenzungen links und rechts verloren sich in dichten Schatten. Carolines Tür war angelehnt. Ein dünner Strahl von Mondlicht fiel durch den Spalt und verlor sich rasch in der Finsternis am Kopf der Treppe. Die Blumen waren noch da, ein dunkler verschwommener Fleck. Leicht wehte ihr Duft zu ihr hin, süß, nicht wie die übersättigte, fast körperhafte Wolke, die sie aus dem Bett getrieben hatte.

Sie zögerte, voll Abscheu, diesen erdrückenden Gerüchen wieder zu begegnen. In dem Augenblick, als sie sich umdrehte, hörte sie das Murmeln von Stimmen aus Carolines Zimmer. Es war schon vorher dagewesen, stellte sie jetzt fest, ein Gemurmel ununterscheidbarer Wörter, Carolines abgehackte Sprechweise, die sich mit der tiefen Stimme eines Mannes mischte.

Gebannt horchte Jessica. Sie kannte diese Stimme. Wie angewurzelt blieb sie stehen, und jeder Muskel in ihrem Körper verspannte sich.

Michael.

Michael war da drin bei Caroline, Michaels unvermitteltes leises Lachen, der langsame leichte Plauderton von Michael. Was tat er da bei Caroline mitten in der Nacht? Warum lag er nicht in seinem eigenen Bett, mit ihr?

Dann gewann die Wirklichkeit die Oberhand, sie entspannte sich und begann zu zittern. Nicht Michael. Natürlich nicht. Es mußte Scott sein, obwohl die Stimme sich nicht so anhörte wie die freundliche Stimme des jungen Mannes, dem sie beim Abendessen begegnet war. Der verdammte Traum, flüsterte Jessica mit zusammengebissenen Zähnen. Er hat mich immer noch in seiner Gewalt. Ich sollte zurück in mein Zimmer gehen, bevor ich beim Herumschnüffeln erwischt werde.

Aber die beiden Stimmen schlugen sie in ihren Bann. Obwohl

es nicht menschenmöglich war, meinte sie immer noch Michaels schmerzhaft vertrautes Timbre zu ihr in die Finsternis dringen zu hören. Wieder lachte der Mann, ein jäher Ausbruch von Heiterkeit, und plötzlich kamen Jessica die Tränen. Sie schlang die Arme fest um ihren Körper, ihre Finger krallten sich in den dünnen Satin ihres Nachthemdes, und sie zog sich zurück zu dem Türbogen, wo der Gästeflügel anfing.

Dann wurde der Strahl schwachen Mondlichts breiter. Mit einem leichten Quietschen öffnete sich die Tür. Bevor Jessica um die Ecke biegen konnte, kam ein Mann aus Carolines Zimmer und ging auf die Treppe zu. Er war groß und schmal, und als er in das schwache, aber grelle künstliche Licht trat, das von unten hochschien, sah Jessica, daß er alte Jeans trug und ein Sportsakko lässig über den Arm geworfen hatte, seine Hände steckten in den Hosentaschen. Sein Gang war locker und selbstbewußt. Dunkles Haar wellte sich über seinen Kragen.

Alle Empfindungen schwanden aus Jessicas Körper. Alles in ihr zog sich zusammen, und ihr Herz schlug wie wild. «Michael?» flüsterte sie, und der Mann blieb stehen und drehte sich nach ihr um. Er lächelte. In diesem Augenblick sah Jessica voller Entsetzen sein Gesicht, vollkommen weiß, weiß wie der Tod, die Augen schwarz, die Zähne schimmerten, als sich seine Lippen leicht öffneten. Hohe Wangenknochen, buschige Augenbrauen, unordentliches Haar, es war Michael. Sein Lächeln war sarkastisch, wissend. Jessica meinte schreien zu müssen, aber sie konnte nur leise stöhnen. Sie versuchte zu ihm zu laufen, aber es gelang ihr nicht.

Der Mann wandte sich ab und ging langsam und lautlos die Treppe hinab. Als wäre sie von einem Bann erlöst worden, stolperte Jessica hinter ihm her. Er kam zum Fuß der Treppe, ging zwischen den Ritterrüstungen vorbei, die von Fliederzweigen halb verdeckt waren, trat in das blendende Licht der Flurbeleuchtung und ging auf den Haupteingang zu. Jessica blieb stehen und sah hinunter.

Es war Scott, der robuste, blonde Scott in Abendkleidung und Trenchcoat, der jetzt in der Nacht verschwand. Leise schloß sich die Tür hinter ihm.

Jessica bebte am ganzen Leib. Sie klammerte sich an das Geländer der Galerie. Als sie gerade den Rückweg antreten wollte, der ihr endlos erschien, merkte sie, daß sie nicht allein war. Caroline stand in der Tür ihres Zimmers. Jessica blieb stehen, und die beiden Frauen sahen einander an.

Carolines Mund war geschwollen, ihre Augen riesig über den violetten Schatten. «Ist alles in Ordnung mit dir?» fragte sie schließlich. «Hat Scott dich erschreckt, als er ging? Du siehst furchtbar aus.»

Jessica nahm alle Kraft zusammen, um ihr zu antworten. Es schien ihr sehr lange zu dauern. «Es geht mir gut», sagte sie halb flüsternd. «Ich wollte dir nicht nachspionieren, Caroline. Ich habe nicht schlafen können und hörte etwas auf der Treppe. Ich dachte...»

«Es ist meine Schuld», schnitt Caroline ihr das Wort ab. «Ich hätte dir sagen sollen, daß Scott mein Zimmer manchmal ziemlich spät verläßt.» Sie starrte Jessica unverwandt an. Jessica konnte nur nicken, sie stand immer noch unter Schock und fühlte sich völlig zerschlagen. Das Mädchen hatte einen seltsamen Ausdruck im Gesicht, weder entschuldigend noch besorgt, im Widerspruch zu dem, was sie gesagt hatte. Es war ein fast wissender Blick. Jessica fühlte, wie ihr übel wurde. Mit letzter Kraft riß sie sich zusammen und ging ohne eine Antwort weiter.

So aufgewühlt sie auch war, als sie ihre Zimmertür hinter sich schloß, bemerkte sie dennoch sofort, daß der ekelhafte Geruch verflogen war. Zitternd vor Kälte und innerer Erregung, zog sie die Decken vom Bett, wickelte sich in sie ein und setzte sich wieder in den Ohrensessel vor dem erloschenen Kamin. Das Feuer ist tot, dachte sie zusammenhanglos. Das Haus ist tot, Michael ist tot, dies ist ein elender, unseliger Ort, und ich benehme mich idiotisch und bin durch und durch unglücklich. Ich sollte wieder ins Bett gehen. Es war nichts weiter als ein Traum. Aber sie blieb sitzen, während der Wind allmählich schwächer wurde und der Regen aufhörte. Sie hatte Angst, wieder einzuschlafen.

Sechstes Kapitel

Am folgenden Morgen tat sie ihr Bestes, um die Verheerungen der schlaflosen Nacht unsichtbar zu machen, aber sie fühlte sich wie eine angemalte Vogelscheuche, als sie das Speisezimmer betrat, die Rensbys begrüßte und sich mit Frühstück versorgte, obwohl sie eigentlich gar nichts essen mochte. Caroline war bereits da, in Jeans und einem weiten schwarzen Pullover, und blies Rauchwolken über den Tisch. Sie vermied Jessicas Blick. Lady Eleanor, die dampfende Nieren auf ihrer Gabel balancierte, war es schließlich, die ausrief: «Jessica, meine Liebe! Sie sehen wirklich krank aus! Was ist denn los?» Jessica wurde eine Antwort erspart, denn Eleanor legte ihre Gabel hin und wandte sich an ihre Tochter: «Ich habe gestern abend gehört, wie deine Tür zuknallte. Ich bin davon aufgewacht, und Jessica offenbar auch. Wirklich, Caroline, mußt du Scott so spät noch in deinem Zimmer empfangen?»

Caroline zuckte die Achseln und drückte entschlossen ihren Zigarettenstummel aus. «Na ja, wir können es ja nicht gerade auf dem Wohnzimmerfußboden treiben», erwiderte sie kühl. Sir Matthew rührte lebhaft in seinem Tee. Er sah sie stirnrunzelnd an.

«Was ist denn das für eine Sprache», tadelte er. «Jess wird denken, in diesem Haus gäbe es überhaupt keine Moral.»

«Nun, die gibt es ja auch nicht», entgegnete Caroline. «Außerdem wollte ich die Tür gar nicht zuschlagen. Der Wind hat sie erwischt. Scott und ich bemühen uns wirklich, so leise wie möglich zu sein.»

Jessica hatte ihre erste Tasse Kaffee ausgetrunken und schob einen wenig appetitanregenden Berg Rührei auf ihren Teller. Das Gespräch bereitete ihr ziemliches Unbehagen, nicht weil sie besonders prüde war, sondern weil ihm etwas merkwürdig Surreales anhaftete, das seine Ursache sicherlich in ihrer Erschöpfung und den Gefühlsstürmen der Nacht hatte. Das Wetter trug auch nicht dazu bei, ihre Stimmung zu heben. Es war ein unfreundlicher, düsterer Morgen unter einer dicken Wolkendecke.

«Mir geht es wirklich gut», warf sie energisch ein. «Ich habe die Tür ebenfalls gehört und bin aufgestanden, um nachzusehen, was los war. Ich war nur halbwach, sonst wäre mir klargeworden, daß es keinen Grund zur Beunruhigung gab. Dann hatte ich Schwierigkeiten, wieder einzuschlafen.» Sie zwang sich dazu, eine Gabel voll Ei hinunterzuschlucken. «Ich glaube, der Sturm hat mich etwas durcheinandergebracht. Bitte, ich bin Ihnen allen für Ihre Fürsorge sehr dankbar, aber machen Sie doch meinetwegen kein Aufhebens.»

«Ganz recht, Eleanor», ermahnte Sir Matthew seine Frau. «Das arme Mädchen hat wirklich keinen Augenblick Frieden.» Da seine Nase in der Teetasse hing, wußte Jessica nicht, ob sie mit dem armen Mädchen gemeint war oder Caroline. Seine Tochter hörte desinteressiert zu, ihre rotlackierten Finger spielten mit dem Teelöffel. Jessica stand auf, um sich eine weitere Tasse einzuschenken, und auch Sir Matthew erhob sich. «Ich hoffe, Sie haben sich einen Überblick verschaffen können, in welche Richtung es mit Ihrer Arbeit geht», sagte er lächelnd zu ihr, und sie setzte sich wieder und lächelte zurück.

«Es ist schon ein ziemliches Durcheinander», gab sie zu, «aber ein faszinierendes Durcheinander. Ich werde tun, was ich kann, bevor ich zum Tee zu den Trents gehe.»

«Oh, meinen Sie, Sie sollten heute überhaupt aus dem Haus gehen?» warf Eleanor anklagend ein. «Es ist draußen so scheußlich. Rufen Sie Alix Trent an und verschieben Sie die Einladung auf später. Trinken Sie mit uns Tee.»

«Vielen Dank, aber ich möchte sie gern sehen», beharrte Jessica, und Sir Matthew sagte rasch: «Aber selbstverständlich. Die Arbeit kann warten. Man sollte sich für diesen trüben Tag wirklich etwas Angenehmes vornehmen.» Er klang jovial, Jessica meinte jedoch einen Vorwurf herauszuhören. Sie war leicht irritiert. Zuerst ermutigen sie mich, mir die Arbeitszeiten so einzurichten, wie ich will, und jetzt sind sie allem Anschein nach beleidigt, daß ich sie beim Wort nehme, dachte sie. Ich bin wirklich bereit, mit ihnen auszukommen, schließlich verdanke ich ihnen kostenlose Ferien, aber ich wünschte, sie wären nicht ganz so... besitzergreifend.

Sir Matthew zog die Hand aus der Tasche, und Jessica hätte schwören können, er hätte ihr, wenn sie in seiner Nähe gesessen hätte, den Kopf getätschelt. Statt dessen strich er über die Vorderseite seiner Jacke. «Wie dem auch sei, trübe oder nicht, die Hunde brauchen ihr Bad», schloß er. «Ich sehe euch alle dann beim Lunch.» Er ging hinaus, und Jessica wandte sich Lady Eleanor zu.

«Ich würde gern etwas waschen, wenn ich zurückkomme», sagte sie. «Kann ich die Maschine im Keller benutzen?»

Eleanor sah sie mit ihren hellblauen Augen erstaunt an. «Waschen?» wiederholte sie. «Sie brauchen doch Ihre Wäsche nicht zu waschen, meine Liebe. Lassen Sie sie einfach im Badezimmer liegen, dann sammelt Tillie sie ein und wäscht sie für Sie.»

Dagegen jedoch sträubte sich Jessicas von ihrer Heimat geprägtes Demokratieverständnis. Sich zum Abendessen umzuziehen war eine Sache. Aber es war etwas ganz anderes, einem Dienstboten die schmutzige Wäsche zu überlassen. «Ich würde es lieber selbst machen», sagte sie bestimmt. «Wenn Sie nichts dagegen haben.»

«Natürlich hat keiner was dagegen», warf Caroline ein. «Demokratie und so weiter. Der Keller ist ein ziemliches Loch, aber ich vermute, Tillie ist es möglicherweise ganz recht, wenn ihr zehn Minuten zusätzliche Arbeit abgenommen werden.» Sie schob ihren Stuhl vom Tisch zurück und stand auf, und jetzt sah Jessica zu ihr auf. Ihr Mund war immer noch leicht entstellt unter dem hellroten Lippenstift, aber ihre Augen waren klar und ohne Schatten.

Sie begegneten Jessicas Blick mit einem geheimen Einverständnis, das Jessica abstoßend fand. «Ich brauche heute morgen einen langen Spaziergang», fuhr Caroline fort. «Hast du Lust, mitzukommen, Jess?»

Jessica konnte sich nichts Schlimmeres vorstellen als die unberechenbare Gesellschaft Carolines. «Nein danke, ich muß die Zeit ausgleichen, die ich heute nachmittag nicht hier sein werde», antwortete sie. Das Mädchen zog die Augenbrauen nach und schlenderte aus dem Zimmer. Lady Eleanors Hände fuhren zu ihrer Frisur.

«Wir achten wirklich auf Anstand, Jessica», sagte sie besorgt und schob die widerspenstigen hellen Strähnen zurecht. Zum erstenmal, seit Jessica in der vergangenen Nacht so plötzlich aufgewacht war, hob sich ihre Stimmung. Sie lachte.

«Sie sind wunderbare Menschen», sagte sie. «Freundlich und großzügig. Es ist wirklich nicht wichtig, Lady Eleanor. Wenn Sie mich jetzt entschuldigen, ich muß in die Bibliothek.»

Die Konventionen der Gesellschaft machen uns alle zu höflichen Lügnern, überlegte sie, als sie sich vor dem unordentlichen Stapel von Papieren niederließ und dabei einen halbvollen Karton beiseite stieß. Sie sind keineswegs so wunderbar, wie ich behaupte, im Gegenteil, ihre Aufmerksamkeit mir gegenüber hat etwas Erstikkendes und Unaufrichtiges, etwas Beengendes. Bis auf Caroline natürlich. Ihr Verhalten mir gegenüber hat eher etwas von einem Reibeisen. Jessica seufzte. Der Park hinter den prächtigen Bibliotheksfenstern sah traurig und still aus. Nebel hing um die Bäume und ließ ihre Umrisse verschwimmen, die Nässe hatte den Stein der Sonnenuhr verfärbt. Auch nach innen war etwas Feuchtigkeit gedrungen, sie hing unter der Decke und in den dämmrigen Ecken. Jessica hatte beim Eintreten das Licht angeknipst, versuchte aber vergeblich gegen die bedrückende Atmosphäre anzukämpfen. Die Arbeit hatte heute eine therapeutische Funktion. Sie würde sie ablenken von dem Wetter, von Caroline, Scott, dem Traum...

Entschlossen machte sich Jessica an die Arbeit, brauchte jedoch einige Minuten, um gegen die Erinnerung an die Stimme ihres Mannes in der Dunkelheit und an sein Gesicht auf der Treppe anzukämpfen. Es war so bleich gewesen, seine Zähne so seltsam, fast schon raubtierhaft, aber doch unleugbar seine. Was heißt unleugbar, dachte Jessica ärgerlich. Natürlich war es zu leugnen, es war lächerlich, gefährlich, verrückt. Sie mußte sich zusammenreißen. So würde sie sich nie erholen.

Eine Stunde lang arbeitete sie ohne Unterbrechung. Jedesmal, wenn ihre Gedanken versuchten, zu Michael und den Ereignissen der Nacht abzuschweifen, bot sie all ihre Willenskraft auf, um sich wieder auf die Arbeit zu konzentrieren. Bisweilen wurde sie sich plötzlich ihrer Umgebung bewußt, der dunklen, einsamen Bibliothek, der kleinen, offenen Tür zu dem noch dunkleren Arbeitszimmer. Mit der gleichen Entschlossenheit schob sie jedoch auch diese Wahrnehmung beiseite. Allmählich nahmen die verworrenen Details der Geschichte der Rensbys ihre Aufmerksamkeit gefangen, die Alpträume der Nacht traten in den Hintergrund, die Kartons füllten sich langsam.

Schließlich starrte sie auf ein paar große Bogen Papier, die dicht mit Schreibmaschine beschrieben waren, darüber stand mit in Sir Matthews kräftiger, ungleichmäßiger Handschrift das Datum, 1543. Sie hatte nicht vorgehabt zu lesen, was da stand, sondern wollte die Seiten nur in den entsprechenden Karton werfen, um sie dann später einzusortieren, aber schon der erste Satz weckte ihr Interesse:

Sir Julian hegte schon lange den Verdacht, daß seine Gattin, Lady Elizabeth, nicht nur leichtfertig war, sondern auch flatterhaft in ihrer Moral, denn ihre Laken waren für ihn kühl geworden, obwohl sie viel Zeit vor dem Spiegel zubrachte, sich putzte und schmückte, als erwarte sie jeden Augenblick die Ankunft eines Liebhabers.

Es war die Geschichte der armen Lady Elizabeth Rensby, die für ihre Sünden lebendig eingemauert worden war. Sir Matthew hatte sie offenbar aus irgendeiner lokalen Chronik transkribiert, denn er hatte an den Rand eine Quellenangabe gekritzelt.

Jessica las weiter. Es war eine spannende Geschichte. Sir Julians Verdacht wuchs. Er konfrontierte seine Frau damit, aber sie leugnete alles und besaß die Unverschämtheit, in Tränen scheinbarer Unschuld auszubrechen und ihm grausame Gleichgültigkeit gegenüber ihren Verführungskünsten vorzuwerfen. Sir Julian schien besänftigt. Eines Abends aber, als er früher als erwartet von einer erfolglosen Jagd heimkehrte, ertappte er sie im Bett mit einem jungen Edelmann aus einem der Herrenhäuser in der Nachbarschaft. Julian erhob seine Reitgerte gegen den Mann, dann gegen seine Frau, aber sein verletzter Stolz, sein enttäuschtes Vertrauen ließen sich so nicht besänftigen. Elizabeth wurde in ihr Hochzeitskleid gesteckt, in den Keller gezerrt und war schreiend und schluchzend für immer hinter einer Wand eingemauert worden.

Mit einem Schauder überlegte Jessica, wie lange wohl ihr Flehen und ihre Klagen gedämpft durch das Haus geklungen waren. Stunden? Tage? Was hatten ihre Kinder gedacht? Was hatte Sir Julian empfunden, als seine Wut sich gelegt hatte? Jessica erinnerte sich an sein Porträt in der Halle und bezweifelte, daß er je in seinem Leben auch nur einen Anflug von Barmherzigkeit gespürt hatte. Sein Gesicht, das sich aus der gestärkten weißen Spitzenkrause hob, war hübsch, aber eiskalt mit der spitzen Nase und dem sinnlichen und zugleich grausamen Mund. Einen Augenblick lang drehte sich Jessica um und starrte auf den Eingang zum Arbeitszimmer, wo der verfluchte Stuhl stand, auf dem Lady Elizabeth zweifellos ihr Leben ausgehaucht hatte. Die Geschichte war hier offenbar noch nicht zu Ende, und sie las weiter.

Der Edelmann, der die angebetete Frau verloren hatte, konnte ihr Schicksal nicht fassen und erhängte sich einen Monat später aus Verzweiflung im Keller seines Hauses. Jessica kam dieser Schluß vor wie das unentrinnbare Walten des Schicksals in einer griechischen Tragödie, er rundete die Geschichte ab, aber sie war damit noch nicht zu Ende. Fasziniert erfuhr sie, daß Sir Julian der Legende zufolge nicht damit zufrieden gewesen war, seine Frau umzubringen. Er war es, der auch die Vernichtung des Liebhabers herbeigeführt hatte. Sich der eigenen Frau zu entledigen, die von Rechts wegen sein Besitz war, mochte ja noch angehen, aber einen anderen Mann kaltblütig zu ermorden war etwas ganz anderes.

Julian hatte sich dazu der Unterstützung böser Mächte versichert. Gemeinsam mit der Dorfhexe hatte er eine Schwarze Messe zelebriert. Dabei hatte er einen Dämon beschworen, der Elizabeths Liebhaber zu Tode hetzte. Sir Julians eigenes Schicksal war sehr viel gewöhnlicher. Er starb im Kreise seiner Kinder und seiner zweiten Frau und hinterließ ein stattliches Vermögen, das sich in den späteren Jahren seines Lebens vermehrt hatte.

Jessica schob die Papiere zusammen und ließ sie in den Karton für das 16. Jahrhundert fallen. Dann lehnte sie sich zurück und massierte sich mit beiden Händen die Schultern. Das war eine ganz schön gruselige Geschichte, schrecklich, traurig, aber sie hatte etwas ungeheuer Zwingendes, das den Leser ebenso in Bann schlug wie seinerzeit die unglückseligen Beteiligten. Die Welt ist noch immer barbarisch, dachte Jessica, wenn auch auf andere Weise. Die arme Lady Elizabeth! Ich glaube nicht, daß ich gern mit diesen unbarmherzigen Augen und diesem harten Mund verheiratet gewesen wäre. Sie sah auf die Uhr und machte sich wieder an die Arbeit.

Der nächste Manuskriptstapel enthielt ein fast unentwirrbares Durcheinander aus Episoden des zwölften, siebzehnten und neunzehnten Jahrhunderts. Jessica las sich hartnäckig durch alle Notizen und sortierte sie entsprechend. Darunter lagen in ordentlicher Reihenfolge die Materialien über den Rest des sechzehnten Jahrhunderts.

Aber bald fiel ihr einiges auf, und sie blätterte noch einmal die Seiten durch, die sie bereits gelesen hatte. Da war einmal die Rede davon, daß das Vermögen so gut wie verloren war, dann aber wurde es doch irgendwie wieder zurückgewonnen. Der Besitz war ruiniert, erschien jedoch in der nächsten Generation der Rensbys wieder in voller Blüte. Unfruchtbare Frauen starben entgegenkommenderweise. Kränkliche Erben erstanden wieder auf und nahmen an Jagden teil, beaufsichtigten die Pächter und zeugten weitere Rensbys. Jeder Monarch hatte irgendwo einen Rensby in der Nähe, und viele Kinder der Rensbys verbrachten eine Zeitlang bei Hofe als Hofdamen oder Pagen. Die Männer der Familie bekleideten hohe Positionen beim Militär. Aber nach Sir Julian trat nicht ein einziger Rensby in den Dienst der Kirche, das war erstaunlich. In der Vergangenheit bot die kirchliche Laufbahn einem ehrgeizigen Mann so viel Luxus und Macht wie eine weltliche Karriere; insbesondere dritte Söhne wählten oft diesen Weg, nachdem der Erstgeborene den Besitz geerbt hatte und der zweite zum Militär gegangen war. Aber die Rensbys hatten die Kirche gemieden, und die Kirche hatte ihrerseits die Rensbys aus ihren Kreisen ausgeschlossen. Warum? fragte sich Jessica. Sie stand auf und streckte sich. Die Geschichte der Rensbys war ein sehr berechenbares Auf und Ab, sie war zu gleichmäßig, zu vorhersagbar, als daß der Zufall Regie geführt haben konnte. Und nicht einer von ihnen im Dienst der Kirche. Nicht einer. Merkwürdig.

«Jessica, wir gehen zum Lunch hinüber», ertönte Sir Matthews Stimme vom anderen Ende der Bibliothek. «Machen Sie eine Pause und leisten Sie uns Gesellschaft. Tillie hat in Anbetracht des Wetters etwas Heißes gemacht.»

«Danke», rief Jessica zurück. «Ich komme gleich.»

Das Wetter war tatsächlich noch schlechter geworden. Es hatte sich wieder bezogen und zu regnen angefangen, nicht in heftigen Güssen, wie in der Nacht zuvor, sondern als feines, stetiges Nieseln, das mit unnachgiebiger Eintönigkeit an den Fenstertüren der Bibliothek niederrann. Jessica ging an den hohen Regalen vorbei, dem riesigen, leeren Kamin, den anderen Tischen, die übersät waren mit Manuskripten, die sie noch gar nicht angerührt hatte, durch den eiskalten Salon hinaus in die Halle. Auch hier war es düster, obwohl die Lampen brannten, und die Ahnen der Rensbys starrten aus schattenumwobenen Rahmen zu ihr hinab.

Sie hatte die Halle schon halb durchquert, und vor ihr war Sir Matthew gerade im Speisezimmer verschwunden, als blitzartig eine Erinnerung in ihr Bewußtsein drang. Wie angewurzelt blieb sie stehen. Die Fotografie von Jane. Die merkwürdige Szene, die sie versucht hatte, sich ins Gedächtnis zu rufen, und die sich ihr entzogen hatte. Mit einem Schlag war sie da, stand sie so deutlich vor ihrem inneren Auge, daß sie einen Augenblick lang für ihre Umgebung blind war. Das Bild in ihrem Gedächtnis war so bizarr, daß sie sich nicht zu fragen brauchte, warum es all die Jahre verschüttet gewesen war.

Sie war zur Laube gegangen, um nach Jane Ausschau zu halten. Es war Hochsommer, jener schicksalhafte letzte Sommer. Wieder Hitze, der Duft von gemähtem Gras und Rosen, das Summen der Bienen in den Blumenbeeten. Auf dem Weg zur Laube hatte sie aus einer unbestimmten Angst, wie Kinder sie manchmal haben, einen Blick in den Obstgarten geworfen. Jane saß zwischen den knorrigen, belaubten Bäumen, in der weiten Hose und dem hellen T-Shirt, das sie auch auf dem Foto trug. Statt eines Buches hielt sie einen Strauß Wiesenblumen in der Hand, und sie war nicht allein. Ein Mann war bei ihr, ein seltsam aussehender Mann mit Spitzen um den Hals und um die Handgelenke. Er hatte langes braunes Haar und trug weiße Strümpfe. Durch die schläfrig machende Luft drangen deutlich, wenn auch unverständlich, ihre Stimmen zu Jessica, Janes hoch und hell, seine tief und rauh. Die Hand des Mannes lag auf Janes schmaler Schulter, sein Gesicht wandte sich ihrem zu. Jessica hatte Jane gerufen und war stolpernd durch das Tor zum Obstgarten gerannt, aber als sie die Bäume erreicht hatte, war ihre Schwester allein.

«Wo ist der komische Mann?» hatte Jessica gekeucht. Jane hatte sie abwesend angestarrt, die Blumen fielen ihr aus der Hand.

«Welcher Mann?» wollte sie wissen.

«Der Mann, mit dem du gesprochen hast.»

«Jess», hatte Jane mit gepreßter Stimme gesagt. «Es war seit Stunden niemand außer mir im Obstgarten. Niemand. Verstanden?»

Ihr Gesicht hatte immer noch den benommenen Ausdruck.

«Aber ich habe ihn gesehen!» hatte Jessica protestiert. «Er hatte ganz komische Kleider an! Ich habe gehört, wie er mit dir gesprochen hat.»

Jane war mit einem Ruck zu sich gekommen. «Ich habe dir doch schon gesagt, daß da niemand war», sagte sie barsch. «Du hast wohl gesehen, daß sich die Schatten der Apfelbäume bewegt haben. Hör auf, dich so verrückt zu benehmen. Was will Mutter?»

Welcher Mann? überlegte Jessica jetzt und stand mit klopfendem Herzen in der eisigen Halle. Kein Mann. Natürlich kein Mann. Warum ist dann diese verschüttete Erinnerung so deutlich? Langsam drehte sie sich um. Sir Julian betrachtete sie mit einem starren Blick, der nichts preisgab.

Jessica zwang sich, dem ruhigen, unbarmherzigen Gesicht den Rücken zuzukehren und zum Speisezimmer weiterzugehen. Sie machte sich allmählich Sorgen um ihren Geisteszustand. Erst diese Nacht – und jetzt das. Fing sie an, die Wirklichkeit mit der Phantasie zu vermischen? Und wenn ja, warum? War etwas in ihr in Aufruhr geraten, was sie lange verdrängt hatte? Die Vergangenheit war ein ordentliches, vielfarbiges Gewebe, aber jetzt löste sie sich auf, verwandelte sich, wucherte wild, ohne Muster, ohne Zusammenhang. Sie hatte den Verdacht, daß nicht alles so war, wie sie es immer in Erinnerung hatte. Wo lag die Wahrheit? Sie blickte hoch zum Ende der breiten Treppe und eilte in die gastliche Helligkeit des Speisezimmers.

Als sie Tillies Krebssoufflé gegessen und dem vollkommen normalen Tischgeplauder der Rensbys eine Weile zugehört hatte, fühlte sie sich wenigstens wieder so weit im Gleichgewicht, daß sie in die Bibliothek zurückkehren konnte, um zwei weitere Stunden zu arbeiten. Caroline war recht umgänglich gewesen, als sie mit nassem Haar und einem leichten Hauch gesunder Röte auf den Wangen ihren Streifzug durch den Wald beschrieb, der an die Straße zum Dorf grenzte. Sir Matthew und Lady Eleanor hatten sich in aller Freundschaft darüber gestritten, zu welcher Zeit Peter am nächsten Tag wohl zu erwarten sei. Jessica hatte sich, als sie ihre Gemütsruhe wiedergefunden hatte, bald entschuldigt und war wieder durch die Halle gegangen, ohne einen weiteren Blick auf Julian.

Um halb vier wurde sie müde. Im Haus war es still. Es regnete immer noch. Sie löschte die Lichter in der Bibliothek und ging in ihr Zimmer hinauf, fuhr mit dem Kamm durch ihr Haar und frischte ihr Make-up auf. Der trübe Spiegel des großen Frisiertisches zeigte ihr ein blasses, recht verstörtes Gesicht und ernste, übergroße Augen. Sie zuckte die Schultern, nahm einen Regenmantel und ein Paar fester Halbschuhe aus dem Schrank, zog sie an und verließ das Haus.

Es fiel ein feiner Regen, der aber bald durch ihre Kleidung drang. Sie schritt über die Auffahrt und das Rasenrondell. Nach einem Blick hoch zu dem tiefhängenden, dick bewölkten Himmel hielt sie ihren Blick auf den nassen Boden unter ihren Füßen gerichtet. Die kühle Luft tat gut, sie machte den Kopf klar und hob ihre Stimmung. Sie ging auf das Eingangstor zu, hielt dahinter kurz an, um die grauverschleierten freundlichen Ruinen vor ihr zu betrachten, und eilte die Straße zum Dorf hinunter. An diesem trüben Nachmittag wirkte die Umgebung verlassen und trostlos. Nachdem sie die Straße überquert hatte, ging sie ein Stück weiter nach Norden, dann nach links den Weg hoch, der zum Tor des Kirchhofs führte, unter dessen altem Holzdach sie für einen Augenblick vor dem stetig und sanft fallenden Regen Schutz suchte, dann eilte sie weiter an der Kirche vorbei und klingelte bald an der Tür der Trents. Alix öffnete ihr fast sofort. Sie trug wieder Jeans, diesmal einen gelben Pullover darüber, ihr Haar war offen und schwang glatt und schimmernd auf die Schultern. Hinter ihr drang ein Strom warmer Luft aus dem engen Flur, sie forderte Jessica auf einzutreten und schloß die Tür hinter ihr. Dann nahm sie Jessica den durchweichten Mantel ab.

«Nur Mut!» sagte sie lächelnd, als Jessica sich hinabbeugte, um die Schuhe auszuziehen. «Heute erleben wir einen Rückfall in einen trostlosen nassen Frühling, aber vielleicht kehrt morgen schon der Sommer mit voller Macht zurück. Ich bin froh, daß du kommen konntest. Ben freut sich darauf, dich kennenzulernen. Aber es tut mir leid, Jessica, ich bin gebeten worden, später ein paar Damen zu einer Versammlung nach Clapton zu fahren, deshalb habe ich nicht allzu lange Zeit für dich.» Sie schüttelte die Regentropfen von Jessicas Mantel und hängte ihn über den Pfosten der engen Treppe, die fast bis zur Türe reichte. Mit einem Lächeln ging sie voran, und Jessica folgte ihr in die hinteren Räume des Hauses.

Sie wurde in ein überraschend luftiges Zimmer geführt, dessen Sprossenfenster, umrahmt von Kletterrosen, fest geschlossen waren. Durch die Fenster war ein kleiner, von einer Hecke umfriedeter Garten zu sehen, in dem hochgewachsene Blumen und Büsche im Regen die Köpfe hängen ließen. Das Zimmer selbst hatte die heimelige Atmosphäre eines oft benutzten Raumes. An einer Wand stand ein leicht altersschwaches Klavier, übersät von Notenblättern und Fotografien. Auf dem abgewetzten Teppich vor einem soliden alten Sofa lagen Zeitschriften verstreut. Auf einem Regal stand eine Stereoanlage, umgeben von Plattenstapeln, und an den Wänden hingen einige Drucke. Dies war ein Ort, der Sicherheit und Geborgenheit ausstrahlte. Hier ist alles völlig normal und gesund, dachte Jessica, während sie Ben begrüßte, der sich bei ihrem Eintreten aus einem der Lehnstühle erhoben hatte.

Ben Trent war ein sehr großer, leicht nach vorn gebeugter junger Mann mit einem offenen, arglosen Gesicht, in dem die scharfblickenden, durchscheinend blauen Augen auffielen. Mit einer einladenden Handbewegung deutete er auf das Sofa. Jessica ließ sich auf die weichen Polster fallen.

«Ich freue mich, Sie kennenzulernen», sagte Ben, als er sich wieder in seinen Lehnstuhl setzte. Alix hatte sich entschuldigt und das Zimmer verlassen. «Es kommen kaum Fremde nach Rensby Rill, allerdings sind Sie ja eigentlich kaum als Fremde zu bezeichnen, nicht wahr? Wenn man in einem dieser kleinen, abgelegenen Orte zur Welt kommt, wird man auch noch nach zwanzig Jahren Abwesenheit von den Einheimischen begrüßt, als wäre man nur mal eben für einen Tag nach London gefahren, wenn man zurückkehrt.» Er beugte sich vor und warf ein Stück Holz ins Feuer. Funken sprühten auf die Fliesen vor dem Kamin. «Andererseits kann man irgendwo aus dem Ausland oder sonstwo aus der Fremde kommen, aus Clapton zum Beispiel, und sich hier niederlassen und wird noch auf dem Totenbett nach vierzig Jahren Dienst an der Gemeinde mit eiskalter Höflichkeit behandelt!» Er sprach unbeschwert und humorvoll, aber die klugen blauen Augen musterten sie sorgfältig.

Jessica lächelte. «Das ist wohl wahr. Ich hoffe, das war nicht Ihre Erfahrung, Reverend Trent.»

«Ich heiße Ben. Nein, ich habe diese Erfahrung nicht gemacht. Und ich glaube, ich werde sie auch nie machen, ganz egal, wo die Kirche mich hinschickt. Pfarrer sind in dieser Hinsicht privilegiert. Wir gehören keiner Gesellschaftsklasse an und werden deshalb normalerweise von allen akzeptiert. Das macht die Cocktails mit den Landbesitzern und das Bier im Pub so viel unkomplizierter!»

Jessica wurde rasch warm mit ihm. Er war entwaffnend offen, ohne jede Verstellung. Sie hatte das Bedürfnis, die Beine auf das Sofa zu legen, sich in einer Ecke zusammenzurollen, den Kopf in die Hand zu stützen und sich auf die vertraute Nähe einzulassen, die man für alte Freunde reserviert hat. «Wo hast du gewohnt, bevor du nach Rensby Rill gekommen bist?» fragte sie. «Alix hat mir erzählt, daß dies deine erste Pfarrstelle ist.»

«Das stimmt. Wir sind uns in London begegnet und haben auch in London geheiratet, ich bin dort aufs theologische Seminar gegangen. Ich habe mein Vikariat in einer der Gemeinden in der Innenstadt gemacht.»

«Rensby Rill wirkt dann doch sicher ein bißchen wie ein Schock auf dich. Konntest du dir aussuchen, wo du hinkamst, oder bist du auf Befehl der Kirche hier?»

Er lachte über ihren ironischen Ton. «Auf Befehl, ganz entschieden auf Befehl! Nach der Großstadt wollte Alix einen gründlichen Tapetenwechsel, und mir war es egal, wo ich hinkam, solange wir ein Dach über dem Kopf hätten. Sie wußte, daß hier eine Stelle frei wurde, und schlug vor, ich sollte meinen Bischof fragen, ob ich sie übernehmen könnte. Das tat ich. Es gab keine weiteren Bewerber. Uns gefällt es hier recht gut. Das Leben geht auf dem Land einen langsameren Gang, aber am Ende ist es genauso unerbittlich wie überall sonst.» Er sah aus, als ginge ihm etwas durch den Kopf, denn seine Züge verdüsterten sich, und er wechselte das Thema. «Wie steht es mit dir, Jessica? Fühlst du dich Rensby Rill überhaupt noch zugehörig, oder ist alles seltsam und fremd für dich?»

Sie wollte gerade antworten, als Alix wieder ins Zimmer kam, ein Tablett auf den Beistelltisch vor dem Sofa stellte und mit Schwung die Serviette hob, mit der es zugedeckt war. «Crumpets!» verkündete sie. «Sandwiches mit Brunnenkresse! Ich bin heute morgen extra zum Rill hinuntergegangen und habe in der Kälte und im Regen eigenhändig Kresse gepflückt!»

«Kleine Lügnerin», sagte ihr Mann liebevoll. «Du hast sie gestern in Clapton gekauft. Schenk den Tee ein.»

Alix warf Jessica einen Blick reinsten Triumphs zu. «China», betonte sie.

Jessica hatte zwar erst vor kurzer Zeit zu Mittag gegessen, stellte aber fest, daß sie einen gesunden Appetit hatte. Ohne Entschuldigung häufte sie sich den Teller voll mit winzigen weißen Sandwiches, strich dick schmelzende Butter auf die heißen Crumpets und trank eine Tasse von dem zart würzigen Tee nach der anderen. Sie unterhielten sich lebhaft, ohne die bei einer ersten Begegnung übliche Befangenheit, und erst als Alix ihre Tasse klappernd auf die Untertasse setzte und aufstand, merkte Jessica mit einem Gefühl von Freude und Verwunderung, daß sie Michael in der vergangenen Stunde vollkommen vergessen hatte.

«Ich muß gehen», sagte Alix bedauernd. «Ich darf die alten Leutchen nicht warten lassen.» Sie legte Jessica eine Hand auf die Schulter. «Es war sehr schön», sagte sie. «Bitte komm bald wieder. Ben wird dich nachher hinausbegleiten.» Sie ging zu Ben, küßte ihn sanft, winkte beiden lächelnd zu und verließ sie. Kurz darauf hörte Jessica, wie die Eingangstür zuschlug und ein Motor ansprang.

«Alix ist ein wunderbarer Mensch», bemerkte sie. Ben pflichtete ihr eifrig bei.

«Ja, das ist sie wirklich. Ich habe ungeheures Glück gehabt mit meiner Frau. Wie wär's mit noch ein bißchen Kuchen, Jess?»

Der Nachmittag neigte sich langsam dem Abend zu. In diesen wenigen Stunden hatten die drei ein kameradschaftliches Einvernehmen entwickelt, doch nach Alix' Aufbruch schien Ben gehemmter zu sein. Jessica versuchte das Gespräch in Gang zu halten, aber seine Gedanken waren offenbar anderswo. Er starrte ins Feuer, lächelte zögernd ein- oder zweimal über etwas, das Jessica erzählte, verlor den Faden, wenn er selbst etwas sagte, bis Jessica, ziemlich enttäuscht, Anstalten machte aufzustehen. Doch Ben streckte abwehrend die Hand aus.

«Nein, geh noch nicht», bat er. «Da ist etwas, das ich dir erzählen möchte. Ich habe mit mir gerungen, ob ich es überhaupt erwähnen soll oder nicht. Ich habe mit Alix nicht darüber gesprochen.» Er brach ab und machte eine entschuldigende Geste. «Ich bin nicht immer sicher in meinem Urteil, aber in diesem Fall muß ich mich darauf verlassen. Ich glaube – ich hoffe, du wirst es mir nicht übelnehmen.»

Verwundert schüttelte Jessica den Kopf. Ben sah sie ernst an. «Ist es schwer für dich, ohne deinen Mann auszukommen? Er starb erst vor kurzem, nicht wahr?»

Jetzt kommt es, dachte Jessica enttäuscht. Der geistliche Beistand. Laut sagte sie: «Ich hatte nie Mangel an Schülern. Es wird eine Weile dauern, bis ich mir wieder einen guten Stamm von Schülern aufgebaut habe, wenn ich nach Hause komme, aber ich werde mir meinen Lebensunterhalt selbst verdienen können.»

«Du hattest schon mehrere Verluste, nicht wahr?» forschte Ben weiter. «Deinen Mann, deinen Vater und vor langer Zeit deine Schwester.» Er lächelte entschuldigend. «In einem Dorf bleiben Erinnerungen lange wach, und wenn es keinen neuen Skandal gibt, auf dem sie herumkauen können, dann erwecken die Einheimischen eben einen alten wieder zum Leben. Ist es schwer für dich, wieder hierherzukommen und mit einer so traumatischen Vergangenheit konfrontiert zu werden?»

Jessica begegnete seinem Blick, und ihre Erwiderung erstarb ihr auf der Zunge. Die Gewohnheit zu klatschen scheint ansteckend zu sein, hatte sie schon sagen wollen, aber Bens Gesicht war bedrückt und hatte nicht den Ausdruck von Neugier, den Jessica fürchtete. Auf seinen klar geschnittenen Zügen glühte der Schein des Feuers, seine Hände lagen entspannt auf den Sessellehnen. Er wartete ruhig ab.

«Jane verschwand vor zwanzig Jahren», sagte Jessica. «Ihr Verlust ist heute weniger traumatisch für mich als der von Michael. Ich denke, das ist doch verständlich. Das ist auch der eigentliche Grund, weshalb die Rensbys mich eingeladen haben und mir für den Sommer einen einfachen Job anboten. Ich hatte Jane vergessen, sie, als ich heranwuchs, in die hinterste Ecke meines Gedächtnisses verbannt. Nun, wo ich hier bin, stelle ich zu meiner eigenen Überraschung fest, daß sie zurückkehrt. Ich habe angefangen, mich wieder an vieles zu erinnern, und das rührt mich sehr an. Manches davon tut weh, und aus diesem Grund ist es in gewisser Weise wirklich schwer für mich, wieder hier zu sein.»

Einen Augenblick herrschte Schweigen. Jessica starrte auf die Essensreste auf dem Tisch und wartete. Schließlich sagte Ben: «Deine Eltern haben für die Rensbys gearbeitet, nicht wahr? Für lange Zeit?»

«So lange ich zurückdenken kann.» Jessica fragte sich, wann der Mann endlich zur Sache kommen würde. «Sie stammten ursprünglich aus Oxford und gingen nach Rensby Rill, als sie jung verheiratet waren. Jane und ich wurden beide im Krankenhaus in Clapton geboren. Meinen Eltern gefiel es hier im Dorf, und sie wären wahrscheinlich ihr Leben lang hiergeblieben, wenn diese schreckliche Geschichte mit Jane nicht passiert wäre.»

«Sie kannten die Rensbys also sehr gut.»

«So gut, wie Angestellte ihre Arbeitgeber eben kennen, denke ich. Vielleicht sogar besser, denn sie waren ja so eng mit dem Alltag ihres Haushaltes verbunden.» Jessica richtete sich auf und beugte sich vor. «Weißt du, Ben, ich habe heute wirklich einen schönen Nachmittag mit euch verbracht, aber – entschuldige bitte – ich habe jetzt den Eindruck, daß du sehr persönlich wirst. Ich weiß, es ist nicht besonders höflich, so offen zu sein, aber ich würde wirklich gern wissen, warum.»

Ben seufzte. «Es tut mir leid, Jessica», sagte er. «Du mußt wirklich den Eindruck haben, als wollte ich aus Neugier meine Nase in Sachen stecken, die mich nichts angehen. Aber du mußt wissen...» Er blickte in dem gemütlichen Zimmer umher, offenbar auf der Suche nach Worten. «Alix und ich sind, wie gesagt, seit fünf Jahren hier. Vor mir war der alte Frank Jones Pfarrer hier. Vielleicht erinnerst du dich noch an ihn. Er muß schon so um die sechzig gewesen sein, als deine Familie aus Rensby Rill fortzog.»

Jessica nickte. Pfarrer Frank war ein vertrauter Anblick gewesen, wenn sie nach Rensby Hall oder von dort nach Hause gingen, denn er war oft auf dem Kirchhof gegenüber der Straße, die zu den Ruinen und dem Haus führt, damit beschäftigt, das Gras zwischen den Grabsteinen zu mähen oder sich um die Blumen zu kümmern. «Er hatte schon damals Probleme mit den Augen», fuhr Ben fort, «und später wurde er vollständig blind. Aber er blieb hier, unterstützt von einem jungen Vikar, denn der Bischof hatte nicht das Herz, ihn abzulösen. Er starb vor zwei Jahren in einem Heim für ehemalige Pfarrer in Cornwall.»

Ja, und? dachte Jessica, aber sie sagte nichts. Ben lächelte entschuldigend.

«Ich nehme an, ich langweile dich, aber hab bitte ein bißchen Geduld. Als Alix und ich hierherkamen, blieb Vater Frank noch ein paar Tage, um mir zu helfen, mich in die Gemeinde einzugewöhnen, mir einige Hintergrundinformationen zu geben und so weiter. Dabei kam die Sprache auch auf deine Schwester.»

«Das glaube ich gern», sagte Jessica. «Wenn du die Geschichte des Dorfes kennenlernen wolltest, war das wohl unvermeidlich. Janes Verschwinden war vermutlich der saftigste Skandal, über den das Dorf je klatschen konnte.»

Ben sah unbehaglich drein. «Du bist verärgert», stellte er fest. «Das kann ich dir nicht verübeln. Es hört sich sicher so an, als sei ich selbst ein gräßliches Klatschmaul, aber ich schwöre dir, das bin ich nicht. Ich habe nur das Gefühl, ich sollte dir etwas erzählen, selbst auf die Gefahr hin, daß du nie wieder ein Wort mit mir oder Alix sprichst.»

Jessica wurde immer unbehaglicher zumute. Ich will das nicht, dachte sie zornig. Nur, weil ich nach Rensby Rill zurückgekehrt bin, wird Jane wieder zum Leben erweckt, wird über sie gesprochen, wird alles unter dem Deckmäntelchen von geheucheltem Mitleid gierig wieder durchgekaut. Ich bin enttäuscht von dir, Ben Trent. Grimmig beschloß sie, sich anzuhören, was er zu sagen hatte, und dann zu gehen. «Bitte sprich weiter», forderte sie ihn kühl auf. Ben warf ihr einen besorgten Blick zu. Jessica konnte sehen, wie unangenehm ihm die Situation war, erkannte an einem plötzlichen Straffen seiner Schultern aber auch seine Entschlossenheit.

«Frank hat mir nicht deshalb alles erzählt, weil es ihm Vergnügen bereitet hätte, die Geschichte weiterzugeben, sondern weil er ihr etwas hinzuzufügen hatte. Er war ein bißchen besessen davon, weißt du. Er hatte sich immer geweigert, nur um des Redens willen mit den Dorfbewohnern darüber zu debattieren. Er sagte, eine solche Tragödie sei kein Gegenstand zur Unterhaltung. Aber er wollte das, was er wußte, an mich weitergeben, denn er war alt, zog von hier fort und hoffte immer noch, der Fall könne eines Tages aufgeklärt werden.»

«Aber er wurde nie aufgeklärt», sagte Jessica mit zusammengepreßten Zähnen. «Und wird auch nie aufgeklärt werden. Inzwischen ist zu viel Zeit vergangen. Und selbst wenn irgendwo die Knochen eines jungen Mädchens gefunden würden, wie sollte man sie als Janes identifizieren? Es gab immer Zweifel. War es das, was du mir sagen wolltest?»

Ben holte tief Luft. «Wie ich hörte, warst du die letzte, die deine Schwester lebend gesehen hat», sagte er ruhig. «Vom Rücksitz im Auto deines Vaters aus. Sie ging die Straße entlang zum Dorfanger?»

«Ja.»

«Frank war sicher, daß er sie danach noch gesehen hat, etwa eine Stunde später, auf dem Sitz neben Lady Eleanor in dem blauen Fiat, den Eleanor damals fuhr. Frank beschnitt gerade die Hecke am Friedhofstor, als sie bremste und in die Straße nach Rensby Hall einbog.»

Jessica spürte immer noch die kalte Wut in ihrer Brust, zwang sich aber, ruhig zu bleiben. Es hatte Dutzende solcher Hinweise gegeben. In ihrem fehlgeleiteten Eifer hatten Dorfbewohner, oft, weil sie sich wichtig machen wollten, gemeldet, sie hätten Jane am Rill entlanggehen, den Schulhof überqueren, sich mit einem fremden Mann unterhalten und sogar in einem Bus nach Clapton sitzen sehen. Pflichtbewußt hatte die Polizei sämtliche Spuren verfolgt, aber sie hatten sich sämtlich als falsch erwiesen, als Phantasieprodukte.

«Hat er das der Polizei erzählt?» erkundigte Jessica sich. Ben nickte.

«Natürlich. Er sagte, er habe sie, so gut er konnte, davon zu überzeugen versucht, denn er war sich seiner Sache völlig sicher. Die Polizei schenkte seinem Bericht mehr Glauben als den meisten anderen dummen Geschichten, die damals umliefen. Pfarrer lügen im allgemeinen nicht, weißt du, wenigstens nicht mit Absicht, und im allgemeinen sind wir einigermaßen intelligent. Lady Eleanors Auto wurde nach etwaigen Spuren, Haaren oder Fasern, untersucht, aber es wurde nichts gefunden. Frank sagte, die Rensbys seien sehr beleidigt gewesen wegen dieser Nachforschungen, vor allem deshalb, weil sie deiner Familie so nahestanden. Sie bestritten, Jane gesehen zu haben, nachdem sie an jenem Tag mit deiner Mutter zu Fuß von Rensby Hall fortgegangen war.»

«Das kann ich mir vorstellen», bemerkte Jessica knapp. «Die Vorstellung, Jane sei von der guten alten Lady Eleanor gekidnappt worden, ist einfach abwegig.»

«Du verachtest mich jetzt, und ich kann dir deshalb keinen Vorwurf machen», sagte Ben. «Aber jetzt kann ich mir ebensogut alles von der Seele reden. Die Polizei führte Vater Franks Geschichte schließlich auf seine schlechten Augen zurück. Er wurde, wie gesagt, damals schon langsam blind. Sie teilten ihm mit, er müsse sich geirrt haben. Aber ich glaube nicht, daß er sich geirrt hat, und er glaubte es ebensowenig.»

Natürlich nicht, dachte Jessica zynisch. Niemand gibt so leicht seine Lieblingstheorie auf und gesteht ein, daß er einen Fehler gemacht hat. «Warum glaubst du nicht, daß er sich irrte?» fragte sie.

«Aus zwei Gründen», antwortete Ben rasch. «Erstens, weil sein Hinweis als letzter übrigblieb, nachdem alle anderen sich als falsch erwiesen hatten. Es war von allen Möglichkeiten die am wenigsten wahrscheinliche, angesichts des guten Rufs der Rensbys und der engen Beziehung deiner Familie zu ihnen, aber er konnte als einziger nicht widerlegt werden. Die Rensbys stritten einfach alles ab, und damit hatte es sich. Zweitens war Frank während des Zweiten Weltkriegs Scharfschütze gewesen, bevor er der Kirche beitrat. Beobachtungen anzustellen und auf Dinge zu achten, die uns normalen Sterblichen entgehen, gehörte zu seiner Ausbildung. Seine Augen mögen schlecht gewesen sein, aber jemand, der so ausgebildet war wie er, unterscheidet sehr sorgfältig zwischen dem, was er gesehen, und dem, was er nicht gesehen hat.»

Gegen ihren Willen war Jessica erschüttert. «Und warum erzählst du mir das alles?» fragte sie und hatte plötzlich Sehnsucht nach einem ordentlichen Schluck Whisky. «Was kümmert dich das?»

«Es geht mich nichts an», erwiderte Ben frei heraus. «Es hat nichts mit Alix und mir zu tun, obwohl wir gehört haben, daß wieder darüber gesprochen wird, jetzt, wo du wieder hier bist. Dieser harmlose Klatsch wird sich bald von selbst legen. Aber ich glaube an Franks Geschichte, und du wohnst bei den Rensbys, und ich...»

«Du willst mich warnen?» Jessica lachte ungläubig. «Du magst sie nicht, oder? Aber selbst wenn – so unwahrscheinlich es auch ist –, einmal gesetzt den Fall, daß das, was du mir erzählt hast, der Wahrheit entspricht und Jane wirklich mit Lady Eleanor nach Rensby Hall zurückgefahren ist, dann gab es sicher einen vollkommen harmlosen Grund dafür. Vielleicht hatte sie ein Buch vergessen, denn Jane war ein richtiger Bücherwurm. Lady Eleanor wollte natürlich nicht, daß der Verdacht auf sie fiel, und schwieg, völlig zu Recht. So eine dumme, unglaubhafte Verleumdung! Sie sind gute Menschen, Ben, und die Idee, sie könnten mir irgend etwas antun, ist absolut lächerlich!»

«Warnen ist vielleicht nicht der richtige Ausdruck», meinte Ben. «Ich bin sicher, du kennst sie sehr viel besser als ich. Sie kommen niemals auch nur in die Nähe der Kirche, weißt du, das ist doch ungewöhnlich. Die Landbesitzer gehen normalerweise wenigstens einmal im Monat zur Kirche und beteiligen sich an den Angelegenheiten der Gemeinde wie der Restaurierung des Kirchturms oder der Verwaltung der Finanzen. Viele Gutsherren haben auch noch eine Stimme, wenn es darum geht, einen Pfarrer für ihre Gemeinde zu ernennen. Das war sicherlich auch bei den Rensbys der Fall. Aber sie haben nie einen Fuß in die Kirche gesetzt. Das war zu Franks Zeiten schon so. Vor vier Jahren kam Lady Eleanor zum Pfarrhaus und wollte sämtliche alten Taufbücher durchsehen. Sie sagte, sie helfe ihrem Mann bei irgendwelchen Nachforschungen im Zusammenhang mit der Familienchronik. Die Register sind alle in der Sakristei eingeschlossen, in der Kirche selbst. Ich bot ihr an, ihr den Schlüssel zu geben, solange sie ihn brauchen würde, aber sie nahm ihn nicht an. Statt dessen bat sie mich, die Register nach Rensby Hall zu bringen – mit der Begründung, sie sei stark allergisch gegen den Schimmel, der auf alten Steinen wuchert, deshalb könne sie die Kirche nicht betreten. Aber ihr war irgendwie unbehaglich bei der ganzen Sache. Danach wurden Alix und ich mehrmals nach Rensby Hall eingeladen, zum Abendessen oder nur auf ein Glas, aber wir hatten beide das Gefühl, es sei nur eine Geste, um uns zum Schweigen zu bringen, um uns zu beruhigen, um uns zu vermitteln, sie seien ganz normale Leute, lediglich nicht besonders fromm.» Er brach ab und warf Jessica rasch einen Blick zu. «Alix gehört dem Gartenklub an», fuhr er fort, «wie auch Lady Eleanor. Sie plaudern dort über Setzlinge und Düngemittel, und Alix sagt, sie sei ganz nett, aber du hast recht, ich mag sie nicht. Oder vielleicht sollte ich besser sagen, ich traue ihr nicht. Ich traue keinem von ihnen über den Weg.»

Er erhob sich und schwieg, eine Hand auf die Lehne seines Armstuhls gestützt. Jessica empfand plötzlich Mitleid mit diesem Mann, der so viel Zivilcourage bewiesen hatte. Ben glaubte offenbar felsenfest an das, was er ihr erzählt hatte, und es war nur allzu offensichtlich, daß er damit keine persönlichen Interessen verfolgte, sondern nur aus Aufrichtigkeit gesprochen hatte. Jessica war zwar einigermaßen erschüttert, beschloß aber, ihm zu verzeihen. Sie stand ebenfalls auf.

«Ich weiß nicht, was ich mit dem, was du mir mitgeteilt hast, anfangen soll», sagte sie. «Ich glaube kein Wort davon, aber ich bin überzeugt, daß du die besten Absichten hast. Danke bitte Alix für den Tee, aber ich muß jetzt gehen.» Sie hatte das Gefühl, im Stich gelassen worden zu sein, als hätte Ben jemand anders ein Geheimnis zugeflüstert, das Jessica ausschließlich ihm anvertraut hatte. Ben atmete erleichtert auf.

«Ich möchte, daß du wiederkommst», sagte er offen. «Alix hat dich wirklich gern, sie möchte dich besser kennenlernen. Wie gesagt, ich habe ihr nicht erzählt, daß ich die Absicht hatte, mit dir darüber zu reden, und ich werde ihr auch nicht sagen, daß ich es getan habe. Es tut mir leid.»

Jessica antwortete nicht, und nach kurzem Zögern ging Ben voran in den inzwischen eiskalten Flur. Aber er begleitete sie nicht zur Tür, sondern zog einen dunklen Regenmantel aus dem Schrank. «Ich begleite dich bis zur Hauptstraße», bot er an. «Ich kann ein bißchen frische Luft gebrauchen.»

Schweigend gingen sie den kurzen Weg vom Pfarrhaus zur Kirche nebeneinander her. Es regnete immer noch, der Nebel war getränkt von dem fahlen Licht der herannahenden Nacht. Kurz hinter der Kirche, wo Grabsteine sich am Weg drängten, blieb Ben stehen und streckte den Finger aus. Ein riesiges steinernes Grabmal, von Moosflecken entstellt, stand unter der gezackten, düsteren Eibe, umgeben von einem spitzen Eisenzaun. Die behauenen Steine verfielen, und das ganze Bauwerk strahlte eine solche Melancholie aus, daß Jessica spürte, wie der Rest von Vergnügen, den sie an diesem Nachmittag empfunden hatte, sich verflüchtigte.

«Die Familiengruft der Rensbys», sagte Ben, und seine Stimme verlor in der stehenden Luft ihre Tiefe und Farbe. «Es ist schon seltsam, daß eine Familie, deren Mitglieder seit Generationen die Kirche meiden, so sehr, manchmal schon hysterisch darauf bestehen, christlich begraben zu werden, findest du nicht?»

Durch den wabernden Nebel konnte Jessica starre Figuren mit offenen Mündern erkennen, Cherubim mit geschlossenen Augen, apokalyptische Tiergestalten mit gefletschten Zähnen. Sie schauderte. «Sind sie da drin? Ist Sir Julian auch da drin?»

Ben nickte. «Alle miteinander, auch die Gebeine der armen Lady Elizabeth. Ich glaube, Frank bestattete sie, nachdem sie im Keller entdeckt worden war. Er war damals noch ein junger Pfarrer.»

Jessica wollte nichts mehr hören. Sie wandte sich ab. «Noch einmal vielen Dank», wiederholte sie. «Und ich bin nicht unvernünftig, Ben. Ich werde über das nachdenken, was du mir erzählt hast.» Ben schüttelte ihr herzlich die Hand, und sie trennten sich.

Jessica zwang sich, rasch zu gehen, und als sie die Straße überquerte, die immer noch einsam und glänzend vor Nässe dalag, verflog ein wenig von dem Ärger und der Angst, die Bens Geschichte ausgelöst hatten. Sie überlegte kurz, ob sie Lady Eleanor gegenüber taktvoll etwas davon erwähnen sollte, verwarf diese Idee aber schnell wieder. Selbst wenn Pfarrer Frank Jane in Eleanors Auto gesehen hatte, was Jessica bezweifelte, dann hatte das sicher einen vollkommen harmlosen Grund, und es war kein Wunder, daß die Rensbys später lieber Stillschweigen bewahrten. Vermutlich wollte Lady Eleanor nicht für alle Zeiten als die letzte Person bekannt sein, die Jane lebendig gesehen hatte. Diese Ehre, dachte Jessica grimmig, als sie über den knirschenden Kies der Auffahrt und an der Eiche vorüberging, gebührt mir. Das beste ist wohl, alles auf sich beruhen zu lassen. Was macht es denn jetzt noch für einen Unterschied, ob Eleanor gerade mit dem Auto vorbeikam und Jane sie bat, nach Rensby Hall mitfahren zu dürfen, um etwas zu holen, das sie vergessen hatte? Ich würde Alix in diesem Sommer gern häufiger sehen, überlegte Jessica, aber ich werde weder ihr noch Ben erlauben, die Sprache noch einmal auf Jane zu bringen.

Siebtes Kapitel

Als sie in die Halle trat und die schwere Eingangstür hinter sich schloß, war es sofort Nacht um Jessica, obwohl draußen noch das frühsommerliche Abendlicht gegen die niederdrückende Last des Wetters kämpfte. Sie sah auf die Uhr und stellte mit Entsetzen fest, daß es bereits sieben war. Um acht Uhr gab es Abendessen. Sie zog Mantel und Schuhe aus, merkte, daß sie nasse Füße hatte, ging auf Zehenspitzen zur Treppe und warf im Vorübergehen einen kurzen Blick in den Salon. Er war leer, aber unter der Tür hinter der Treppe, die in die kleine Diele und das Wohnzimmer dahinter führte, schimmerte ein winziger Streifen Licht. Die Rensbys tranken dort wahrscheinlich vor dem Essen ihren Apéritif. Keine Zeit, noch ein Bad zu nehmen, dachte sie und ging zwischen den stummen Wachtposten der Rüstungen hindurch, die, so leer sie waren, ein bedrohliches Gefühl ständiger Beobachtung vermittelten. Sie trug ihre Schuhe in der Hand und fühlte sich wie ein Teenager, der trotz Hausarrest ausgegangen ist und nach Hause schleicht. Dieser Vergleich brachte sie zum Lachen. Ihr Gelächter hallte an den schattigen Wänden wider, stieg auf zu der schummrigen Decke und kam mit einem finsteren Echo zu ihr zurück, so daß sie erschrak und ohne Zeit zu verlieren auf ihr Zimmer eilte.

Es war feucht und kühl wie das ganze Haus. Der Kamin war gereinigt und Holz für ein neues Feuer aufgeschichtet worden. Jessica vermutete, daß Tillie irgendwann nach dem Essen hochkommen und es anzünden würde, und überlegte recht verärgert, warum Sir Matthew keine Zentralheizung im Haus installieren ließ, wenn er doch, wie Caroline gesagt hatte, so viel Geld besaß. Die Macht der Gewohnheit, dachte sie. Sie zog sich aus, hängte ihre Sachen auf und schlüpfte in ein cremefarbenes Wollkleid, das sich wärmend um ihren Körper schmiegte. Dann sammelte sie ihre Wäsche zusammen und blieb kurz stehen. Außer ihren eigenen kleinen Bewegungen war im ganzen Haus kein Laut zu hören. Kein Quietschen oder Kracken von arbeitendem Holz oder Stein, kein Schritt, keine menschliche Stimme durchbrachen die Totenstille. Und nichts wird sie je durchbrechen, dachte sie und atmete den muffigen Geruch des Alters ein, der in der eisigen, klammen Luft hing. Ob das Haus bewohnt wird oder leersteht und verfällt, es wird immer Macht ausüben mit seiner Stille, wie ein Gefäß voll ruhigen schwarzen Wassers, und das Echo von Gelächter und Schmerz gleichermaßen ersticken. Die Vorstellung war beunruhigend. Jessica betrachtete die Handvoll schmutziger Wäsche auf dem Bett. Sollte sie bis morgen damit warten? Lieber nicht. Ihre Garderobe war entschieden begrenzt. Sie hatte noch genug Zeit, um die Waschmaschine zu laden. Sie nahm die Wäsche auf den Arm und eilte nach unten.

Tillie war in der Küche und waltete über duftenden Dampfwolken. Jessica war dort noch nicht gewesen. Der Raum war warm und freundlich, ganz in Gelb und Weiß gehalten, mit blitzenden modernen Geräten und voller appetitanregender Gerüche. Jessica kam es so vor, als hätte das Haus widerwillig in der Küche einen neutralen Bereich eingeräumt.

«Es macht mir nichts aus, mich darum zu kümmern», bemerkte Tillie und deutete mit dem Kinn auf die Wäsche auf Jessicas Arm. «Aber ich habe auch nichts dagegen, wenn Sie es selbst tun. Die Kellertür ist da drüben, gegenüber der Speisekammer.» Sie mischte weiter den Salat. «Das Essen wird etwa in einer Viertelstunde fertig sein, beeilen Sie sich.» Die Schroffheit ihrer Rede milderten ein rascher Blick und ein besorgtes Lächeln. Jessica dankte ihr und öffnete die Tür, auf die Tillie gedeutet hatte.

Zu ihren Füßen führten ausgetretene Holzstufen hinab in pechschwarze Finsternis. Links an der Wand war ein Lichtschalter. Sie knipste ihn an. Die Beleuchtung bestand aus einer nackten Glühlampe, die am Fuß der Treppe hing, aber trotz der plötzlichen Helligkeit zögerte Jessica. Der Raum, der sich unter ihr auftat, hatte etwas Abweisendes, etwas Kaltes und Unwirtliches, vor dem sie unwillkürlich zurückwich, bevor sie sich überwand und hinabstieg.

Die beiden Maschinen standen gleich rechts neben der Treppe vor der Wand. Sie wurden von der Birne recht gut beleuchtet, der übrige Keller jedoch lag in geheimnisvollem Schatten.

Jessica legte ihre Wäsche auf den Trockner, öffnete die Waschmaschine, entzifferte die Gebrauchsanweisung und begann ihre kleine Ladung zu sortieren. Aber das Gefühl, daß da etwas Feindseliges war, das ihre Bewegungen aus der eiskalten Finsternis gespannt beobachtete, wurde immer stärker, bis sie den Impuls unterdrücken mußte, über die Schulter zu blicken. Ihre Handgriffe wurden langsamer und vorsichtiger. Sie konnte hören, wie Tillie oben in der Küche herumwirtschaftete, aber die Geräusche waren seltsam gedämpft, als hätte die eisige, klamme Luft hier unten ein eigenes Gewicht.

Sie ließ die Wäsche in die Maschine fallen, schüttete Waschpulver darauf und drückte auf den Startknopf. Mit einem Brummen erwachte die Maschine zum Leben. Das Geräusch traf sie wie ein plötzlicher Schock. Pst! wollte sie die Maschine ermahnen. Stör es nicht. Es könnte aufwachen. Der Gedanke kam ihr völlig unvermittelt, instinktiv, sie hatte keine Ahnung, was «es» sein mochte.

Sie drehte sich um und betrachtete den schmalen, scharf begrenzten Lichtstrahl, der diagonal vor das lange, fast bis zur Decke reichende Weinregal fiel, das sie von dem übrigen Keller trennte. Die Fächer waren gefüllt mit spinnwebbedeckten Flaschen, auf den meisten lag eine dicke graue Staubschicht. Dahinter herrschte völlige Finsternis, sie schien durch die Zwischenräume zu sickern, über den Boden zu kriechen, in den Spalt zwischen der verhangenen Decke und dem obersten Regalbrett zu dringen und still und heimtückisch gegen das unschuldige Weiß des Lichts zu kämpfen. Einen Augenblick lang stellte sich Jessica vor, die Glühbirne würde verlöschen und sie sei hilflos dem triumphierenden schleichenden Ansturm dieser bösartigen Macht ausgeliefert. Dann gab sie sich einen Ruck und ging entschlossen auf die Ecke des Regals zu. Jeder hat Angst vor Kellern, dachte sie resolut. Sie sind dunkel und voll mit altem Gerümpel, und man hat das Gefühl, in die Falle zu gehen. Man muß sich dem stellen und es sich ansehen. Sie blickte um die Ecke.

Links konnte sie gerade noch eine gähnende Öffnung erkennen, aus der der Geruch von gelagertem Gemüse drang. Das mußte der Kartoffelkeller sein. Rechts konnte sie im Dunkel kaum die Wand erkennen, die weiter ins Innere des Kellers verschwand. Mehr brauche ich nicht zu sehen, dachte sie hastig, als eine Welle des Unbehagens in ihr aufstieg. Ich warte in der Küche auf meine Wäsche. Vielleicht esse ich auch zuerst zu abend.

Da hörte sie, wie sie gerufen wurde. Die Stimme war undeutlich und schien aus einiger Entfernung zu kommen. Erleichtert drehte sie sich um und rief die Treppe hinauf: «Ja, Tillie?» Es kam keine Antwort. Von oben waren die schweren Schritte der Haushälterin zu hören und das Klappern eines Kessels, der auf den Herd gestellt wurde. «Tillie?» rief Jessica und sah zu der offenen Kellertür über sich, aber es kam keine Antwort.

Verwirrt, mit stärker werdendem Entsetzen, eilte sie zum Fuß der Treppe. Wieder wurde sie gerufen.

«Jessica!»

Sie erstarrte. Dieses Mal war der Ruf nicht mißzuverstehen. Er war lauter, die Stimme gebieterischer.

Jessica rannte die Treppe hoch. Tillie war dabei, den Servierwagen zu beladen, sie hielt eine silberne Sauciere in der Hand. «Haben Sie mich gerufen?» fragte Jessica atemlos.

«Nein», antwortete Tillie prompt. «Wie steht es mit der Wäsche? Ich decke gerade die Anrichte.»

«Haben Sie mich ganz bestimmt nicht gerufen?» fragte Jessica noch einmal. «Wo sind die anderen?»

«Im Wohnzimmer, sie warten mit knurrenden Mägen darauf, daß ich den Gong schlage», erwiderte Tillie kurz angebunden. «Aber es wird noch ein paar Minuten dauern. Beeilen Sie sich, sonst kommen Sie zu spät.» Sie schob den Servierwagen auf die Tür zu, und Jessica sah sie verzweifelt an.

Geh ins Wohnzimmer und trink etwas, versuchte sie sich zu beruhigen. Du kannst die Wäsche später immer noch fertigmachen. Es war ein angenehmer Gedanke, und sie war drauf und dran, diesem Impuls nachzugeben. Der Gedanke an die Furcht, die immer größer werden würde, je länger sie sich davor drückte, wieder in den Keller hinunterzugehen, ließ sie jedoch zögern. Gib nicht einem völlig irrationalen Gefühl nach, befahl sie sich streng. Was ist los mit dir?

Immer noch warf die Glühbirne ihr hartes Licht in den Keller. Die Maschine drehte sich mit heiserem Rasseln. Nichts hatte sich verändert, und doch überlief es Jessica eiskalt, als sie langsam die Treppe hinunterstieg. Die staubigen Flaschenhälse, die in ordentlichen Reihen bewegungslos auf sie zeigten, das scharf umrissene geometrische Muster von Licht und Schatten, der modrige Geruch und der staubige Boden, alles um sie her hatte eine unsichtbare Verwandlung durchgemacht, bei der nur die äußeren Formen gleich geblieben waren. Eine Hand auf die vibrierende Waschmaschine gestützt, stand sie da und suchte jeden kleinen Winkel ab. Alle Muskeln in ihrem Körper waren angespannt. Beeil dich, redete sie der Maschine stumm zu. Ich muß hier raus.

«Jessica.»

Es war ein Seufzer der Erleichterung, die Stimme eines Kindes, und sie kam von irgendwo da hinten in der Dunkelheit.

«Jessica, bist du es?»

Jessica starrte in die höhlenartige Finsternis, ihre Kehle war trocken.

«Wer ist da?» flüsterte sie. Ihre Stimme wurde von den Schatten verstärkt und verhallte wispernd im Nichts. «...ist da... ist da... ist da...»

Es herrschte Schweigen. Jessica spürte, wie der ganze Keller gespannt zuhörte. Dann –

«Wie kannst du fragen?» flüsterte die Stimme zurück. «Jessica, Jess, Jessy, du mußt mir helfen! Ich bin hier hinten, und ich kann nicht heraus! Schnell! Schnell!» Die Stimme hatte sich verändert, sie war lauter geworden und schriller.

Jessica erstarrte. Niemand nannte sie Jessy, außer...

«Jane?»

Wie zur Bestätigung wurde die Stimme gellender, ein Wirbel dumpfer Schläge begleitete sie. «Hilf mir, o hilf mir, Jessy! Es ist so dunkel, dunkel, dunkel! Bitte, Jessy!»

An der Wand über den Maschinen befanden sich zwei Schalter. Mit zitternden Händen drückte Jessica sie hoch. Ihr erster Versuch mißglückte, aber dann war mit einem Schlag der übrige Keller zu sehen. Das Jammern hörte nicht auf. Es verstärkte sich zu einem Schreien, in das sich ein Dröhnen mischte, das im ganzen Keller widerhallte.

«Jane!» rief Jessica und rannte um das Weinregal.

Im kalten Licht sah sie den Zementfußboden, den Eingang zum Kartoffelkeller und daneben eine andere Tür. Sie stolperte in den Kartoffelkeller. Da war nichts außer ein paar Säcken mit der Ernte des vorigen Jahres.

Die andere Tür war fest verschlossen und hatte weder Griff noch Knauf, nur ein Sicherheitsschloß. Heftig keuchend hämmerte und drückte Jessica dagegen, aber die Tür gab nicht mal ein leichtes Quietschen von sich.

Jessica lief zur gegenüberliegenden Wand, die ganz anders aussah. Sie war aus massiven, rohbehauenen Steinen gefügt. «Wo bist du?» schrie sie und warf sich gegen die Steine, gemartert von Janes hysterisch flehender Stimme.

Aber in dem Augenblick, als ihre Hände die Wand berührten, brachen die Geräusche ab. Verblüfft schloß Jessica die Augen und legte die Wange an den scharfkantigen Felsen. Schweiß lief ihr den Rücken hinunter. Was war hier geschehen? Was um Himmels willen war in diesem Raum geschehen?

Der Keller war wieder still. Kein Geräusch drang aus der Küche oder dem übrigen Haus. Die Rensbys tranken im Wohnzimmer Cocktails.

Plötzlich mußte Jessica lachen. Die Rensbys mit ihren Cocktails. Im Wohnzimmer. Sie merkte, daß sie hysterisch wurde, zog sich von der Wand zurück und ging unsicher um das Weinregal zu den Maschinen. Die Waschmaschine hatte ihre Arbeit getan und war verstummt. Automatisch hob Jessica die Klappe hoch und begann mit heftig zitternden Händen die nassen Sachen herauszuziehen, aber ihre Seele war einer so großen Selbstverleugnung nicht gewachsen. Sie ließ die Lichter brennen, die Kleider in einem nassen Haufen liegen und floh. Als sie unter der Glühbirne über dem Fuß der Treppe durchrannte, explodierte sie mit einem lauten Knall, und die Treppe lag im Finstern.

Alle vier verstummten und starrten sie an, als sie in die tröstliche Wärme des Wohnzimmers gestolpert kam. Tillie stellte schmutzige Gläser auf ein Tablett. Lady Eleanor, die ihre bestrumpften Beine elegant übereinandergeschlagen hatte, zwirbelte eine Olive in ihrem Martini. Caroline saß nachlässig in einer Sofaecke. Sie ließ Jessica nicht aus den Augen, scheinbar unbeeindruckt, und wippte mit einem bestiefelten Fuß.

Sir Matthew reagierte als erster. Er stand auf, beugte sich über den Tisch, nahm eine Flasche und goß etwas in ein Glas. Jessica gelang es, sich in einen der Sessel fallen zu lassen. Ihre Zähne klapperten. Sie war kalt wie eine Leiche. Sir Matthew schob ihr das Getränk in die Hand, und sie schluckte es bereitwillig. Brennend rann ihr der Whisky in den Magen.

«Haben Sie es nicht gehört?» brach es aus ihr hervor.

«Wovon sprechen Sie, meine Liebe?» sagte Lady Eleanor.

«Das Klopfen und Hämmern und die Stimme, die nach mir rief und um Hilfe bat. Sie müssen es gehört haben!»

Die Rensbys sahen sie verständnislos an. Dann zerbiß Lady Eleanor geschickt die Olive zwischen ihren Zähnen. Sir Matthew trottete zurück zu seinem Sessel. Einen Augenblick herrschte peinliches Schweigen.

Jessica trank in einem langen Zug das Glas aus und drückte es an ihre Brust. Der scharfe Alkoholdunst trieb ihr sofort das Wasser in die Augen. «Es tut mir leid», brachte sie heraus. «Offenbar haben Sie überhaupt nichts gehört. Ich bin in den Keller gegangen, um meine Wäsche zu waschen, und ich schwöre, ich hörte, wie Jane meinen Namen rief. Es hat mir einen ziemlichen Schock versetzt.»

«Das war der Geist», sagte Tillie mit hohler Stimme. Lady Eleanor fuhr sie verärgert an: «Ach, seien Sie doch nicht albern, Tillie! Niemand von uns hat je eine Spur von einem Geist gesehen. Es gibt auch gar nichts zu sehen. Es ist nur eine absurde Geschichte, die sich die Einheimischen gern erzählen. Sie können jetzt gehen.»

Tillie verzog schmollend den Mund, griff nach dem Tablett und verließ das Zimmer. Eleanor wandte sich Jessica zu. «Da ist wirklich nichts, meine Liebe», sagte sie energisch. «Vermutlich haben Sie die Rohre da unten gehört, sie gurgeln und ächzen wirklich ziemlich laut, wenn irgendwo im Haus Wasser läuft. Trinken Sie noch einen Schluck, aus medizinischen Gründen. Manchmal wirkt Alkohol Wunder, es belebt die Lebensgeister, finden Sie nicht?»

Ihr entschiedener gesunder Menschenverstand wirkte beruhigend. Erleichtert ließ Jessica zu, daß Sir Matthew ihr noch einmal einschenkte. Dieses Mal spürte sie den Geschmack des scharfen Getränks.

«Besser?» erkundigte sich Sir Matthew mit Befriedigung. «Scotch ist eine wunderbare Erfindung, er beruhigt und stärkt. Fühlen Sie sich schon beruhigt und gestärkt, Jess?»

Sie sind offensichtlich besorgt, dachte Jessica, aber ihr Mitgefühl ist merkwürdig oberflächlich, als seien ihnen Gefühle wie Schock, Angst, Verwirrung vollkommen fremd. «Es geht mir schon besser», gab sie zu. «Jetzt fühle ich mich einfach nur wie ein Dummkopf. Ich bin fortgelaufen und habe meine Wäsche unten gelassen. Und die Lichter brennen noch. Ich denke...» Sie stellte ungeschickt das Glas ab. «Ich gehe wohl besser wieder hinunter und stelle den Trockner an.» Sie hörte das Zögern in ihrer Stimme und verabscheute sich dafür. Caroline stand auf.

«Ich gehe mit dir», sagte sie. «Ich will sowieso den Wein zum Essen aussuchen. Tillie macht Lamm, und Vater wählt immer zu leichten Wein für Lamm.» Sie schritt aus dem Zimmer, warf einen Blick zurück, und Jessica stolperte hinter ihr her. Das letzte, was sie jetzt wollte, war, in dieses geheimnisvolle Loch zurückzukehren, das sie als Keller bezeichneten. Ebensowenig aber wollte sie als Feigling dastehen, weder vor den Rensbys noch, und das war das Entscheidende, vor sich selbst.

Caroline blieb oben an der Kellertreppe stehen und betätigte den Lichtschalter. «Die Glühbirne ist schon wieder durchgebrannt», murmelte sie, drehte sich um und wühlte in einer Küchenschublade. «Die Männer, die Großvater anstellte, haben beim Verlegen der Leitungen ziemlich miese Arbeit geleistet.» Jessica blieb stumm. Sie sah zu, wie sich das Mädchen an ihr vorbeischob, die Reste der alten Glühbirne aus dem Gewinde befreite und die neue hineindrehte. Erst als Caroline rief, «na komm schon», und ihr auffordernd zuwinkte, reagierte sie.

Unten hatte sich nichts verändert. Die Lampen warfen noch ihr weißes Licht. Ihre Wäsche lag immer noch in einem unappetitlichen Haufen auf der Waschmaschine. Die Luft war unbewegt und muffig. Caroline ging am Weinregal entlang und zog die eine oder andere Flasche hervor, während Jessica ihre Wäsche in den Trockner schob und ihn anstellte.

Dann winkte Caroline. «Besichtigung des Kellers», verkündete sie, die Weinflasche, für die sie sich entschieden hatte, unter dem Arm. Jessica lächelte kurz, folgte dem jungen Mädchen aber um das Regal. «Kartoffelkeller», sagte Caroline. «Rons Domäne. Ein ziemlich scheußlicher, schmutziger Ort, wo er im Dunkeln seltsame Dinge mit Gemüse treibt, das vollkommen damit zufrieden war, faul im Sonnenschein zu liegen.» Sie ging weiter zu der verschlossenen Tür. «Lagerraum. Sorgfältig verschlossen, weil wertvolles Zeug darin ist – alte Gemälde, Erbgüter der Rensbys, goldene Teller, Kronjuwelen und solche Sachen. Ich persönlich sehe überhaupt keinen Grund darin, etwas zu besitzen, wenn man es nicht benutzen und sich nicht daran freuen kann. Und hier», sie zog Jessica weiter nach hinten, blieb stehen und beschrieb mit ihren langen Fingern vage ein Rechteck. «Diese Mauer gehörte zu der alten Abtei. Sie bildet die westliche Seite des Hauses, läuft dann noch weiter und grenzt als Rückwand den Garten ab. Hier hat der böse Sir Julian die treulose Lady Elizabeth eingemauert. Mein Großvater hat sie herausgeholt und alles wieder zumauern lassen. Keine Gespenster. Nichts, was nachts herumpoltert. Ende der Besichtigung.» Sie sah Jessica genau an. «Du bist wirklich mit den Nerven am Ende, nicht wahr?»

Gegen so viel brutale Offenheit konnte man sich nicht wehren. Jessica nickte. «Ja.»

«Du hast nicht damit gerechnet, daß Janes Verschwinden dich wieder einholen und dich heimsuchen könnte», stellte Caroline fest. «Ehrlich, Jess, kannst du es nicht einfach vergessen? Du bist immer noch jung, gutaussehend, intelligent, aber du schreckst zurück vor den Schatten der Vergangenheit und hast immer noch Sehnsucht nach einem Mann, der offensichtlich wunderbar war, jetzt aber tot ist. Kannst du dir vorstellen, wie viele wunderbare Männer es auf der Welt gibt? Würde Michael wollen, daß du dein Leben derart auf Eis legst?»

Einen Augenblick lang war Jessica versucht, Caroline alles anzuvertrauen – ihre Erlebnisse in jener Nacht, als sie gemeint hatte,

Michael zu sehen, und jetzt die Erinnerung an Jane, die sich im Zwielicht und der unheimlichen Ausstrahlung der alten Steine in etwas verwandelt hatte, das wie eine lebende Stimme klang. Aber dann kam Jessica in den Sinn, wie Carolines Gesicht am Abend zuvor ausgesehen hatte, als sie vor ihrem Zimmer stand, der leicht spöttische, wissende Gesichtsausdruck und der geschwollene Mund, und sie blieb stumm. «Das seltsame ist, ich trauere eigentlich nicht wirklich», erwiderte sie schließlich. «Ich weiß, daß er nicht mehr da ist, ich akzeptiere die Tatsache. Ich bin deswegen nicht mehr wütend oder verbittert. Aber ich kann ihn nicht abschütteln. Der Schmerz wird nicht besser oder schlimmer, er bleibt einfach gleich, als sei die Zeit in mir stehengeblieben.» Sie zog eine Grimasse. «Normalerweise bin ich sehr pragmatisch. Hierherzukommen war eine Möglichkeit, diese innere Uhr wieder in Gang zu setzen. Statt dessen habe ich das Gefühl, als laufe sie rückwärts. Und jetzt bilde ich mir schon ein, Stimmen zu hören. Vielleicht sollte ich meine Sachen packen und nach Hause fahren, aber es ist mir zuwider, einfach wegzulaufen.»

Carolines Gesicht war nachdenklich. «‹Wer kämpft und dann davonläuft...›» zitierte sie sanft. «Wenn du beschließt, aus freien Stücken abzureisen, denk daran, daß du versprochen hast, deine Entscheidung mir zuerst mitzuteilen, in Ordnung?»

«In Ordnung.» Es schien ein etwas seltsames Versprechen zu sein, aber Jessica fand, es könne nicht schaden, dem Mädchen den Gefallen zu tun.

«Gut. Laß Tillie die Sachen aus dem Trockner holen. Hättest du Lust, nach dem Abendessen mit mir auszureiten? Scott ist mit irgendeiner landwirtschaftlichen Sitzung beschäftigt.»

Jessica blinzelte. «Im Dunkeln ausreiten?»

«Im Dunkeln und im Regen.» Caroline grinste. «Ich liebe es. Es macht ungeheuer Spaß. Es hat etwas Unirdisches. Man kann nicht sehen, wo man hinreitet, und irgendwann ist es einem egal. Hast du Lust, es auszuprobieren?»

Die Aussicht auf einen untätigen Abend allein in ihrem Zimmer war alles andere als verlockend. Jessica überlegte sich das Angebot, schüttelte aber schließlich den Kopf. «Nein, danke», erwiderte sie. «Ich hatte heute bereits eine gute Dosis erfrischenden, englischen Regens.»

«Ach ja», erwiderte Caroline gleichgültig. «Stimmt ja. Mit der süßen kleinen Alix und dem guten alten bodenständigen Ben.» Sie war bereits auf dem Weg zur Treppe.

«Ich habe die beiden wirklich gern, Caroline», widersprach Jessica, verärgert über den hochmütigen Ton. «Was hast du gegen sie?»

«Nichts, vermutlich», antwortete Caroline. «Ich finde sie einfach unendlich gesund, das ist alles. Kommst du?»

Jessica zwang sich, einen Blick zurück in den Keller zu werfen, bevor sie die Lichter über der Maschine ausknipste. Der Trockner brummte und wirbelte. Die Flaschen lagen in langen Reihen bewegungslos auf ihren Borden. Doch es kam ihr vor, als würde sich ganz hinten, in dem schattigen hinteren Teil des Kellers, irgend etwas bewegen. Nach Carolines entschlossenem Rückzug atmete es auf, als wisse es, daß Jessica gleich allein sein würde. Sie nahm all ihren Mut zusammen, drehte sich um und ging, ein kleines, aber hörbares Seufzen in ihrem Rücken.

Das Abendessen verlief in einer herzlichen und heiteren Atmosphäre. Das Essen war hervorragend, das Zimmer duftete nach Kerzen und dem Parfüm der Frauen. Wenn das Gespräch etwas verebbte, war der Wind zu hören, aber nicht mehr so heftig und stürmisch wie in der Nacht zuvor. Der Regen prasselte immer noch. Niemand verlor ein Wort über Jessicas Erlebnis im Keller, und als sie sich kurz vor halb zehn von dem gemütlichen, abgegessenen Tisch erhoben, war es auch für sie unwirklich geworden und in weniger bedrängende Proportionen geschrumpft. Caroline verschwand nach oben, um sich für ihren Ausritt umzuziehen, und Eleanor lud Jessica ein, sich mit ihr und ihrem Mann ins Wohnzimmer zu setzen, Kaffee und einen Cognac zu trinken und ein paar Runden Rommé zu spielen. Jessica fühlte sich angenehm benebelt vom Whisky, vom Wein und vom Abendessen und stimmte zu.

Das Feuer im Wohnzimmer loderte einladend. Sir Matthew brummte, als er den Spieltisch aufschlug und die Stühle zurechtrückte. «Feuer im Juni!» bemerkte er. «Wir hätten nach Australien auswandern sollen, Ellie. Wir hätten unsere Kinder auf irgendeiner Schaffarm großziehen sollen, wo die Temperatur nie unter den Siedepunkt sinkt.»

Eleanor lachte. «Aber ich mag Schafe nur in Form von Lammbraten. Außerdem glaube ich nicht, daß ich in einem so extremen Klima meine preisgekrönten Rosen züchten könnte, oder? Es ist eine seiner kleinen Schnapsideen, meine liebe Jessica», fuhr sie fort, während sie die Karten abhob. Sir Matthew mischte. «Er war einmal mit einem Team aus Sydney auf einer archäologischen Ausgrabung und hat sich mit einem der anderen Wissenschaftler angefreundet. Ich persönlich finde australische Männer ja ganz attraktiv, aber schrecklich ungehobelt. Finden Sie nicht auch? Ungestüm im Bett, aber leider auch sonst.»

Sir Matthew teilte aus. Er kicherte über Jessicas Gesichtsausdruck. «Sie spricht nicht aus Erfahrung, müssen Sie wissen. Gott behüte!» rief er aus. «Aber ich glaube, sie beneidet meine Schwester Dorothy ein wenig. Sie hat einen australischen Arzt geheiratet, der sie auf die Bermudas verpflanzte, wo sie sehr glücklich ist und wunderbare Rosen züchtet. Waren Sie je auf den Bermudas, Jessica?»

Jessica nahm ihre Karten auf, begann sie zu sortieren und wußte nicht, was sie darauf sagen sollte. Wollte er sie aufziehen? In seiner Frage meinte sie einen feinen Stachel von Überheblichkeit zu bemerken, als sei es durchaus unwahrscheinlich, daß jemand wie sie an einem so exotischen Ort gewesen sein sollte. Sie sah ihn scharf an, aber er wartete lächelnd auf ihre Antwort. «Nein», erwiderte sie ein bißchen verspätet. «Nein, ich war nie dort.» Er schnaubte.

«Na ja, brauchen Sie auch nicht. Zu grün, zu blau, zu rosa, das sind die Bermudas. Es sei denn, man spielt Golf natürlich. Blödes Spiel, Golf.»

Er atmete schwer und betrachtete stirnrunzelnd seine Karten. Lady Eleanor hatte ihre auf die grünbespannte Tischplatte gelegt und reichte Kaffeetassen und Cognacschwenker vom Serviertisch an ihrer Seite, auf den Tillie neue Getränke gestellt hatte. Jessica griff nach dem Brandy. Das Spiel begann.

Eine Stunde verging. Die Kaffeekanne leerte sich, und der Pegel der Brandyflasche sank. Jessica hatte sich mit ein paar kleinen Schlucken begnügt, die beiden Rensbys schienen jedoch eine unerschöpfliche Aufnahmefähigkeit für alkoholische Getränke zu besitzen. Sie tranken und konzentrierten sich fest auf das Spiel. Sir Matthew zündete seine Pfeife an, lehnte sich über den Tisch, die Beine weit gespreizt, und blies Rauch aus einem Mundwinkel. Das Gespräch war bis auf gelegentliche Bemerkungen versiegt. Jessica verfiel in einen träumerischen Zustand, ihre Gedanken wanderten zu ihrer Mutter und dem Leben, das sie hinter sich gelassen hatte. Ob zu Hause wohl inzwischen der Sommer eingekehrt war? War ihr Brief angekommen? Vielleicht noch nicht. Sie konnte sich vorstellen, wie ihre Mutter am Wohnzimmerfenster ihrer gemeinsamen Wohnung saß, eine Tasse Kaffee neben sich, und mit einem Lächeln ihren Brief las. Sie würde antworten, sobald sie ihn erhalten hätte, ein oder zwei geschwätzige, heitere Seiten mit kleinen, aber tröstlichen Begebenheiten, von denen sie wußte, daß Jessica Spaß daran haben würde. Wie der schmelzende Schnee auf der Straße aussah. Wie sie mit Mrs. Andrews von nebenan Karten gespielt hatte, wobei beide Sherry nippten und versuchten, einander zu bemogeln. Wie sie diesem oder jenem über den Weg gelaufen war, als sie im Einkaufszentrum Besorgungen machte. All jene normalen, tröstlichen Dinge, die Kontinuität und Frieden bedeuteten. Dinge, überlegte Jessica weiter, die mir Sicherheit boten, die kein Risiko und keine Herausforderung darstellten.

Vielleicht war das der Grund, warum sie, ohne es zu wollen, ein Heiligtum aus ihrer Ehe gemacht hatte, dachte sie plötzlich. Sie hatte ein so berechenbares Leben geführt, wie eine Frau in mittleren Jahren. In einer Gegenwart, die so festgefahren war, daß nur noch die Vergangenheit von Interesse sein konnte. Diese Erkenntnis versetzte ihr einen Schock, der sie in ihre wirkliche Umgebung zurückbrachte, und sie blickte auf. Lady Eleanor und Sir Matthew starrten bewegungslos auf ihre Karten und warteten darauf, daß sie ihr Spiel machte. Mit einem Schlag war sich Jessica der schrecklichen, bedrängenden Stille bewußt, die in jeder Ecke lauerte, erwartungsvoll in jedem Zimmer hing. Jessica konnte sie förmlich spüren, ihr Atem wurde flacher, unwillkürlich duckte sie sich ein wenig. Ruhig legte sie ihre Karten hin und stand auf.

«Verzeihen Sie mir bitte, aber mir schwirrt der Kopf. Ich glaube, ich kann keine weitere Runde mehr spielen», sagte sie. «Ich gehe auf mein Zimmer. Gute Nacht.»

«Gute Nacht, liebe Jessica», sagten sie im Chor, lächelten, und Eleanor fügte hinzu: «Schlafen Sie gut. Hoffentlich scheint morgen die Sonne!»

Resolut durchmaß Jessica die ungeheure Weite der Halle, huschte an den Rüstungen vorbei und stieg die Treppe hinauf, wobei sie absichtlich nicht zu den Gemälden hinsah, aus denen sie leere Gesichter anstarrten. Sie blieb nicht stehen, um das Licht anzuknipsen. Erst als sie in dem sicheren Hafen ihres eigenen Zimmers angekommen war, machte sie die Lampe neben dem Bett an, stocherte im Feuer, das sie jetzt mit einem warmen Glühen begrüßte, setzte sich davor und versenkte sich in seinen orangefarbenen Tiefen.

Sie war körperlich erschöpft, doch ihre Gedanken überstürzten sich. Die Ereignisse des Tages rasten durch ihr Bewußtsein, ohne besondere Ordnung flackerten sie auf und erstarben dann wie die ruhigen Flammen des Feuers. Sie bewegte sich unruhig, als könne sie die Bewegung in ihrem Kopf dadurch unter Kontrolle bringen.

Bens verrückte Geschichte, die Familiengruft, vom Nebel umschleiert. Wäsche im Keller und eine Stimme. Lady Elizabeth, die erstickte und flehend ihr Leben aushauchte, in ferner Vergangenheit und doch so bedrängend nah, gerade auf der anderen Seite dieser roh gemauerten Wand. Und Jane. Jane.

Das war alles ein bißchen zuviel, dachte Jessica und ließ die Wange in die Handfläche gleiten, die Augen immer noch auf das schwache Aufglimmen von Leben im Feuer geheftet. In den vergangenen paar Tagen kam eines nach dem anderen auf sie zu, es war ein Ansturm von Gefühlen und Erlebnissen, der sie durcheinandergebracht und aus dem Gleichgewicht geworfen hatte. Und dann hatte sie ihre Verwirrung auf die Atmosphäre im Keller projiziert. Bisher war ihr Leben vorhersagbar gewesen, es verlief in ruhigen Bahnen, und jede kleine Veränderung konnte es schon aus dem Gleis bringen. Man konnte sogar sagen, es war langweilig. Seit ihr Vater tot war, hatte sie sich immer für den sicheren Weg entschieden. Das Musikstudium war etwas Kultiviertes und verlangte Disziplin. Zu Hause zu arbeiten war unkompliziert, die tatkräftige Fürsorge ihrer Mutter gab ihr Geborgenheit, und dann kam Michaels Autorität. Sie hatte Michael geliebt, daran bestand kein Zweifel. Sie hatte seine Heiterkeit geliebt, seinen Sinn für Humor, seinen Charme. Sie hatte seinen Körper geliebt. Aber jetzt fragte sie sich, ob sie nicht seine Zuverlässigkeit noch mehr geliebt hatte, seine Fürsorglichkeit, die Sicherheit des kleinen Kokons, den er um sie gewoben hatte. War das der Grund, warum der Schmerz nicht aufhörte? Weil sie die Sicherheit vermißte, nicht den Mann?

Sie setzte sich auf, bestürzt über die Geschwindigkeit, mit der ihre Gedanken plötzlich durcheinandergewirbelt waren, um sich in dieser überraschenden Weise neu zu ordnen. Sie hatte Michael geliebt. Er ruhte so in sich, war so verläßlich, ein angenehmer Gesellschafter, intelligent. Ihre Mutter vergötterte ihn.

Aber wenn sie an seinem Arm ging, war sie oft von einer seltsamen Rastlosigkeit getrieben worden. Ihre Augen streiften umher, folgten diesem Mann, schätzten jenen Mann ab, nicht weil sie bewußt unglücklich gewesen wäre, nein. Michael war im Bett ebenso darum bemüht, sie glücklich zu machen, wie sonst auch. Und sie hatte ein so schlechtes Gewissen und schämte sich wegen ihrer umherschweifenden Blicke, warf sich vor, untreu zu sein. Und doch, auch im Bett schien alles vorhersagbar. War es möglich, daß sie sich nach mehr sehnte, nach etwas Wildem, trotz oder vielleicht gerade wegen der geheiligten Geborgenheit, in der sie lebte? War ihr übertriebenes Bedürfnis nach Sicherheit unnatürlich, hatte sie es sich selbst auferlegt, aus irgendeinem Grund, der tief in den blinden Abgründen ihres eigenen Unterbewußtseins vergraben lag?

Sie war so bewegt, daß sie aufstand und im Zimmer auf und ab zu gehen begann. Etwas Fremdartiges und doch Vertrautes zitterte in ihr, kämpfte darum, in das erbarmungslose Licht ihres Bewußtseins vorzudringen, aber voller Panik drängte sie es zurück. «Ich habe ihn geliebt!» flüsterte sie vor sich hin. «Er war mein ein und alles, und ich habe ihn gar nicht verdient! Vielleicht war er nicht gerade der großartigste aller Liebhaber, aber er hätte es sein können. Vielleicht war es meine Schuld, daß er es nicht war. Vielleicht habe ich zu lange nach den anderen geschielt, den Wichtigtuern und Angebern. Ich erinnere mich an meine Schuldgefühle, das schnelle Unterdrücken meiner untreuen Gedanken! Welche Frau hat nicht Sehnsucht nach einer so bedingungslosen Liebe, wie Michael sie mir schenkte?»

Jessica seufzte. Zuviel, das war alles. Der Tag war einfach zuviel.

Sie stocherte gerade im Feuer herum, als jemand sanft an die Tür klopfte. Jessica öffnete und sah Caroline auf der Schwelle stehen.

«Ich habe mich gefragt, ob du wohl noch auf bist», sagte sie. «Komm herüber und trink etwas mit mir. Ich hätte gern ein bißchen Gesellschaft.»

Jessica hatte schon mehrere Entschuldigungen parat. Aber heute abend allein zu bleiben konnte bedeuten, daß jene bedrohlichen Gedanken wiederkehrten, bevor sie erschöpft genug war, um einzuschlafen. Also nickte sie, trat auf den Korridor und folgte Caroline ohne ein Wort.

«Ich habe immer eine gute Flasche in meinem Zimmer», sagte Caroline, als sie Jessica die Tür zu ihrem Zimmer aufhielt. «Ein Heilmittel gegen Langeweile oder Nachtgespenster, wenn Scott keine Zeit hat.» Sie seufzte. «Mein Gott, ich langweile mich so schnell!»

Nachtgespenster. Jessica biß die Zähne zusammen und gab keine Antwort.

Als sie eingetreten waren, zündete Caroline fast gleichzeitig das Feuer und eine Zigarette an, und verschwand in ihrem Badezimmer, um einen Augenblick später mit zwei Gläsern wiederzukehren, die sie auf den niedrigen Tisch vor den auflodernden Flammen stellte. Jessica hatte sich bereits in einem der Sessel niedergelassen und beugte sich dankbar über das Feuer. Zurückhaltend beobachtete sie, wie Caroline, deren Zigarette melancholisch von den gespitzten Lippen baumelte, ihre Jacke auszog, sie auf das Bett warf, zur Kommode ging und eine Flasche daraus zutage förderte. Sie goß großzügig Whisky in die Gläser und schob eines davon in Jessicas Richtung. «Trinken wir zuerst auf ihn und dann auf uns, und wenn wir innerlich durch und durch aufgewärmt sind, nehmen wir ein schönes heißes Bad und gehen schlafen. Was für ein Leben, wie?» Sie rollte sich anmutig auf dem Sessel gegenüber von Jessica zusammen, von Rauch umkränzt, ihre dunklen Augen strahlten. Jessica hob ihr Glas.

«Auf ihn?» fragte sie. «Welchen ‹ihn›?»

Caroline grinste. «Auf sie alle», antwortete sie. Sie stießen an und tranken. Der Schnaps rann Jessica mit einer Leichtigkeit durch die Kehle, die ihr nicht besonders gefiel. Ich könnte mich sehr schnell daran gewöhnen, dachte sie. «Zigarette?» bot Caroline an.

Sie tranken und unterhielten sich, aber Jessica bemerkte, daß sie sich, obwohl der Whisky die Atmosphäre auflockerte, nicht entspannen konnte. In den vielen Spiegeln an den Wänden nahm sie aus den Augenwinkeln Bewegungen wahr, sie reflektierten immer wieder das Flackern des Feuers und Carolines lebhafte Gesten, vervielfältigten die seltsamen, beeindruckenden Bilder und verstärkten noch die Atmosphäre der Ruhelosigkeit und Verstörung, die von ihren Werken ausging.

Caroline wurde ebenfalls immer rastloser. Sie plauderte zwar mit großer Leichtigkeit und vermittelte Jessica einen lebhaften Einblick in das Studentenleben in London, schilderte witzig die buntscheckige Schar von Freunden, die sie dort gefunden hatte, aber es war, als unterhalte sie letztendlich nur sich selbst. Zuerst hatte sie Jessica nach ihrem Leben zu Hause ausgefragt, sich dann aber zurückgezogen. Sie will eigentlich gar nichts von mir wissen, dachte Jessica. Sie bedauert bereits, mich in einem Anflug von Großmut in ihr Zimmer eingeladen zu haben. Entweder ist sie vollkommen ichbezogen, oder sie hat Angst, mir nahezukommen. Heute abend tut sie so, als ob. Sie ist höflich, ihre Gedanken aber sind woanders. Ihre Lebhaftigkeit richtet sich nicht an mich. Vielleicht kommt Scott ja heute nacht noch ins Haus geschlichen. Über den Rand ihres rasch leerer werdenden Glases beobachtete Jessica die Gesten des Mädchens, die langsamer wurden, erotischer, ihre Augen verschleierten sich, der Mund wurde weicher. Ich habe recht, dachte sie, und ihr Herz begann zu klopfen. Caroline erwartet ihren Liebhaber.

Außerdem war ein Geruch im Zimmer stärker geworden, der zunächst kaum wahrnehmbar gewesen war unter dem ehrlichen Pferdegeruch an Carolines Kleidern. Jetzt aber wurde er immer unerträglicher, während das Mädchen sein schimmerndes schwarzes Haar schüttelte, an einer weiteren Zigarette sog, den Kopf unbewußt provokativ zurückgeworfen. Es war ein schwerer, moschusartiger Duft. Jessica spürte, wie er sich mit dem Alkohol in ihrem Blut mischte, so daß ihr plötzlich unbehaglich wurde. Das Zimmer war zu heiß, der Whisky zu stark, Caroline zu nah.

«Ich glaube, ich gehe jetzt besser», sagte sie unvermittelt. Sich aus den tiefen Samtpolstern zu erheben war erstaunlich schwierig. Ihre Glieder waren wie Blei und ungeheuer träge.

Caroline widersprach nicht. Mit einer fließenden, durch und durch erotischen Bewegung kam das Mädchen auf sie zu und brachte diesen seltsamen Duft mit sich. Jessica war so überwältigt davon, daß sie nicht sagen konnte, ob sie ihn abstoßend oder sinnlich fand. Plötzlich fragte sie sich, wie es wohl wäre, den Mund auf Carolines zu legen, ihren zierlichen Körper an ihrem zu fühlen. Einen Augenblick später wußte sie es. Caroline beugte sich vor und küßte sie unvermittelt auf den Mund.

«Das wird wohl das beste sein», sagte sie heiser. «Du hattest einen ziemlich scheußlichen Tag, nicht wahr, Jess? Arme Jess!» Jessica spürte, wie sie zur Tür geschoben wurde. «Geh schon, geh in dein Zimmer», befahl Caroline. «Morgen kommt unser kostbarer kleiner Peter nach Hause. Du wirst ihn sehr viel lieber mögen als mich. Die meisten Leute mögen ihn lieber, aber mir ist das egal. Ich möchte nicht in seiner Haut stecken, nicht um mein Leben, wie man so schön sagt. Oder nicht um allen Scotch der Highlands.» Sie ließ sich wieder in ihren Sessel fallen und starrte finster ins Feuer. Jessica gelang es, die Tür zu öffnen, und ein kühler Luftzug von der Galerie milderte den Geruch, der jetzt alles andere im Zimmer überlagerte.

«Vielen Dank für den Whisky», sagte sie. «Ich mag dich durchaus, Caroline, obwohl du alles tust, um mich davon zu überzeugen, daß ich es nicht tun sollte. Ich wünsche dir einen schönen Abend.»

Wie dumm, so etwas zu sagen, überlegte sie, als sie in ihrem Zimmer das Licht anmachte. Immer noch schlug ihr Herz wie wild, und sie hatte einen metallischen Geschmack auf der Zunge. Das Feuer war fast ausgegangen, und der Geruch nach Asche lag in der Luft. Zitternd und mit ungeschickten Fingern zog sich Jessica aus und kroch unter die kühle Decke.

Jane lächelte an die Nachttischlampe gelehnt ihr unbewegtes Lächeln. Ihr Anblick erregte in Jessica leichte Übelkeit. Dieser Geruch, dachte sie verschwommen, als sie die Hand ausstreckte, um das Licht zu löschen. Ich kenne ihn von irgendwoher, vor langer Zeit. Er haftete an Jane im Obstgarten, als sie sagte, sie sei allein, aber ich hätte schwören können...

Alte Häuser riechen manchmal schlecht...

Auch Gräber haben einen Geruch und Särge, obwohl die Bestattungsunternehmer versuchen, das zu verbergen. Michael, Liebster, ich habe mich über deinen Sarg gebeugt, um dich zu küssen, und der Geruch war an dir, und meine Tränen flossen über deine wächserne Haut...

Etwa eine Stunde später wachte sie auf und stolperte schlaftrunken auf den Flur, um ins Bad zu gehen. Es war nicht vollständig finster. Ein Strahl trüben Lichts drang durch die Dunkelheit, und ohne es zu wollen, aus kaum bewußter Neugier, ging sie darauf zu. Das Licht kam von Carolines Tür, die nicht richtig geschlossen war. Als Jessica näher kam, hörte sie auch Geräusche.

Caroline stöhnte, leise tierische Laute zügelloser Lust, und jemand anders keuchte. Jessica spürte, wie sich ihr die Haare sträubten, als sie den gutturalen, rhythmischen Schreien zuhörte, den gleichbleibenden tiefen, seltsam unmenschlichen Lauten. Carolines Liebhaber war gekommen, und Jessica glaubte nicht, daß es Scott war. Sie schlich näher und spähte durch den Spalt in der Tür.

Das Bett selbst konnte sie nicht sehen, aber drei Spiegel zeigten ihr die Kerzen, die davorstanden. Caroline war auf allen vieren, ihr Haar umgab sie wie ein wilder Heiligenschein, ihre vollen Brüste schwangen hin und her, ihre Zunge steckte zwischen den Zähnen. Hinter ihr kniete ein Mann, der wild in sie stieß. Sein dunkler Kopf war gesenkt, seine dunklen Arme straff gespannt auf dem verwühlten Leinen. Jessica sah zu, wie die schweißglänzenden Hinterbacken zustießen und sich zurückzogen, zustießen und sich zurückzogen, während diese bestialischen tiefen Schreie aus seiner Kehle drangen. Es war bestimmt nicht Scott, der liebenswürdige, ernste Scott, der Caroline in dieser barbarischen Leidenschaft ertränkte. Leise ging Jessica fort.

Erst als sie im Bad gewesen war und wieder im Bett lag, stellte sie fest, daß sie mehr als ein geheimes Wissen von Carolines Tür mitgebracht hatte. Ihr Nachthemd war durchtränkt von diesem höllischen Gestank, der sie eine Zeitlang am Schlafen hinderte.

ACHTES KAPITEL

Peter kam am Vormittag an. Jessica arbeitete in der Bibliothek, als sie das Gellen einer Autohupe hörte, gefolgt von aufgeregten Stimmen in der Halle. Beim Frühstück hatte sie die unterdrückte Erwartung gespürt und war möglichst bald geflohen, denn sie wollte nicht stören. Jetzt saß sie da und hörte dem Aufruhr in der Eingangshalle zu, Taschen fielen zu Boden, Lady Eleanor stieß spitze Schreie aus, Carolines schleppende Stimme ertönte: «Verdammt, Peter, sind das alles Bücher?» Sie wartete ab, damit die Familie in Ruhe ihr Wiedersehen feiern konnte.

Heute war wieder schönes Wetter, die Sonne schien warm, und die Bibliothek döste vor sich hin wie ein Hafen der Ruhe. Staubkörner tanzten glitzernd im Licht, das durch die hohen Fenster fiel. Der gebohnerte Parkettboden glänzte. Draußen saß Ron auf dem Rasenmäher und schnitt das üppige Gras, das nach dem Regen aufgeschossen war. Vögel zwitscherten hell im Laub der Bäume, die verstreut auf dem Rasen standen, und ein dickes Rotkehlchen saß auf der Terrasse und betrachtete Jessica furchtlos.

Sie hatte ein paar Seiten Manuskript sortiert, aber ihre Gedanken kehrten immer wieder zu den Ereignissen der vergangenen Tage zurück, und die Monotonie der Arbeit, die Sir Matthew ihr aufgetragen hatte, half ihr nicht gerade, sich zu konzentrieren. Die Gestalt, die sie auf der Treppe gesehen und für Michael gehalten hatte, Janes Stimme im Keller, Carolines brutaler Liebhaber letzte Nacht – es war gefährlich, sich näher auf diese Überlegungen einzulassen. Sie wollte ihre Erlebnisse analysieren, ihre Wurzeln erkennen. Sie mußte etwas gegen ihre Sehnsucht nach Michael und die irrationale, kindliche Angst wegen Janes Verschwinden tun, wahrscheinlich sogar mit der Hilfe eines Psychologen.

Aber es gab noch einen anderen Grund, warum sie dem Thema Michael nicht weiter nachgehen wollte. Sie war entsetzt gewesen, als sie auf der Galerie gestanden und gelauscht hatte, das stimmte. Aber außer ihrem Entsetzen war da noch etwas anderes gewesen, das Aufblitzen eines Wunsches, einer Sehnsucht, der unglückselige Scott möge sich auf irgendeine magische Weise in Michael verwandeln. Damit sie ihn wieder berühren konnte. Damit sie seinen männlichen Duft wieder riechen und ihren Körper an seinen schmiegen konnte, wenn sie in seiner tröstlichen Wärme in den Schlaf glitt, damit sie sein leises Lächeln wieder sehen konnte. Doch das war unmöglich. Er würde niemals zurückkehren. Niemals. Michael war tot.

Aber Michael war eine alte Gewohnheit, die sich in ihrem Kopf festgesetzt hatte, in sämtlichen Poren ihrer Haut. Sie schlummerte zwar nur in ihr, erwachte aber bei der leichtesten Ermutigung zum Leben. Michael war nicht zurückgekehrt, konnte nicht zurückkehren. Deshalb hatte der Teil von ihr, der sich offenbar weigerte, ihre Einsamkeit zu akzeptieren, und nicht erlaubte, daß die Wunde heilte, darauf beharrt, diese Gewohnheit wieder zu beleben. Abscheulich. Unnatürlich. Aber nicht besonders ungewöhnlich, dachte sie mit einem Seufzen, als sie das Spiel des Sonnenlichts auf ihren Händen betrachtete, die gefaltet auf den Papieren lagen. Wie viele Menschen hatten in ihrer Verzweiflung wohl schon gemeint, Tote gesehen zu haben, die ihnen lieb waren? Ich muß dagegen ankämpfen. Aber vielleicht nicht hier. Dieses Haus hat einen seltsamen Einfluß auf mich. Es ist ein unglückliches Zusammentreffen von vollkommen harmlosen Dingen und unschuldigen Menschen, die sich scheinbar verschworen haben, um mich aus dem Gleichgewicht zu bringen. Wahrscheinlich ist es besser, ich reise ab, aber noch nicht.

Sie verbot sich, weiter an Michael und Jane zu denken. Statt dessen zerbrach sie sich den Kopf über Carolines Liebhaber. Sie hätte zu gern gewußt, wer es wohl war. Obwohl sie ihn nur flüchtig gesehen hatte, glaubte Jessica nicht, daß sie ihn sympathisch fände. Irgend etwas an ihm war ihr unheimlich gewesen.

In der Halle war es jetzt still. Jessica nahm an, daß die Familie sich ins Wohnzimmer zurückgezogen hatte, um Neuigkeiten auszutauschen, deshalb war sie überrascht, als sie Schritte durch den Salon kommen hörte. Dann flog die Tür zur Bibliothek auf, und ein junger Mann in einem weiten weißen Hemd und Jeans eilte auf sie zu. Er war recht klein und schmal, von eher zierlichem Körperbau. Er hatte widerspenstiges dunkles Haar, eine Locke fiel tief auf seine Stirn, bevor er sie hinter die Ohren strich, und lebhafte braune Augen. Seine Verwandtschaft mit Caroline war unverkennbar, doch Jessica war, als sie aufstand, um ihn zu begrüßen, vor allem beeindruckt von seiner Ähnlichkeit mit Sir Julian, dessen Porträt in der Halle hing. Sie lächelte und streckte ihm die Hand hin, aber er sah darüber hinweg und umarmte sie impulsiv.

«Du bist also Jessica.» Er trat einen Schritt zurück. «Wie hübsch du bist! Du bist nicht zur Tür gekommen, um mich zu begrüßen. Ich bin am Boden zerstört. Erinnerst du dich überhaupt noch an mich?»

«Hallo, Peter», begrüßte ihn Jessica und erwiderte sein breites Grinsen. «Schön, dich endlich kennenzulernen. Ich kann mich schon noch an dich erinnern, aber da warst du ein Baby, das gerade laufen lernte.»

«Na ja, das tue ich immer noch», antwortete er heiter, «in gewisser Weise. Du nimmst mich ja recht gründlich unter die Lupe. Habe ich etwas zwischen den Zähnen?» Er schob einen Papierstapel beiseite und setzte sich auf den Tisch, seine Hand fuhr in die Jackentaschen, und Jessica erkannte in der Bewegung die typische Geste seines Vaters.

«Nein, tut mir leid», sagte sie. «Ich war bloß überrascht über deine Ähnlichkeit mit Sir Julian.»

Er kicherte. «Der alte Sünder! Ich bin ein Rückfall. Das sagt jeder. Ich habe eine Heidenangst davor, zu heiraten, für den Fall, daß ich mich irgendwie gezwungen sehen könnte, die junge Dame im Keller einzumauern, aber natürlich werde ich schließlich irgendwann meine Pflicht tun und für einen Rensby-Erben sorgen müssen. Aber lassen wir das.» Er zog eine Grimasse. «Wie gefällt es dir in den Hallen der Ahnen? Du findest es sicher kalt und langweilig, stelle ich mir vor.»

Jessica lachte. Sein jungenhafter Charme war unwiderstehlich, er war vollkommen von sich selbst überzeugt, wie nur ein verwöhntes Kind es sein kann, und so offenherzig wie seine Schwester, aber ohne Carolines Zynismus. Jessica fühlte sich sofort wohl in seiner Gegenwart.

«Es ist schon ein wenig fremd», gab sie zu, «aber deine Familie ist sehr gastfreundlich, und der Job ist einfach.»

«Du meinst, unerträglich sinnlos», sagte er und verschränkte die Arme. «Vater und seine Obsession, die Chronik unserer Familie zu schreiben. Ich habe von deinem Mann gehört. Ich kann nicht sagen, daß es mir leid tut, denn ich bin ihm nie begegnet, und ich kenne eigentlich nicht einmal dich, aber ich hoffe, daß der Aufenthalt hier alles leichter für dich macht.»

Seine Aufrichtigkeit war wohltuend. «Danke», entgegnete Jessica. «Das Leben ist halt so, nehme ich an, oder das Schicksal, oder was uns sonst herumstößt. Ich werde schon darüber hinwegkommen.»

Er sah sie eindringlich an. «Ich glaube, du gefällst mir, Jess», stellte er fest. «Darf ich dich Jess nennen? Ich habe einen brandneuen Ferrari draußen, komm nach dem Mittagessen mit zu einer Spritztour über Land. Ich will sowieso im Pub was trinken. Mich in Paternalismus üben und so weiter. *Noblesse oblige*.»

«Ich kann nicht», sagte Jessica bedauernd. «Ich muß ein paar Stunden ordentlich arbeiten. Aber vielen Dank.»

Er zuckte die Schultern und rutschte vom Tisch. «Na ja. Macht nichts. Ich glaube nicht, daß du fremden Männern erlaubst, dich zu küssen, oder? Das habe ich mir gedacht. Ich sehe dich dann beim Mittagessen, Jess.»

Er schlenderte davon, und Jessica setzte sich wieder, mit dem Gefühl, als habe ein Wirbelwind sie ergriffen, vom Boden gehoben und sanft davongetragen. Natürlich durfte man ihn nicht ernst nehmen, aber allein schon seine Gegenwart veränderte die Atmosphäre in diesem unfreundlichen alten Haus. Sie gab sich einen Ruck und ging wieder an ihre Arbeit.

Das Mittagessen wurde auf der Terrasse serviert. Wie es sich für englisches Wetter gehört, hatte es vollkommen gewechselt. Die Hitze, in der sie saßen, wurde von einer leichten, angenehmen Brise gemildert. Tillie hatte Fruchtkaltschale und Krabbensalat zubereitet, den sie aufgeregt und leicht geziert auftrug. Peter war offensichtlich ihr Liebling. Tatsächlich war der junge Mann, wie Jessica rasch klarwurde, das Schoßhündchen und der Abgott aller, und er nahm die Huldigungen mit einer Selbstverständlichkeit entgegen, als stünden sie ihm zu. Selbst die Hunde, Missy und Boris, umschwänzelten ihn, lehnten sich an seine Beine und sahen mit sklavischer Verehrung zu ihm auf, «wie Heilige, auf die eine Vision der Glückseligkeit herniedergeht», in den Worten von Caroline.

Die Reaktion des Mädchens auf ihren Bruder verwirrte Jessica. Ganz eindeutig freute sie sich, ihn zu sehen. Sie scherzte und stritt mit ihm auf so unbeschwerte Art, wie es nur zwischen Menschen möglich ist, die sich in der Gesellschaft des anderen vollkommen wohl fühlen, und wenn er sie aufzog, nahm sie das mit Gleichmut entgegen. Daneben aber hatte sie eine gewisse Schärfe an sich, und wenn Jessica einen Blick auf ihren Bruder auffing, hatte ihr Gesicht bisweilen einen brütenden, spekulierenden Ausdruck.

Es wäre nicht unter Carolines Würde, etwas eifersüchtig auf ihn zu sein, dachte Jessica. Seine Persönlichkeit ist ebenso stark wie ihre. Sie kann ihn nicht beherrschen, wie sie es bei allen anderen versucht, und sie kann nicht erwarten, daß sie so viel Aufmerksamkeit auf sich zieht, wie ihm zuteil wird. Andererseits sagte sie gestern abend, sie würde um keinen Preis in seiner Haut stecken mögen, also ist da vielleicht etwas, wovon ich nichts weiß, irgendeine private Familienangelegenheit. Vielleicht ist der Grund aber auch nur die Tatsache, daß er der Erbe der Rensbys ist, weshalb ihm gebührt, so sehr im Rampenlicht zu stehen.

Sie hörte zu, wie er unbeschwert von seinen Studien berichtete. Respektlos meinte er, die toten Sprachen würden zwar keinem nützen, seien aber ungeheuer faszinierend. Währenddessen gab er den Hunden kleine Bissen vom Tisch zu fressen und beruhigte seine Mutter. Sie machte sich offenbar Gedanken wegen der Party zu seinem einundzwanzigsten Geburtstag, der in ein paar Tagen bevorstand. Er hat sie alle irgendwie in der Hand, dachte Jessica, der Grund dafür ist mir allerdings nicht einsichtig. Er ist ein sehr netter junger Mann.

Der nette junge Mann gähnte plötzlich und stand abrupt auf. «Komm, Jess», sagte er. «Wir machen eine Spritztour mit meinem Wagen.»

Entgeistert protestierte Jessica. «Peter, ich muß arbeiten. Später würde ich gern mit dir fahren.»

«Nicht später», sagte er bestimmt. «Jetzt.»

Lady Eleanor hatte sich ebenfalls erhoben und hielt sich krampfhaft an ihrer Serviette fest. «Peter, ich halte das für keine besonders gute Idee», sagte sie mit einer kalten Präzision, die Jessica nie zuvor von ihr gehört hatte. «Schließlich wird Jessica nicht lange bei uns bleiben.»

«Finde ich auch», nickte Sir Matthew. «Überhaupt keine gute Idee. Nimm Caroline mit.»

Was ist hier los? fragte sich Jessica. Ist Peter ein so schrecklicher Wüstling, daß er jede Frau zu verführen versucht, die ihm über den Weg läuft? Wollen sie mich vor ihm beschützen? Oder soll ich von ihm ferngehalten werden, für den Fall, ich könnte den Sohn und Erben verderben?

«Aber ich will sie besser kennenlernen», widersprach Peter. «Ich will alles über sie erfahren.»

«Dazu ist nicht genug Zeit», beharrte Sir Matthew. «Und was soll das?»

«Ja, mein Lieber», warf seine Mutter ein. «Es wird dir in keiner Weise guttun.»

«Sehen Sie», schaltete sich Jessica ungeduldig ein, «ich verstehe zwar nicht so ganz, wovon sie eigentlich reden, aber Peter hat mich bereits vorher gebeten, mit ihm zu fahren, und ich habe es abgelehnt, weil ich erst mein Pensum abarbeiten will.»

Ein verblüfftes Schweigen entstand, und alle Blicke richteten sich auf sie. Jessica hatte das untrügliche Gefühl, daß sie vorübergehend ihre Anwesenheit völlig vergessen hatten, bis sie sich zu Wort meldete. Ihr war unbehaglich, sie fühlte sich ausgeschlossen und peinlich berührt. Caroline seufzte ostentativ.

«Das ist auch besser für dich, Jess», sagte sie. «Fahr bloß nicht mit ihm. Peter ist ein lausig schlechter Fahrer, er wird dich umbringen.» Aber die Art, wie sie das sagte, hatte nichts Spaßhaftes, und das Schweigen vertiefte sich eher noch.

«Ich will, daß sie mitkommt», sagte Peter drohend. Jessica entschuldigte sich und ging auf den Eingang zur Bibliothek zu.

«Ich muß mich wieder an meine Arbeit machen», sagte sie kurz und deutete mit der Hand auf den überladenen Tisch, der durch die Fenstertüren zu sehen war. «Trotzdem vielen Dank.» Sie schob die Fenstertür auf und überließ sie sich selbst, setzte sich und beugte sich über die Manuskripte. Kurz darauf hörte sie, wie Caroline scharf zu ihrem Bruder sagte: «Du bist ein verdammter Narr», bevor sie über den Rasen davonstolzierte.

Als unten auf der Auffahrt ein Motor aufheulte, nahm Jessica an, daß Peter entweder jemand anderes gefunden hatte, der ihn begleitete, oder allein losfuhr, um sich zu amüsieren. Tillie räumte auf der Terrasse auf, und Ron stellte mit trübsinniger Sorgfalt die Gartenmöbel fort. Jessica arbeitete weiter.

Einige Zeit später meinte sie, ein Rascheln im Arbeitszimmer zu hören, gefolgt von einem Husten und einem Seufzer. All ihre Ängste drangen wieder an die Oberfläche, mit klopfendem Herzen stand sie auf und schlich zur Tür, wo sie von einer Wolke Pfeifenrauch und einem abwesenden Winken von Sir Matthew begrüßt wurde. «Noch ein gelehrter Aufsatz, der geschrieben sein will», sagte er unbestimmt zu ihr, den Blick unverwandt auf den Schreibtisch vor sich gerichtet, und Jessica ging zurück zu ihrem Arbeitstisch am Fenster.

Sie wurde an diesem Nachmittag noch zweimal unterbrochen. Einmal lugte Lady Eleanor durch die Salontür, mit ein paar gelben Zetteln in der Hand und zerraufter Frisur. «Ach Jessica, meine Liebe, haben Sie Matthew gesehen?» rief sie. «Dies ist meine Gästeliste für Peters Party, und ich habe da ein Problem. Matthew will ein paar von seinen Archäologen dabeihaben, aber das bringt die gesamte Sitzordnung für das Abendessen durcheinander.»

«Versuchen Sie es im Arbeitszimmer», rief Jessica zurück, aber Eleanor schüttelte den Kopf.

«Nicht da. Ich habe schon nachgesehen. Zum Kuckuck mit dem Mann!» Türknallend rauschte sie hinaus.

Peter hat sie alle offenbar ganz schön durcheinandergebracht, dachte Jessica, als sie einen weiteren Teil des sechzehnten Jahrhunderts in den entsprechenden Karton fallen ließ. Vermutlich ist für solche Leute ein einundzwanzigster Geburtstag ein wichtiges Ereignis. Ich selbst werde in ein paar Tagen dreißig. Dreißig! Unglaublich. Mutter wird sicher daran denken. Ich hoffe, sie hat Lady Eleanor nichts davon geschrieben. Die arme Frau hat im Augenblick genug um die Ohren.

Die zweite Unterbrechung kam in Gestalt von Tillie in die Bibliothek marschiert, bewaffnet mit Eimer und Lappen.

«Ich soll heute die Regale machen», murrte sie. «Meiner Ansicht nach ist es ja Männersache, auf der Leiter herumzubalancieren, aber Ron weigert sich eigensinnig, und was bleibt einem dann anderes übrig. Frauen sind so viel gefügiger, nicht wahr? Wir schaffen wirklich was weg. Störe ich Sie?»

«Nicht im geringsten», beruhigte sie Jessica, sie war eher froh, Gesellschaft zu haben. Die Frau brabbelte unablässig vor sich hin, manchmal hallte ihre Stimme vom anderen Ende des langen Raumes wider, und inzwischen ging langsam die Sonne unter.

Schließlich entschied Jessica, es für heute gut sein zu lassen. Sie stand auf, streckte sich und wollte gerade in den Salon hinübergehen, als Peter hereinplatzte.

«Komm!» sagte er atemlos. «Ich habe vor allen anderen mit meinem Flitzer geprotzt. Jetzt bist du dran. Arbeit ist keine Ausrede. Sieh mal, die Sonne geht schon unter. Gehen wir in den Pub.» Er ließ ihr keine Zeit, zu widersprechen. Jessica fühlte sich durch die Halle und aus der Tür geschoben, wo ein glitzernder, knallroter niedriger Sportwagen auf dem Kiesweg brummte. «Mutter sagt, ich sei pubertär», fuhr er fort, als er ihr hineinhalf und um das Auto zur Fahrerseite ging. «Es sei geschmacklos, Spielzeug zu haben, wenn man erwachsen ist, und sogar noch geschmackloser, damit anzugeben.» Er legte den Gang ein, und sie brausten davon. «Aber offiziell bin ich noch nicht erwachsen, und wenn ich es bin, kann ich immer noch mein Haupt mit Asche bestreuen, wie es sich gehört. Was meinst du, bin ich pubertär?» Sie sausten an den Klosterruinen vorbei und waren schon auf die Dorfstraße abgebogen, bevor Jessica antworten konnte.

«Es ist ein toller Schlitten», schrie sie, um den Fahrtwind zu übertönen. «Mein Mann wollte immer so einen. Er würde mich jetzt beneiden!»

«Wirklich?» schrie Peter zurück. Sie hatten das Dorf hinter sich gelassen und rasten über die Landstraße, die Sonne im Gesicht. «Hatte einen guten Geschmack, dein Mann. Erzähl mir von ihm.» Er fuhr etwas langsamer, damit sie sich nicht mehr anschreien mußten, und Jessica begann, über Michael zu sprechen, über sich und über das Leben, das sie jetzt führte.

Peter schien mit aufrichtigem Interesse zuzuhören. Mit hellwachen braunen Augen drängte er sie, weiterzusprechen, wenn sie zögerte, weil sie das Gefühl hatte, ihn zu langweilen. Als sie schließlich vor dem *Monk's Fast* hielten, hatte er es geschafft, daß sie ihm mehr anvertraut hatte als ihrer Mutter. Bevor er aus dem Auto sprang, griff er nach ihrer Hand und drückte sie. «Vielleicht kann ich eines Tages auch so lieben», sagte er ernsthaft. «Aber ich habe da so meine Zweifel. Ich bin zu oberflächlich. Zu unbeständig, weißt du. Ich lebe gern in vollen Zügen, ohne viel Tiefgang, und ich freue mich keineswegs auf den Tag, an dem der liebe alte Dad die Löffel abgibt und mir Rensby Hall plus sämtlicher Privilegien hinterläßt. Bereit für ein Bier?»

Der Pub war brechend voll. Es war etwa halb sechs, und die Einheimischen tranken gern ein Glas, bevor sie zum Abendessen heimgingen. Einen Arm um ihre Schulter gelegt, um sie vor dem Gedränge zu schützen, führte Peter sie in eine Ecke und antwortete unterwegs auf Zurufe von Leuten, die ihn erkannten. Er war im Dorf offenbar ebenso beliebt wie zu Hause. «Bin in einer Sekunde mit einem Glas Gin wieder da, in Ordnung?» Weg war er.

Jessica spürte eine Hand auf ihrem Arm und drehte sich um. Es war Alix. Sie trug das Haar offen und hatte ein hübsches kurzes weißes Kleid an.

«Hallo, Jessica!» rief sie. «Alles in Ordnung auf Rensby Hall?»

Auch Jessica freute sich, sie zu sehen. «Hi, Alix. Alles in bester Ordnung. Bist du mit Ben hier?»

«Ja, er ist da drüben. Wir kommen manchmal abends kurz auf einen Sprung her, wenn es warm ist.» Dann lachte sie. «Warum zum Teufel gebe ich Erklärungen ab, dir ist es doch sicher völlig egal, ob der Pfarrer Bier trinkt oder nicht. Ben! Ben!» Jessica folgte ihr mit Mühe zu einem Tisch, wo Ben auf Alix' Ruf hin aufstand. Er begrüßte sie mit unverhohlener Freude, und die drei unterhielten sich einen Augenblick in dem allgemeinen Durcheinander. «Wie wäre es mit Abendessen?» schlug Alix vor. «Ist dir morgen abend recht? Um sieben, dann können wir zuerst einen Cocktail trinken.»

«Sehr gern!» rief Jessica. «Ich bin dann gegen sieben bei euch. Das heißt, wenn es nicht wieder regnet.» Sie lachten, und in diesem Moment drängte sich Peter neben Jessica, in jeder Hand ein Glas. Jessica machte ihm Platz. «Kennt ihr euch?» fragte sie. «Peter, das sind Alix und Ben Trent.»

«Ich weiß», sagte Peter kurz angebunden. «Wir kennen uns.»

Ben deutete auf ihren Tisch. «Wollt ihr euch nicht zu uns setzen?» fragte er. Peter reichte Jessica ein Glas und griff abrupt nach ihrem Ellenbogen.

«Nein», sagte er fast schon barsch. «Jessica und ich sind damit beschäftigt, uns kennenzulernen, und wenn ihr uns entschuldigt, werden wir das jetzt fortsetzen.» Er zog Jessica davon. Verärgert schüttelte sie seine Hand ab.

«Das war ziemlich unhöflich, findest du nicht?» beklagte sie sich. «Die beiden sind sehr nett, Peter. Ich werde morgen mit ihnen zu Abend essen.»

«Nun, dann sei darauf gefaßt, daß du dich zu Tode langweilen wirst», meinte Peter hämisch. «Sie ist einfach unaussprechlich bieder, und er meint herausgefunden zu haben, daß meine Mutter etwas mit dem Verschwinden deiner Schwester zu tun hatte, wußtest du das?»

«Ja, das weiß ich», antwortete Jessica scharf. «Aber so war das nicht, Peter. Es ist eine dumme Geschichte, aber er ist Pfarrer, um Gottes willen, kein Klatschmaul. Er hat keine schlechten Absichten.»

«Eifersüchtiger Idiot», murmelte Peter. Er nahm einen langen Schluck aus seinem Glas. Jessica nippte kostend an ihrem, der Lärm und das Gedränge um sie her wurden immer stärker. Sie wollte eigentlich böse sein auf diesen gutaussehenden, besitzergreifenden, ziemlich impulsiven jungen Mann, der Auto fuhr, als hätte er neun Leben, aber eine Minute später grinste er sie wieder an und neckte sie sanft, und sie konnte nicht anders, als darauf einzugehen.

Selbst sein kindisches Schmollen schien kurzlebig zu sein. Als sie hinausgingen, kamen sie an Ben und Alix vorbei, und diesmal bedachte er sie mit einem freundlichen Winken.

An diesem Abend gesellte Jessica sich dazu, als die Familie auf der Terrasse Aperitifs zu sich nahm, allerdings begnügte sie sich mit Mineralwasser. Sir Matthew hingegen widmete sich eifrig dem Sherry, den er genießerisch in seinen kräftigen, von Altersflecken übersäten Händen gegen das rosige Licht des vollkommenen, wolkenlosen Abendhimmels hielt. Peter nahm mit Genuß den eisbeschlagenen Shaker mit Martinis in Angriff. Caroline saß mit abwesendem Blick auf einer der Steinstufen, ein Glas mit Scotch neben sich, und Lady Eleanor, mit geröteten Wangen, aber nicht unterzukriegen, teilte sich den Sherry mit ihrem Mann.

«Ich habe heute mit Miss Brown gesprochen», sagte sie. «Sie wissen schon, die unscheinbare kleine Frau, die in der Kirche Orgel spielt. Das heißt, sie hat eher mit mir gesprochen. Sie hielt mich vor der Post an, dabei fuhr sie fast mit ihrem Fahrrad über meine Zehen. Sie wollen ein Dorfkonzert organisieren, um Geld für die Reparatur der Orgel zusammenzubekommen. Sie fragte mich, ob wir wohl unseren Beitrag leisten wollten, indem wir erlauben, daß sie die Bibliothek oder die Halle benutzen.»

«Warum nehmen sie nicht den Rathaussaal?» wollte Caroline wissen und drehte sich zu ihr um. Lady Eleanor zuckte die Schultern. Die Strahlen der untergehenden Sonne fingen sich in ihrem heldenhaft jeder Ordnung widerstehenden Haar.

«Das habe ich Miss Brown auch gefragt», entgegnete Lady Eleanor. «Sie zappelte und wand sich wie ein Aal und meinte schließlich, im Rathaussaal sei die Akustik so schlecht. Sie wollen die Sache ziemlich groß aufziehen. Ich habe natürlich abgelehnt.»

«Das will ich doch hoffen!» bellte ihr Mann grob. «Gib ihnen Geld. Dann sind sie still.»

«Miss Brown ist eine tapfere kleine Frau», warf Caroline ein. «Sie versucht immer, uns in die Aktivitäten der Kirche einzubeziehen.»

«Sie ist eine lästige Klette», bemerkte Sir Matthew. «Sind irgendwelche Briefe gekommen, Eleanor?»

«Ach ja.» Eleanor beugte sich zu ihrer ausgebeulten Handtasche hinunter und begann darin herumzukramen. «Das habe ich ganz vergessen. Der Postbote wäre herausgekommen, aber Mrs. Evans gab sie mir. Er hatte noch nicht mit seiner Runde angefangen.» Sie brachte mehrere Briefe zum Vorschein, von denen sie einen Jessica reichte. «Mrs. Evans sagt, dieser Sommer wird sehr lang und zu heiß. Sie warnt alle Bauern und gibt ihnen einen Zauber gegen Heuschrecken.»

Jessica erkannte die Handschrift ihrer Mutter auf dem Umschlag, öffnete ihn aber nicht gleich. «Einen Zauber?» wiederholte sie ungläubig. «Meinen Sie das im Ernst, Lady Eleanor?»

Peter stand auf und leerte den Martini aus dem Shaker in sein Glas. Er leckte seine Finger ab. «Aber natürlich», versicherte er ihr. «Mrs. Evans, die liebe alte dicke Mrs. Evans, ist unsere Dorfhexe. Sie glaubt, daß sie von der Hexe abstammt, die Sir Julian zu Rate zog, als er den einstmaligen Liebhaber von Elizabeth umbringen wollte. Der arme Mann.» Er setzte sich wieder und lachte Jessica an. «Kannst du dir vorstellen, wie unsere schwatzhafte, aber würdige Postmeisterin mit ihren Lockenwicklern, ihrem Haarnetz und den unappetitlichen Hausschuhen, einen Dämon beschwört? Vermutlich watschelt sie in finsterer Nacht höchstpersönlich auf die Felder und haut Grashüpfer tot, damit ihr Zauber auch wirkt.»

«Sie verdient einigen Respekt!» wies Sir Matthew ihn scharf zurecht. «Du solltest keine Scherze darüber machen, Peter.»

«Ihre hellseherischen Fähigkeiten kommen daher, daß sie Briefe mit Dampf öffnet», sagte Caroline mit leicht schleppender Stimme. «Sei still, Peter. Sonst kriegt Jessica noch eine Gänsehaut.»

«Nein, ich finde das überaus spannend», widersprach Jessica. «Und die Leute im Dorf nehmen sie tatsächlich ernst?»

«Aber sicher!» sagte Lady Eleanor bestimmt. «Mrs. Evans hat die Gabe. Sie hat sie geerbt. Ich selbst veranstalte gelegentlich mit Erfolg Séancen für ein paar ausgewählte Freunde. Machen Sie doch bitte Ihren Brief auf, meine liebe Jessica. Wir haben nichts dagegen. Ich wüßte gern, wie es Ihrer Mutter geht.»

Eigentlich wollte Jessica der Aufforderung nicht Folge leisten. Sie hätte den Brief ihrer Mutter lieber später gelesen, wenn sie allein war. Widerstrebend öffnete sie den Umschlag.

«Deine Ansicht über die Rensbys ist interessant», hatte ihre Mutter geschrieben. «Ich stimme Dir zu – ich fand immer, daß sie etwas Merkwürdiges an sich haben, dabei sind sie die Freundlichkeit und Großzügigkeit in Person. Ich bin sicher, daß sie gut für Dich sorgen. Natürlich sind sie typisch englische Exzentriker. Ist Peter inzwischen nach Hause gekommen? Und verstehst Du Dich gut mit Caroline? Sage ihnen allen sehr liebe Grüße von mir. Hast Du etwas von der ältesten Schwester gehört? Ihr Name war Susan oder Sandra oder so ähnlich. Eleanor erwähnt sie nie in ihren Briefen, und als Kind war sie so selten zu Hause, daß ich mich nicht einmal daran erinnern kann, wie sie aussah. Ob sie wohl irgendeinen Familienskandal verursacht hat? In diesem Teil der Welt jedenfalls ist es wieder kühl und matschig, aber die Sonne wird jeden Tag stärker. Gestern habe ich zum erstenmal in diesem Jahr ein Fenster geöffnet, und die Luft roch sehr gut...» Der Brief ging im Plauderton weiter, wie Jessica es erwartet hatte, heiter und zufrieden, und endete mit dem Wunsch, Jessica möge glücklich sein und ein wenig Frieden finden. «Meiner Mutter geht es sehr gut», sagte sie schließlich und faltete den Brief zusammen. «Sie läßt Ihnen allen herzliche Grüße ausrichten.»

«Richten Sie ihr bitte ebenfalls herzliche Grüße aus.» Lady Eleanor strahlte. «Eine wunderbare Frau, wirklich wunderbar. Caroline, könntest du wohl ins Haus laufen und nach Tillie klingeln? Es ist schon ein bißchen über die Abendessenszeit. Und wasch dich und zieh dich um, Liebling. Wenn dein Vater da ist, ist das Abendessen immer eine förmliche Angelegenheit, außerdem ist heute Peters erster Abend zu Hause.»

Caroline stand mit einem übertriebenen Seufzer auf. «Peter, Schatz, ist es dir wichtig, ob ich mich zum Abendessen umziehe oder nicht?»

Er begegnete kühl ihrem Blick. «Ja, das ist es, Caro, Schäfchen», erwiderte er glatt. «Familienwürde, Tradition und so weiter. Was hast du heute gemalt?»

«Dein Geburtstagsgeschenk.» Caroline stieg die Stufen hoch und ging auf die offenen Fenstertüren der Bibliothek zu. «Etwas Bleibendes, das dich immer daran erinnern soll, was es für einen Rensby-Erben bedeutet, einundzwanzig Jahre alt zu werden.»

Peter murmelte etwas, als sie dicht an ihm vorbeistrich. Jessica hätte schwören können, er habe «Biest» gesagt. Sir Matthew hatte den Kopf in den Nacken geworfen und starrte in das rasch dunkler werdende Zwielicht. Lady Eleanor legte ihre Hand auf Jessicas und drückte sie.

«Sie sehen hübsch aus», sagte sie. «Dieses schwarze Kleid gefällt mir immer besser, je öfter ich es sehe.»

Jessica suchte in ihrem sorgfältig geschminkten Gesicht nach Hinweisen auf Sarkasmus, konnte aber keine entdecken. Sie fühlte sich entschieden unwohl. Immer deutlicher spürte sie, daß die Rensbys nach einer anderen Melodie tanzten, und sie stolperte neben ihnen her und versuchte vergeblich, mit ihnen Schritt zu halten. Was sie sagten oder taten, wie sie reagierten und sich bewegten, sah zwar nach außen hin völlig unverfänglich aus, schien aber zu irgend einem heimlichen Plan der Familie zu gehören, von dem sie nichts wußte. Sie waren keineswegs unhöflich zu ihr, ganz im Gegenteil, sie verhielten sich wie ein Muster an Gastfreundschaft. Aber manchmal kam es ihr so vor, als sei sie für die Rensbys nicht sie selbst, Jessica Mortimer, und als würden sie manchmal vergessen, daß sie überhaupt da war. Es war alles so schleierhaft, so bizarr, daß es fast schon lächerlich wirkte.

Caroline schrie irgendwo im Haus nach Tillie. Lady Eleanor rollte ihre kurzsichtigen blauen Augen zum Himmel und schüttelte entnervt den Kopf über ihre Tochter. Die beiden Männer saßen absolut still, Sir Matthew lehnte sich in seinem Stuhl zurück, Peter starrte auf den immer dämmriger werdenden Rasen. Jessica spürte eine gewisse Komplizenschaft zwischen ihnen, sie waren auf kalte und irgendwie unglückselige Weise miteinander verbunden. Ihre Finger fanden den Brief ihrer Mutter, sie faltete ihn in ihrer Faust. Ich will nach Hause, dachte sie plötzlich verzweifelt. Mir gefällt es hier wirklich nicht.

Caroline erschien zum Essen in einem steifen Abendkleid aus einem so blendend roten Satin, daß Jessica die Augen weh taten, wenn sie Caroline zu lange ansah. Um ihren Hals und ihre Handgelenke lagen Diamanten. Ein Diamantreif saß in ihren herabwallenden Locken. Ihr Benehmen war geziert, und Jessica überlegte, ob sie sich über sie alle lustig machte. Sie hatte sich über Peters Ankunft gefreut, dessen war Jessica sich sicher, aber irgendwie hatte ihr Bruder sie auch zutiefst verstört.

Tillie hatte den Tisch makellos gedeckt. Das gestärkte weiße Leinen raschelte und glänzte. Das Silber blitzte. Ron, wie immer ganz in Schwarz, servierte mit mehr Hingabe als sonst. Der gelbe Schein der Kerzen tauchte alle Gesichter in einen sanften Glanz. Eleanor wollte über das bevorstehende Geburtstagsfest sprechen, aber Peter schnitt ihr das Wort ab.

«Die Party ist eigentlich nicht so wichtig, Mutter», sagte er. «Ich kenne dich. Verrenne dich nicht in irgendwelchen organisatorischen Einzelheiten, und mach dich nicht verrückt damit. Heuer eine Band an, bestell in Clapton Essen, kauf Blumen oder klau welche von Vera, entkorke den Champagner und amüsiere dich. Es ist der Tag, an dem sich mir die Tür zur Welt öffnet, und das bedeutet mir mehr als alles andere.»

«Deine Freunde sollten dir ebenfalls etwas bedeuten», erwiderte seine Mutter verärgert, und Peter gab zurück: «Welche Freunde? Ich bin hier nicht zur Schule gegangen, und meine Freunde aus dem Internat haben sich in alle Winde verstreut. Dann gibt es noch meine Clique in Oxford, und natürlich will ich, daß ein paar von ihnen herkommen. Ansonsten aber habe ich den Eindruck, daß es bei dem Fest eher um dich und Vater geht. Meine Feier findet an meinem eigentlichen Geburtstag statt, diesen Freitag.»

Dann wechselte er das Thema, und das Mahl wurde recht lebhaft. Jessica löste einen Augenblick mißbilligenden Schweigens aus, als sie ihnen mitteilte, sie habe vor, am folgenden Abend bei den Trents zu Abend zu essen, aber Peter befreite sie aus der peinlichen Situation, indem er sagte: «Na, kommt schon, Leute. Ihr benehmt euch wie schmollende Autokraten gegenüber einem aufsässigen Dienstboten. Schämt euch. Jess hat Anspruch darauf, ihren Spaß zu haben, das kann doch nicht schaden.» Er sah seinen Vater an. «Überhaupt nicht schaden.»

«Ich mißtraue allem, was mit Religion zu tun hat, auch ihren Vertretern», sagte Sir Matthew großspurig. «Ich habe nichts gegen Ben Trent persönlich.» Er lächelte Jessica von oben herab an, aber Caroline schaltete sich ein.

«Den Teufel hast du!» sagte sie heftig. «Die Fehde, die du gegen ihn führst, ist hochgradig persönlich, seitdem er dich als Gutsherrn aufforderte, den ersten Sitz im Kirchenrat einzunehmen, und du abgelehnt hast. Was hat er damals doch gleich zu dir gesagt?» Sie schloß die Augen und hob einen Finger, als versuche sie sich zu erinnern. Die Diamanten in ihren Ohren funkelten boshaft. «Er sagte: ‹Ich bin enttäuscht, Sir Matthew, daß ein Mann von Ihrem Format seinen Verpflichtungen der Gesellschaft und Religion gegenüber nicht nachkommen will.› Er hatte dich vor der Bibliothek angesprochen. Ich war dabei, und ich muß sagen, ich bewundere seinen Mumm. Dieser Vorfall war für mich der Höhepunkt der Woche.»

«Caroline!» donnerte ihr Vater. «Halt den Mund! Wo bleibt dein Respekt?»

«Vater», schoß Caroline zurück, «Respekt will verdient sein.» Sie nahm ihr Weinglas und trank unbekümmert.

Jessica erwartete, daß das Gespräch nach dieser häßlichen Szene ins Stocken geraten würde, aber sie mußte lernen, daß diese Leute mit einer bemerkenswerten Unbekümmertheit über Dinge hinweggingen, über die andere sich stundenlang aufgeregt hätten. Bereits nach kurzer Zeit lachten sie wieder, machten Witze und erzählten Geschichten.

Sie erinnerte sich, daß ihr Sir Matthew, wenn sie als Kind zu seinem gefurchten Gesicht hochsah, riesig und ehrfurchtgebietend erschienen war, wenn seine Hand unschuldig über ihren Körper strich und sich in ihr alles zusammenzog. Körper? Sie zog die Stirn kraus. Nein, das war natürlich ein Lapsus. Er hatte ihr lediglich den Kopf getätschelt. Sie machte Ron ein Zeichen, daß sie noch eine Portion Nachtisch wollte.

In dieser Nacht schlief sie fest und traumlos. Sie wachte spät auf und stellte fest, daß sie das Frühstück versäumt hatte. Im Haus war es still. Offenbar waren alle ausgegangen, denn als sie die obere Galerie entlangging, standen die Schlafzimmertüren offen. Es war ein herrlicher Tag. Sonnenschein ergoß sich durch den Vordereingang, warm spielten die Strahlen auf dem Fußboden in der Halle. Sie sah, wie Ron draußen vorüberging und eine Schubkarre vor sich her schob, und hörte das Knirschen seiner Schritte auf dem Kies.

Jessica drehte sich am Fuß der Treppe um und ging durch die kleine hintere Diele ins Wohnzimmer. Es war niemand da, aber der Duft von Pfeifenrauch hing in der Luft, und eine verknitterte Zeitung lag auf der Couch. Sie kehrte um und drückte die

Schwingtüren auf, die vom Flur in die Küche führten. Peter wirbelte herum, als sie eintrat.

«Ach du bist es!» rief er. «Noch eine, die der Sünde der Langschläferei verfallen ist. Meine Güte, wie appetitlich du aussiehst, wenn du frisch aus dem Bett kommst. Ganz feucht und übertaut. Hunger auf mich oder auf Frühstück, Jess?»

Sie verdrehte die Augen, zog einen Stuhl unter dem Tisch hervor und legte die Arme auf die gescheuerte Platte. «Du bist unmöglich!» sagte sie. «Ist noch ein bißchen Kaffee da?»

«Kaffee, Kaffee, das ist alles, woran ihr Amerikaner morgens denken könnt. Zivilisierte Menschen fangen den Tag mit Sex an, aber die Amerikaner haben die Wildnis gezähmt und ein Weltreich auf Kaffee errichtet. Kein Wunder, daß sie immer um anständige sanitäre Verhältnisse besorgt waren.» Er öffnete den Schrank und stellte einen Teller und einen Becher vor sie hin. «Natürlich gibt es noch Kaffee.» Er holte die Kanne von der Arbeitsfläche und schenkte ihr ein. «Milch?»

«Ich habe mich geirrt», gab sie zurück und zog den Becher an sich heran. «Du bist nicht unmöglich, du bist ekelhaft. Bedien mich nicht, Peter, ich kann mir selbst Frühstück machen.»

«Nicht nötig», erwiderte er munter und öffnete den Kühlschrank. «Ich weiß, wo alles ist, und du nicht. Laß mal sehen. Toast. Kalte Würstchen. Kanadischer Schinken? Ich habe dich nur aufgezogen mit Amerika. Ich kann Schinken und Eier machen, wenn du den Kalorien noch nicht völlig abgeschworen hast.» Er ließ einen anerkennenden Blick über ihre Figur gleiten. «Allerdings glaube ich nicht, daß du dir darüber Gedanken machen mußt, wenigstens noch nicht in den nächsten zwanzig Jahren. Wie alt bist du eigentlich?»

Jessica trank einen Schluck von dem dampfenden Kaffee. Er war köstlich. Sie überhörte seine Frage. «Toast und Marmelade reichen. Ich glaube, es gibt demnächst schon wieder Mittagessen. Hast du den Kaffee selbst gemacht?»

Er schnitt geschickt eine Scheibe Brot ab und stellte Butter und einen Topf Marmelade neben ihren Teller. «Habe ich. Meine einzige kulinarische Fähigkeit. Nicht nur Amerika wird mit Kaffee betrieben. Oxford ebenfalls. Kaffee und Bier. Aber Bier zum Frühstück ist ein bißchen übertrieben, findest du nicht auch? Ich schlafe fast immer bis in die Puppen, wenn ich zu Hause bin.» Er grinste sie gewinnend an. «Ich darf das. Ich würde sogar im Bett Frühstück serviert bekommen, wenn ich wollte. Weiß Gott, ich liebe es, der verwöhnte einzige Sohn zu sein!»

Der Toast sprang hoch, er ließ ihn rasch auf ihren Teller gleiten, zog seinen Stuhl heran und sah zu, wie sie anfing zu essen. Sie war sich seiner Nähe sehr bewußt, seine Knie berührten fast ihre, sie nahm den leichten Duft seines Rasierwassers wahr und seine zierlichen, gestikulierenden Finger, als er weiterplauderte. Ein- oder zweimal begegneten sich ihre Blicke, seine Augen strahlten voller Lebendigkeit unter der dunklen Haartolle, die er ständig zurückstrich, und sie spürte, wie sie seiner Anziehungskraft verfiel. Ich könnte ihn nach dieser Fotografie fragen, dachte sie plötzlich. Er ist so unkompliziert und ungezwungen in seinem Benehmen. Ich bin sicher, er wird es nicht übelnehmen. Sie legte ihren Toast hin.

«Wird deine andere Schwester zu deinem einundzwanzigsten Geburtstag nach Hause kommen?» fragte sie vorsichtig. «Sie ist älter als du, nicht wahr? Ich kann mich überhaupt nicht mehr richtig an sie erinnern, vermutlich war sie nicht oft hier, als ich klein war. Sie taucht in Gesprächen zwischen deinen Eltern nicht auf, und ich habe mir überlegt, ob das wohl einen Grund hat. Ich will nicht in irgendein Fettnäpfchen treten, weißt du, oder sonst irgendwelche Peinlichkeiten heraufbeschwören.»

Einen Augenblick lang sah er sie verblüfft an. Er blinzelte rasch und fuhr, um seine Überraschung zu kaschieren, mit den Fingern durch sein ungebändigtes Haar. «Dafür gibt es in der Tat einen Grund», sagte er nach kurzem Zögern. «Ich kann es dir ruhig sagen. Sie hat Rensby Hall und die Leute im Dorf nie besonders gemocht. Außerdem hat sie sich mit Mutter nicht verstanden, warum, weiß ich nicht. Dann hat sie uns Schande gemacht, indem sie weit unter ihrem Stand heiratete, und das war das Ende ihrer Beziehung zur Familie. Caro telefoniert gelegentlich mit ihr, und ich gehe in London manchmal einen mit ihr trinken. Dort wohnt sie nämlich.» Er hob die Schultern, verzog das Gesicht, und Jessica sah, daß ihm das Thema unangenehm war. «Sie scheint ganz glücklich zu sein, obwohl ihr Mann nicht besonders gut verdient. Ich habe eigentlich nicht mehr allzuviel Kontakt zu ihr.» Seine Miene hellte sich auf, und er winkte zu ihrem Teller. «Los, aufessen!» befahl er, und Jessica begriff, daß das Thema erledigt war. Schweigend widmete sie sich wieder ihrem Frühstück.

«Du siehst einfach zum Anbeißen aus, wenn Marmelade an deinem Kinn klebt», bemerkte er, als sie fertig war. «Ich möchte sie ablecken.» Er stand auf, öffnete eine Schublade und reichte ihr eine Serviette. Sie nahm sie demütig und wischte sich das Gesicht ab. Er blieb stehen. «Komm mit», befahl er. «Laß uns einen Spaziergang durch den Park machen. Und rede dich nicht damit heraus, du müßtest arbeiten. Gewissenhafte Frauen langweilen mich.» Sein Lächeln nahm seinen Worten die Schärfe. Sie stand auf und begann automatisch den Tisch abzuräumen, aber er nahm ihr das Geschirr aus den Händen und zerrte sie aus dem Raum.

Das Wetter war strahlend schön, der Park von Rensby Hall sah aus wie ein kleiner Garten Eden. Nebeneinander traten Peter und Jessica aus dem Schatten des Portikus und schlenderten über das frisch geschnittene Gras zu den Bäumen und zum Bach dahinter. Sonnenlicht durchflutete den Park, aber es war nicht drückend heiß. Dann und wann umwehte sie duftend ein sanfter Windhauch und bewegte die Blätter der majestätischen Bäume auf dem Rasen. Ein Flugzeug flog über ihren Köpfen vorbei, so hoch und weit weg, daß sein Dröhnen vom Gezwitscher der Vögel fast übertönt wurde. Jessica atmete tief.

«Rensby Hall ist heute das reinste Paradies», sagte sie, «ein

Traum von Vollkommenheit. Wie glücklich du dich schätzen mußt, zu so viel Schönheit heimzukehren!»

«Hm.» Er nahm ihren Arm, hakte sie unter, und es schien Jessica das Natürlichste auf der Welt zu sein, daß sich ihre Finger um die Ärmel seines Hemdes legten. «‹Wo jeder Blick gefällt und nur der Mensch gemein›, was, Jess? Hältst du nach deinem Mann jeden anderen für gemein, oder glaubst du, du wirst eines Tages wieder heiraten?»

Sie hatte sich allmählich daran gewöhnt, daß er die Rede auf sehr persönliche Dinge brachte, nahm ihm das wegen der Art, wie er es sagte, jedoch nicht übel. «Ich weiß nicht», sagte sie aufrichtig. «Mein Kopf sagt ja. Ich bin jung, und das Leben ist lang. Mein Herz sagt, erst wenn Michael nichts weiter ist als eine Erinnerung. Der Prozeß des Trauerns scheint bei mir ein wenig länger zu dauern. In einem Jahr oder zweien empfinde ich vielleicht völlig anders.»

Er sah sie an, die Augen gegen den blendenden Sonnenschein halb geschlossen. «Warum wohnst du noch immer bei deiner Mutter?» fragte er weiter. «Ist das nicht ein bißchen – na ja, altmodisch?»

Sie konnte ihm nicht böse sein. Er betrachtete sie ernsthaft, ohne eine Spur von Spott. Und er hatte vorher schon erkennen lassen, daß er aus irgendeinem Grund, den nur er selbst kennen mochte, wirklich alles über sie wissen wollte. «Meine Mutter ist eine großartige Köchin», antwortete sie, «und da sie ihr Leben lang anderer Leute Häuser geputzt hat, kann sie Schmutz oder Unordnung nicht ausstehen. Sie kümmert sich um den Haushalt. Ich bin diejenige, die das Geld verdient, und habe wirklich nicht viel Zeit für solchen häuslichen Kleinkram. Es ist ein gutes Arrangement.»

«Das meine ich nicht», sagte er sanft, und sie lachte abwehrend.

«Als Michael noch lebte, wohnten wir allein», sagte sie eher zu betont. «Sie war ganz zufrieden, aber nachdem mein Mann gestorben war, hielt ich es allein nicht aus. Deshalb habe ich meine Möbel verkauft und zog zu ihr. Wir kommen wirklich gut miteinander aus.»

Sie waren in der Mitte des Parks angekommen, und anstatt zum Bach weiterzugehen, wandte sich Peter nach links, hinter den Obstgarten. Die meisten Blüten waren abgefallen und bereits halb verfault, die wenigen, die noch an den Bäumen hingen, sahen zerzaust und müde aus.

«Warum hast du dich für die Musik entschieden?» war Peters nächster Vorstoß. Jessica zog eine Grimasse.

«Ich weiß nicht genau. Ich denke, ich bin da einfach hineingerutscht. Als Kind liebte ich meine Klavierstunden, schließlich konnte ich ganz gut spielen, und dann schien es ganz normal zu sein, an der Universität weiterzumachen. Ich übe nicht mehr so viel, wie ich sollte. Nach einem Tag voller Stunden mag ich meist keine einzige weitere Note sehen!»

«Vermißt du deinen Vater?» fragte er. «Er starb an Krebs, nicht wahr? Wie war er?»

Dieses Mal fühlte sich Jessica unmittelbar bedroht von der Frage, warum, konnte sie nicht sagen. Über Michael und ihre Mutter zu sprechen war eine Sache, aber in die ferne Vergangenheit zurückzugehen, brachte eine Welle von Unbehagen mit sich. «Natürlich vermisse ich ihn», zwang sie sich zu sagen. «Aber als er starb, war er ein gebrochener Mann. Janes Verschwinden ... Er ist nie darüber hinweggekommen. Ich glaube, wenn er länger gelebt hätte, er hätte nie wieder gelernt, glücklich zu sein.» Sie sprach weiter, wobei sie sich bewußt war, daß er sie fast ohne zu zwinkern betrachtete, mit vollkommener Konzentration. Seine Aufmerksamkeit war schmeichelhaft, aber irgendwie leicht unwirklich.

«Und was ist mit dir?» warf er ein. Sein Ellenbogen drückte ihren Arm.

«Mit mir? Ich werde am Ende des Sommers mit neuen Kräften wieder heimkehren. Ich werde meine vernachlässigten Schüler anrufen, ein paar Freunde treffen, die vielleicht schon vergessen haben, daß ich existiere, werde einfach weiterleben...»

«Nein», unterbrach er sie. «Ich meine, wie sieht es in dir drin aus? Weißt du, wie es ist, glücklich zu sein? Warst du irgendwann in deinem Leben einmal richtig glücklich, wirklich und wahrhaftig rundum glücklich, Jess? Wenn du in dieser Woche sterben würdest, würdest du irgend etwas bedauern?»

Sie sah ihn erstaunt an. «Irgend etwas bedauert doch jeder», antwortete sie. «Mir tut es leid, daß ich nicht mehr Zeit mit Michael gehabt habe, vielleicht auch, daß ich keine bessere Ehefrau war.» Sie zuckte die Schultern. «Das sind doch die Sachen, an die man denkt, wenn jemand stirbt. Und was die Dinge betrifft, die man persönlich bedauert, ist es nicht ein bißchen fruchtlos, darüber nachzudenken? Was bringt es, zurückzublicken auf etwas, das bereits gesagt oder getan wurde, und zu wünschen, es wäre anders gewesen? Es wird nie anders werden!» Ihre Stimme war lauter geworden, sie stellte fest, daß sie mit mehr Nachdruck gesprochen hatte, als angebracht gewesen wäre. Sie wandte ihren Blick ab und bemerkte, daß sie auf einem Umweg hinter der Laube angekommen waren. Vor dem Eingang blieb Peter stehen. Sie begann zu zittern.

«Komm, setzen wir uns einen Augenblick hinein», drängte er. «Gehen wir etwas aus der Sonne.»

«Ich habe diesen Ort nie gemocht», brach es aus ihr hervor. In der dichten Dämmerung, zu der sich die Ligusterhecke und die verknoteten Äste der Glyzinie verwoben, schimmerte stumm die steinerne Bank.

«Du überraschst mich», bemerkte er. Sein Arm glitt um ihre Schultern und übte einen Druck aus, der fast schon ungehörig war. «Dieser Ort ist doch wie geschaffen für Einzelgänger wie dich.»

«Bin ich eine Einzelgängerin?» fragte sie verblüfft, als er sie hineinschob.

Er nickte. «Aber ganz entschieden. Allerdings sind die meisten Menschen das wohl irgendwann einmal. Selbst ich! Mein Vater kommt manchmal her, glaube ich, um dem wohlmeinenden Genörgel meiner Mutter zu entfliehen.»

Er ließ sich neben ihr auf dem kühlen Stein nieder. Selbst Vogelgezwitscher dringt nicht bis hier durch, dachte Jessica. Kein Sonnenstrahl, kein Geräusch, es ist, als sei dies eine Zelle des Hauses, die abgebrochen und in diese abgelegene Ecke des Gutes gesetzt wurde. Ich mochte das Haus nicht, als ich klein war. Kein Wunder, daß ich die Laube auch nicht mochte. Aber Jane hatte solche Vorbehalte nicht.

«Ich hatte an dem Tag, als meine Schwester verschwand, eine Vorahnung», sagte sie langsam. «Ich sah ihr vom Auto aus nach, als wir nach Hause fuhren, und spürte dieses ... dieses Zittern. Aber ich war erst neun Jahre alt. In diesem Alter denkt man nicht viel über seine Gefühle nach. Man überlegt sich nicht – warum fühlte ich das jetzt?» Und warum sage ich das jetzt? fragte sie sich. Die Atmosphäre hier hat eine seltsam aufwühlende Wirkung auf mich.

«Deine Augen glitzern und werden riesig, wenn sie voller Tränen sind», stellte er fest. «Es wirkt ziemlich erotisch.» Gegen ihren Willen mußte sie lächeln.

«Du bist ganz schön glattzüngig, Peter Rensby», entgegnete sie.

Eine Weile saßen sie in tiefem Schweigen nebeneinander, und Jessica war überhaupt nicht überrascht, als Peter ihre Hand nahm. «Sag mal, Jess», bat er sehr sanft. «Glaubst du an Gott?»

Seine Frage brach den Bann zwischen ihnen nicht, aber sofort schien Jessica die Luft aufgeladen zu sein mit einer dunklen Macht, als rückte etwas Unsichtbares näher, um ihre Antwort zu hören.

«Ihr Rensbys seid besessen von Religion, obwohl ihr sie verachtet», gab sie zurück. «Caroline hat mir die gleiche Frage gestellt.»

«Ach wirklich?» bemerkte er, immer noch fast unhörbar. «Und wie lautete deine Antwort?»

«Ich sagte ja, das tue ich. Und was ist mit dir, Peter?»

Er entzog ihr seine Hand und lehnte sich zurück, sein Blick wanderte nachdenklich über ihr Gesicht. «Ich bin mir nicht sicher, aber warum sollte ich mir in meinem Alter Gedanken darüber machen? Ich habe noch das ganze Leben vor mir, bevor ich mich um spirituelle Dinge kümmern muß.»

«Aber was ist, wenn du jung stirbst? So etwas kommt immerhin vor.»

«Da besteht keine Gefahr», sagte er kategorisch. «Überhaupt keine Gefahr. Ich werde gesund und glücklich dreiundneunzig Jahre alt werden und schließlich friedlich in meinem Bett sterben.» Er blickte sie durchdringend an. «Du hast ja immer noch Marmelade am Kinn.»

«Nein, habe ich nicht, ich...»

Bevor sie ihren Satz zu Ende sprechen konnte, war sein Mund an ihrem, leicht geöffnet strich er über ihre Wange. Der Schock ließ sie einen Augenblick lang erstarren. Seine Hand lag in ihrem Nacken, hielt sie fest, so daß sie sich nicht bewegen konnte. Seine Lippen, warm und forschend, wanderten zu den ihren und fanden sie offen. Mit einem Stöhnen küßte er sie hart, seine Zunge drängte sich zwischen ihre Zähne. «Hast du Lust auf eine kleine Sommerromanze, Jessica?» murmelte er leise, mit halbgeschlossenen Augen. «Ja, nicht wahr?» Er küßte sie wieder, und dieses Mal glitt seine andere Hand in ihre Bluse. «Böses, böses Mädchen», stieß er hervor. «Deine Bluse ist offen.»

Die Stimme gehörte nicht ihm. Eine Welle von Panik schlug über ihr zusammen, sie begann zu kämpfen und sich zu winden. Er ließ sie sofort los. «Bin ich nicht, bin ich nicht!» schrie sie. Er sah sie völlig verdutzt an.

«Ist ja schon gut», versuchte er sie zu beruhigen. «Du bist es nicht. Aber ich habe keine Ahnung, was du nicht bist. Entschuldige, daß ich es versucht habe.»

Etwas kam auf sie zu, Jessica konnte es fühlen. Sie hatte eine Gänsehaut. Jeder Nerv in ihrem Körper schrie. O nein, komm nicht, flehte sie stumm, komm nicht! Nicht jetzt, niemals! Mit großer Anstrengung legte sie Peter eine Hand aufs Knie.

«Es tut mir leid», flüsterte sie. «Du hast mich überrascht, das ist alles, und du hast mich auch nicht mißverstanden. Ich finde dich wirklich sehr attraktiv.»

Seine gute Laune kehrte zurück. Er gab ihr einen leichten Kuß auf die Stirn und stand auf. «Natürlich tust du das! Aber ich glaube, mir ist vorübergehend die Laune vergangen, meine Schöne. Vielleicht können wir dieses interessante Geplänkel später fortsetzen.»

Sie wollte schreien: Um Gottes willen, laß mich nicht allein!, aber er war schon fort, pfeifend schlenderte er aus der Laube, die Melodie verhallte in der gesättigten Sommerluft. Sie versuchte aufzustehen, ihm nachzulaufen, aber ihre Muskeln waren wie Watte. Die Laube wartete. Die Laube wußte. Böses Mädchen. Böses, böses Mädchen, deine Bluse...

Nein! Komm nicht! Es ist wegen Jane, diese Angst, diese Verzweiflung, Jane saß hier an jenem letzten Tag, natürlich ist es Jane, aber es kann nicht Jane sein, ich haßte diesen Ort lange vor diesem Tag, du böses Mädchen, deine Bluse...

Deine Bluse...

«Böses, böses Mädchen, deine Bluse ist offen», sagte Sir Matthew mit gespielter Strenge. Er atmete schwer, hob Jessica mit einem Arm auf seine Knie, die andere Hand glitt in ihre Bluse. «So darfst du nicht herumlaufen, weißt du. Irgendein böser Mann will dann vielleicht etwas mit dir machen.» Ihre Farbstifte rollten vom Stein und klapperten über die Pflastersteine. Jenseits des Eingangs blies ein steifer Wind Apfelblüten über den Weg. Sir Matthew roch nach Pfeifenrauch und Schweiß. «Du magst mich doch, nicht wahr, Jessica?» schnaufte er. «Du willst mich doch glücklich machen, oder?»

Jessica schrie auf, und die Laube war voller Schadenfreude. Jetzt weißt du es, flüsterte es. Jetzt können wir Freunde sein, nicht wahr? Mit fest geschlossenen Augen schlug sie ihre Fäuste gegen den Stein, wimmerte nein, nein, nein, während Sir Matthews Hände über sie glitten, in sie glitten, ihre kleinen Finger nahmen und sie da hinlegten, wo sie nie hätten sein dürfen. Nicht nur hier in der Laube, sondern auch im Arbeitszimmer, im Salon, in dem abgeschlossenen Hof, wo die Hundezwinger waren, eine Erinnerung folgte auf die andere, mit der Geschwindigkeit und der entsetzlichen Präzision einer automatischen Kamera. Sie war machtlos, konnte jetzt nichts mehr dagegen tun, daß sie über sie hereinbrachen. Gekoppelt an die Bilder kamen Geräusche und Gerüche, Empfindungen, Zweifel, Angst, Ehrfurcht, die unschuldige Verblüfftheit eines Kindes und dann die Schuldgefühle, die Scham, grundlose Gefühle, die sie ihr Leben lang verfolgt hatten.

Sie schlang die Arme um sich und begann sich hin und her zu wiegen und leise zu weinen. Das Gerüst der Vergangenheit, das sie in sich errichtet hatte, entschlossen, sich selbst zu schützen, wankte, brach zusammen und erstand neu. Dieselben Ereignisse, dieselben Menschen, Orte, Gegenstände, aber jetzt standen sie felsenfest und waren keine bloßen Schemen mehr. Sie kamen ihr völlig neu und seltsam vor, aber sie hatte das Gefühl, daß ihre Wahrnehmung richtig war, zum erstenmal in ihrem Leben richtig. Wieder schrie sie auf. Das ist es, weshalb ich zurückgekommen bin, dachte sie unter der Woge von Schmerz. Das ist der Grund, weshalb ich hier bin. Irgend etwas in mir war bereit, die Wahrheit zu wissen, und das hat mich hierhergeführt. Kein Wunder, daß ich immer nach Sicherheit gesucht habe! Sie öffnete ihre Augen. Die Welt hatte sich kaum merklich verändert. Und was war mit Jane? fragte sie sich. Hat er sie ebenfalls in die Laube gebracht? Ist das der Grund, weshalb ich sie im Keller hörte, eine Gefangene, wie ich in mir selbst gefangen war? War es Sir Matthew, den ich mit ihr im Obstgarten gesehen habe, der etwas Schreckliches mit ihr anstellte, und ich konnte es nicht aushalten und habe ihn in jemand anders verwandelt? Vielleicht.

O Gott, mein gesamtes Leben, mein gesamtes Leben war davon verdunkelt, die verschwendete Zeit, die grundlose Angst, und ich wußte nicht warum! Ich rannte von einem sicheren Haus zum anderen, habe mich immer freiwillig ins Gefängnis begeben und überließ anderen, die Tür zu verschließen, und ich habe nicht gewußt... Zitternd rutschte sie von der Bank und blieb leicht schwankend stehen. Mutter wußte nichts. Vater auch nicht, sonst hätten sie etwas getan, hätten mich gerettet... Ich will mit Mutter sprechen. Ich kann es ihr am Telefon nicht erzählen, ich muß sie dabei sehen, aber ich muß ihre Stimme hören! Ich kann noch nicht weinen. Im Haus werden sie mich fragen, was los ist. Aber ich kann jetzt nach Hause fahren. Es ist vorbei. Mit weichen Knien verließ sie die Laube.

Ihr Zimmer hatte kein Telefon, und das in der großen Eingangshalle war zu öffentlich. Im Wohnzimmer könnte sie gestört werden. Sie hatte weder einen Anschluß in der Bibliothek noch im Salon gesehen, vermutlich weil Leute, die die Bibliothek benutzten, nicht gestört werden wollten und es nicht besonders rücksichtsvoll wäre, Gäste im Salon mit Telefongesprächen zu behelligen. Blieb nur das Arbeitszimmer oder eines der Schlafzimmer der Familie.

Alles in Jessica sträubte sich, das Arbeitszimmer zu betreten, aber sie ging hinein, immer noch mit wackeligen Beinen, nach dem, was ihr gerade widerfahren war. Sie bemerkte flüchtig, daß das Zimmer Fenster hatte, hohe Fenstertüren, von denen die Vorhänge zurückgezogen waren. Die Fenster waren ihr zuvor nie aufgefallen.

Das Telefon stand auf Sir Matthews Schreibtisch. Sie hatte gerade den Hörer abgenommen, als sie spürte, daß sie beobachtet wurde. Mit klopfendem Herzen, immer noch halb das Kind, das sie einmal war, blickte sie auf.

Lady Eleanors Gesicht war gegen die Fensterscheibe gepreßt. Eine behandschuhte Hand lag auf der Klinke, in der anderen hielt sie eine Gartenschere. Hinter ihr sah sie die Rosenbüsche, an denen die Morgenbrise zerrte. Bevor Jessica den Hörer zurücklegen konnte, hatte die Frau das Fenster aufgestoßen und stand im Zimmer.

«Was machen Sie da, Jessica?» fragte sie barsch.

Jessica bemühte sich, mit aller Selbstbeherrschung, über die sie verfügte, den Anschein von Normalität aufrechtzuerhalten. Sie war sicher, daß ihr die Spuren der Enthüllung, die sie eben erlebt hatte, deutlich im Gesicht geschrieben standen, aber offenbar war das nicht der Fall, denn Eleanor sah sie mißtrauisch, fast schon feindselig an. «Ich wollte gerade meine Mutter anrufen», sagte sie. «Ich hätte wahrscheinlich um Erlaubnis bitten sollen, das Telefon zu benutzen.»

Eleanors Gesichtsausdruck änderte sich nicht. «Nein, natürlich nicht», beeilte sie sich zu versichern. «Selbstverständlich brauchen Sie keine Erlaubnis. Aber mir wäre es lieber, wenn Sie damit bis nach sechs Uhr abends warten würden. Unsere Telefonrechnungen sind wirklich astronomisch, wissen Sie, und später ist es ein bißchen billiger. Wer den Pfennig nicht ehrt, ist des Talers nicht wert, sagte mein Vater immer.» Ihr Gesicht hatte sich ein wenig entspannt, aber sie betrachtete Jessica immer noch argwöhnisch. «Ist alles in Ordnung, meine Liebe?» fragte sie.

«Ja», antwortete Jessica. «Ich wollte nur ihre Stimme hören. Ich kann ein R-Gespräch anmelden, wenn Sie nichts dagegen haben.»

«Ganz wie Sie wollen, meine Liebe», sagte Eleanor beleidigt, «aber ich würde warten. Internationale Telefongespräche sind überall teuer, nicht wahr? Wie spät ist es jetzt in Kanada?»

Jessica legte den Hörer auf die Gabel mit dem Gefühl, eine vollständige Niederlage erlitten zu haben, und einer seltsamen, bösen Vorahnung. In diesem Moment wurde ihr bewußt, daß sie ihre Gastgeberin nicht mochte. Eleanor weiß Bescheid über ihn, dachte sie erregt. Sie wissen alle Bescheid. Ich hasse sie alle! «Ich werde warten», sagte sie kurz. «Entschuldigen Sie mich, Lady Eleanor. Ich muß mich an die Arbeit machen.»

«Warum nehmen Sie sich nicht den Vormittag frei?» schlug Eleanor vor. «Es ist eine Sünde, dieses wunderschöne Wetter ungenutzt vergehen zu lassen. Machen Sie einen Spaziergang ins Dorf, oder gehen Sie am Bach entlang. Ich glaube, Caroline ist gerade da unten und malt.»

Sie will nicht, daß ich in der Nähe des Telefons bleibe, erkannte Jessica mit plötzlicher Deutlichkeit und sah in die fest auf sie gerichteten hellen Augen, aus denen jede Spur von Unbestimmtheit verschwunden war. Sie will nicht, daß ich mit meiner Mutter spreche. Warum? Es kann nichts mit dem zu tun haben, woran ich mich gerade erinnert habe, selbst wenn sie die ganze Zeit über Bescheid gewußt hat. Das wäre ein zu großer Zufall. Warum denn? Was geht sonst noch vor in diesem verfluchten Haus? Mit einemmal hatte sie das verzweifelte Bedürfnis, wieder im Freien zu sein. «Das ist keine schlechte Idee», stimmte sie zu. «Offenbar nimmt niemand es besonders wichtig, ob ich arbeite oder nicht.»

Eleanor lächelte nachsichtig, aber Jessica war sicher, daß sie geschickt einen Seufzer der Erleichterung verbarg. «Vernünftiges Mädchen», sagte sie. «Ich muß zu meinen Rosen zurück. Sprechen Sie heute abend mit Ihrer Mutter.»

Als würde sie mir einen ungeheuren Gefallen tun, dachte Jessica, als sie durch die Bibliothek ging und wieder hinaustrat in den frischen, warmen Vormittag. Ich werde heute abend von Alix aus anrufen.

Zornig lief sie über den Rasen, der mit Lichtern und Schatten aus den hohen Bäumen getupft war, unter den Baumkronen her. Sie war erleichtert, daß so rasch Wut an die Stelle des schmerzhaften Gefühls von Verrat und Verlust getreten war. Das Bedürfnis, mit jemandem darüber zu sprechen, zu schreien, anzuklagen, war überwältigend und mischte sich in das erste, wahrhaft übermächtige Gefühl, das sie sich je zu empfinden erlaubt hatte. Haß durchströmte ihre Adern wie ein Rauschmittel.

Als sie am Bach angekommen war, an seinem von Weiden überwucherten Ufer stand und die Steine betrachtete, die das kalte, klare Wasser kräuselten, wurde sie ruhiger. Ich werde niemanden anschreien, beschloß sie. Was bringt es schon, in ein Wespennest zu stechen und altes Elend wieder aufzurühren, alte Sünden und vielleicht auch Schuldgefühle. Seine Schuldgefühle. Ich möchte mal wissen, ob er überhaupt ein schlechtes Gewissen hat. Verschwendet er einen einzigen Gedanken an die Verheerungen, die er verursacht hat? Irgendwie kann ich mir das nicht so recht vorstellen. Bevor ich abreise, werde ich ihn zur Rede stellen, mit ihm sprechen und nicht mein Temperament mit mir durchgehen lassen und schreien. Und jetzt versuche ich Caroline zu finden, denn ich muß es mir von der Seele reden. Und ich bin rachsüchtig – sie soll wissen, was ihr lieber Vater wirklich für einer ist. Ich könnte auch zu Alix und Ben gehen. Schließlich gehört es ja zu seinem Beruf, sich solche Dramen anzuhören, oder? Aber ich will nicht, daß er mir sagt, ich soll Sir Matthew vergeben oder ihm die andere Wange hinhalten. Allerdings glaube ich kaum, daß Ben tatsächlich versuchen würde, mir eine Predigt zu halten. Er ist zu aufrichtig. Ist das der Grund, warum Caroline keine Nähe zwischen uns zuläßt? Natürlich nicht, sie ist zu jung, als daß sie irgend etwas damit zu tun haben könnte. Aber ich glaube, sie weiß Bescheid. Ich will die Stimme meiner Mutter hören!

Ihre unzusammenhängenden Gedanken trieben sie vorwärts, und sie ging am Bach entlang auf das Dorf zu.

Neuntes Kapitel

Jessica war nicht weit gegangen, als sie ein lebhaftes Farbenspiel zwischen den Zweigen durchschimmern sah und stehenblieb. Es war Caroline, in Jeans und einem schreiend bunten, weiten Hemd, das von Farbklecksen übersät war. Sie stand vor einer Staffelei und beschäftigte sich eifrig mit der Leinwand. Jessica war überrascht, als sie näher trat, denn die dargestellte Szene war in hellen Farben gehalten, die eine verheißungsvolle, frühlingshafte Wirkung verbreiteten, und unterschied sich vollkommen von den düsteren Zeichnungen, die das Zimmer des Mädchens schmückten. Caroline sah in ihre Richtung und hielt mit dem Malen inne.

«Was willst du?» fragte sie gleichgültig.

«Ich muß mit dir sprechen», antwortete Jessica, die sich von Carolines brüsker Art nicht mehr aus dem Konzept bringen ließ. Ich habe mich verändert, dachte sie überrascht. Ich bin innerlich bereits anders geworden, und das ist gut so. «Deine Mutter sagte, du seist hier unten.» Sie trat näher. «Aber ich will dich nicht stören.»

«Du störst mich nicht», sagte Caroline kurz angebunden. «Ich gehöre nicht zu der Sorte Künstler, die es nicht leiden können, wenn man ihnen bei der Arbeit auf die Finger guckt. Worüber willst du mit mir sprechen?»

Jessica antwortete nicht sofort. Die Vorstellung, die selbstzufriedene kleine Welt der Rensbys in Stücke zu schlagen, die ihr vorher Genugtuung versprach, erschien ihr jetzt abschreckend und sonderbar, als sie Caroline gegenüberstand.

Jessica sah das Bild an. Der Bach war da, das Weidengestrüpp, der Himmel und ein paar duftige Wolken, alles in fiebrigen, fast schon irisierenden Farbschattierungen, die ihr nach einer Weile das Gefühl gaben, als hätte sie zu viele Cremetörtchen gegessen. Die Technik war meisterhaft, aber es war, als hätte Caroline absichtlich ihren Pinsel in klebrige Sentimentalität getaucht.

«Ist das Peters Geburtstagsgeschenk?» fragte sie. Caroline lachte verächtlich.

«Du lieber Himmel, nein! Peter würde sich über das hier nur lustig machen. Ich mache mich ebenfalls darüber lustig. Du auch?» Sie betrachtete Jessica sorgfältig. Jessica zog eine Grimasse.

«Ja, das tue ich. Du bist sehr talentiert, Caroline, aber deine Arbeit ist zynisch und ziemlich pervers.»

Caroline hob die Augenbrauen. Sie trug ihr Haar heute zu einem Zopf geflochten, und ihre leuchtenden Augen dominierten ihr Gesicht. «Meine Lehrer würden nie eine derartige Kritik äußern», antwortete sie. «Weißt du nicht, daß solch einschränkende Urteile nicht erlaubt sind in der Welt der Kunst? Es ist alles eine Sache der Interpretation. Aber du hast recht. Zynisch und pervers. Das bin ich.» Sie legte ihren Kopf zur Seite, betrachtete ihr Werk und begann dann heftig daran zu pinseln. «Magst du Peter?» fragte sie aus heiterem Himmel.

«Ja, ich mag ihn.» Jessica fand eine Stelle, wo das Gras trocken war, und ließ sich darauf nieder. Der Boden war warm, und das sonnenbeschienene Wasser, das rasch vorüberfloß, machte ein angenehm gurgelndes Geräusch. «Er schafft es irgendwie, einen mit seiner sonnigen Art mitzureißen.»

«Paß nur auf, daß du nicht abhebst», sagte Caroline schroff. «Peter ist ein oberflächliches Geschöpf, er ist zu allen nett, weil es das Leben so viel einfacher macht. Er weiß genau, daß er mit Honig schneller bekommt, was er will, als mit Essig.»

Jessica erinnerte sich an die mitfühlende Berührung seiner Hand im Auto gestern, das Verständnis in seinen Augen. «Du scheinst ihn nicht besonders zu mögen», meinte sie.

Caroline schnaubte verächtlich. «Ich mag ihn überhaupt nicht! Aber ich liebe ihn sehr.»

Sie schwiegen. Caroline kleckste weiter Farbe auf die Leinwand und überprüfte das Ergebnis. Jessica wußte nicht, ob sie ihr Wissen für sich behalten und einfach weitergehen sollte oder ob sie so selbstsüchtig sein durfte, es ihr mitzuteilen. Sie sehnte sich danach, es zu tun. Schließlich, dachte sie, was bin ich Caroline schuldig? Was bin ich einem von ihnen überhaupt schuldig? Endlich sagte sie: «Caroline, wußtest du, daß dein Vater pädophil ist?»

Carolines Pinsel stockte nicht. «Natürlich», antwortete sie. «Das weiß hier doch fast jeder. Er war schon immer so, solange ich mich erinnern kann.» Sie betrachtete stirnrunzelnd ein limonengrünes Blatt und betupfte es mit Weiß. «Er hat es auch mit mir probiert, als ich sechs war. Ich saß im Kinderzimmer auf dem Boden und spielte mit meinem Puppenhaus. Ich stach ihn mit dem Metallbein eines kleinen Stuhls in die Hand, danach hat er mich in Ruhe gelassen.» Sie sah auf. «Warst du eins von seinen Spielzeugen?»

Jessica nickte stumm.

«Das habe ich mir gedacht. Warum in aller Welt du hierher zurückgekommen bist, ist mir völlig schleierhaft.»

«Ich habe es nicht gewußt», sagte Jessica leise. «Ich konnte mich nicht erinnern.»

«Oh.» Sie legte den Pinsel hin, wischte ihre rotlackierten Finger an einem bereits schmutzigen Lappen ab, drehte sich um und sah Jessica ins Gesicht. «Und jetzt kannst du dich wieder erinnern. Ich nehme an, du wirst jetzt so schnell wie möglich abreisen. Auch gut.» Sie kehrte mit einem Seufzer zu ihrer Arbeit zurück. «Meine Vision von Sommer», sagte sie. «Fett, fruchtbar und schwülstig. Gute Arbeit, Caro.»

«Ist das alles, was du dazu zu sagen hast?» brach es aus Jessica hervor. «Hast du es deiner Mutter erzählt? Ach ja, richtig. Sie wußte Bescheid. Das war nichts Neues für sie.» Sie konnte den Sarkasmus in ihrer Stimme nicht dämpfen. «Wenn jeder hier in der Gegend Bescheid weiß, Caroline, warum hat nie jemand irgend etwas gegen ihn unternommen?»

Caroline zuckte die Schultern. «Er läßt die Dorfmädchen jetzt in Ruhe. Er braucht sie nicht mehr. Und was meine Mutter betrifft, ihr ist das ziemlich egal. Sie hat ihre eigenen Interessen.»

Jessica sprang mit geballten Fäusten auf. «Interessen! Interessen? Mein Gott, Caroline...»

«Sieh mal, Jessica», sagte Caroline geduldig und betrachtete weiter ihr Gemälde. «Dies ist ein sehr alter Teil der Welt. Hier gehen Dinge vor, die woanders vielleicht als schlecht oder sogar böse betrachtet werden, aber es sind Gebräuche, Einstellungen, Dorftraditionen, die jahrhundertealt sind, und niemand denkt groß darüber nach. Mein alter Herr mag es nun mal, an Kindern herumzufummeln. Na und? So ist das Leben. Er hat sie nie verletzt. Ihre Eltern wissen das. Ganz egal wie, die Rensbys haben ihre Pflichten dem Dorf gegenüber immer erfüllt. Sie sorgten für die Bedürftigen, fütterten die Leute in schlechten Zeiten durch, besorgten ihnen Arbeit, wenn es möglich war. Die Zeiten haben sich geändert, und die Bedürfnisse haben sich gewandelt, aber sie betrachten Rensby Hall immer noch als Grundlage ihrer Existenz.»

«Das ist einfach krank!» sagte Jessica heftig. «Das ist finsterster Feudalismus!»

Caroline lächelte freudlos. «Es ist ein uraltes Arrangement. Das ist alles.»

«Und du billigst das?»

«Was für ein pedantisches kleines Wort, billigen.» Caroline kräuselte die Oberlippe. «Ich billige oder mißbillige gar nichts. Es ist einfach so.»

«Aber was ist mit der Kirche? Sicher...»

Caroline nahm ihren Pinsel wieder auf. Es war eine abschließende Geste. «Die Kirche ist hier machtlos», sagte sie.

Jessica drehte sich abrupt um. Sie war wütend, hatte aber das unangenehme Gefühl, ihr sei etwas Wichtiges in Carolines nüchternen Worten entgangen. «Ich gehe», sagte sie schroff. Caroline antwortete nicht. Als Jessica am Bach entlang weiterging, veranlaßte sie irgend etwas, sich umzuschauen. Caroline saß da und starrte ihr nach, eine unangezündete Zigarette zwischen den Lippen, mit unbestimmbarem Gesichtsausdruck.

Es war ein vollkommen schöner Tag. Die Landschaft sah aus wie auf einem der Kalenderblätter, über die ihre Mutter sich im tiefsten kanadischen Winter beugte, wenn sie Heimweh hatte. Jessica aber fand keinen Frieden. Kurz vor dem Mittagessen kehrte sie zum Haus zurück und beschloß, allein in der Bibliothek zu essen. Das Tablett mit kaltem Kaffee und weich gewordenem Toast, das Tillie für sie zum Frühstück zurechtgemacht hatte, stand noch auf einem der Tische.

Obwohl sie keinen Hunger hatte, zwang sie sich, alles aufzuessen, und begann verdrossen die bunt gemischten Notizen zu sortieren. Diese Tätigkeit wurde allmählich zu einer tröstenden Gewohnheit, über die man nicht mehr nachdenken mußte und bei der ihre Gedanken frei schweifen konnten. Warum habe ich nur das Gefühl, daß Caroline mir heute vormittag etwas mitteilen wollte? fragte sie sich. Bin ich einfach begriffsstutzig, oder leide ich bloß unter den Folgen eines emotionalen Schocks? Wenn ich mit Peter gesprochen hätte, wäre ich der gleichen unglaublichen Kaltblütigkeit begegnet? O nein, das glaube ich nicht! Allerdings ist einem das Unglück anderer Leute normalerweise peinlich. Vielleicht verriet Carolines Reaktion nicht, was sie wirklich empfand, man muß schließlich auch ihren Charakter in Betracht ziehen. Ihre Selbstsicherheit gründet sich darauf, ihre wahren Gedanken sorgfältig vor der Außenwelt abzuschirmen. Jessica lächelte grimmig. Wie ich, dachte sie. So war ich auch. Und wie kommt es, daß heutzutage, in unserem Jahrhundert, ein ganzes Dorf etwas so Ekelhaftes einfach als normal hinnehmen kann?

Sir Matthew und Peter gingen, in ein Gespräch vertieft, nebeneinander an der Terrasse vorbei, die beiden Hunde folgten ihnen auf den Fersen. Jessica sah ihnen nach. Wenig später war Lady

Eleanors Stimme zu hören, die in der Halle nach Tillie rief. Meine Mutter hat ihre eigenen Interessen, hat Caroline gesagt. Was für Interessen? Ich möchte wetten, daß sie nichts mit Gärtnern und dem Schulverein zu tun haben, dachte Jessica zynisch, nicht diese straffen Schultern, dieses verblüffend jugendliche Gesicht. Plötzlich überfiel sie ein Gefühl von Klaustrophobie. Es kam ihr vor, als wären sie alle stärker und rücksichtsloser als sie, als würden ihr Lebensstil und ihre Einstellungen, die Welten entfernt waren von allem, was sie kannte, sie unter sich begraben, weil sie sich keinen Reim darauf machen konnte. Es war, als hörte man einer Musik zu, deren Rhythmus man nicht auf Anhieb erkennt. Da war dieses Gefühl, fehl am Platz zu sein, diese Ängstlichkeit. Mit einiger Überwindung machte sie sich an die Arbeit und war erleichtert, als ihre Uhr anzeigte, daß es Zeit war, sich zum Abendessen bei den Trents fertigzumachen.

Um zehn Minuten vor sieben ging sie ins Wohnzimmer, in einem engen grauen Rock und einer lilafarbenen Seidenbluse, um ihnen mitzuteilen, daß sie sich auf den Weg machen würde. Außer Caroline waren sie alle versammelt. Peter stand auf und küßte sie auf die Wange.

«Du siehst zum Anbeißen aus», sagte er bewundernd. «Komm bei mir vorbei und klopf an meine Tür, wenn du nach Hause kommst, dann nehmen wir miteinander einen Schlummertrunk zu uns.»

«Sie sehen wirklich nett aus», warf Lady Eleanor ein. «Ich wünsche Ihnen einen schönen Abend, meine Liebe, kommen Sie ruhig so spät, wie Sie mögen.»

«Gehen Sie nicht nach Mitternacht über den Kirchhof», riet ihr Sir Matthew. «Gehen Sie durch das Nordtor und kommen Sie über die Straße zurück. Man weiß nie, was zwischen den Grabsteinen lauert, Jess.» Er lächelte nicht. Sein Gesicht war vollkommen ernst.

Er meint das aufrichtig, dachte Jessica. Lieber Gott, er glaubt jedes Wort, das er sagt. Lady Eleanor nickte zustimmend. Peter zwinkerte ihr zu.

«Wenn dir irgend etwas Böses über den Weg läuft, schrei nur, dann komme ich und rette dich», versprach er. «Allerdings bin ich mir ziemlich sicher, daß du vor nichts anderem gerettet werden mußt als schlechtem Essen und langweiligen Gesprächen.» Er setzte sich wieder hin und nahm das Buch zur Hand, in dem er offenbar gerade gelesen hatte. Als sie ging, hörte Jessica Sir Matthew sagen: «Wir ziehen uns wohl besser auch für das Abendessen um, Ellie. Es gibt heute abend pochierten Lachs, glaube ich. Hat Tillie meine Manschettenknöpfe gefunden?»

«Alter Schussel», gab seine Frau zur Antwort, und ihre Stimme verklang, als Jessica die Halle durchquerte. «Ich bin froh, wenn das alles vorüber ist und du dich wieder erinnern kannst, wo du deine Sachen hingelegt hast.»

Der frühe Abend war angenehm warm, der Himmel färbte sich erst allmählich rosa, als Jessica rasch die Auffahrt hinunterschritt. Sie wünschte, sie hätte flache Schuhe angezogen, aber nun war es zu spät, um zurückzugehen und ein anderes Paar anzuziehen. Sie hoffte, der Kies würde ihre Pumps nicht ruinieren. Aber als sie erst einmal durch das Tor war, kam sie auf die gepflasterte Straße, und das Gehen fiel ihr leichter. Die Ruinen der Abtei strahlten unverändert eine Atmosphäre ungetrübter Ruhe aus, und sie warf im Vorübergehen einen bedauernden Blick auf das Gemäuer. Sie hätte es gern für eine kurze Weile besucht. Die Straße machte eine Rechtskurve um die Abtei herum und lief dann wieder geradeaus, bis sie in die Hauptstraße des Dorfes mündete. Es war nur ein kurzer Weg in nördliche Richtung, fort vom Dorf, bis hin zu dem überdachten Tor zum Kirchhof, hinter dem die Kirche und das Pfarrhaus standen.

Jessica blickte nach links, um sicherzugehen, daß kein Auto kam, und wollte gerade durch das Tor gehen, als eine kleine Gestalt ihre Aufmerksamkeit erregte, die auf dem Grasstreifen neben der Straße auf das Dorf zuging. Es war ein Mädchen. Es hatte seinen Kopf über etwas gebeugt, das es in beiden Händen hielt. Seine weiten Jeans waren staubig, die Hemdsärmel nachlässig über den knochigen Ellenbogen hochgekrempelt. Die Sonne, die langsam hinter das Wäldchen buschiger Buchen nach Westen wanderte, warf vor ihr lange Schatten auf die Straße.

Jessica sträubten sich die Haare. Sie riß sich die Schuhe von den Füßen, warf sie hin und rannte der Gestalt nach. Das Mädchen ging langsam, völlig vertieft in das, was sie in den Händen hielt. Es war ein Buch, dessen war sich Jessica ganz sicher. Sie kam näher an das Mädchen heran. Ohne auf die manchmal sehr scharfen Steine der Straße zu achten, die sich in ihre Füße bohrten, lief sie fast lautlos durch die Abendstille. Das Mädchen ging gelassen weiter. Erst als Jessica so dicht herangekommen war, daß sie die Hand ausstrecken und die dünne Schulter berühren konnte, rief sie «Jane!».

Die Gestalt blieb stehen und drehte sich um. Einen Augenblick lang, eine flüchtige Sekunde, lächelten Janes nachdenkliche braune Augen sie an, dann wurde das Gesicht zu dem einer Fremden.

«Verzeihung?» sagte das Mädchen scheu. Sie war so groß wie Jane, so gebaut wie Jane, ihr Haar war so wie das von Jane und hatte die gleiche Farbe. Sie sah etwas erschrocken aus. Jessica versuchte ruhiger zu atmen, konnte aber die Panik in ihrer Stimme nicht unterdrücken.

«Es tut mir leid», keuchte sie. «Ich dachte, es wäre jemand anderes.»

Das Mädchen lächelte schüchtern und ging weiter. Jessica sah ihr nach, wie sie mit dem Buch in ihrer Hand weiterwanderte. Wie oft war Jane auf dem Heimweg diese Straße entlanggetrödelt und hatte dabei die Nase in ein Buch gesteckt!

Erst als sie sich bückte, um sich wieder die Schuhe anzuziehen, fiel Jessica etwas Merkwürdiges auf. Sie hatte den Titel des

Buches, das das Mädchen las, nur flüchtig wahrgenommen, aber es war eines von Janes Lieblingsbüchern gewesen, eine Gespenstergeschichte. Mit einem Schrei fuhr Jessica herum. Schwarze Schatten fielen auf die Straße, die leer im sanften roten Abendhimmel lag.

Sie hatte zwar bei der Kirche haltgemacht, um ruhiger zu werden, aber als sie ein paar Minuten später bei den Trents klingelte, war sie immer noch verstört. Alix öffnete.

«Komm herein, Jessica», sagte sie lächelnd, schloß hinter ihr die Tür und führte sie durch den engen Flur. «Du kommst gerade zur rechten Zeit. Ben ist dabei, uns einen Aperitif zu mixen, und ich habe soeben meinen Auflauf in den Ofen geschoben. Erwarte bitte nicht zuviel», fuhr sie entschuldigend fort und geleitete Jessica in den hellen Raum, dessen Sprossenfenster offenstanden. «Kochen ist nicht gerade meine Stärke. Wenn ich darüber nachdenke, weiß ich gar nicht, was meine Stärke ist. Ich rate dir, vor dem Essen eine Menge zu trinken.» Ben war von seinem Sessel aufgestanden, kam mit ausgestreckter Hand auf sie zu und lachte. «Das ist der Grund, weshalb ich zu einem abgemagerten Trunkenbold geworden bin», sagte er. «Wie geht es dir, Jessica?»

Sie nahm den angebotenen Sessel, bat um einen Sherry und begann sich zu entspannen. Hier war alles in Ordnung, so wie hier ging es wirklich in der Welt zu. Sie spürte eine starke Verbindung zwischen der gesunden Normalität ihres alltäglichen Lebens zu Hause und diesem bescheidenen Heim, diesen unkomplizierten Menschen. Rensby Hall und das Dorf gehörten einer kleineren, unbedeutenden Unterströmung an, sie waren wie dunkle Strudel im Hauptstrom einer Gesellschaft, die aus Menschen bestand, deren Motive gut und selbstlos waren und die darauf bedacht waren, das Richtige zu tun.

Der Duft der Blumen, die sich im Abendwind wiegten, wurde allmählich von einem appetitlichen Geruch übertönt. Alix setzte ihr Glas ab und stand auf. «Ich sehe besser nach dem Essen», sagte sie, blieb aber plötzlich stehen. «Jess, deine Füße! Was um alles in der Welt hast du gemacht?»

Hastig sah Jessica an sich hinunter. Einer ihrer Füße war blutbeschmiert, und ihre Strümpfe hatten an beiden Beinen mehrere Laufmaschen. Verschämt zog sie die Schuhe aus. «Es war eine dieser verrückten Sachen», erklärte sie. «Ich sah ein Mädchen auf der Straße und meinte, sie zu erkennen. Deshalb warf ich die Schuhe ins Gras, damit ich ihr nachlaufen konnte, aber ich hatte mich geirrt. Ich habe sie erschreckt, und mir selbst war ebenfalls ziemlich bange. Ich dachte, es sei Jane», sagte sie entschuldigend, als sie Bens verwunderten Blick sah. «Ich habe in letzter Zeit soviel an sie denken müssen, wißt ihr...» Sie brach ab und starrte in ihr Glas, dann strömten ihr die Worte aus dem Mund. Sie hatte nicht vorgehabt, irgend etwas zu erzählen, aber der Heilungsprozeß, den sie in sich spürte, schien seine eigenen Regeln zu haben. Am Schluß berichtete sie von dem Gespräch mit Caroline am Morgen, der brutalen Leichtigkeit, mit der sie ihre Enthüllung aufgenommen hatte.

Als sie fertig war, hielt sie Ben ihr Glas hin, und er füllte es schweigend. Alix stand auf. «Ich muß den Ofen abstellen», sagte sie. Als sie wiederkam, berührte sie ihren Mann an der Schulter. Sie tauschten einen Blick, und Ben schien sich nicht wohl in seiner Haut zu fühlen. Jessica überlegte kurz, warum. «Was für eine schreckliche Enthüllung!» sagte Alix. «Wie furchtbar für dich. Es tut mir so leid, Jessica. Ich weiß, daß es nichts mit uns zu tun hat, aber jeder anständige Mensch muß Mitgefühl haben und entsetzt sein über eine solche Geschichte.» Sie schüttelte den Kopf. «Es ist erschreckend.»

«Ja, das ist es», pflichtete ihr Jessica unsicher bei. «Ich kann gar nicht glauben, daß Sir Matthew sich jahrelang den Mädchen des Dorfes nähern konnte und niemand auch nur das geringste dagegen unternahm. Sehen diese Leute nicht fern? Wissen sie nicht, in welchem Jahrhundert sie leben?»

«Du weißt ebensogut wie ich, daß Fernsehen vor allem zur Unterhaltung da ist», sagte Ben. «Die meisten Leute fühlen sich davon nicht persönlich berührt. Sie sehen keinen Grund, ihr eigenes Leben zu ändern. Die Wirklichkeit ist das, was außerhalb des Kastens stattfindet. Was darin ist, gehört ins Reich der Phantasie.»

«Kann die Kirche nichts unternehmen?» fragte Jessica. Ben schüttelte den Kopf.

«Wir haben es versucht. Frank hat es schon versucht. Aber die Wurzel des Problems liegt in Rensby Hall, und das wirkt sich auf das Dorf hier unten aus. Wir haben durchaus ein paar Gemeindemitglieder, die nichts mit den Rensbys zu tun haben wollen, aber im großen und ganzen betrachten die Leute ihre Beziehung zu den Gutsherren als vollkommen normal. Sie lassen nichts auf sie kommen. Offenbar halten sie an der abergläubischen Vorstellung fest, die Rensbys würden sie vor allen Widrigkeiten des Lebens schützen, wenn sie loyal bleiben.»

Jessica starrte ihn an. «Du machst wohl Witze!»

«Nein, leider nicht. Wie im Mittelalter, nicht wahr? Wie soll man einen so tief verwurzelten Mythos bekämpfen? Wenn eine Familie seit Generationen am Ort soviel Macht besitzt und sich seit Jahrhunderten schon sowenig um jegliche Moral schert, kommt am Ende eine solche Illusion heraus.»

«Ich verstehe, was du meinst», sagte Jessica langsam. «Die Arbeit, die ich für Sir Matthew gemacht habe. Eigentlich völlig überflüssig. Das hätte jeder machen können. Aber ich habe dabei die Notizen gelesen, und ich war überrascht über die...» – sie suchte nach einem passenden Wort – «die Übereinstimmungen in der Geschichte der Rensbys. Die Chroniken sind voll von Abenteuern, da geht es mit dem Vermögen auf und ab, es gibt Niederlagen und Triumphe, aber nichts wirklich Tragisches.» Sie runzelte die Stirn. «Nichts Katastrophales, in all den Hunderten von Jahren, diesen Dutzenden von Generationen. Ein Rensby heiratet eine Frau, die sich als unfruchtbar erweist, aber sie stirbt freundlicherweise, und die zweite Gattin produziert den obligatorischen Erben. Ein einziger Sohn hat eine unheilbare Krankheit und liegt im Sterben, und dann lese ich, daß er fort ist, um dem König irgendeinen mit Anstrengung verbundenen Dienst zu erweisen. Und obwohl sie eingefleischte Spieler und Verschwender waren, haben sie offenbar nie auf Dauer ihr Vermögen verloren. Einmal heißt es, sie seien so gut wie völlig verarmt, dann aber kaufen sie Rennpferde oder dergleichen.» Sie stellte ihr leeres Glas auf den Tisch. «Kein Wunder, daß die Dörfler schließlich der Ansicht sind, sie stünden unter irgendeinem besonderen Schutz.»

Ben holte tief Luft, zögerte und sagte dann: «Im Ort erzählt man sich, der Dämon, den Sir Julian und die Hexe beschworen, befinde sich immer noch in Rensby Hall und diene einer Generation von Rensbys nach der anderen. Das sei der Grund für diesen Schutz.»

«Das ist doch lächerlich!» erwiderte Jessica verärgert. «Aber es ist kein Wunder, daß solche Gerüchte entstehen, wenn man bedenkt, welch vollkommen amoralisches Verhalten die Rensbys mit Vorliebe an den Tag legen. Zudem sind die Dorfbewohner so unglaublich antiquiert, das angebliche Recht der Familie auf feudale Privilegien zu akzeptieren. Mich macht das alles einfach krank!» Kurze Zeit herrschte Schweigen. Jessica bemerkte, daß es im Zimmer allmählich dunkel wurde, die Dämmerung hatte sich über den Garten gesenkt. Die Sonne war verschwunden.

Etwas steif geworden, stand Alix auf und knipste ein Licht an, dann stellte sie sich dicht neben Ben. Er legte einen Arm um ihre Taille. «Mein Abendessen wird ein bißchen trocken sein, aber immer noch genießbar, wenn jemand etwas essen möchte», sagte sie.

«Sieh mal, Jess», sagte Ben, «ich weiß nicht, warum die Rensbys dich eingeladen haben, aber ich habe das Gefühl, daß sie es nicht aus purer Freundlichkeit getan haben. Du mußt nicht dorthin zurückkehren, wenn du nicht willst. Wir haben ein Gästezimmer. Bleib über Nacht hier und fliege morgen heim.» Alix warf ihm einen scharfen Blick zu, aber Jessica nahm das Angebot mit dem Gefühl ungeheurer Erleichterung auf. Sie brauchte nicht lange, um eine Entscheidung zu treffen. «Vielen Dank», sagte sie. «Ich werde morgen früh meine Sachen packen und am Nachmittag kommen.»

«Ruf Tillie an, sie kann das für dich erledigen», schlug Ben vor. «Geh gar nicht erst zurück.»

Jessica überlegte. «Das wäre sehr unhöflich», sagte sie nach einem Moment nachdenklich. «Ich habe zwar mit Sir Matthew ein großes Hühnchen zu rupfen, aber ich bin kein Kind mehr, Ben. Es wird mir schon nichts passieren, auf eine Nacht mehr oder weniger kommt es doch auch nicht an.»

Ben stand auf. «Wir sind hier, wenn du uns brauchst. Aber jetzt laß, uns essen. Der Wein hat inzwischen sicher schon geatmet, bis ihm die Puste ausgegangen ist.»

«Noch eines», sagte Jessica. «Könnte ich euer Telefon benutzen, um meine Mutter anzurufen? Ich melde ein R-Gespräch an. Lady Eleanor schien nicht sehr erbaut davon zu sein, daß ich von Rensby Hall aus telefoniere.»

Ben zeigte zu dem Tisch neben seinem Lehnstuhl. «Natürlich. Wenn du fertig bist, geh durch die Diele, das Eßzimmer ist genau gegenüber.»

Sie verließen das Zimmer. Jessica ging zum Telefon und meldete ihr Gespräch an. Kurz darauf hörte sie es klingeln. So weit weg, dachte sie. Bitte, Mutter, sei zu Hause! Ich möchte deine Stimme hören!

«Hallo?»

Jessica schloß die Augen. «Mutter? Ich bin es, Jess!»

«Jess, Liebling, wie schön! Wie geht es dir? Hast du meinen Brief erhalten?»

Jessica spürte, wie beruhigend die Stimme ihrer Mutter auf sie wirkte. Sie verkörperte die wunderbare Gelassenheit des Alltags:

fröhliches Geplauder, Sonderangebote im Supermarkt, ein Kleid säumen, das Auto zur Reparatur bringen, Kaffee und einen Krapfen miteinander zwischen zwei Klavierstunden. «Ich habe ihn gestern bekommen, vielen Dank», antwortete sie. «Ist bei dir alles in Ordnung?»

«Bei mir? Mir geht es gut. Dolly und ich gehen heute abend ins Konzert. Brahms. Aber dir geht es nicht gut, Jess. Ich kann es an deiner Stimme hören. Was ist los?»

«Ich habe beschlossen, so bald wie möglich nach Hause zu kommen», teilte Jessica ihr mit. «Der Job ist nicht besonders, und ich finde keine Ruhe. Ich kann ebensogut in meinem eigenen Bett schlafen.»

Es entstand eine Pause. Jessica lauschte auf das Summen in der Leitung. «Das sieht dir gar nicht ähnlich», sagte ihre Mutter schließlich. «Da ist noch etwas anderes, nicht wahr?»

Jessica seufzte. «Ja, da ist noch etwas anderes», gab sie zu, «aber ich erzähle dir alles, wenn ich nach Hause komme. Ich habe noch nicht einmal die Fluggesellschaft angerufen, deshalb kann ich dir keinen Tag und keine Zeit angeben, aber mach dir keine Sorgen. Ich rufe vom Flughafen an, wenn ich ankomme.»

«Hast du noch dein offenes Ticket?»

«Natürlich. Und mach dir keine Gedanken. Du fehlst mir.»

«Du fehlst mir auch. Gratuliere Peter in meinem Namen zu seinem Geburtstag. Ich muß dann hier wohl mal gründlich saubermachen. Ich war ziemlich schlampig, seit du weg bist.»

Jessica mußte lächeln. Niemand war so ordentlich wie ihre Mutter. «Wir sprechen uns bald», sagte sie. «Mach's gut.» Sie hängte ein, grub in ihrer Tasche und brachte ihr Ticket zum Vorschein. Rasch wählte sie die Nummer der Fluggesellschaft und war am Boden zerstört, als sie hörte, daß erst am Sonntag ein Platz frei sein würde. Sie versuchte alles, aber das Reisebüro war eisern. Widerstrebend reservierte sie sich einen Platz. Der Aufschub ließ ihren Schwung erlahmen. Ich habe das, wofür ich hergekommen bin, erledigt, dachte sie. Es war seltsam, schmerzhaft, wunderbar. Meine Reise zur Selbsterkenntnis ist vorüber. Ich bin frei.

Alix' Auflauf war voller interessanter, unerfindlicher Dinge, aber der Wein war gut und die Gesellschaft angenehm. Als gäbe es eine unausgesprochene Übereinkunft, wurden die Rensbys nicht mehr erwähnt. Jessica erkannte, nachdem sie mehrere Stunden mit den Trents verbracht hatte, wie angespannt sie in der Gesellschaft der Rensbys war. Ben und Alix waren freundlich und ungekünstelt. Ihre Gespräche folgten den voraussagbaren Pfaden der gesellschaftlichen Konvention, und Jessica fand das unsagbar tröstlich. Sie blieben mit Alix' abscheulichem Kaffee am Tisch sitzen, sprachen über Musik und gingen dann wieder ins Wohnzimmer zurück, um einen Brandy zu trinken. Die Zeit verflog. Jessica fühlte sich geborgen und zufrieden und wußte, daß sie den Augenblick hinauszögerte, wo sie dieses warme Nest verlassen mußte. Widerstrebend sah sie auf ihre Armbanduhr. Es war schon nach Mitternacht. Sie stand auf.

«Es war sehr schön», sagte sie bedauernd, «aber ich bin länger geblieben, als ich sollte. Vielen Dank für euer Verständnis. Ich sehe euch beide dann morgen.»

Ben nahm seine Jacke von der Rücklehne seines Armsessels und holte eine Taschenlampe aus dem Schrank. «Ich begleite dich bis zur Straße. Laß das Geschirr stehen, Alix. Es dauert nicht lange.»

Die Nacht war ruhig und der Himmel klar. Obwohl die Sterne hell schienen, lagen dichte Schatten über dem Kirchhof, und die uralte Eibe, die sich schützend über die Grabstätten breitete, verschwamm schwarz in der Dunkelheit. Jessica war sehr froh über Bens Begleitung, als sie dem Pfad zwischen den Grabsteinen folgten.

Bevor sie zu dem überdachten Friedhofstor kamen, blickte sie zur Seite, wo die Familiengruft der Rensbys aufragte, ein düsteres, verfallenes Gemäuer. Es ist fast, als würde uns etwas hinterhersehen, dachte sie. So ein abergläubischer Unsinn. Wie konnte man nur an solche Ammenmärchen glauben? Und doch hielt sie sich mit einem Schaudern ein wenig dichter an Ben.

Als sie unter dem hölzernen Torbogen hindurchgegangen waren und auf dem Grasstreifen standen, sagte Ben ihr gute Nacht und kehrte um. Jessica überquerte die Straße, die sich jetzt als graues Band im Nichts verlor. Standhaft setzte sie ihren Weg fort, an der Abtei vorbei. Vor ihr lag das Eingangstor zu Rensby Hall. Beide Torflügel standen offen. Je näher sie kam, desto stärker wurde ihr Widerstreben. Ihr Schritt wurde langsamer. Das letzte, was sie tun wollte, war, zwischen diesen Torflügeln hindurchzugehen, und ihr schlug das Herz bis zum Hals, als sie sah, daß sich genau dahinter etwas bewegte. Dann erkannte sie mit einem Aufwallen von Erleichterung Peter und rannte auf ihn zu.

«Ich wollte noch etwas frische Luft schnappen vor dem Zubettgehen, als ich Licht auf dem Kirchhof sah», erklärte er, als sie ihn eingeholt hatte. «Ich habe mir gedacht, daß du das sein mußt. Böses Mädchen, dort entlangzugehen, obwohl Daddy dich ermahnt hat, es nicht zu tun!»

«Ben hat mich begleitet», erwiderte Jessica. «Ich war völlig sicher.»

«Ich hätte dir heute abend den Schlüssel für den Ferrari geben sollen», fuhr er fort und legte ihren Arm um den seinen, als sie über den Kies die Auffahrt hinaufgingen. «Dann hättest du stilvoller vor- und wieder abfahren können. Du hättest den beiden sogar eine Spritztour anbieten können, die sie nie vergessen hätten.»

«Du bist ziemlich intolerant», sagte Jessica. «Ich wette, dir ist die Vorstellung zuwider, daß ich einen schönen Abend hatte und mich bestens amüsiert habe!» Aber aus irgendeinem Grund stürmten die bösen Vorahnungen wieder auf sie ein. Sie war sich plötzlich bewußt, daß sein Körper ihrem so nahe war, und sah verstohlen in sein Gesicht, das in dem farblosen Sternenlicht jede lebendige Farbe verloren hatte. Seine Finger fühlten sich, als sie über ihre strichen, eiskalt an. Sie wollte sich befreien, aber sie wußte nicht, wie sie das, ohne unhöflich zu sein, anstellen sollte.

Mit sanftem Druck führte er sie von der Auffahrt hinunter auf das weiche Gras des Rondells. Sofort standen sie im tintenschwarzen Schatten der riesigen Eiche. Vor dem Baum blieb er stehen, nahm ihre Schultern und sah sie an. «Ich muß dich einfach wieder küssen», lächelte er. «Das wollte ich schon, seitdem du mich in der Laube abgewiesen hast. Du bist unwiderstehlich attraktiv, Jessica.» Sein Gesicht ragte über ihr auf. Seine tiefliegenden Augen schienen im Dunkel versunken zu sein.

Er wartete nicht auf Erlaubnis, sondern beugte sich zu ihr vor. Sein Mund öffnete sich. Jessica fing einen Hauch des Geruchs auf, der ihr in Carolines Zimmer Übelkeit bereitet und sie fasziniert hatte, und begann in grundloser Panik, sich zu wehren. Es war nutzlos. Sie spürte, wie seine Lippen ihre berührten, kalte Lippen. Seine Zunge berührte ihre, und obwohl sie mit aller Kraft zu entkommen versuchte, spürte sie, wie Lust durch ihren Körper schoß. Er zog sich, immer noch lächelnd, zurück. Seine Hand fuhr zu seinem Mund, und er lachte.

«Oh, Jessy», sagte er. «Immer noch zappelnd wie eine Jungfrau. Aber es war sehr nett. Vergib mir, bitte.»

Sie konnte seinen Anblick nicht länger ertragen, warum, wußte sie nicht. Er hatte nichts weiter getan als ihr einen Kuß geraubt. Was machte das schon? Und doch fühlte sie sich von aller Welt verlassen hier draußen, mit dem unbeleuchteten Haus hinter ihr in der dunklen Nacht. Er wendete sich ab, und Sternenlicht glitzerte auf seinen Zähnen. Angeekelt drehte sie sich um und rannte fast auf die Eingangstür zu. Er war neben ihr. «Sei mir doch nicht böse», flehte er halb im Scherz. «Es ist nicht meine Schuld, daß du so zum Anbeißen bist. Komm mit ins Wohnzimmer, laß dir von mir einen Schlummertrunk geben.»

«Nein danke, Peter. Ich bin müde und möchte sofort ins Bett», antwortete sie. Es war ihr fast unmöglich, die Worte herauszubringen, und sie kämpfte mit der Tür. Sie war sicher, wenn sie ihn ansehen würde, müßte sie schreien. «Mach dir deshalb keine Gedanken. Ich bin kein kleines Mädchen mehr. Glaub mir, ich fühle mich geehrt. Gute Nacht.» Sie war jetzt im Haus und eilte auf die Treppe zu. Sie wollte nicht, daß er ihr folgte.

Sie eilte über die Galerie und um die Ecke in ihren Trakt. Als sie in ihrem Zimmer angekommen war, warf sie die Tür hinter sich zu. Sie hätte abgeschlossen, wenn sie gekonnt hätte. Es gab ein Schloß, aber es ließ sich offenbar nur von außen abschließen. Erst als sie das Licht auf dem Nachttisch angeknipst hatte und das Zimmer in beruhigendes Licht getaucht war, hielt sie inne. Zitternd stand sie neben dem Bett. Im ganzen Haus war kein Geräusch zu hören. Sie zerrte ihre Kleider vom Leib und schlüpfte unter die Decke. Man soll ja nie mit Make-up im Gesicht schlafen gehen, dachte sie, aber mich bringen heute nacht keine zehn Pferde mehr ins Badezimmer.

Sie tastete nach der Lampe, als ihr plötzlich eine Frage durch den Kopf schoß. Wie hatte Peter den Strahl von Bens Taschenlampe überhaupt sehen können? Aus seinem Fenster sah man über den Park zum Bach hin. Aber auch wenn er sich im vorderen Teil des Hauses aufgehalten hatte, selbst wenn er am Tor gestanden hätte – die Bäume auf dem Kirchhof und vor allem die Straßenbiegung machten es unmöglich, bis zum Kirchhof zu sehen. Jessica zog ihre Hand zurück. Hatte er auf sie gewartet und die halbe Nacht am Eingangstor herumgelungert? Sie beschloß, das Licht brennen zu lassen.

Am folgenden Morgen war er beim Frühstück sprühend guter Laune. Mit einer Hand schob er die dunkle Haartolle zurück, die über sein Auge fiel, mit der anderen schaufelte er sich Würstchen auf den Teller. «Du hattest gestern also einen ausgelassenen Abend bei den Zombies?» erkundigte er sich und entfaltete mit Schwung seine Serviette. «Und bist nach Hause getaumelt, trunken von Weihrauch? Wie ich höre, legt unser Pfarrer viel Wert auf die Liturgie. Gottesdienst mit allem Brimborium. Oh, tut mir leid. Ich vergaß.» Er versöhnte Jessica mit einem breiten Grinsen. «Ich weiß, daß du sie magst, und versuche, ein bißchen toleranter zu sein. Aber trotzdem habe ich unseren Schlummertrunk vermißt.»

«Wenn man bedenkt, daß du den ganzen Abend herumgesessen und sämtliche Vorräte leergetrunken hast, dann erstaunt es mich, daß du überhaupt an so etwas denken konntest», sagte Caroline mürrisch. Wie üblich stocherte sie in ihrem Essen herum, eine halb aufgerauchte Zigarette in einem Aschenbecher neben ihrem Teller. «Als ich von Scott nach Hause kam, warst du kaum noch in der Lage, mich zu erkennen.»

«Aber, Caroline», mahnte ihre Mutter. «Peter hat es verdient, in einer solchen Zeit ein bißchen über die Stränge zu schlagen. Wie du weißt, steht er unter einer ganz schönen Belastung.»

«Ja, ich weiß», sagte Caroline verärgert. «Aber wirklich, er muß doch nichts weiter tun als einundzwanzig Jahre alt werden, und danach ist alles eitel Sonnenschein.»

«Ich darf wohl annehmen, daß du einen weniger angenehmen Abend hattest als Jess», zog Peter sie auf. «Scott muß wieder herumlamentiert haben, welch glücklichen Zeiten du und deine Kinderbrut entgegensehen, wenn du dich nur durchringen könntest, ihn endlich zu erhören.»

Caroline antwortete nicht.

«Nur noch fünf Tage!» sagte Eleanor strahlend. «Ich bin schon ganz aufgeregt. Vier Tage bis zur Zeremonie und fünf bis zur Party. Ich hoffe, Tillie denkt daran, die Lieferanten zurückzurufen wegen der Änderungen in der Speisenfolge.»

«Was für eine Zeremonie?» fragte Jessica neugierig. Sir Matthew setzte sich in seinem Stuhl auf.

«Es ist eine Tradition der Rensbys», erklärte er. «Ein heimlicher Ritus, den Peter absolvieren muß, bevor er seinen angestammten Platz als Erbe einnehmen kann. Er muß am Tag vor seinem einundzwanzigsten Geburtstag durchgeführt werden. Ich habe es auch tun müssen. Die Rensbys machen das seit Generationen.»

Jessica verschlug es den Appetit. Sie hatte versucht, einen geeigneten Moment im Gespräch abzuwarten, um ihnen mitzuteilen, daß sie nicht bleiben würde, aber jetzt kam ihr mit aller Macht wieder das Gespräch mit den Trents in den Sinn. Sie legte Messer und Gabel hin. «Wie interessant!» sagte sie bedächtig. «Was genau müssen sie tun?» Ein heimlicher Ritus... Die Rensbys machen das seit Generationen...

Was gibt man einem Dämon als Preis für seinen Schutz in all den Jahren? fragte sie sich plötzlich.

Nein, nein, unmöglich.

Ein geheimer Ritus.

Ihr ganzer Körper war kalt geworden.

«Das dürfen wir nicht sagen», erwiderte Caroline. «Es ist streng geheim. Aber ich hoffe, es geht alles gut, Peter, mein Junge, denn ich will den Rest des Sommers in unbeschwerter Heiterkeit genießen.»

Jessica stand auf. «Ich habe Ihnen etwas mitzuteilen», sagte sie mit Mühe. Ihre Zunge fühlte sich tot und eiskalt an in ihrem Mund. Wie auf Kommando erstarrten die Rensbys und drehten sich zu ihr um. Caroline drückte ihre Zigarette aus. Peter hörte auf zu lächeln. Lady Eleanors Hand strich über ihr unordentliches Haar, und Sir Matthew beugte sich vor. «Ich werde am Sonntag heimfahren», fuhr sie mit einiger Mühe fort. «Und bis dahin werde ich bei den Trents wohnen. Mein Flug ist bereits gebucht. Ich habe mit meiner Mutter gesprochen und die Fluggesellschaft angerufen.»

«Mit Ihrer Mutter gesprochen?» wiederholte Lady Eleanor scharf. «Wann? Ich dachte...»

«Ich habe gestern abend vom Pfarrhaus aus mit ihr telefoniert», sagte Jessica. «Ich wollte Ihnen wegen des Telefons keine Umstände machen, Lady Eleanor.» Sie drehte sich zu Peter um und bemerkte, daß Caroline, die geschwiegen hatte, aufstand und um den Tisch kam. «Meine Mutter läßt dir die besten Wünsche zum Einundzwanzigsten ausrichten», teilte sie ihm mit.

«Aber du wirst doch wenigstens zu meiner Party kommen, bevor du abreist?» drängte er eifrig. «Und bei der kleinen privaten Feier dabeisein, wenn ich diese traditionelle Rensby-Sache mache? Ich könnte den Gedanken nicht ertragen, daß ich mir mein Leben lang betrübt sagen müßte, Jessica Mortimer wollte nicht zu meiner Party kommen.»

Jessica antwortete ihm nicht. Ihr Blick war auf seinen Vater fixiert, der sich nicht bewegt hatte. Seine Augen begegneten ihren, sie waren wie Stein.

«Warum?» bellte er.

Sie schob ihren Stuhl beiseite und trat vom Tisch zurück. «Ich glaube, das wissen Sie», sagte sie. «Es scheint so, als ob mein fehlerhaftes Gedächtnis ganz plötzlich wieder funktioniert. Ich will nicht länger mit Ihnen unter demselben Dach sein, als ich muß.»

In diesem Augenblick ging Caroline in einer Wolke aus Rauch und Parfüm hinter ihr vorbei und flüsterte: «Du hast versprochen, es zuerst mir zu sagen, verdammte Närrin. Jetzt ist die Kacke wirklich am Dampfen.» Laut sagte sie: «Genießt diese kleine Szene, meine Lieben. Ich werde ein bißchen an Peters Bild weitermalen», und schlenderte davon.

«Sie haben sich verändert, Jessica», sagte Matthew grob. «Sie sind lächerlich selbstbewußt geworden.»

«Ja», erwiderte sie ruhig. «Ich nehme an, die Wahrheit hat mich frei gemacht.»

Sie lächelten. Ungläubig sah Jessica die verschlagene Heiterkeit auf ihren Gesichtern. Aus irgendeinem Grund hatten ihre Worte sie amüsiert. Resolut ging sie zur Tür, blieb stehen und blickte zurück. «Ich möchte, daß Sie wissen», sagte sie mit klarer

Stimme, «daß es unverzeihlich war, was Sie mir angetan haben. Ich hasse Sie und werde Sie immer hassen.»

Der Ausdruck auf seinem Gesicht änderte sich nicht. Jessica wunderte sich, wie sie je hatte denken können, er sei freundlich und gutmütig. «Und ich will, daß *Sie* wissen», sagte er boshaft, «daß ich Jane immer am liebsten hatte.»

Jessica rannte die Treppe hoch zu ihrem Zimmer und zog ihren Koffer aus dem Schrank. Hinterhältiges Pack, dachte sie wütend, als sie die Schubladen öffnete und ihre Kleider aufs Bett warf. Alles hier ist nichts als schöner Schein. Gestern abend habe ich ein paar Stunden in der wirklichen Welt verbracht, mit wirklichen Menschen, und ich habe entdeckt, daß ich ebenfalls ein wirklicher Mensch bin. Sie nahm die Fotografie von Jane, wollte sie schon in den Koffer werfen, hielt jedoch inne und starrte sie an. Du Armes, sagte sie im Geist zu ihrer Schwester. Du und ich, wir sind beide Opfer. Es muß Matthew gewesen sein, den ich mit dir im Obstgarten sah, dieser armselige Abklatsch eines menschlichen Wesens. Ich kann dich jetzt loslassen. Ich werde nie wissen, was mit dir geschah an jenem heißen Sommernachmittag, aber das macht jetzt nichts mehr. Ich bin frei.

Sie warf das Foto in den Koffer, und ihr Blick fiel dabei auf die Opernpartitur, die bereits dort lag. Sie bedachte sie mit einem bitteren Lächeln. Und dir kann ich allmählich auf Wiedersehen sagen, Michael, mein Liebster, dachte sie. Du warst süß und gut, und ich habe dich angebetet, aber du bist fort, und ich bin immer noch hier. Ich muß ganz von vorne lernen zu leben.

Plötzlich aber wurden ihr die Knie schwach, und sie ließ sich in den Sessel neben dem leeren Kamin fallen.

«...du hast versprochen, es mir zuerst zu sagen, du verdammte Närrin, verdammte Närrin, verdammte Närrin...»

Aber, warum war sie eine verdammte Närrin?

Jetzt, wo sie wußte, wie die Rensbys wirklich waren – warum hatten sie sie überhaupt hierher eingeladen?

Ein heimlicher Ritus.

Die Rensbys machen das seit Generationen.

Sie zwang sich weiterzupacken, verstaute methodisch ihre Besitztümer, aber ihre Unruhe wuchs. Schließlich klappte sie den Koffer zu und verschloß ihn. Sie verließ ihr Zimmer und machte sich auf den Weg zu Caroline.

Die Tür zum Elternschlafzimmer stand weit offen, aber Carolines Tür war zu. Jessica klopfte. Es kam keine Antwort. Sie klopfte wieder und probierte dann den Griff. «Caroline?» rief sie leise und spähte in den Raum. Das Zimmer war leer, aber Carolines Staffelei stand da, dem Fenster zugewandt, mit einer Leinwand darauf, Pinsel und Palette auf dem wackeligen Tischchen daneben. Jessica trat ein und schloß die Tür hinter sich. Peters Geburtstagsbild? Ihr Herz begann wie wild zu klopfen. Obwohl sie wußte, daß sie es nicht hätte tun dürfen, ging sie skrupellos durch den Raum und sah sich das Gemälde an.

Das Licht fiel voll auf die Leinwand, und Jessica konnte einen leisen Ausruf des Entsetzens nicht unterdrücken. Wie bei den meisten Werken Carolines war auch in diesem Bild Schwarz die vorherrschende Farbe, kaum gemildert von freundlicheren Tönen. Dargestellt war die Vorderseite des Herrenhauses an einem düsteren Tag. Dunkle Wolken hingen über den Schornsteinen und den Giebeln. Die langen Blumenbeete auf beiden Seiten der übertrieben groß gemalten Eingangstür, die mit vielen komplizierten Schlössern geziert war, waren überwuchert von dürren, toten Gewächsen. Und wo die Fenster und andere Details hätten sein sollen, hatte Caroline schwere Gitterstäbe gemalt.

Das ganze Haus war erfüllt von Peters Gesicht. Sein Mund stand offen in einem unhörbaren Schrei. Seine Augen waren weit aufgerissen, seine Züge verzerrt. Hinter ihm, als dehne sich das Haus grenzenlos in die Ewigkeit, waren weitere Gesichter zu sehen, alles Männer, alle voller Qual, die Jessica entgegenschrien. Das Bild hatte eine so erschütternde Wirkung, daß sie einen

Schritt zurücktrat. Carolines Talent war von überwältigender Kraft, aber die wütende Verzweiflung, mit der sie es ausübte, nicht minder.

Jessica hörte nicht einmal, wie im Badezimmer nebenan das Wasser rauschte, noch wie die Tür geöffnet wurde. Caroline schien ganz plötzlich im Zimmer zu stehen. Sie starrten einander an.

«Kannst du nicht anklopfen?» fragte Caroline bissig.

«Ich habe angeklopft. Zweimal», erwiderte Jessica, immer noch überwältigt von dem, was sie gesehen hatte. «Es kam keine Antwort.»

«Dann hättest du weitergehen sollen. Aber ich nehme an, jetzt, wo du abreist, brauchst du dich nicht mehr von deiner besten Seite zu zeigen.» Sie ging am Bett vorbei zu ihrer Kommode, zog eine Zigarette aus dem Päckchen, das dort lag, und zündete sie mit einer absichtlich herausfordernden Geste an. «Was willst du?»

Sie ist wirklich böse auf mich, dachte Jessica. Weil ich das Bild gesehen habe? Sie deutete auf die Staffelei. «Ist das Peters Geburtstagsgeschenk?»

«Ja.» Caroline kam zu ihr geschlendert, stieß dabei eine Rauchwolke aus und stellte sich neben Jessica. «Jetzt, wo du es schon einmal gesehen hast, kannst du mir auch deine laienhafte, aber vielleicht originelle Meinung dazu sagen.»

Jessica überhörte den Spott. «Es ist furchtbar. Es ... es ist grausam. Glaubst du, ihm gefällt so etwas?»

Caroline kicherte, aber ohne eine Spur von Humor. Jessica spürte an der Anspannung ihres Körpers, daß immer noch Zorn in ihr schwelte. «Gefallen? Nein, es wird ihm überhaupt nicht gefallen. Aber er wird es verstehen.»

«Ich möchte es ebenfalls verstehen. Erkläre mir, was es bedeuten soll.»

«Warum sollte ich?» gab Caroline unhöflich zurück. «Ich habe es nicht für dich gemalt.»

«Erkläre es mir. Bitte.»

Caroline zuckte die Schulter und drehte sich um, drückte ihre Zigarette in einem der zahllosen Aschenbecher aus, die überall herumstanden, verschränkte die Arme und sah nicht Jessica an, sondern aus dem Fenster. In den Spiegeln überall im Zimmer wurde ihr lebhaftes, mürrisches Bild ein dutzendmal vervielfacht, die blutroten Lippen, die schwarzumrandeten, glühenden Augen, ihr volles, ungebändigtes, schimmerndes Haar.

Sie gehört einem anderen Zeitalter an, dachte Jessica und fühlte sich im Vergleich zu ihr blaß und leblos. Ihre Gefühle sind stark und einfach, sobald sie etwas empfindet, handelt sie auch danach. Sie paßt nicht in diese Welt von Zurückhaltung und langweiliger gesellschaftlicher Konventionen. Scott ist nicht der richtige Mann für sie.

«Na gut», sagte Caroline ungeduldig. «Es sind sämtliche Erben der Rensbys. Sie werden einundzwanzig und sind an diesen Ort gekettet. Gefangen. Herren von Rensby Hall, verdammt, für das Haus zu sorgen, den Besitz, die Pächter im Dorf, für die nächste Generation. Keiner von ihnen kann davonlaufen und in Griechenland in einer Hütte am Strand leben oder als Pflanzer in der Südsee. Sie sind dazu verurteilt, für den Rest ihres Lebens lebendig begraben zu sein. Peter macht das nichts aus – noch nicht. Aber das wird sich ändern.»

Jessicas Augen kehrten zu dem Bild zurück. Peter, schreiend, die anderen voller Entsetzen, weiter und weiter zurück ins Namenlose, in die Hölle... «Dein Vater ist immerhin Archäologe geworden», wandte sie ein. «Er hat ein erfülltes Leben.»

«Er hat in seiner Freizeit in Ruinen herumgebuddelt», erwiderte Caroline. «Er konnte dieser Arbeit nie so viel Energie widmen, wie er das gern getan hätte. Es mußte ein Hobby bleiben. Rensby Hall ist eine Falle!» Ihre Stimme war lauter geworden.

Jessica wandte sich von der Staffelei ab. «Ich glaube dir nicht», sagte sie fest. «Das Bild strahlt zuviel Entsetzen aus. Deine Interpretation ist zu oberflächlich.»

«Ist mir völlig schnuppe, was du glaubst!» fuhr Caroline sie an. «Du bist naiv und bescheuert und hast verdient, was du bekommst!»

«Was bekomme ich, Caroline?» fragte Jessica drängend. «Was hast du heute morgen beim Frühstück gemeint? Warum bin ich eine verdammte Närrin? Warum war es so wichtig, daß ich es dir zuerst sage, wenn ich hier fort will? Warum bist du böse auf mich, Caroline?»

Caroline zog mit Schwung eine Schublade ihrer Kommode auf, förderte eine halbvolle Whiskyflasche zutage und knallte sie auf den Nachttisch. «Scotch?» fragte sie schneidend. Sie schob sich eine weitere Zigarette in den Mund und stand mit gespitzten Lippen da, eine Hand in die Hüfte gestemmt. Es war eine grobe Herausforderung. Jessica trat vor und nahm ihr die Zigarette aus dem Mund.

«Ich will ein paar Antworten!» rief sie. «Ich habe genug von deinen Ausflüchten! Sprich mit mir, Caroline! Oder spielst du auch nur so kranke Spielchen wie deine Eltern?»

Caroline war weiß geworden. Ohne ein Wort ging sie ins Bad und kam mit einem Glas in der Hand wieder. Sie stellte es mit gespielter Sorgfalt hin, schraubte den Deckel von der Flasche und schenkte ein, voll demonstrativer Konzentration. Dann trank sie, schloß die Augen und schüttelte sich. «Ich kann es dir nicht sagen», antwortete sie, und Jessica sah, daß ihre Wut verflogen war. «Würde ich ja gern, aber ich kann nicht. Ich kann nur sagen, daß ich froh bin, daß du wegläufst. Und ich weiß ums Verrecken nicht wieso. Vielleicht sehe ich etwas in dir, auf das ich neidisch bin, etwas, das ich nie hatte. Geh jetzt gleich. Sobald du gepackt hast, nimm deine Handtasche und geh hier fort und bleib nicht stehen, bis du zu Hause bist. Peter wird an seinem Geburtstag ohne dich auskommen müssen.»

«Peter wird was?» Die Stimme an der Tür erschreckte sie beide. Er hatte seinen Kopf ins Zimmer gesteckt und lächelte. «Aber,

aber, Caro Baby», fuhr er fort und kam ins Zimmer. «Alkohol vor dem Mittagessen? Das würde Daddy gar nicht gefallen. Und Scott auch nicht. Störe ich euch bei irgendeinem hochinteressanten Gespräch von Frau zu Frau?»

«Dummer Kerl», sagte Caroline milde und warf schnell ein Tuch über das Bild. Sie schien vollkommen ruhig zu sein, aber Jessica sah, daß ihre Finger zitterten. «Wir haben gerade darüber gesprochen, was für ein anständiger, kluger und charmanter Kerl du doch bist. Was willst du, Petey?»

Er schwenkte eine Handvoll Briefe. «Ich muß ins Dorf, deshalb hat Mutter mich gebeten, die hier mitzunehmen», sagte er. «Ich wollte wissen, ob Jessica mitkommen möchte. Ich möchte mich im Namen der Familie bei ihr entschuldigen und ihr versichern, daß wenigstens ich sie sehr vermissen werde.» Er wandte sich mit ernstem Gesicht Jessica zu. «Mein Vater mag ja ein Unhold sein», sagte er, «ich aber nicht. Bitte, Jess!»

Jessica sah Caroline an. Sie hielt den Kopf gesenkt, ihre Hände umklammerten fest das Glas. «Nein danke, Peter», antwortete sie gleichmütig. «Ich habe gepackt und möchte direkt zu den Trents gehen.»

«Dann kann ich dich doch dort absetzen», bat er. «Wie willst du überhaupt den Koffer die Straße entlangschleppen? Es dauert nicht lange bei der Post. Danach lade ich dich zu einem Picknick auf dem Dorfanger ein. Wie findest du das? Ein Laib Brot, ein Krug Wein und mich im Schatten des uralten Kastanienbaums? Das gibt mir die Gelegenheit, soweit es in meiner Macht steht, etwas gutzumachen. Bitte, gib mir nicht die Schuld für die Vergehen meines Vaters!»

«Guter Gott, das ist ein starkes Stück», murmelte Caroline. Sie begegnete Jessicas Blick. Jessica zögerte. Es stimmte, er war nicht verantwortlich für das, was ihr in der Vergangenheit widerfahren war. Er war ihr stets mit guter Laune begegnet, und es kam ihr unhöflich vor, sein Angebot abzulehnen. Was konnte es schaden, mitten im Dorf zu picknicken an einem so schönen Vormittag? Ihr Koffer wäre hinten im Auto, und sie hatte nicht die Absicht, je wieder einen Fuß über die Schwelle von Rensby Hall zu setzen, wenn die Tür erst einmal hinter ihr zugefallen war. Und doch hatte Caroline gerade fast unmerklich ihren Kopf geschüttelt, bevor sie das Glas hob, um einen weiteren Schluck zu nehmen.

Jessicas Blick wanderte zu Peter. Sein offenes, sympathisches Gesicht trug einen fast schon komisch flehenden Ausdruck.

«Also gut», sagte sie. «Der Koffer liegt auf meinem Bett. Wenn du ihn für mich hinuntertragen möchtest, hole ich meine Tasche.»

«Mit Vergnügen!» Er nahm ihren Arm und zog sie zur Tür. Caroline nahm einen langen Zug, und der Rest des Whiskys verschwand.

«Peter!» rief sie ihnen nach. «Denk nach!»

«Ich habe Ferien», rief er leichtherzig zurück. «Ich brauche nicht zu denken.» Er schloß leise die Tür hinter ihnen und führte Jessica über die Galerie die Treppe hinunter.

Zehntes Kapitel

Tillie durchquerte im Laufschritt die Halle, als Peter und Jessica die Treppe herunterkamen. «Ich habe gehört, es geht Ihnen nicht gut, und Sie verlassen uns!» rief sie im Vorbeigehen. «Das tut mir leid!» Vor kurzem noch wäre Jessica ihr nachgelaufen und hätte versucht, ihr alles zu erklären, aber jetzt rief sie nur: «Auf Wiedersehen, Tillie! Und vielen Dank für alles!» Dann folgte sie Peter durch den Vordereingang. Er warf ihren Koffer auf den Rücksitz seines Wagens, und kurz darauf fuhren sie schon mit quietschenden Reifen die Auffahrt hinunter. Jessica wandte sich nicht um. Ein Kapitel ihres Lebens war abgeschlossen, sie ließ es hinter sich und hatte kein Verlangen danach, einen letzten Eindruck von Rensby Hall mitzunehmen. Ob sie sich wohl in ein paar Jahren noch daran erinnern würde? Mit ein wenig Dankbarkeit und einer Menge Humor? Oder würde sie bei dem Gedanken an die Rensbys immer einen bitteren Geschmack im Mund spüren?

Vor dem Postamt hielten sie an. Peter sprang aus dem Auto.

«Es dauert nicht lange», sagte er. «Willst du mitkommen?»

«Ja, das möchte ich», erwiderte Jessica, und bevor sie noch den Türgriff hinunterdrücken konnte, war er schon neben ihr und half ihr auf den Bürgersteig. «Ich kenne Mrs. Evans als Postmeisterin», fuhr sie fort, «aber jetzt muß ich sie mir einfach noch einmal als Hexe ansehen!»

«Starrköpfige Person», bemerkte Peter, als sie hintereinander zwischen den säuberlichen quadratischen Rasenflächen auf die offene Tür der Post zugingen. «Aber immerhin, sie ist überall hier in der Gegend eine anerkannte Autorität für gewisse Dinge. Mit meiner Mutter versteht sie sich prachtvoll.»

Sarkastisch fragte sich Jessica, was wohl der Grund dafür war.

Es fiel ihr schwer, sich vorzustellen, daß Lady Eleanor irgend etwas mit dieser übergewichtigen, recht groben Frau zu tun haben sollte, die, als sie Peter erblickte, mit breitem Lächeln auf dem Mondgesicht herbeischlurfte, um sie zu begrüßen.

«Master Peter!» schnaufte sie. «Wie schön, Sie wieder zu Hause zu sehen. Hallo, Jessica.»

«Ich bin nicht mehr lange Master Peter, Mrs. Evans», erklärte Peter, indem er ihr den Stapel Briefe übergab. «Ich werde am Freitag einundzwanzig.»

«Ja, ich weiß...» Sie öffnete eine Schublade und begann Briefmarken herauszuziehen. «Wie ich höre, wird es ein großes Fest geben. Ich freue mich schon darauf. Als Ihr Vater einundzwanzig wurde, war ich noch ein kleines Mädchen, aber ich erinnere mich noch immer an die Aufregung in Rensby Hall. Meine Mutter sagte, sie habe noch nie soviel Spaß gehabt.»

Peter legte scheppernd ein paar Münzen auf den Schalter. «Ich glaube, das reicht für das Porto. Haben Sie irgendwelche Prophezeiungen für mich?»

Sie kicherte. «Die bekommen Sie zur rechten Zeit, wenn Sie ein guter Junge sind und Ihre Pflicht tun wie ein echter Rensby. Wir wollen doch nicht voreilig sein, oder?»

«Doch, wollen wir.» Peter lächelte. «Aber wir können auch warten. Ich werde unten an der Straße mit Jessica picknicken. Ist das nicht eine hübsche Idee?»

«Großartig», stimmte Mrs. Evans zu. «Ganz großartig. Heitern Sie sie auf, Master Peter. Ich habe gehört, daß sie nicht glücklich bei uns ist und bald nach Hause zurückkehrt.»

Jessica war verärgert, daß über sie gesprochen wurde, als wäre sie gar nicht da, außerdem erschreckte es sie, wie schnell die Buschtrommeln im Dorf funktionierten. «Woher wissen Sie das?» fragte sie scharf. «Ich habe es der Familie erst heute morgen mitgeteilt.»

Mrs. Evans legte einen dicken Finger an ihre ebenso dicke Nase.

«Gerüchte verbreiten sich schnell in einem so kleinen Ort wie diesem», sagte sie. «Aber keine Angst, Jessica. Ich bin nicht die Klatschbase des Dorfes. In meiner Position könnte ich das zwar sein, aber es wäre für eine Amtsperson, die die Post Ihrer Majestät in Händen hat, unter aller Würde. Ich käme ja in Teufels Küche.»

«Wo wir gerade vom Teufel sprechen», bemerkte Jessica. «Ich habe Sir Matthews Notizen geordnet, die er für die Familienchronik zusammengetragen hat, und war fasziniert von der berühmten Geschichte von Sir Julian und dem Dämon. Ich habe gehört, daß Sie hier in der Gegend einen gewissen Ruf wegen Ihrer übernatürlichen Kräfte genießen, und ich habe eine Frage an Sie. War es eine Vorfahrin von Ihnen, die den Dämon für Sir Julian heraufbeschwor?»

«Selbstverständlich», sagte Mrs. Evans stolz. «Und ob die Geschichte nun wahr ist oder nicht, es ist ein erhebender Gedanke, daß meine bescheidene Familie in der Chronik der Rensbys erwähnt wird.»

«Ich habe nur sehr wenig Ahnung von solchen Dingen», fuhr Jessica fort. «Aber warum hat sich der Dämon, nachdem Sir Julian sich seiner bedient hatte, nicht gegen ihn gewendet? Dämonen sollen doch ziemlich grausam sein, nicht wahr? Sie sind voller Haß gegen die Menschen und tun alles, um sie zu zerstören. Wie hat Sir Julian sich vor dem Dämon geschützt?»

Ein verblüfftes Schweigen folgte. Peter lehnte sich gegen den Schalter und sagte nichts. Mrs. Evans sah vollkommen verdutzt aus. «Nun», begann sie zögernd, «um einen Dämon zu beherrschen, muß man das Pentagramm sehr, sehr sorgfältig zeichnen, so daß die Linien nicht einmal geringfügig unterbrochen sind. Wenn man ihn dann ruft, muß er, ganz egal, wie sehr er einem schaden möchte, die Grenzen des Pentagramms respektieren. Selbstverständlich haben Menschen überhaupt keine Chance, wenn sie unversehens einen Dämon beschwören, wie unwissende

Leute das manchmal tun. Dann macht er, was er will, und er führt immer Böses im Schilde. Man ist dem Untergang geweiht.»

Sie gab diese Erklärungen mit einer Sicherheit und Autorität ab, die Jessica nicht von ihr erwartet hätte. Dann aber lächelte sie. «Ich nehme an, Sir Julian und meine Ahnfrau zeichneten ihr Pentagramm sehr sorgfältig, bevor sie die Beschwörungsformel sprachen, so daß der Dämon, als er erschien, an ihren Willen gebunden war.» Geschäftig legte sie die Briefmarkenbögen fort und zählte die Münzen auf dem Schalter.

«Wie kann man denn unversehens einen Dämon beschwören?» beharrte Jessica. Mrs. Evans sah nicht auf.

«Indem man die schwarze Magie bloß zur Unterhaltung ausübt», antwortete sie schroff. «Oder indem man sich verleiten läßt, irgendeinen scheinbar unschuldigen Akt auszuführen, den man ebenso schnell wieder vergessen hat. Junge Menschen schnappen oft etwas auf, und dann haben sie keine Ahnung, warum in ihrem Leben von da an nichts mehr so richtig vorangeht.»

Peter richtete sich auf. «Ich muß schon sagen, Jess, du steckst wirklich voller Überraschungen», sagte er kopfschüttelnd. «Vielen Dank, Mrs. Evans. Komm, Königin meines Herzens, der Mittag naht, und ich bin hungrig.»

«Sie glaubt wirklich an diesen ganzen Quatsch», sagte Jessica zu ihm, als sie zum Auto zurückkehrten. Er zog eine Grimasse. «Ja, ist das nicht köstlich?»

Sie fuhren die kurze Entfernung zum Dorfanger, parkten vor dem Pub und überquerten die Straße zu dem warmen Rasen und dem gastlichen Schatten des alten Kastanienbaums. Mit einem verlegenen Lächeln hatte Peter schwungvoll einen Korb vom Rücksitz des Wagens gehoben. Jessica wußte nicht, ob sie sich geschmeichelt fühlen oder beleidigt sein sollte, denn er enthielt Brot, Käse, Obst und kalten Braten sowie eine Flasche Wein.

«Du hast Tillie das fertigmachen lassen, bevor du mich überhaupt gefragt hast, ob ich mitkommen will!» rief sie vorwurfsvoll.

«Schuldig», gab er zu, während er eine Decke auf dem Boden ausbreitete und sie sich, den Korb in der Mitte, darauf niederließen. «Ich war mir sicher, du würdest es mir nicht abschlagen. Das schaffen Frauen nie.»

«Wie langweilig für dich», erwiderte Jessica spöttisch. «Offenbar hat die Frauenbewegung auf diesen Teil der Welt keinen großen Eindruck gemacht.»

«Es liegt an meinem gewinnenden Wesen», gab er zurück. «Das ist alles. Sie sind mir machtlos ausgeliefert, die Armen. Reich mir den Flaschenöffner, ja?»

Sie aßen und tranken in der schläfrigen Mittagshitze. Kein Auto fuhr vorbei. Ein paar Kinder wanderten vorüber und betrachteten sie neugierig, sonst träumte das Dorf still im Sonnenschein vor sich hin.

Obwohl sie entschlossen war, sich vor Peter in acht zu nehmen, konnte Jessica nicht anders, als ihn zu mögen. Er war so frech und gleichzeitig so aufmerksam. Er breitete ihr eine Serviette über den Schoß, achtete darauf, wieviel Wein in ihrem Glas war, fütterte sie mit zärtlicher Aufmerksamkeit, und dabei plauderte er charmant, lockte sie aus der Reserve und gab ihr das Gefühl, sie sei die wichtigste Frau der Welt.

Kein Wunder, daß sie ihm nicht widerstehen können, dachte sie faul, lehnte sich auf einen Ellenbogen gestützt zurück und betrachtete ihn. Er lag neben ihr, beide Hände hinter dem Kopf verschränkt, und blickte hinauf in die tiefe Stille des Kastanienbaums. Ein Mann wie er ist wahrscheinlich unbeständig, er bricht Herzen ebenso leicht, wie er sie gewinnt, und doch verlassen Frauen nüchterne, verläßliche Männer und richten sich wegen eines solchen Charmes zugrunde, dachte Jessica. Er blinzelte ein bißchen und summte lautlos irgendein Lied. Sie betrachtete sein friedliches Gesicht, war glücklich, mit ihm allein zu sein an diesem ruhigen, geschützten Ort. Plötzlich hörte er zu summen auf, setzte sich hin und sah sie an. Er nahm ihre Hand und strich mit den Fingern sanft darüber. «Ich kann mir denken, warum du beschlossen hast, deinen Besuch bei uns abzukürzen», begann er so zögernd, wie sie ihn nie zuvor erlebt hatte. «Wir wissen alle Bescheid über die kleinen Sünden unseres Vaters.»

«Klein!» fiel sie ihm aufgebracht ins Wort. «Ich kann kaum...»

«Pst!» befahl er gebieterisch, und sie schloß den Mund. Seine Fingerspitzen glitten weiter über ihre Haut. «Ich kann das, was geschehen ist, nicht rückgängig machen», fuhr er fort. «Ich wünschte, ich könnte es. Ich würde alles dafür geben, dir den Schmerz nehmen zu können. Wenn es genügen würde, eine aufrichtige Entschuldigung auszusprechen, würde ich bis zum Ende meines Lebens sagen, daß es mir leid tut, aber leider ändert das gar nichts.» Er hatte den Kopf gesenkt, jetzt aber sah er ihr voll ins Gesicht, und als sie in seine Augen blickte, machte ihr Herz einen Salto. «Ich bitte dich, nicht abzufahren», sagte er leise. «Ich könnte es nicht ertragen, Jessica. Ich bin dabei, mich in dich zu verlieben.»

Sie erstarrte, überwältigt von seiner Erklärung, der einschläfernden Hitze des Nachmittags, der beängstigenden Spontaneität ihrer eigenen Reaktion. In ihr erhob sich etwas, dehnte sich, sang vor Entzücken. Er war dabei, sich in sie zu verlieben. Peter liebte sie. Aber der erhebende Augenblick ging vorüber, und sie zog ihre Hand zurück. Carolines sarkastisches Urteil fiel ihr wieder ein: ‹Petey ist ein oberflächliches Geschöpf, er ist zu allen nett, weil es das Leben so viel einfacher macht.›

«Das ist nicht möglich», protestierte sie. «Du kennst mich doch erst seit ein paar Tagen. Im besten Fall ist es eine milde körperliche Anziehung. Ich muß nach Hause zurückkehren.»

Er sah auf seine Hände, die unruhig einen Grashalm zerrupften. Zu Jessicas Überraschung schien ihn all seine Selbstsicherheit verlassen zu haben. «Ich weiß, ich bin ein oberflächlicher Mensch», sagte er und sprach, ohne es zu wissen, Jessicas Gedanken aus. «Ich bin eigentlich immer von einem Mädchen zum anderen geflattert, aber du bist anders. Die Gefühle, die ich für dich empfinde, sind einzigartig für mich, neu, stark und, ehrlich gesagt, ziemlich beängstigend.» Er lächelte sie zaghaft an. «Vermutlich tust du gut daran, mir gegenüber mißtrauisch zu sein. Ich habe einen verheerenden Ruf, was Frauen angeht. Aber du mußt mir glauben, wenn ich sage, daß ich dich liebe, und ich habe das Gefühl, ich liege nicht völlig falsch, wenn ich annehme, daß du auch mir gegenüber ein paar ziemlich eindeutige Gefühle hast. Oder?»

O ja, dachte sie und betrachtete eingehend sein blasses, gutgeschnittenes Gesicht, die verstörten Augen, die hochgezogenen Schultern unter dem verknitterten weißen Hemd, die ihn irgendwie verletzlich wirken ließen. Du schaffst es, mich zu rühren und zu verzaubern wie nie jemand zuvor, nicht einmal Michael. Du bist aufregend und gefährlich und gewinnend wie ein Kind, und die Vorstellung, du könntest wirklich mehr für mich empfinden als nur Lust, um dir an einem faulen Nachmittag die Zeit zu vertreiben, ist berauschend. Ich bin bereit für eine Veränderung, bin bereit, das Sichere, Vorhersagbare aufzugeben, aber nicht für eine oberflächliche Beziehung. Noch nicht.

«Du hast recht», gab sie zögernd zu. «Du wirkst wie ein Magnet auf mich. Du bist lebendig und charmant und liebenswürdig. Wer könnte einem solchen Charisma widerstehen? Aber ich will keine Sommerromanze, Peter. Ich will nicht einfach ein weiterer Skalp an deinem Gürtel sein.»

«Himmel, nein, was für ein abscheulicher Vergleich!» platzte er heraus. «Das will ich doch auch nicht! Das ist überhaupt nicht, was ich im Sinn hatte! Bitte komm zurück nach Rensby Hall, Jessica. Bleib ein wenig länger. Reise nicht überstürzt ab, voller Ärger, und nimm uns nicht die Möglichkeit, glücklich zu sein! Wir haben diese Möglichkeit. Ich weiß, es ist Liebe, was wir füreinander empfinden, aber sie ist so zart, so jung. Bleib hier, damit wir es miteinander versuchen können, einander besser kennenlernen können.» Er lehnte sich vor und legte seine Hände rechts und links neben ihren Hals. Sie konnte seinen männlichen Duft riechen, sein Atem war süß, mit Wein und Apfel gewürzt. Sein Mund war nur wenige Zentimeter von ihrem entfernt. Eine rasche Bewegung, und ihre Lippen würden aufeinandertreffen. «Ich weiß, dein Mann ist erst seit einem Jahr tot», fuhr er drängend fort. «Ich kann warten. Ich werde gut zu dir sein, Jessica, das verspreche ich dir. Du wirst deine Entscheidung nie bereuen.»

Sie bewegte sich nicht. In seiner Nähe war jeder Nerv fast schmerzhaft angespannt, die Gedanken schwirrten ihr durch den Kopf. Ich bin zu einem Labyrinth geworden, dachte sie fieberhaft, in mir gibt es verschiedene Ebenen. Auf der einen Ebene ist reine Überraschung über alles, was mit mir geschehen ist. Auf einer anderen ist Erleichterung, heimzukehren an einen Ort, wo mir alles vertraut ist. Auf einer dritten ein immer stärker fordernder Drang nach Veränderung, der die Gefühle, die ich unleugbar für diesen Mann empfinde, mit einschließt. Auf einer vierten sind die Erinnerungen an Jane, mich selbst, an Michael, das schöne, milde Land meiner Jugend, das mich sehr schnell wieder in seinen Bann ziehen könnte, wenn ich nur wollte. Was wäre, wenn ich hierbliebe und die Bindung zwischen uns wachsen würde und er mich bitten würde, Lady Rensby zu werden? Unmöglich ist das nicht. Ich würde hier akzeptiert, schließlich stamme ich von hier. Rensby Hall würde mir gehören. Aber es gibt noch eine fünfte Ebene, gestand sie sich ein, während eine plötzliche Brise die lockere, dunkle Welle auf Peters Stirn bewegte und das Bedürfnis, ihn zu küssen, fast unerträglich wurde. Sie ist voller Schatten und undeutlicher Gestalten, die meinem Bewußtsein entgleiten, und doch geht ein warnender Impuls von ihnen aus. Irgend etwas verbirgt sich auf dieser Ebene, das mich beunruhigt. Sie seufzte und zog sich zurück.

«Ich kann nicht nach Rensby Hall zurückkehren», sagte sie. «Ich weigere mich, mit deinem Vater unter einem Dach zu wohnen. Ich glaube, ich liebe dich auch, Peter, aber ich werde meinen

Fuß nicht wieder in dieses Haus setzen. Könntest du nicht nach Kanada fliegen, und wir fangen dort an?» Sie spürte, wie seine Fingerspitzen ihre Wange streichelten, zu ihrer Halsgrube hinunterglitten. Dann zog auch er sich zurück und schwieg einen Augenblick, seine Arme um die Knie geschlungen. Er ließ den Blick über die stille Straße schweifen und über das bewegungslose Schild des *Monks's Fast* auf der anderen Seite.

«Ja, das könnte ich», sagte er langsam, und wieder wallte das Glücksgefühl in ihr auf. «Nichts täte ich lieber. Aber wirst du mir zuerst einen Gefallen tun, Jess?» Rasch wandte er den Kopf und sah sie an. «Bleibst du bis nach meinem Geburtstag? Das ist ein sehr wichtiger Tag für mich, aber ohne deine Anwesenheit wird er ziemlich bedeutungslos.»

«Peter, das geht nicht», antwortete sie verzweifelt. «Ich habe zuviel Selbstachtung, um je wieder die widerwärtige Gastfreundschaft deines Vaters anzunehmen. Nein.»

«Was wäre, wenn ich hier ein Cottage für dich finden würde?» erkundigte er sich eifrig. «Ich bezahle die Miete selbst, viel wird es ohnehin nicht sein. Du mußt keinem von ihnen begegnen, wenn du nicht willst. Oder ein Zimmer im Wirtshaus, wenn dir das lieber ist. Nur bis zu meinem Geburtstag. Bitte!»

Der selbstbewußte, frotzelnde Peter Rensby war verschwunden, an seine Stelle war ein ernsthafter, drängender junger Mann getreten, dem die Angst vor Ablehnung in den Augen stand. Ich vermute, ich kann dann immer noch mit dem Flug am Sonntag heimkehren, dachte sie. Was kann es schaden. Ich möchte mit ihm zusammensein. Ich möchte ihn glücklich machen, und wenn er für ein paar Tage ein leerstehendes Cottage für mich finden kann, bin ich zu nichts verpflichtet und kann ungestört das Vergnügen seiner Gesellschaft genießen. Das Wirtshaus ist zu öffentlich. Peter ganz für mich allein in der Einsamkeit der Nacht. Die Vorhänge zugezogen, der Wein entkorkt... Ein erwartungsvoller Schauder durchlief sie. «Also gut», sagte sie. «Such mir ein Cottage, großer

Zauberer. Den Rensbys gehört das Dorf, oder? Aber, Peter – es muß mehr sein als die Möglichkeit, eine weitere Eroberung zu machen. Verstehst du? Wenn du mir weh tust, werde ich dir das nie verzeihen.»

Statt einer Antwort zog er sie an sich und küßte sie, und dieses Mal überließ sie sich seinem Mund, seiner Umarmung und öffnete sich völlig. «Dir weh tun?» murmelte er. «Niemals. Niemals! Von diesem Augenblick an bist du mein, solange ich lebe.»

Kurz darauf ging er, und sie wartete zufrieden im Gras auf ihn. Sie sah ihm nach, wie er über die Straße ging, das Wirtshaus betrat und dabei eine Handvoll Münzen aus der Tasche zog. Jede seiner Bewegungen ist anmutig, voller Sinnlichkeit, dachte sie halb betäubt. Ich glaube nicht, daß er seit seiner Geburt auch nur einen Augenblick des Selbstzweifels erlebt hat, außer vielleicht gerade eben, als er mich bat, zu bleiben. Bei der Erinnerung überkam sie ein angenehmes Gefühl von Macht. Ich würde gern wissen, ob er in Rensby Hall anruft und ihnen mitteilt, was geschehen ist. Was sein Vater wohl dazu sagt? Es war ihr egal. Sie legte sich zurück und betrachtete das Spiel von Licht und Schatten im dicken grünen Laub über ihr. Die Decke unter ihr war weich. Die Luft duftete leicht nach Blumen, die irgendwo am Rande des Angers wuchsen. Sie war fast eingenickt, als er zurückkehrte.

«Zum Anbeißen», bemerkte er und hockte sich hin, als sie sich aufsetzte. «Gerade richtig, um mit Haut und Haar verschlungen zu werden. Ich habe ein Cottage für dich gefunden, gleich da drüben.» Er zeigte hinter sich. «Eins von den alten Häusern. Ein paar Freunde von uns sind den Sommer über in Frankreich, ich habe ihre Erlaubnis, ihr Haus zu benutzen. Mrs. Evans hat den Schlüssel.»

«Du hast in Frankreich angerufen?» fragte sie erstaunt.

Er lachte. «Natürlich. Warum denn nicht? Die Kosten gehen auf den alten Herrn. Diese Leute sind ohnehin die meiste Zeit über in London. Es ist eine nette kleine Höhle, es wird dir gefallen. Ich war in ihre Tochter verknallt, als ich elf war, und am Boden zerstört, als sie sich dem Sohn des Bibliothekars zuwandte.» Er begann die Picknickutensilien einzupacken, und sie half ihm rasch. Er trug den Korb zurück ins Auto. «Warum gehst du nicht zu Fuß über die Wiese und wartest dort auf mich?» schlug er vor. «Ich fahre bei der Post vorbei, hole den Schlüssel und treffe dich dort. Es ist das Haus ganz am Rand. Ich bin in fünf Minuten zurück.» Ohne eine Antwort abzuwarten, brauste er davon, und Jessica machte sich nach kurzem Zögern auf den Weg zum *Monk's Fast*.

Die enge Diele war dunkel nach dem blendenden Licht draußen. Sie ging zu dem öffentlichen Telefon, das an der Wand gegenüber vom Eingang hing, nahm das dünne örtliche Fernsprechbuch und schlug die Nummer der Trents nach. Aus irgendeinem Grund war es ihr unangenehm, das Angebot, dort zu übernachten, abzulehnen. Sie nahm eine passende Münze aus ihrer Tasche, ließ sie in den Schlitz fallen und wählte. Alix war fast sofort am anderen Ende.

«Hallo, Alix, ich bin es», sagte Jessica. Hinter ihr erklang unterdrücktes Murmeln und das Geklirr von Gläsern. Der nicht unangenehme Geruch von Bier und Rauch stieg ihr in die Nase. Im Hintergrund spielte leise ein Radio.

«Jessica! Ich habe mich schon gefragt, wo du wohl bleibst. Ben ist gerade nicht hier, aber er wird rechtzeitig zum Tee zurück sein. Bist du unterwegs?»

«Nein.» Jessica fragte sich, warum es so schwierig war, die Wörter über die Lippen zu bringen. «O ja, ich habe Rensby Hall verlassen. Ich habe Sir Matthew gesagt, was ich zu sagen hatte, und meine Sachen gepackt. Aber Peter...» Sie hielt inne, suchte nach dem richtigen Wort, ärgerlich, daß sie Erklärungen abgeben mußte. «Peter bat mich, bis zu seinem Geburtstag hierzubleiben, und ich hatte nicht das Herz, es abzulehnen. Er hat eine Unterkunft für mich gefunden, wo ich ein paar Tage bleiben kann. Ich habe immer noch vor, am Sonntag abzureisen.»

Am anderen Ende der Leitung herrschte vielsagendes Schweigen. Dann sagte Alix: «Ich hoffe, du tust das Richtige, Jess. Ben und ich haben beide das Gefühl, du solltest hier bei uns sein. Natürlich wollen wir dir nicht in deine Angelegenheiten hineinreden. Du weißt schließlich selbst, was für dich am besten ist. Trotzdem...»

Jessica wartete. Wie kannst du es wagen, über mich zu urteilen, dachte sie. Das ist genau das, was Leute sagen, wenn sie sich aufs hohe Roß setzen und einem gute Ratschläge erteilen.

«Bitte, melde dich wenigstens von Zeit zu Zeit bei mir», fuhr Alix ziemlich hastig fort. Jessica spürte, wie peinlich ihr das war. «Verzeih meine Anmaßung, aber du bist so nett, und ich will auf gar keinen Fall, daß dir weh getan wird. Und denke dran, wir sind hier, wenn du uns brauchst.»

Als könnte ich nicht selbst auf mich aufpassen, dachte Jessica zornig. Laut sagte sie: «Ich werde daran denken. Es tut mir wirklich leid, euer Angebot nicht anzunehmen, Alix, aber Peter ist nicht sein Vater. Du brauchst dir um mich keine Sorgen zu machen. Wir sehen uns sicher in der Zeit bis Sonntag.»

«Das will ich doch hoffen!» erwiderte Alix herzlich. «Außer Freitag nachmittag habe ich immer Zeit. Freitag muß ich ein paar Besorgungen in London machen und gehe zu Snippets, um mir das Haar schneiden zu lassen, aber am Abend bin ich sicher wieder zurück, wenn dir der Sinn danach steht, ein Glas mit uns zu trinken. Danke, daß du angerufen hast, Jess. Und viel Glück!»

Jessica hängte ein. Sie hatte widersinnigerweise ein schlechtes Gewissen und war irgendwie unzufrieden. Alix' Abschiedsworte hatten sehr endgültig geklungen, als rechnete sie nicht damit, daß sie sich je wieder begegneten. Wenn ich sie beleidigt habe, ist das einfach zu dumm, dachte sie ärgerlich, als sie wieder in den Sonnenschein hinaustrat. Schließlich ist sie nicht für mich verantwortlich. Sie braucht nicht so besitzergreifend zu sein.

Peter parkte bereits vor der hohen Hecke, die das Cottage und seinen Miniaturgarten umgab, als sie über die Wiese lief. «Ich mußte Alix anrufen, um ihr zu sagen, daß ich heute nachmittag nicht kommen werde», erklärte sie als Antwort auf seine gerunzelte Stirn. Er nahm ihren Arm und führte sie durch das niedrige Gartentor zur Eingangstür.

«Ich wette, sie war enttäuscht», bemerkte er. «Keine Aufregungen mehr für unseren werten Herrn Pfarrer und seine tüchtige kleine Frau.» Er steckte den Schlüssel ins Schloß, stieß die Tür weit auf und verbeugte sich. «Dein Palast, Prinzessin.»

Zwei Stufen führten hinab, direkt in einen bezaubernden und überraschend großen Raum, der offenbar das ganze Untergeschoß einnahm. Morgens würde durch die Fensterfront auf der einen Seite die Sonne hereinströmen, überlegte Jessica, und wie Gold auf dem dicken Teppich liegen. Die Möbel waren gemütlich und einladend. Über dem Kamin hing das Porträt einer recht angespannt aussehenden Frau mit bloßen Schultern, in rosafarbenen Chiffon gehüllt. Mehrere kleine Glasskulpturen standen in einer Gruppe auf dem Beistelltisch. Die gegenüberliegende Wand nahm ein Bücherschrank ein. «Er ist Arzt, sie ist ein Hohlkopf», sagte Peter lässig. «Die Tochter bekam, als sie heranwuchs, eine große Nase und entwickelte eine Leidenschaft für Pferde. Die Küche und das Badezimmer sind auf der anderen Seite, durch den Gang neben dem Bücherschrank, dort ist auch die Treppe zum Schlafzimmer. Sieh dich nur um, ich bringe inzwischen die Koffer herein.»

Jessica sah sich um. Die Küche war klein, aber es war alles da, was man brauchte. Oben war ein Schlafzimmer, es war in freundlichen Grüntönen gehalten, das Fenster wies auf den großen Kastanienbaum in der Mitte des Dorfes. Das Badezimmer war nebenan. Alles war unaufdringlich geschmackvoll. «Sie haben das Haus modernisiert, um gelegentlich ein Wochenende hier zu verbringen», erklärte Peter, stellte den Koffer auf den Boden, trat auf sie zu und legte die Arme um sie, während sie am Schlafzimmerfenster stand und den Ausblick genoß. «Sie kommen immer zum

Abendessen nach Rensby Hall, wenn sie hier sind, aber das kommt nur etwa zweimal im Jahr vor. Ziemlich einladend, nicht wahr?» Sie nickte. «Das Bett, meine ich», neckte er sie. Sie reagierte nicht, sondern lehnte sich an ihn. «Ich frage mich, ob du dich wohl an sie erinnerst», fuhr er fort. «Deine Familie wohnte nebenan, nicht wahr?»

Jessica blickte in den benachbarten Vorgarten hinunter, der jenseits eines hohen, von Kletterrosen überwucherten Holzzauns lag. «Ja», sagte sie leise. «Aber ich glaube, wir haben die Leute hier nie gesehen. Vielleicht waren sie damals schon selten hier.»

«Vielleicht.» Einträchtig gingen sie wieder die enge Treppe hinunter. An der Tür drehte Peter sich um. «Mach dir wegen des Essens keine Gedanken», sagte er. «Ich bringe heute abend eine Tüte mit Lebensmitteln, und wir können jeden Abend picknikken. Schließlich ist es ja nicht für lange.»

Er machte bei diesen Worten eine so unglückliche Miene, daß sie ihn impulsiv umarmte. «Du verwöhnst mich schrecklich», protestierte sie.

«Stimmt!» Er grinste. «Bist du das auch wert? Ich komme später wieder. Richte dich in Ruhe ein.» Dann war er fort. Sie konnte hören, wie er pfiff, als er ins Auto stieg. Der Motor sprang an, brummte davon und verhallte in der Ferne. Jessica ließ sich auf das Sofa sinken. Was tust du? fragte sie sich atemlos. Was tust du bloß? Sie hatte sich auf ein großes Abenteuer eingelassen. Und sie war in ihrem ganzen Leben noch nie so aufgeregt gewesen.

Peter kam wie versprochen am frühen Abend wieder mit Milch, Frühstücksflocken, Kaffee, Brot und den kleinen wichtigen Dingen, die sie brauchen würde. Er packte sie fort, legte mit Schwung ein gestärktes weißes Tischtuch auf den Küchentisch und stellte dann mehrere Schüsseln und eine Kerze in einem silbernen Leuchter auf den Tisch. Jessica sah ihm hingerissen zu. Das war eine Seite von ihm, die sie noch nie gesehen hatte, praktisch, ernst, bestrebt, Ordnung zu schaffen. Mit liebevoller Konzentration zündete er die Kerze an. Jessica hob die Deckel von den Schüsseln.

«Was ist das?»

«Ein ländliches Mahl. Ein einfacher Eintopf, gekochte Kartoffeln, Salat. Tillie hat es für mich gemacht.»

Entschlossen deckte sie die Schüsseln wieder zu und verschränkte die Arme. «Ich bin nicht hier eingezogen, damit deine Familie weiter das Kindermädchen für mich spielt. Nach allem, was geschehen ist, empfinde ich das als demütigend. Ich brauche ihre gönnerhafte Herablassung nicht.»

Er sah gekränkt aus. «Ich kann nicht kochen», erklärte er. «Ich habe Tillie gebeten, mir etwas für uns zurechtzumachen, dazu brauche ich nicht die Erlaubnis meiner Mutter. Die anderen wissen nichts davon. Alles, was sie wissen, ist, daß ich mit dir hier bin. Bist du nicht ein bißchen überempfindlich, Jessica?»

«Vielleicht bin ich das.» Sie entspannte sich, zog einen Stuhl zum Tisch und setzte sich. Geschäftig entkorkte er eine Flasche Wein. «Ich nehme an, der stammt aus dem Keller der Rensbys?»

Er grinste. «Da kannst du drauf wetten! Claret vom besten Jahrgang. Vater bekäme einen Anfall, wenn er wüßte, daß ich ihn geklaut habe.»

«Das sind also deine Gefühle?» fragte sie verletzt. «Du genießt das Gefühl von Rebellion gegen deine Familie, und ich bin ein Teil davon? Gab es eine Auseinandersetzung, als du ihnen mitgeteilt hast, daß ich hierbleibe, weil wir uns ineinander verliebt haben?»

Er stellte die Flasche hin, kniete vor ihrem Stuhl nieder und legte eine Hand auf ihr Bein. «Ich werde am Samstag Herr über Rensby Hall», sagte er. «So ist das schon immer gewesen. Der Erbe wird einundzwanzig, und die Herrschaft geht an ihn. In meinem Fall bedeutet das, daß ich nach Oxford zurückkehren und meinen Abschluß machen werde, bevor ich mich hier niederlasse. Meine Eltern können im Haus bleiben, wenn sie wollen, und ich nehme an, daß sie das eine Zeitlang tun werden, obwohl sie sich eine kleine Villa in Portugal für ihren Lebensabend gekauft haben. Caroline kann gehen oder bleiben, wie es ihr beliebt. Das ist unwichtig.» Er hob die Hand und streichelte ihr Haar. «Als ich ihnen von uns erzählte, sagte mein Vater überhaupt nichts. Meine Mutter regte sich schrecklich auf und war ganz durcheinander. Caroline teilte mir mit, angesichts meiner Persönlichkeit sei das nichts weiter als eine vorübergehende Vernarrtheit, ich sei vollkommen selbstsüchtig und solle nicht noch mehr Chaos in deinem Leben anrichten. Das spielt alles keine Rolle, begreifst du das nicht? Es wird alles gut werden, weil ich dich liebe.»

Sie betrachtete das ernste Gesicht. Warum habe ich das Gefühl, jemanden zu hintergehen, etwas Kindisches und Böses zu tun? fragte sie sich. Ich sollte glücklich sein, aber irgendwie fühle ich mich beschmutzt. «Ich will Tillies Essen nicht», beharrte sie. «Ich will überhaupt nichts annehmen, das von Rensby Hall kommt. Ich will nicht, daß über mich verfügt wird.»

Er stieß einen langen Atemzug aus, stand auf, ging ruhig zu seinem Platz zurück und schenkte den Wein ein. «Du kannst hier nicht kochen», wies er sie kühl zurecht. «Es fehlen einfach die notwendigen Geräte. Um Himmels willen, Jessica, schluck deinen Stolz hinunter. Wir könnten jeden Abend zum Essen ausgehen, aber ich dachte, du wärst lieber hier allein mit mir.»

Er klang verletzt, beleidigt. Mit einem innerlichen Seufzen kapitulierte sie. «Also gut», sagte sie und nahm das Glas, das er ihr hinhielt. «Ich werde Tillies Eintopf hinunterwürgen. Aber du machst den Abwasch!»

Er lächelte nicht. «Das ist sehr großherzig von dir», sagte er schroff.

Als die Weinflasche leer war und sie ihre Teller leergegessen hatten, hatte er seine gute Laune wiedergewonnen und brachte sie zum Lachen. Er hatte eine besondere Gabe, Witze und Anekdoten zum besten zu geben. Den kleinsten Vorfall konnte er in eine urkomische Geschichte verwandeln. Mit der Flasche in der einen und dem Korkenzieher in der anderen Hand redete er ohne Unterlaß, lehnte sich über den Tisch zu Jessica, zog Grimassen, und sie schüttelte sich vor Lachen. Dann wuschen sie gemeinsam ab. Inzwischen ging der laue Sommerabend in Nacht über. Sie nahmen die Kerze mit ins Wohnzimmer und setzten sich auf das Sofa und sahen aneinandergekuschelt zu, wie die gelbe Flamme im warmen Zugwind von den offenen Fenstern her flackerte und aufloderte.

Er begann sie zu küssen, vergrub seine Hände in ihrem Haar und stöhnte vor Lust, und sie beantwortete seine Leidenschaft mit der Glut ihres eigenen Begehrens und ließ es zu, daß er ihre Bluse aufknöpfte und die Lippen über ihre Brüste gleiten ließ. «Laß uns nach oben gehen», murmelte sie, und er hob den Kopf, sah sie mit einem von Lust verschleierten Blick an und nickte.

Sie machten sich nicht die Mühe, die Vorhänge zuzuziehen. Mondlicht fiel jetzt ins Zimmer über das Bett, auf das sie sich umschlungen und keuchend fallen ließen, es nahm ihrer nackten Haut die Farbe und ließ ihre Augen zu Asche werden.

«O Gott, das ist wunderbar», murmelte Peter. «Du bist ein wunderbares Miststück, Jess, meine Liebste. Mach deine Beine breit für Petey, ja, so ist es recht, braves Mädchen.»

Mit einem hungrigen Schrei gehorchte sie und fühlte, wie er in sie eindrang. Der Mann auf ihr begann sich zu bewegen und stöhnte halberstickte Obszönitäten in ihr Haar. Ganz anders als Michael, dachte sie erregt. Nicht zögernd, nicht sanft. Wild, leidenschaftlich und zügellos. Ein Tier, wie ich. Das wirkliche Ich. Wie habe ich das vermißt und wußte nicht, was ich vermißte! Sie hörte, wie eine Stimme verzerrt und rauh stöhnte, «ja, o ja!», und erkannte, daß es ihre eigene war. Ihre Haut war schlüpfrig von Schweiß, als sie in einer Explosion von Empfindungen zum Orgasmus kam.

Mit einem Schrei kam auch er zum Höhepunkt und fiel auf sie nieder, unbeweglich und schwer atmend. Minutenlang lagen sie wie eins, ohne sich zu rühren, dann griff Peter nach ihrem Haar, drehte ihren Kopf um und küßte sie hart. Er glitt von ihr weg, stand auf und stellte sich neben das Bett. Umflossen von Mondschein sah er unwirklich aus, ein graues Trugbild ihrer Einbildungskraft.

«Also wirklich, voller Überraschungen», sagte er. «Ich habe ja schon immer gesagt, die kühlen, distanzierten Frauen sind im Bett die wildesten.» Er begann seine Kleider überzustreifen.

Aber ich bin nicht mehr so, dachte Jessica. Früher war ich so. Vorsichtig und kühl und schwer zugänglich, immer habe ich etwas zurückgehalten, obwohl mir das nicht bewußt war. Wie sich alles in den paar Tagen geändert hat! «Küß mich», befahl sie.

Lachend beugte er sich zu ihr und knabberte an ihrer Wange. «Gieriges kleines Schweinchen», sagte er. «Ich muß jetzt gehen. Ich sehe dich morgen, mein Schatz.»

Sie setzte sich auf. «Warum kannst du nicht die Nacht über hierbleiben?» fragte sie. «Was für einen Unterschied macht das schon?»

Er fuhr mit beiden Händen durch seine widerspenstigen Lokken. «Keinen natürlich», antwortete er leichthin. «Aber wir wollen doch nichts überstürzen, Jess. Ich muß morgen früh aufstehen und mit meinem Vater nach Clapton fahren. Wir haben einen Termin beim Rechtsanwalt. Es geht darum, den Besitz an mich zu überschreiben.» Er lehnte sich über das Bett und stützte seine Arme neben ihren ab. Sein Gesicht lag im Schatten, sie konnte nichts erkennen außer dem Glanz seiner Augen. «Ich liebe dich, und ich komme zu dir zurück, so schnell ich kann. Fühl dich nicht einsam. Schlaf gut.» Er küßte sie nicht noch einmal, sondern wandte sich ab und lief die Treppe hinunter. Sie hörte, wie die Vordertür zuschlug. Diesmal ließ er den Motor nicht aufheulen. Das Auto glitt mit einem kaum hörbaren Schnurren davon, und hinter ihm legte sich Schweigen über das Haus.

Sie zog die Decke über sich und lag lange da, körperlich erschöpft, doch ihre Gedanken überschlugen sich. Sie spürte ein merkwürdiges Gefühl von Verrat und eine schwache, wenn auch eindringliche innere Warnung. Was ist das? fragte sie sich. Die fünfte Dimension, der Ort, wo undeutliche Gestalten vor meinem inneren Auge vorüberhuschen und durcheinanderwirbeln, aber keine erkennbaren Formen annehmen. Ich habe gehört, man muß seinem Unbewußten ausdrücklich die Erlaubnis erteilen, Verborgenes ans Tageslicht zu befördern. Was versteckt sich immer noch da und versucht hervorzukommen? Sie bekam keine Antwort, und schließlich drehte sie sich auf die Seite und schloß die Augen. Er ist es, Sir Matthew, entschied sie, und Eleanor und das verrückte Haus und daß ich ihnen trotze, ja, ich biete ihnen die Stirn, indem ich bleibe und ihnen Peter wegnehme. Was ich fühle, sind die Überreste einer kindlichen Ehrfurcht, die sie mir eingeimpft haben und die ich loswerden muß. Unruhig fiel sie in Schlaf.

Und sie träumte. Sie befand sich im selben Schlafzimmer, die Umrisse waren kaum vertraut. Die Vorhänge standen immer noch offen. Müdes Mondlicht verwischte die Ränder der Schatten, und zwischen den schwarzen Schemen trat Caroline nackt auf sie zu. Ihr Körper war abwechselnd flirrendes Dunkel und dann wieder eine blasse Statue. Ihr Gesicht mit den vollen Lippen und marmorhaften Augen war bar jeden Ausdrucks. Jessica wurde sofort von drängendem Verlangen überwältigt. Sie streckte die Arme aus. Die Gestalt beugte sich zu ihr. Jessicas Hände schlossen sich um kalte Schultern, glitten zitternd die glatten, widerstandslosen Arme hinab und zogen Caroline auf das Bett neben sich. Caroline lag abwartend da und atmete sanft. Der durchdringende, moschusartige Geruch, der von dem Mädchen an jenem Abend ausgegangen war, als sie zusammengesessen und miteinander getrunken hatten, drang Jessica in die Nase. Im Traum erinnerte sie sich an den Kuß, den Caroline ihr impulsiv gegeben hatte. Sie ließ den Kopf sinken. Dieses Mal war es *ihr* Mund, der sich langsam auf Carolines senkte, ihre bohrende Zunge, ihre Finger glitten über die vollen, schweren Brüste. Carolines Brustwarzen wurden hart. Jessica fühlte, wie sich auch ihre Brustwarzen aufrichteten, als eine kalte Hand über sie strich, über ihren Bauch, und sich zwischen ihren Schenkeln vergrub. Sie zog sich zurück, setzte sich rittlings auf die festen Hüften und schob sich dann langsam hinunter, bis sie ihr Gesicht in Carolines Geschlecht stoßen konnte. Carolines Körper antwortete, sie wand sich und bebte. Jetzt hatte der exotische Geruch auch einen Geschmack, scharf und bitter und unaussprechlich erregend. Sie wußte, daß Caroline gekommen war, und sah auf.

Michael stand am Bett. Er grinste, boshaft verzerrten sich seine Züge. Seine bloßen Zähne waren wie weiße Kiesel, die im Mondschein glitzerten. Sein Gesicht mit der pergamentenen Haut war entstellt, und er stank nach Moschus und Tod. Jessica schrie. Sie kroch keuchend von ihm fort, kletterte über Carolines bewegungslose Beine und fand sich dann mit einem Schlag hellwach auf den unordentlichen Laken kniend wieder.

Das Zimmer war leer, der Mond ging unter. Die dämmrigen Umrisse um sie her wurden nicht mehr von seinem Licht erhellt. Zitternd, heftig atmend, zog sich Jessica an die Bettkante zurück. Sie konnte sie immer noch riechen, die Gestalten ihres Traums. Der Geruch war geblieben, ebenso die wilde erotische Gier, die sie ergriffen hatte. Es ist vollkommen klar, dachte sie und hüllte sich in ihren Bademantel. Michael beherrscht meine sexuelle Wiedergeburt. Er klagt mich an, weil er tot ist und nicht daran teilhaben kann. Er ist eifersüchtig, weil ich voller sinnlicher Möglichkeiten bin, die vorher undenkbar waren. Caroline...

Sie stand auf und ging zum Fenster. Der Dorfanger verschwamm in der Dunkelheit. Wind fuhr durch das dichte Laub des riesigen Kastanienbaums, ließ die Blätter erzittern, und die Schatten unter den ausgebreiteten Armen flossen über das schwarze Gras zu seinen Füßen. Es kribbelt immer noch im ganzen Körper, dachte Jessica und legte ihre feuchte Hand auf die

Scheibe. Mein Nachthemd ist schweißnaß, mein Herz hämmert. Vermutlich ist es wie eine Flut, die durch den Damm bricht, wenn erst einmal eine Bresche geschlagen wurde. Sie richtet Chaos an, Tumult, Verwirrung, bis der Strom langsamer wird und in geordnete Bahnen fließt.

Sie wollte sich schon umdrehen und ins Zimmer zurückziehen, als ihre Aufmerksamkeit gefesselt wurde von einer Bewegung unter dem Baum. Dort unten im Zwielicht stand jemand, ein hoher Schatten, der gerade seinen Kopf gehoben hatte und zu ihr hochsah. Ihre Hand fiel herab. Ein weißes Gesicht, Kohlengruben als Augen – es war Michael dort unten mit seinem feindseligen Blick, der voller Vorwurf auf ihr lag, Michael, der nicht tot bleiben wollte, der sie zurückziehen wollte, damit sie wieder die Frau wurde, die sie gewesen war. Ihr Schweiß wurde eiskalt, und sie schrumpfte in ihrem Bademantel zusammen.

Aber nein. Es mußte Peter sein, der Wache hielt. Das war genau so eine verrückte romantische Idee, wie sie ihm zuzutrauen war. Sie hob den Riegel, stieß das Fenster auf, beugte sich hinaus und rief leise: «Peter, du Idiot! Komm herein!» Aber die Gestalt war verschwunden. Die dichten Schatten unter dem Kastanienbaum bewegten sich leicht und blieben dann still.

Elftes Kapitel

Strahlender Sonnenschein flutete ins Zimmer, als Jessica erwachte. Sie tastete nach ihrer Armbanduhr – es war erst kurz nach sechs. Ich hätte gestern abend die Vorhänge zuziehen sollen, dachte sie. Träge blieb sie eine Weile liegen und hörte durch das immer noch offenstehende Fenster dem Morgenlied der Vögel zu und dem gelegentlichen Brummen eines Autos, das auf der anderen Seite des Dorfangers vorbeifuhr. Ein Tor schlug zu. Jemand rief mit heiterer Stimme «Guten Morgen!», und von einem der Cottages weiter unten kam eine Antwort. Es ist Leben hier, dachte Jessica, als sie das Spiel des Lichts an der Decke beobachtete. In Rensby Hall war sie davon abgeschnitten. Es war wie eine Theaterbühne, auf der nur die Trents und Mrs. Evans ihre Rollen spielten.

Wenn Peter bis heute nachmittag nicht zurück war, würde sie Alix einen Besuch abstatten, sie vielleicht zum Mittagessen in den Pub einladen. Das war sie ihr schuldig.

Sie kramte in ihrem Koffer nach ihren Toilettensachen und ging über den Flur ins Badezimmer. Lange Zeit betrachtete sie sich in dem Spiegel über dem Waschbecken. Ernst blickte ihr Spiegelbild zurück. Sie hatte sich verändert, nicht nur innerlich, sondern auch äußerlich. Es kam ihr vor, als seien ihre Züge schärfer geworden, weniger unbestimmt. Und ihre Augen waren klarer. Eigentlich hatte sie ihr Gesicht noch nie genau angesehen. Sie wollte sich nicht ansehen, sondern hatte sich versteckt, weil es immer die Kluft gab zwischen dem, was aus ihr hätte werden sollen, und dem verzerrten, unnatürlichen Ich, zu dem sie durch Sir Matthew und seine schmutzigen Finger wurde. Du kannst jetzt ohne Angst aufwachsen, kleines Mädchen, dachte sie, und die grünen Augen und der großzügige Mund ihres Spiegelbildes lächelten zurück.

Voll Energie und Wohlgefühl duschte sie, machte sich zurecht und zog sich an. «Peter liebt mich», sang sie, als sie sich das Haar bürstete, «ich kehre heim, und er kommt zu mir und holt mich, und alles wird gut.» Unten öffnete sie alle Fenster und die Tür zum Garten, ging ein paar Schritte über den kurzen Pfad, der zwischen Blumenbeeten entlangführte, an einem Apfelbaum vorbei zu dem kleinen Schuppen, durch dessen halbgeschlossene Tür der Griff eines Rasenmähers ragte. Der ganze Garten war von einem efeuüberwucherten Holzzaun umgeben, so daß sie, selbst wenn sie gewollt hätte, nicht in das Nachbargrundstück hätte blicken können. Sie hatte kein Verlangen danach. Die Vergangenheit war endlich tot – ihre, Janes, die ihres Vaters. Das Cottage nebenan rief weder Nostalgie noch Ängstlichkeit in ihr wach. Das Wetter war drückend. Kein Lüftchen regte sich, und in der Atmosphäre herrschte eine Atemlosigkeit, die ihr die Lungen zusammenpreßte und ihr das Gefühl gab, durch unsichtbares Wasser zu waten. Sie überlegte, ob wohl ein Gewitter aufzog. Der Apfelbaum war vollkommen bewegungslos, und nicht ein einziger Grashalm zitterte.

Sie machte sich eine Schale Müsli und ein Glas Orangensaft zurecht, setzte sich damit auf die Hintertreppe, wedelte eine vorwitzige Biene fort und beobachtete einen Igel, der freundlich über den Pfad wackelte und unter dem schattigen Gewirr des Gebüschs am Rand des Grundstücks verschwand. Dann ging sie wieder ins Haus, verschloß die Hintertür, wusch das Geschirr ab und nahm ihre Tasche, die sie am Nachmittag zuvor auf dem Beistelltisch abgelegt hatte. Sie hoffte, Alix würde zu Hause sein, und wenn nicht, hätte sie zumindest einen schönen Spaziergang gemacht durch das Dorf, unter den Buchen an der Hauptstraße entlang zur Kirche. Sie trat aus der Vordertür und öffnete sie. Lady Eleanor stand da.

«Guten Morgen, liebe Jessica!» Sie strahlte. «Kann ich hereinkommen?» Sie trug eine weite, weiße Baumwollhose und eine hellblaue Bluse. Ihre bloßen Füße steckten in Espadrilles. Ihr Haar war hochgesteckt und legte ihren säulenhaften Hals bloß. Sie sah aus wie zwanzig.

Jessicas gute Laune war verflogen. Sie blieb stehen, die Hand an der Tür. «Ich bin gerade auf dem Weg zu den Trents», sagte sie kühl. «Es ist ein so schöner Morgen, daß ich gerne einen Spaziergang machen möchte.»

Eleanor trat vor und schlängelte sich gewandt um Jessica herum ins Wohnzimmer. «Ich war nicht mehr in diesem Cottage, seit die Frasers zuletzt nach Rensby Rill gekommen sind, und das ist Monate her!» bemerkte sie. «Es ist wirklich sehr heimelig, nicht wahr? Gefällt es Ihnen, Jessica?» Sie stellte einen Korb auf den Tisch. «Wir wußten nicht, wie Sie es mit dem Essen halten, deshalb schickt Tillie Ihnen ein paar Muffins zum Frühstück. Können wir eine Tasse Tee trinken?»

Jessica ließ die Tür offenstehen. Sie ging die zwei Stufen hinunter, aber weiter nicht. «Ich glaube nicht, Lady Eleanor», sagte sie. «Es ist sehr nett von Tillie, Muffins zu schicken, aber sie hätte sich keine Umstände machen sollen. Ich bin durchaus in der Lage, selbst für mich zu sorgen. Und wenn Sie nichts dagegen haben, möchte ich jetzt gehen.»

Eleanor ließ sich auf das Sofa fallen und schlug die Beine übereinander, wobei sie mit einer langsamen, gedankenvollen Handbewegung, die Jessica lebhaft an Peter erinnerte, ihr Haar glättete. «Wir fühlen uns so schrecklich», sagte sie. «Wir haben Sie nach Rensby Hall eingeladen und Sie dann unsäglich behandelt. Und jetzt, wo Peter mehr Interesse an Ihnen zeigt, als er je an einer anderen jungen Frau erkennen ließ, fühlen wir uns noch schlechter. Wir möchten, daß Sie sich als Mitglied der Familie fühlen, liebe Jess, nicht als Außenstehende. Kommen Sie für die letzten beiden Tage zurück, und lassen Sie uns alles wiedergutmachen.»

«Ich fühle mich nicht wie eine Außenstehende», erwiderte Jessica standhaft. «Es hat nichts damit zu tun, wie Sie mich behandelt haben, Lady Eleanor. Ich bin auch nicht schmollend weggegangen wie ein Kind. Ich bin weggegangen, weil Ihr Mann mich belästigt hat, als ich klein war. Ich kann ihm nicht mehr mit dem geringsten Respekt begegnen oder auch nur ein normales Gespräch mit ihm führen. Sie haben mich nicht vertrieben, und ich hocke nicht gekränkt hier herum und warte darauf, bis Sie zu mir gekrochen kommen. Bitte, nehmen Sie die Muffins mit zurück nach Rensby Hall.»

Eleanor wand sich vor Unbehagen. «Ich kann natürlich nicht für Matthew sprechen», erklärte sie. «Das wäre nicht recht, aber ich habe Sie wirklich gern, Jessica, und Peter meint es offenbar so ernst mit Ihnen – ich möchte, daß wir versuchen, Freundinnen zu werden. Habe ich persönlich irgend etwas getan, womit ich mir Ihren Zorn zugezogen habe? Können Sie mir verzeihen, wenn dem so ist? Bitte, setzen Sie mich nicht gleich mit den Sünden meines Mannes. Das wäre sehr anmaßend von Ihnen.» Sie sah flehend zu Jessica auf. «Außerdem, heute ist Ihr Geburtstag, nicht wahr? Tillie backt einen Kuchen für Sie. Werden Sie sich wenigstens von Peter zu einer kleinen Feier nach Rensby Hall bringen lassen?»

Jessica griff hinter sich, schloß die Tür und trat dann in den sonnenüberfluteten Raum. «Ich mache Sie keineswegs verantwortlich für das, was Sir Matthew mir angetan hat», sagte sie. «Aber es tut mir leid, ich werde meinen Geburtstag nicht auf Rensby Hall verbringen. Woher wissen Sie davon?»

«Ich schreibe mir die Geburtstage aller Leute auf, die ich mag», verkündete Lady Eleanor triumphierend. «Außerdem hat Ihre Mutter heute morgen angerufen, um Ihnen zu gratulieren.»

«Dann rufe ich sie wohl besser zurück.» Jessica ging auf die Küche zu. «Ich werde uns Tee machen, Lady Eleanor. Was haben Sie ihr erzählt?»

Lady Eleanor sah verlegen aus. «Ich sagte, daß Sie ausgegangen wären, um eine Freundin zu besuchen, aber bald zurückkämen.» Als sie Jessicas Gesichtsausdruck sah, streckte sie eine Hand aus. «O meine Liebe, seien Sie bitte nicht wieder böse! Ich konnte den

Gedanken nicht ertragen, sie könnte glauben, wir hätten Sie schlecht behandelt!»

Jessica kapitulierte. Schweigend machte sie sich in der Küche zu schaffen. Sie setzte den Teekessel auf und suchte Tassen und Untertassen. Als sie fertig war, trug Jessica das Tablett ins Wohnzimmer. Die Sonnenstrahlen waren von der Wand mit dem Kamin über den Teppich geglitten und fielen gerade noch durch die Fenster. Jessica hockte sich auf den Rand eines Sessels, schenkte ein und reichte die Tasse Lady Eleanor, die sie fast abwesend annahm und schweigend daran nippte. Ihre Gesprächigkeit hatte sie verlassen. Als sie den Tee ausgetrunken hatte, stellte sie die Tasse mit übertriebener Sorgfalt auf die Untertasse und lehnte sich entspannt in die Kissen zurück. Jessica war verärgert und ungeduldig, sie hätte sich gern auf den Weg zu Alix gemacht. Aber allem Anschein nach wollte Lady Eleanor sich hier häuslich niederlassen. Sie musterte Jessica nachdenklich, mit unbeweglichem Gesicht, doch ihre Augen waren plötzlich hellwach. Sie taxiert mich, dachte Jessica. Als zukünftige Schwiegertochter vielleicht? Ich mag sie nicht, und ich glaube, ihre aufgeregte Unbestimmtheit ist nichts weiter als Fassade, aber ich versuche wohl besser, mit ihr auszukommen. Ach, warum können sie sich nicht einfach alle in dünne Luft auflösen und mich mit Peter alleinlassen?

«Es ist sehr heiß heute, nicht wahr?» begann sie, und als hätten ihre Worte im Kopf der älteren Frau einen Schalter betätigt, wurde Eleanor lebendig.

«Sehr heiß, ja», pflichtete sie ihr nachdrücklich bei. «Solches Wetter wie heute habe ich schon früher erlebt, und es bedeutet fast immer, daß ein heftiges Gewitter im Anmarsch ist. Ich bin keineswegs begeistert davon. Der Wind wird meine Rosen zerfetzen, obwohl der Rosengarten in einer relativ geschützten Ecke des Hauses liegt. Ihre Mutter hat meine Rosen sehr gern gehabt. Wußten Sie, daß ich ihr einen Steckling geschenkt habe, den sie im Garten nebenan einpflanzte? Ich glaube, der Strauch ist immer noch da, blüht und gedeiht. Ist das Klima in Kanada geeignet für Rosen? Ich glaube nicht. Der Winter bei Ihnen ist zu streng, nicht wahr?» Sie schwatzte und schwatzte. Jessica lächelte, nickte oder schüttelte den Kopf, wie die Gelegenheit es erforderte, und verfiel schließlich vor Langeweile in eine Art Trance. Inzwischen war die Sonne vollkommen verschwunden, und die Luft im Zimmer kühlte sich ein wenig ab. Sie wartete auf eine Pause in dem Monolog, um aufspringen und die Teetassen abräumen zu können, aber es gab keine Pause. Sie unterdrückte ein Gähnen. Ich muß unbedingt vor dem Abendessen Mutter anrufen, dachte sie. O Eleanor, halt den Mund und geh nach Hause!

Sie hatte schon fast die Energie aufgebracht, sich von ihrem Sessel zu erheben und ihre Besucherin einfach zu unterbrechen, als sie draußen das vertraute Brummen des Ferrari-Motors hörte. Sofort stand Eleanor auf. «Meine Güte!» sagte sie. «Ich habe die Zeit verplaudert, und jetzt ist Peter hier! Es tut mir leid, Jessica. Ich habe Sie von Ihrem Besuch abgehalten. Ich hatte nicht vor, so lange zu bleiben.»

O doch, das hattest du, dachte Jessica, als sie, mit Eleanor im Schlepptau, zur Tür ging und sie öffnete. Du bist vielleicht hergekommen, um dich mit mir zu versöhnen, aber als ich dir sagte, ich sei auf dem Weg zu den Trents, hast du mit voller Absicht beschlossen, mich hier festzuhalten. Wie kleingeistig ihr doch seid mit euren Dorffehden!

Peter lief mit ausgebreiteten Armen über den Gartenweg auf sie zu, ein Lächeln auf seinem von der Sonne beschienenen Gesicht, und Jessica fiel ihm in die Arme. «Ich habe dich vermißt», erklärte er und küßte sie. «Hallo, Mutter. Hast du Jess zu Tode gelangweilt?»

«Sie möchte nicht zu ihrer Geburtstagsfeier nach Rensby Hall kommen», sagte Eleanor in gekränktem Tonfall. «Versuch du, sie zu überreden, Peter. Ich muß gehen. Ich muß ein Päckchen von Vera abholen.»

Sie sahen zu, wie sie in ihr verbeultes kleines Auto stieg und winkte, als sie losfuhr. Peter zog Jessica ins Haus, schloß die Tür und küßte sie wieder, diesmal ausgedehnter. «Herzliche Glückwünsche zum Geburtstag, meine Liebste», sagte er und zog eine Schachtel aus seiner Tasche. «Ich bin lange genug in Clapton geblieben, um dir das zu kaufen.»

Eifrig öffnete Jessica das Päckchen. Wie feuchtglänzende Blutstropfen schimmerten die Rubine, die in einer Traube an einer dünnen goldenen Kette hingen. «O Peter», rief sie aus. «So etwas Schönes habe ich noch nie gesehen!» Er nahm ihr das Halsband sanft aus den Händen und legte es ihr um den Hals.

«Hast du etwa gedacht, ich würde nicht daran denken?» murmelte er an ihrem Ohr. «Unter dieser rauhen Schale verbirgt sich ein romantischer Teufel. Laß uns ins Bett gehen vor dem Mittagessen.»

Sie liebten sich, und danach bestand Peter darauf, sie zum Essen nach Clapton auszuführen. «Wir können doch an deinem Geburtstag nicht in der Küche herumsitzen und uns aus Tüten ernähren», erklärte er. «Außerdem hast du noch gar nichts von der Landschaft gesehen, seit du angekommen bist. Wir machen uns einen schönen Nachmittag und tun nur das, was uns gefällt.» Energisch führte er Jessica zum Auto, und sie erhob keinen Einspruch. Ein Tag allein mit ihm würde der Himmel auf Erden sein.

Während der Fahrt sagte er nicht viel. Jessica saß neben ihm und hielt das Glück in ihrem Innern fest. Felder, Hecken und Bauernhäuser blitzten vorbei. Sie merkte, daß er einen Umweg fuhr. Clapton war nur sechs Meilen von Rensby Rill entfernt, was bei den gewundenen Landstraßen in England eine ziemliche Distanz bedeutet, aber so lange, wie sie jetzt bereits unterwegs waren, konnte es auch nicht dauern. Sie nahm an, daß er ihren Ausflug so schön wie möglich gestalten wollte, und war dankbar, daß er sich darüber Gedanken machte.

Aber schließlich bog er von den verschlafenen Seitenstraßen auf eine Hauptstraße ab und drosselte fünf Minuten später das Tempo, um sich dem Verkehr in Clapton anzupassen. Nach ihrem Aufenthalt in Rensby Rill hatte Jessica das Gefühl, als erwachte sie aus einem Koma. Autos hupten und blinkten. Vor Geschäften standen Frauen mit Einkaufstaschen in den Händen, winkten einander zu, ihre Kinder rannten auf den Bürgersteigen auf und ab. Ampeln sprangen von Rot auf Grün und von Grün auf Rot. Eine Gruppe Jugendlicher paradierte vorbei, und einer von ihnen ließ ein Pfeifen ertönen, als Peter vor einer grünen Ampel anfuhr. Ob es ihr oder dem Auto galt, hätte sie nicht sagen können. Sie fühlte sich ziemlich erschlagen von diesem Ansturm auf ihre Sinne.

«Das ist eine ganz gewöhnliche und häßliche Stadt», bemerkte Peter. «Es gibt keinerlei Attraktionen hier, außer ein paar guten Restaurants und dem Flohmarkt, der den alten Bauernmarkt abgelöst hat. Hast du Lust, im Trödel herumzuwühlen? Wir können dann später essen.» Sie nickte. Warum nicht? Alles war wunderbar, solange sie nur mit Peter zusammensein konnte.

Sie schlängelten sich um die Stände, die von antikem Glas bis zu angeschlagener Keramikmassenware so ziemlich alles anboten. Jessica genoß es, Teil des Lebens um sie her zu sein, den Geruch von fritiertem Fisch und Pommes frites zu riechen, das Geschrei der Männer und Frauen zu hören, die über ihren Waren lehnten und Sonderangebote anpriesen. Peter hatte für jeden ein freundliches Wort oder einen Scherz, und bald schwatzte und lachte auch Jessica mit ihnen. Sie tranken Limonade bei zwei geschäftstüchtigen Jungen, die mit einem klapprigen Tisch ihren eigenen Stand aufgebaut hatten. Die Hitze wurde immer drückender, und Jessica war froh, als sie sich in dem Restaurant, das Peter ausgesucht hatte, erholen konnte. Es war ein hübsches Gebäude im Tudorstil, das früher offenbar ein Privathaus gewesen war, die Atmosphäre war friedlich und intim. Außer ihrem waren nur drei weitere Tische besetzt. Als Jessica sich umsah, spürte sie plötzlich, daß sie einen mörderischen Hunger hatte.

Peter bestellte Martinis, während sie die Speisekarte studierten. Wie anders er doch ist als Michael, überlegte Jessica. Wenn er wirklich durch und durch egoistisch wäre, würde eine Frau, die selbst stark genug war, ihn schließlich verachten. Aber er ist nicht nur selbstsüchtig, er hat auch echtes Einfühlungsvermögen, und diese Mischung wirft einen einfach um. Michael hätte mich gefragt, was ich trinken möchte. Er hätte mich sogar gefragt, ob mir der Tisch gefällt.

Als könnte er ihre Gedanken lesen, sagte Peter: «Hast du dich entschieden, was du essen möchtest? Soll ich für dich bestellen?»

Sie mußte lächeln. Eins zu null für dich, mein Liebling, dachte sie. «Es ist so heiß», antwortete sie. «Ich werde mich an einen großen Salat halten.»

Sie aßen und tranken in aller Freundschaft, unterhielten sich über unbedeutende, alltägliche Dinge. Noch lange nach ihrem Mahl blieben sie plaudernd an dem abgegessenen Tisch sitzen, bis Peter schließlich aufstand und ihr die Hand hinstreckte. «Laß uns ins Kino gehen», schlug er vor. Warum nicht, dachte Jessica und verschränkte ihre Finger in seine, als sie das Restaurant verließen. Der Tag heute gehörte ganz und gar ihnen.

In der kühlen Dämmerung des Kinos teilten sie sich Popcorn und sahen einen sehr ernsthaften, aber völlig unverständlichen ausländischen Film, der so schlecht synchronisiert war, daß Jessica kichern mußte. Als sie auf den warmen Gehsteig hinaustraten, war es Abend geworden, und die schlimmste Hitze war vorüber. In zufriedenem Schweigen hakten sie sich ein und gingen zum Auto. Peter öffnete ihr die Tür. «Hat dir unser Ausflug gefallen?» fragte er, als er auf den Sitz glitt, und impulsiv küßte sie seine Hand, die er kurz auf ihre Schulter gelegt hatte. «Das fragst du noch?»

Sie fuhren zurück nach Rensby Rill, während die langsam sinkende Sonne den wolkenlosen Himmel mit phantastischen Farben überzog. Peter war still und ganz in die Bedienung seines Fahrzeugs vertieft. Jessica stellte das Radio an. Leidenschaftliche Akkorde von Tschaikowsky erklangen, und erst nach einer Weile wurde ihr bewußt, daß die Musik sie nicht mehr mit einem schmerzhaften Gefühl von Verlust und Trauer erfüllte, wie das seit Michaels Tod der Fall gewesen war. Sie schloß die Augen. So glücklich, dachte sie. Glücklich und frei. Ich möchte gar nicht mehr heimkehren. Ich möchte nicht, daß dieser Abend je zu Ende geht.

Dieses Mal fuhr Peter auf direktem Weg zurück zum Dorf, und es war immer noch hell, als sie an der Kirche vorbeifuhren und die Straße zu den Ruinen der Abtei und Rensby Hall links liegen ließen. Sie waren bereits halb durch das Dorf gefahren, als Jessica ein Auto bemerkte, das hinter ihnen fuhr. Ganz plötzlich war es da, ein alter, verbeulter Austin von unbestimmbarer, aber dunkler Farbe. «Der ist aber schnell aufgefahren», bemerkte sie.

Peter brummte und sah in den Rückspiegel. «Ganz schöner Rennfahrer», sagte er verächtlich. «Verdammt. Der Idiot will an mir vorbei.» Tatsächlich schwang der Austin zur Seite. Peter drosselte das Tempo. Als das andere Auto auf ihre Höhe kam, warf Jessica einen Blick hinein und erstarrte.

Ihr Vater saß hinter dem Steuerrad. Er sah müde aus. Sie sah seine Hand und den entblößten Arm, rauh und braungebrannt. Er trug eines seiner Arbeitshemden, wie Jessica sofort erkannte, ein schweres Khakihemd, das mit Flecken übersät war, die nicht mehr herausgingen. Neben ihm saß Jessicas Mutter. Sie war jünger, schlanker, mit kurzem, welligem Haar und trug eines der unbeschreiblichen Baumwollkleider, die sie beim Putzen in Rensby Hall immer angehabt hatte. Ihre Lippen bewegten sich. Sie sprach zu Jessicas Vater, und er nickte.

Auf dem Rücksitz saß noch jemand. Jessica klammerte sich an den Türgriff und streckte mit zusammengebissenen Zähnen den Kopf aus dem offenen Seitenfenster, um besser sehen zu können. Ich erinnere mich an diesen Tag, dachte sie wirr. Das war der Tag... der Tag...

Als der Austin sich vorgeschoben hatte, konnte sie das Rückfenster erkennen. Eine Welle des Entsetzens überrollte sie. Das Gesicht des kleinen Mädchens und eine Handfläche waren an die Scheibe gepreßt. Sie winkte nicht. Ihr Gesichtsausdruck war sehr ernst, Angst malte sich in ihrem Blick, und sie starrte direkt in Jessicas Augen.

Jane wanderte mit einem Buch unter dem Arm die Straße entlang, rasten Jessicas Gedanken fieberhaft weiter. Sie wollte nicht mitfahren, deshalb stieg Mutter ein, und Vater fuhr zurück. Ich hatte eine Vorahnung und drehte mich um, als das Auto losfuhr. Ich sah, wie sie zurückblieb, kleiner wurde, bis sie im Nichts verschwand. Das bin ich. Und ich... sie stieß einen unterdrückten Schrei aus. Ich bin Jane. Ich bin Jane!

«Was ist los?» fragte Peter.

Jessica fand ihre Stimme wieder. «Dieses Auto», stammelte sie. «Fahr daran vorbei, Peter, bitte!»

«Warum?» fragte er freundlich. «Es ist doch nur eine Familie aus der Neubausiedlung. Sie werden gleich abbiegen.»

«Bitte!»

«Na gut.» Er gab Gas, und in ein paar Sekunden waren sie mit dem Austin auf gleicher Höhe. Jessica erhaschte einen Blick auf die drei empörten Insassen, bevor sie weiterbrausten, bis Peter plötzlich abbremste, um den Gemeindeanger zu umfahren. Er hielt an. «Habe ich jemanden beleidigt, den du kennst?» neckte er sie. Jessica ließ sich in ihren Sitz zurückfallen.

«Das habe ich gedacht», sagte sie dumpf, «aber ich muß mich wohl geirrt haben.»

Diese Augen, ihre eigenen Augen, hatten sie voll Melancholie durchbohrend angeblickt. Damals hat alles angefangen, überlegte sie, überwältigt von einem Gefühl von Fatalismus. Das Schicksal hat jenen Augenblick mit diesem verbunden, der Kreis ist jetzt geschlossen. Es ist vorüber.

Die Dämmerung war stärker geworden, und sie stolperte fast

über den Karton vor der Haustür. Peter hob ihn auf, während sie aufschloß, und sie traten ein. «Ich glaube, das gehört dir», sagte er zu ihr, stellte die Schachtel auf den Beistelltisch, knipste die Lampe an und zog die Vorhänge zu. Inzwischen öffnete sie behutsam das Paket und brachte einen Kuchen und eine Flasche Champagner zum Vorschein. Schief und krumm steckten die Kerzen auf dem Kuchen zwischen grellfarbenen Zuckerblüten. Dabei lag eine recht überschwengliche Karte, die mit einer sehr ins Detail gehenden Schäferszene eines unbekannten Künstlers bedruckt war. Das Schreiben lautete: «Wir alle wünschen Ihnen einen sehr schönen Geburtstag, Jessica, und viel Glück für die Zukunft. Alles Liebe von den Rensbys.» Sie ließ die Karte fallen, als hätte sie sich die Finger verbrannt. Peter schüttelte mit gespielter Mißbilligung den Kopf. «Sie meinen es doch gut», mahnte er. «Sie versuchen, soweit es geht, alles wieder ins Lot zu bringen.» Sie versuchen mir ein schlechtes Gewissen zu machen, dachte sie aufbegehrend, aber das werden sie nicht schaffen. «Torten sind nicht gerade Tillies Stärke», fuhr Peter fort, nahm die Flasche und ging in die Küche. Jessica hörte, wie die Tür des Kühlschranks zuschlug. «Aber sie hat ihr Bestes getan. Wir werden hier ganz für uns feiern und uns an Zucker und Alkohol berauschen. Wenn du willst, können wir zum Abendessen auch wieder ausgehen.»

«Nein danke», murmelte Jessica und richtete mechanisch die Kerzen auf. «Ich werde heute abend sicher keinen Hunger mehr haben.»

Er kam wieder ins Wohnzimmer. «Geh doch nach oben und zieh dich um, dann essen wir ein bißchen Kuchen, und ich werde mit Champagner auf dich anstoßen. Wir könnten ein bißchen Musik hören. Die Auswahl ist hier nicht sehr groß, aber ich weiß, daß es ein paar schöne Platten gibt.»

«Du bist früher schon mit Frauen hier gewesen, wenn die Besitzer fort waren, nicht wahr, Peter?» Sie spürte einen Stich von Eifersucht. Er ließ den Kopf hängen, tat verschämt, begegnete dann ihrem Blick, und unwillkürlich fuhr eine Hand hoch, um die dunkle Haartolle zurückzuschieben, die ihm tief ins Gesicht fiel.

«Schuldig», antwortete er traurig. «Aber das gehört jetzt alles der Vergangenheit an. Soweit es mich betrifft, bist du die erste. Immer, von jetzt an bist du Nummer eins. Meine Erinnerungen sind ausgelöscht, Jessica, Liebste, ich verspreche es dir!»

«Schuft», beschimpfte sie ihn, aber sie lächelte.

Als sie oben war, nahm sie sich Zeit. Sie wählte ein Kleid mit einem tiefen Ausschnitt, das das Funkeln der Juwelen zum Ausdruck brachte, die er ihr geschenkt hatte. Ihr ganzes Leben lang hatte sie ihren Körper in weiten Röcken, locker hängenden Blusen und pludrigen Pullovern in nüchternen Farben versteckt, überzeugt, Bequemlichkeit sei ihr wichtiger als Attraktivität. Sie hatte nicht verstanden, daß sie vor Scham über ihre Sexualität ihren Körper zu verbergen suchte. Dieses Kleid mit seinem ausgeschnittenen, herzförmigen Mieder, dem kurzen, eng über der Hüfte sitzenden Rock und dem zu Berührung einladenden Stoff hatte sie in einem Anfall von Verwirrung gekauft, den sie sofort bedauert hatte. Sie hatte es in den Schrank gehängt und nie getragen, bis jetzt. Irgend etwas hat mir gesagt, ich solle es mitnehmen, als ich herkam, dachte sie auf dem Weg nach unten. Wie geheimnisvoll und überraschend die menschliche Seele doch ist!

Er hatte den Tisch gedeckt mit Tellern, Gabeln, Servietten und einem Sektkübel, in dem der Champagner auf Eis lag. Als sie auf ihn zukam, riß er die Augen auf.

«Du siehst absolut umwerfend aus!» rief er. «Caroline würde grün werden vor Neid! Sie ist sehr eifersüchtig auf dich.» Bewundernd sah er zu, wie Jessica sich aufs Sofa gleiten ließ. «Wir standen uns immer sehr nah. Kämpften wie Hund und Katze, doch sie hat nie zugelassen, daß jemand zwischen uns kam, bis jetzt. Wenn sie uns auseinanderbringen könnte, würde sie es tun, aber das wird sie natürlich nicht schaffen.»

«Ist das der Grund, weshalb sie sagte, sie wolle mich nicht mögen?» meinte Jessica nachdenklich. «Vielleicht spürte sie, daß du mich mögen würdest. Sie weiß offenbar ganz genau, was dir gefällt, und fühlte sich bedroht, als sie manches davon in mir sah. Das tut mir leid, Peter. Ich mag sie nämlich sehr gern.»

«Es gibt eine Menge an ihr, was man mögen kann», antwortete er kurz. «Und eine Menge, was einen zur Weißglut treiben kann. Zünde doch die Kerzen an, während ich in die Küche gehe und den Champagner öffne. Ich möchte nicht das Risiko eingehen, daß der Korken abprallt und die Glasfiguren trifft. Die Gläser stehen ohnehin im Kühlschrank.» Im Hinausgehen stellte er das Tonband an, und Walzerklänge perlten durch den Raum. Jessica nahm die Streichhölzer, die er neben den Kuchen gelegt hatte, und tat, wie ihr geheißen. Sie hörte, wie der Champagnerkorken in der Küche knallte.

Er lächelte über das ganze Gesicht, als er die Flasche in den Eiskübel legte und ein volles Glas vor sie hinstellte. «Los», drängte er. «Blas die Kerzen aus und wünsche dir irgend etwas wahnsinnig Schönes.»

Ich wünsche, daß diese Liebe zwischen uns weiterwächst, dachte sie inbrünstig, während die Kerzen eine nach der anderen erloschen. Ich wünsche mir ein gemeinsames Leben mit ihm, für immer. Er beugte sich über den Kerzenrauch und küßte sie lange. «Ich habe zwar keinen Wunsch frei», flüsterte er, «aber trotzdem wünsche ich dir, daß all deine Träume wahr werden.» Er zog sich zurück und hob das Glas. «Auf dich, meine Jess», verkündete er. «Langes Leben und viel Glück!»

Sie hob ihr Glas an seines. «Auf uns», sagte sie. Der Champagner war trocken und köstlich kalt. Sie nahm einen weiteren Schluck.

«Wie wär's, und du schneidest deinen Kuchen an?» fragte er.

Die Torte war pappig und klebrig süß, und Jessica legte nach einem Bissen die Gabel hin. «Halte dich an den Alkohol», riet ihr Peter. «Das ist vielleicht besser für dich.» Er füllte ihr Glas nach, und sie trank. Er betrachtete sie einen Augenblick nachdenklich, dann sagte er: «Jess, ich weiß, du hast gesagt, du bleibst nur bis zu meinem Geburtstag. Aber du hast nicht gesagt, daß du zum Abendessen nach Rensby Hall kommst. Kommst du? Bitte!»

Sie hatte plötzlich starken Durst, der Champagner war leicht und löschte ihn. Versonnen starrte sie auf das Tröpfchen hellgoldener Flüssigkeit, das im Kristallglas geblieben war. Die spritzigen sommerlichen Klänge des Strauß-Walzers wirbelten um sie herum und erzählten von einer Epoche der Eleganz und Anmut, die vergangen war. «Also gut, Peter», gab sie sanft nach. «Ich komme.» Sie sah ihm direkt in die Augen. «Dir zuliebe.»

«Vielen Dank, Liebling!» Seine Augen strahlten, als er die Flasche hob, und Jessica sah, wie die Blasen aufstiegen und sich dann beruhigten, während er einschenkte. «Du wirst es nicht bereuen. Das Abendessen wird ein wenig langweilig werden, denn Vater hat darauf bestanden, ein paar von seinen Archäologen-Freunden einzuladen, aber hinterher werden wir in der Bibliothek tanzen, und das wird sicher Spaß machen. Mutter hat eine Schar von Leuten hier aus dem Ort und sonstwoher eingeladen. Zieh dieses Kleid an.» Er beugte sich vor und küßte sie sanft aufs Dekolleté. «Es wird alle umhauen.»

Sie war amüsiert und angerührt von seiner jungenhaften Begeisterung. Es wird schon nicht so schlimm werden, dachte sie. Sie konnte Sir Matthew aus dem Weg gehen. Unter den Gästen würde sie eine von vielen sein, und sie konnte früh gehen, wenn sie wollte. Der Gedanke, das Fest früh zu verlassen, vermittelte ein Gefühl von Erleichterung, als hätte sie es schon hinter sich und sei sicher und geborgen zurück im Cottage.

«Ich fahre dich dann selbst am Sonntag zum Flughafen», bot er an, und Jessica hatte das Gefühl, für ihre Nachgiebigkeit belohnt zu werden. Sie unterdrückte rasch diesen unwürdigen Gedanken, nickte wortlos und hob das Champagnerglas an die Lippen. Einen Moment lang spürte sie den Rand des Glases nicht. Champagner ist ein heimtückisches Zeug, dachte sie lächelnd. Man schüttet ihn ohne die geringste Wirkung in sich hinein, und dann überfällt er einen plötzlich und macht schwindelig und albern.

Peter setzte mit ausgesuchter Sorgfalt sein Glas auf den Tisch. «Ich muß dich um noch einen Gefallen bitten», sagte er zaghaft. «Du wirst vermutlich ablehnen, aber ich muß dich trotzdem auf jeden Fall fragen, denn es ist von entscheidender Bedeutung für mich, und ich hoffe und bete, daß es das auch für dich ist.» Die Verwirrung in seinen Worten verriet, wie ängstlich er war. In Jessicas Augen sah er aus wie ein Schuljunge, der um eine besondere Gunst bittet, und sie brach fast in Gelächter aus, voller Liebe und schmerzhafter Zärtlichkeit. «Frag nur», forderte sie ihn auf.

Seine braunen Augen fixierten sie mit einem ernsten Blick. «Ich möchte unbedingt, daß du morgen abend zu der Zeremonie kommst», sagte er, und zu ihrer Überraschung brach seine Stimme.

«Die Initiation des Rensby-Erben?» erkundigte sie sich. «Nein, Peter, nein. Dafür brauchst du mich nicht. Nutz nicht aus, daß ich eingewilligt habe, zu deinem Geburtstagsfest zu kommen!» Sie war verärgert und enttäuscht, daß er sie so bedrängte. Entschuldigend streckte er die Hände aus und schüttelte den Kopf.

«Du verstehst nicht. Laß es mich erklären.» Er zögerte und suchte nach Worten. «Ich kann dir auf jeden Fall versichern, daß Vater nicht dabeisein wird», fuhr er schließlich fort. «Er hat seine Pflicht getan, als er einundzwanzig wurde, vor einigen Jahrzehnten, und jetzt bin ich an der Reihe. Er hat nichts damit zu tun, sondern muß lediglich dafür sorgen, daß ich weiß, was ich zu tun habe. Die ganze Angelegenheit ist sehr altertümlich und traditionell, die Einzelheiten sind sehr intim, und da durchaus die Möglichkeit besteht, daß du eines Tages Lady Rensby wirst, ist es nur gut und richtig, wenn du bei mir bist. Weißt du, es hat etwas mit Sex zu tun», gestand er schließlich ernst. «Der Erbe soll mit einer Frau seiner Wahl Geschlechtsverkehr haben, um so irgendwie die

Fortdauer der guten Beziehungen zwischen dem Geschick der Rensbys und den kosmischen Mächten des Glücks sicherzustellen.» Er blickte zur Seite, als sei es ihm peinlich. «Ist natürlich alles Quatsch, aber ich muß es tun. Ich kann nicht mit der Konvention von Hunderten von Jahren brechen.»

Jessica empfand diese Vorstellung als abstoßend, war aber gleichzeitig fasziniert. Es klang wie aus einem primitiven Märchen. «Ich habe noch nie etwas so... so Barbarisches gehört», stieß sie hervor. «So etwas Heidnisches und Abartiges, dabei muß es doch den unaufgeklärtesten modernen Menschen schaudern! Wie kannst du dich zu so etwas Perversem hergeben? Hattest du für den sexuellen Teil schon jemanden in petto, Peter?»

«Sei nicht böse auf mich», bat er. «Natürlich hatte ich jemanden in petto. Schließlich ist die ganze Sache von überragender Bedeutung für die Familie. Ich habe eine von meinen Freundinnen von der Universität eingeladen. Pamela ist ein Mädchen, das jeden Spaß mitmacht, und sie fand, ein Ritual mit ein bißchen Sex wäre einfach zum Schreien komisch. Aber das war, bevor ich dir begegnet bin, bevor ich mich in dich verliebt habe! Ich will mit keiner anderen Frau schlafen! Wenn ich daran denke, daß ich es morgen abend mit irgendeiner dummen Pute tun soll, die mir ansonsten völlig egal ist, wird mir ganz anders. Ich will, daß du da bist. Du hast das Recht, da zu sein! Du mußt da sein!»

Sie war überrascht von der Leidenschaft, mit der er sprach. Ihr Ekel ließ nach, die Faszination wurde stärker. Aber unter dem Reiz des Bizarren, der Chance einer neuen Erfahrung, meldete sich ein schwacher, warnender Impuls. «Das hat etwas mit Sir Julians Dämon zu tun, Peter, nicht wahr?» fragte sie betont gleichmütig.

Er nickte schuldbewußt. «Ich glaube, damit hat es angefangen. Natürlich gab es nie einen Dämon. Kaum jemand glaubt an diesen Hokuspokus. Aber die Vorstellung, das Schicksal gnädig zu stimmen, das Glück an die Familie zu binden und nach und nach einen kosmischen Pakt zu erfüllen, wurde zu einem Wahrzeichen der Rensbys, und niemand will damit spaßen. Die Dorfbewohner erwarten von uns, daß wir es ernst nehmen. Sie sind ein unwissendes, abergläubisches Pack und davon überzeugt, das Glück würde sich von ihnen abwenden, wenn wir es nicht tun. Nur Leute wie Ben Trent glauben, es könnte gefährlich sein.» Er griff nach ihren Händen und hielt sie sehr fest. «Sag, daß du es tun wirst, Jessica, um meinetwillen», bat er. «Laß mich das Ritual nicht mit einer anderen durchführen.»

Die Regelmäßigkeiten in der Geschichte der Rensbys, dachte sie, als seine Nägel sich in ihre Handflächen bohrten. Eine Generation nach der anderen, sie straucheln, aber sie fallen nicht. Zufall? Sie erinnerte sich daran, was Caroline gesagt hatte: «Die Kirche ist hier machtlos.»

Und was glaube ich selbst? fragte sie sich schließlich. An Dämonen? Nein. An die Einbildungskraft leichtgläubiger Menschen? Natürlich. An die Macht des Glücks, diese unsichtbare Größe? Die Fähigkeit, die manche Leute haben, Glück anzuziehen und an sich zu binden? Ja, vermutlich. Sie löste ihre Finger aus seinem Griff.

«Ich tue es, wenn du versprichst, daß niemand da sein wird, der uns zuschaut», sagte sie. Ein Strahlen breitete sich über sein Gesicht.

«Ich verspreche es!» rief er. «Du bist bei mir völlig sicher und wirst dabei noch höllischen Spaß haben! Das ist vielleicht ein Ritual!» Er stand mit einer anmutigen Bewegung vom Sofa auf und streckte seine Arme nach ihr aus. «Komm», drängte er. «Tanz mit mir. Ich möchte mit dir tanzen an deinem Geburtstag.» Seine Augen strahlten vor Aufregung, und einen kurzen Augenblick lang empfand sie Furcht vor dem Ungestüm seiner Begeisterung. Dann stand sie auf und glitt in seine Arme.

Lange Zeit tanzten sie schweigend. Die Nacht war hereingebrochen, und die Klänge der Musik pulsierten durch den dämmrigen

Raum. Jessica spürte, wie die Wärme seiner Hände durch ihr dünnes Kleid in ihre Hüften drang, sein Atem ihr Haar anwehte, seine Wange sich an ihrer Schläfe rieb. Er roch nach einem teuren Rasierwasser und unter diesem Duft, sehr schwach, nach Carolines Zigaretten. Gerüche, dachte Jessica mit geschlossenen Augen. Gerüche, etwas, an das ich mich erinnern sollte, etwas, das ich vermißt habe. Ihr Körper spannte sich, und er hielt sie noch enger fest.

«Ich liebe dich», flüsterte er. «Ist es nicht seltsam, wie unsere Familien miteinander verbunden geblieben sind? Jahre sind vergangen, seit du ein Kind warst und deine Eltern in Rensby Hall gearbeitet haben, und jetzt bist du wieder hier, und ich bin hier, und immer noch sind unsere Leben miteinander verwoben, in einem sehr buchstäblichen, körperlichen Sinn.» Er lächelte. «Es muß Schicksal sein, glaubst du nicht? Die Rensbys und die Carters, für immer verbunden.» Sie antwortete nicht, sondern wandte nur leicht den Kopf, um seinen Hals zu küssen. «Das ist dein dreißigster Geburtstag, nicht wahr, Jess?» fuhr er nach einer Weile fort. Seine Stimme war leise, wie eine hypnotische Liebkosung. «Es heißt, man braucht Mut, um dreißig zu werden. ‹Pflücke die Rose, solange sie blüht›», zitierte er. «Ich hoffe, du hast alle Rosen gepflückt, die du wolltest, meine Jess. Glaubst du, es waren genug?»

Etwas in seiner Stimme verstörte sie. «Wenn ich dich nicht getroffen hätte, würde ich eilen, um noch ein paar zu pflücken», erwiderte sie. «Aber du brauchst dir keine Sorgen zu machen, daß ich von dir lassen werde, Peter. Du bist mit aller Wahrscheinlichkeit der aufregendste Mann, dem ich in meinem Leben begegnen werde.»

Er gab keine Antwort, und sie bewegten sich weiter zum betörenden Rhythmus der Musik. Jessica war angenehm berauscht vom Champagner und von seiner Nähe. Eine Ewigkeit, so kam es ihr vor, blieben sie aneinandergeschmiegt, bis sie sich mit ihm eins fühlte, ein sanft schwingendes, untrennbares Geschöpf der Harmonie, angenehm verloren in Zeitlosigkeit.

Plötzlich ließ Peter sie los und ging zum Tonbandgerät. Die Musik brach ab. Verwirrt und ernüchtert sah Jessica zu, wie er die Überreste ihrer kleinen Feier zusammensammelte und sie geschäftig in die Küche trug. Als er zurückkam, machte er das Licht im Treppenhaus an und knipste die Lampe im Wohnzimmer aus. «Schlafenszeit», sagte er bestimmt. «Du siehst erschöpft aus, mein Mädchen. Ich werde heute nacht neben dir schlafen.» Er sah sie im Halbdunkel von oben nach unten an, mit einem seltsam intensiven Ausdruck im Gesicht. «Die Zeit zum Spielen ist fast vorüber, und ich werde dich vermissen, Baby», sagte er schroff. «Geh schon hoch. Ich werde in einer Minute oben sein.»

Sie tat, wie ihr geheißen, und war plötzlich wirklich so müde, wie er behauptet hatte. Die Kleider auszuziehen bedurfte einer großen Anstrengung. Sie wusch sich automatisch, und als sie wieder ins Schlafzimmer kam, hatte er sich ausgezogen und lag unter der Decke. Sie kletterte neben ihn. Er knipste das Licht aus, und nach einer Weile konnte sie in dem Zwielicht, das durch die Vorhänge fiel, sein Profil erkennen. Er betrachtete sie.

«Peter», flüsterte sie. «Bist du gestern abend zurückgekommen, um mich von unten zu bewachen, unter dem Kastanienbaum? Ich meinte dich dort gesehen zu haben.»

Es dauerte eine lange Zeit, bevor er antwortete. «Nein», sagte er. «Gute Nacht.»

Trotz ihrer Müdigkeit war sie enttäuscht, daß er sie nicht lieben wollte. Sie drehte sich um und schloß die Augen. In diesem Augenblick erinnerte sie sich, verzweifelt und mit schlechtem Gewissen, daß sie ihre Mutter nicht angerufen hatte. Auf dem Nachttisch neben dem Bett stand ein Telefon, und sie streckte den Arm nach dem Hörer aus. Die Leitung war tot.

«Es ist fast nie angeschlossen», sagte Peter in die Dunkelheit. Seine Stimme klang klar und kalt.

Zwölftes Kapitel

Am folgenden Morgen wurde sie vom Wind geweckt. Er rauschte um das Cottage, dann und wann rüttelte ein Windstoß am Schlafzimmerfenster. Sie lag eine Weile halb bewußtlos, spürte, daß die Luft auf ihrem Gesicht kühler war, dann rollte sie sich herum und streckte eine Hand aus. «Peter», sagte sie schlaftrunken. «Das Wetter ist umgeschlagen.»

Sie war allein. Das Kissen war zerwühlt, das Laken zerknittert, aber er war fort. Jessica wurde schlagartig hellwach. Sie stand auf, warf sich den Bademantel über und zog die Vorhänge zurück. Die Zweige des Kastanienbaums ächzten unter dem Ansturm der Böen, und der Himmel war schwer von den grauen Wolken, die sich aufgetürmt hatten. Sie ging zur Treppe und rief: «Peter?», aber es kam keine Antwort von unten. Im Badezimmer fand sie eine Nachricht, die an den Spiegel geheftet war. *Probleme mit der Party*, hieß es darauf. *Mutter braucht mich. Bin bald zurück.* Sie hatte nie zuvor seine Handschrift gesehen. Sie war ungleichmäßig, aber fest, voller Schwünge und langer Schleifen. Sie faltete den Zettel zusammen, steckte ihn in die Tasche ihres Bademantels und versuchte, nicht enttäuscht zu sein, daß er sie nicht wachgeküßt hatte, bevor er gegangen war. Als sie geduscht hatte und ihre Khakihose und ein weites, beigefarbenes Hemd anzog, fragte sie sich, welches wohl die angemessene Garderobe war für die Zeremonie, der sie an diesem Abend beiwohnen sollte, doch dann zuckte sie die Schultern. Ich muß vermutlich irgendein scheußliches altes Kapuzencape über den Kopf ziehen und eine Kerze schwenken, bevor ich für das Wohlergehen der Rensbys alle Hüllen fallen lasse, dachte sie. Bei der Vorstellung, wie sie nackt in irgendeinem geheimen Raum stand und Peter, ebenfalls entkleidet, im dämmrigen Kerzenschein auf sie zukam, wogte eine Welle reiner Lust durch ihren Körper. Du bist trotz allem doch nur ein verdorbenes Miststück, Jessica Carter, schalt sie sich heiter auf dem Weg nach unten. Und es ist ein so schönes Gefühl. Das Rubinhalsband lag immer noch in der Grube unter ihrer Kehle. Sie hatte es nicht abnehmen wollen, als sie zu Bett ging.

Ein Blick zur Uhr zeigte, daß es halb neun war. Der enge Raum war düster, das Wohnzimmer ebenfalls, obwohl sie die Vorhänge zurückzog und auch die Fenster einen Spalt weit öffnete, denn die Luft war recht stickig. Sie blieb einen Augenblick stehen und sah hinaus zu der zitternden Hecke und den wogenden Blumenbeeten, bevor sie in die Küche zurückging. Das Dorf sah trübselig, sogar ein wenig öde aus unter dem niederdrückenden bedeckten Himmel.

Sie schaltete das Licht an und begann die Überbleibsel des gestrigen Abends aufzuräumen, die Peter auf der Arbeitsfläche abgestellt hatte. Sie kratzte die Reste des Kuchens in den Müll, leerte das Wasser aus dem Eiskübel und wusch die Teller und Gläser ab. Ihr war bedrückt zumute, und sie fühlte sich ein wenig einsam. Ich werde zum Pub hinüberlaufen und Mutter anrufen, sobald ich den Kaffee aufgesetzt habe, schwor sie sich. Sie wird sich schon keine Sorgen machen, aber sie wird mir sicherlich nachträglich zum Geburtstag gratulieren wollen.

Der freundliche Kaffeeduft hatte gerade ihre Laune etwas gebessert, als sie hörte, wie draußen ein Auto vorfuhr. Einen Augenblick später klopfte jemand an die Tür. Peter, dachte sie und rannte zur Tür, um zu öffnen. Aber es war Caroline, die über die Schwelle schlenderte, eine Schachtel in der Hand. Wie immer schuf ihre Gegenwart sofort eine bestimmte Atmosphäre. Das Zimmer schien zu erwachen. Sie trug eine enge, schwarze Hose und und ein teures rotes Seidenhemd, die hohen Absätze ihrer Stiefel versanken in dem weichen Teppich. Ihr Haar war lose auf den Kopf getürmt. Der Wind hatte ein paar Strähnen gelockert, die ihr jetzt über das bleiche Gesicht strichen.

«Ich habe dir etwas zum Frühstück gebracht», rief sie von der Küche her. «Croissants und Butter und einen Topf mit Honig. Schön, daß du frischen Kaffee aufgebrüht hast. Ich selbst habe noch nichts gegessen, da kann ich gleich mit dir frühstücken. Ich habe beschlossen, für eine Weile von Rensby Hall zu verschwinden. Mutter flattert bereits in der Gegend herum wie eine aufgeregte Henne, und Vater murmelt finster vor sich hin. Ach, übrigens», sie erschien in der Tür, in einer Hand ein Messer, in der anderen den Honigtopf, «ich sollte dir wohl noch nachträglich zum Geburtstag gratulieren. Hattest du einen schönen Tag? Hat Peter den hingebungsvollen Freier gut gespielt?» Jessica sah, wie ihre schwarzen Augen zu dem Halsband glitten. «Ja», sagte sie trocken. «Ich sehe schon, daß er erfolgreich war.» Sie verschwand wieder in der Küche, und Jessica ließ sich, starr vor Ärger, aufs Sofa fallen.

«Du hättest woandershin fliehen können», sagte sie barsch. «Ich muß einfach zu Hause anrufen, Caroline, und ich erwarte Peter jeden Moment zurück.»

Das Mädchen kehrte mit einem Tablett wieder, auf dem zwei Croissants lagen. Daneben standen zwei Becher mit dampfendem Kaffee. Sie stellte es auf dem Tisch ab und machte eine auffordernde Handbewegung. «Komm schon, Jessica. Der Morgen heute ist genau richtig, um sich mit Essen zu trösten. Ich wußte, daß das Frühstücksangebot in diesem gemütlichen kleinen Liebesnest nicht überwältigend ist, deshalb habe ich zwei Fliegen mit einer Klappe geschlagen. Ich habe meine Ruhe. Du kriegst etwas zu essen und kommst in den Genuß meiner geistsprühenden Gesellschaft.» Sie biß mit Genuß in ihr Gebäck und lächelte Jessica rückhaltlos an. «Du hast einen ganz schönen Wirbel verursacht in dem alten Sitz der Ahnen», fuhr sie sanft fort und fegte Krümel von ihrem Hemd. Jessica beobachtete das rasche, anmutige Wedeln ihrer rotlackierten Hände. «Sie waren hin- und hergerissen zwischen Schuldgefühlen und gegenseitigen Versicherungen, daß alles wieder gut wird. Gratuliere!»

Jessica war plötzlich hungrig. «Gut!» erwiderte sie und zog ihren Teller auf den Schoß. «Sie brauchen mich nicht zu mögen, ebensowenig wie du, Caroline, aber sie müssen die Tatsache akzeptieren, daß Peter und ich uns lieben und daß das sehr wahrscheinlich so bleiben wird.»

Caroline hob eine Augenbraue. «Hmm», sagte sie. «Ein verliebter Peter ist ein ehrfurchtgebietendes Phänomen. Übrigens, wie ist er denn so im Bett? Ganz Gusto und keine Finesse? Oder nur Finesse und kein Gusto? Die meisten Männer fallen offenbar entweder in die eine oder die andere Kategorie.» Sie nahm einen Schluck Kaffee. «Der ist sehr gut», bemerkte sie, «trink etwas.»

Jessica schluckte den letzten Bissen hinunter und griff nach ihrem Becher. «Du hast offenbar ein recht ungezügeltes Interesse an meinem Sexualleben», sagte sie. «Ich weiß wirklich nicht, warum. Dein eigenes muß dich doch sehr beschäftigt halten.» Der Kaffee war hervorragend, er hatte einen leichten aromatischen Nachgeschmack. Sie überlegte, ob das wohl etwas mit der Wasserversorgung im Dorf zu tun hatte. Obwohl er immer noch sehr heiß war, trank sie den Becher leer. Mit einemmal fiel ihr mit aller Macht wieder der Traum ein, den sie vor zwei Nächten hatte. Caroline in ihrem Bett, nackt und der Leidenschaft hingegeben. Sie hielt ihren Blick auf den Kaffeesatz geheftet, der den Grund der Tasse sprenkelte.

Caroline lachte, zog eine Schachtel Zigaretten aus der Hemdtasche, nahm sich eine und zündete sie sich schwungvoll an. «Ganz schön beschäftigt», gab sie ohne eine Spur Scham oder Stolz zu. «Obwohl der gute alte Scott in der Abteilung Bett nicht allzuviel zu bieten hat. Viel Schnüffeln und Keuchen und sehr wenig Action.»

«Findest du es nicht ein bißchen unfair, so von ihm zu sprechen?» bemerkte Jessica. «Meinst du nicht, daß du ihm ein gewisses Maß an Loyalität schuldest? Ich dachte, du willst ihn heiraten.»

Caroline zog eine Grimasse, zuckte dann die Schultern und nahm einen langen Zug von ihrer Zigarette.

«Es gibt noch andere Loyalitäten, oder wenigstens gab es die», antwortete sie. «Scott ist wie ein gutmütiger Hund, der mir überallhin folgt. Ich mag ihn sehr, täusch dich da nicht, und natürlich werde ich den Guten heiraten. Und ich werde nett zu ihm sein. Aber Loyalität ist kein allzu bedeutendes Wort im Vokabular der Rensbys.»

«Möchtest du nicht geliebt werden, Caroline?» bohrte Jessica. «Willst du nicht etwas mehr empfinden als nur eine leichte Anziehung für einen Mann? Du bist doch selbst so voller Leidenschaft.» In ihrem Kopf hatte es angefangen zu summen, nicht unangenehm, aber beruhigend, und sie legte eine Hand auf ihr Ohr. Die Geste schien für Caroline von einigem Interesse zu sein. Sie betrachtete Jessica aufmerksam.

«Ach ja, Leidenschaft kenne ich schon», sagte sie langsam. «Aber nicht mit Scott.»

«Ich weiß.» Jessica schluckte. Ihre Kehle war trocken geworden. Sie stellte ihre Tasse auf den Tisch zurück, aber irgendwie verfehlte sie die Tischkante, und die Tasse fiel mit einem gedämpften Geräusch auf den Boden. «Ich habe euch einmal nachts gesehen. Ich wollte nicht spionieren. Ich war auf dem Weg ins Badezimmer. Deine Tür stand ein wenig offen, und ich habe einen Blick hineingeworfen.» Sie lachte kurz auf. «Ich nehme an, in einem der Tradition verpflichteten kleinen Dorf mußt du eine standesgemäße Heirat eingehen mit jemandem aus deiner eigenen Schicht, kannst dir aber als Ausgleich einen Liebhaber zulegen. Du tust mir leid.» Der Traum wollte nicht verschwinden. Er wob sich durch das Summen in ihrem Kopf, die Bilder waren so lebendig, daß die Wirklichkeit des Zimmers, in dem sie saß, einen Augenblick lang ins Schwanken geriet. Jessica spürte, wie sich ihr Körper angenehm entspannte, und ließ sich in die Kissen zurückfallen.

«Wirklich?» sagte Caroline sanft mit kalter Stimme. «Du bemitleidest mich? Jessica Carter mit ihren langweiligen bürgerlichen Wertmaßstäben, ihren steifen, ach so konventionellen Vorstellungen von Moral. Du hast dich verändert, Schätzchen, aber nicht sehr. Du träumst immer noch von dem vollkommenen Ehemann mit dir als vollkommener Frau, die vollkommene Kinder hervorbringen werden in dem rosa verschleierten Glanz einer vollkommenen Zukunft.» Sie lehnte sich zurück, ein bestiefeltes Fußgelenk auf dem Knie. «Du weißt gar nichts. Nichts! Ich habe keine Ahnung, warum ich beschlossen habe, dir zu helfen. Ich habe versucht, dich zu verachten, auf dich herabzusehen, mich über deine gesunde Normalität zu erheben, aber irgend etwas an dir appelliert an mein Mitgefühl. Ich frage mich, ob wir unter anderen Umständen Respekt füreinander hätten entwickeln können. Vielleicht sogar Freundschaft. Ich beneide deine Unwissenheit. Ich war verdorben seit dem Zeitpunkt meiner Geburt. Ich hatte nie die Chance, so zu werden wie du, und ich werde es nie können. Wie ist es, eine normale Frau zu sein? Ich weiß es nicht. Aber du weißt es.»

Ihre Stiefelspitze begann kleine Kreise zu ziehen, und Jessica war wie hypnotisiert von der Bewegung des glänzenden schwarzen Absatzes. Jede Umdrehung dauerte sehr lange. Caroline betrachtete die glühende Spitze ihrer Zigarette, dann sah sie Jessica an. «Ich bin nicht besonders gut darin, meine eigenen Motive zu analysieren», bekannte sie freimütig. «Ich kann nichts weiter vorbringen, als daß du meiner Meinung nach genug unter meiner Familie gelitten hast. Mein Vater hat dich mißbraucht. Peter benutzt dich und beobachtet die Resultate mit dem wissenschaftlichen Eifer eines kleinen Jungen, der Schmetterlinge aufspießt. Und wo wir gerade von Peter sprechen...» Sie blickte auf ihre Uhr. «Ich setze diese kleine Vorstellung wohl jetzt besser in Gang. Ich soll bis zum frühen Nachmittag ein Auge auf dich haben. Ich soll meine Phantasie benutzen, wurde mir gesagt, um die Zeit irgendwie auszufüllen, und das habe ich, weiß Gott.»

«Du redest dummes Zeug», gelang es Jessica zu sagen. Caroline war weit weg. Ein Abgrund hatte sich zwischen ihnen aufgetan, und der Teppich verlor sich im Endlosen. «Peter liebt mich», fuhr sie unter Schwierigkeiten fort, denn ihre Zunge war angeschwollen und füllte ihren Mund ganz aus. «Er sagte, du seist eifersüchtig auf mich.»

Caroline drückte ihre Zigarette sorgfältig aus, und dann tat sie etwas Seltsames. Sie kam zu Jessica herüber, hockte sich vor sie, nahm dann ihr Gesicht in beide Hände, legte einen Daumen unter ein Auge, zog das Lid herunter und betrachtete es genau. «Ich bin eifersüchtig», gab sie im Flüsterton zu. «Aber nicht so, wie du denkst. Fühlst du dich ein bißchen taub, Jessica? Ich möchte, daß du dir genau anhörst, was ich dir zu sagen habe.» Sie kehrte zu ihrem Sessel zurück und zündete sich eine weitere Zigarette an. Der Rauch kräuselte sich mit einer faszinierenden Langsamkeit über ihrem Kopf und hielt Jessicas Aufmerksamkeit gefangen. Sie starrte ihn an. Carolines Stimme hatte ein Echo bekommen. «Ich habe etwas in deinen Kaffee getan», sagte sie im Plauderton. «Die Wirkung wird in etwa drei Stunden langsam nachlassen. Dann wird dir etwas übel sein, aber du bist dann wieder vollkommen in Ordnung. Mutter und ihre Freundin Vera Evans pfuschen mit allen Arten von Kräutern herum, und Mutter hat einen gut bestückten Vorrat in ihrer Schublade für die Zeiten, wenn sie die Nase voll hat von Vater und dem Dorf und allem. Ich habe selbst einiges davon ausprobiert. Ich werde gleich nach oben gehen, um deine Sachen zu packen, und dich dann nach London fahren, und ich habe dich unter Drogen gesetzt, weil ich hier keine Szene will, Protest und Widerstand und all das ärgerliche Getue. Du wirst so friedlich mitkommen wie ein Lamm.» Sie nahm einen tiefen Zug aus ihrer Zigarette. Ihr Mund kam Jessica riesig vor, feucht und rot, aber ihre Augen waren noch größer. Sie füllten Jessicas Gesichtskreis völlig aus, kühl und spekulierend und vollkommen gelassen. Sie spürte, wie Carolines Finger über die Haut ihrer Wange glitten. Diese seltsam unpersönliche Liebkosung fuhr ihr durch den ganzen Körper.

«Sie wollen dich heute abend töten», fuhr Caroline fort, und jedes Wort hallte in Echowellen durch Jessicas Hirn, furchtbar und gewichtig und doch kristallklar. «Damals, bevor ich auf die Welt kam, haben sie Jane umgebracht. Ich weiß es, denn sie haben es mir erzählt, nachdem ich... eingefangen war und nicht wollte, daß sich irgend etwas ändert. Vater hat ihr die Kehle durchgeschnitten. Sie haben vor, heute abend dasselbe mit dir zu tun. Peter liebt dich nicht. Hat er nie getan. Warum sollte er? Du bist ein Opfer. Etwas, das man studiert, mit dem man spielt und das man dann wegwirft.»

Jessica machte eine Handbewegung, die sie als heftig empfand, aber nur ihre Schultern zuckten leicht. «Eifersüchtig!» knurrte sie eisig, obwohl ihre Zunge drohte, sie zu ersticken. «Verrückt... eifersüchtig...» Ihre Worte brauchten eine Ewigkeit, um zu Caroline zu dringen, sie mischten sich mit der von halboffenen Fenstern hereinwehenden Luft, kehrten in Fetzen zurück und gellten ihr in den Ohren. Caroline drückte die Zigarette aus und fischte sofort nach einer anderen. Sie schnippte ihr Feuerzeug an, hielt es still gegen das Ende der Zigarette und musterte Jessica über die Flamme hinweg mit ihren dunklen Augen. «Nur eine Tra... Tradition», Jessica bot all ihre Konzentration auf, um die Wörter zu bilden, die sie sagen wollte. «Nur eine Sex-Sache. Wird erwartet.»

«Hat er dir das gesagt, damit du heute abend zum Haus kommst?» Caroline schüttelte den Kopf. Die schwarzen Strähnen flogen sanft um ihr Gesicht, und eine blieb an ihren knallrot geschminkten Lippen haften. Sie wischte sie fort. «Schlauer kleiner Peter. Aber die Geschichten sind wahr, Jessica. Es gibt einen Dämon in Rensby Hall. Er sorgt für uns, und wir...» Sie stieß eine Rauchwolke aus, aber ihr Blick ruhte unverwandt auf Jessica. «Wir bringen ihm Opfer dar.»

In Jessica wand es sich und schrie vor Unglauben und Wut. Und vor Furcht, denn diese junge Frau in ihrer auffälligen, aggressiven Kleidung, mit ihren provozierenden Stiefeln und den stark geschminkten Augen war offensichtlich verrückt. Aber Jessica brachte nur ein Krächzen zustande.

«Du hast recht, Jess.» Caroline schnippte die Zigarette in den leeren Kamin und verschränkte die Arme. «Ich habe einen anderen Liebhaber außer dem guten alten Scott, den besten Liebhaber, den ich je hatte. Er ist für mich alles, worum ich ihn bitte. Jeder Mann, auf den ich Lust habe, den ich auf der Straße oder im Kino gesehen habe, oder ein Freund von Peter. Ich habe sogar mit Sir Julian geschlafen. Wie findest du das als Abwechslung?» Sie lächelte zögernd. «Als ich dich damals beim Abendessen nach Michael fragte, war ich fasziniert. Also wurde mein Liebhaber für mich zu deinem Mann. Jede Gewohnheit, jedes gemurmelte Wort, jede Geste war Michael im Bett. Ich bin mit meinen Fingern durch sein wunderbares dickes Haar gefahren. All diese prachtvollen Muskeln lagen auf mir – er hatte einen fabelhaft durchtrainierten Körper, nicht wahr? Es war eine ziemlich tolle Erfahrung. Ich war dreizehn Jahre alt, als mein Liebhaber zum erstenmal zu mir kam. Ich wurde süchtig. Kein normaler Mann kann mir auch nur im entferntesten die Lust verschaffen, die er mir gibt. Und meinem Vater garantiert er den Erhalt unseres Vermögens und jedes kleine Mädchen, das er anfassen will. Meiner Mutter verspricht er Jugend, so lange sie will, und du kannst Gift darauf nehmen, daß sie will, noch lange, nachdem mein Vater das Zeitliche gesegnet hat. Natürlich ist er kein menschliches Wesen. Er ist das Glück der Rensbys, der Beschützer der Rensbys. Die Rensbys haben keine Ahnung, wie man in der Welt zurechtkommt, Jess. Das brauchten sie seit Julians Zeiten auch nicht. Jede Generation gibt ein Opfer als Preis für das Privileg dieses Schutzes. Und du bist heute abend Peters Opfer.»

Jessica versuchte aufzustehen, aber ihre Muskeln blieben schlaff und trugen sie nicht. O Peter, beeil dich und komm zurück zu mir! rief sie, ohne einen Laut von sich zu geben. Caroline ist gefährlich, und ich habe Angst.

«Natürlich glaubst du, ich sei verrückt», sagte Caroline gleichgültig und stand auf. «Verrückt ist, daß ich beschlossen habe, dir zu helfen, aus diesem ganzen Chaos herauszukommen. Warum, weiß ich nicht genau. Ich glaube, es hat zum Teil wohl damit zu tun, daß ich angefangen habe zu erkennen, was für eine kreative Künstlerin ich hätte werden können, wenn ich ohne diesen Fluch aufgewachsen wäre. Ich werde ihnen sagen, daß ich eine Ausfahrt mit dir gemacht habe. Du wärst ziemlich nervös gewesen, hättest dich dann davongemacht, und ich hätte dich verloren. Ziemlich schwach, aber sie werden das Gegenteil nicht beweisen können. Das hoffe ich jedenfalls, denn wenn sie mich erwischen, wird er mich bestrafen. Ich habe keine Ahnung, was Petey tun wird, wenn er heute abend seine Pflicht nicht erfüllen kann. Jemanden von der Straße aufsammeln, nehme ich an. Das hat es früher auch schon gegeben. Versuch nicht aufzustehen.» Sie gab Jessica einen sanften Schubs. «Ich bin gleich wieder da.»

Sie trat aus Jessicas Gesichtsfeld. Irgendwo da draußen sitzen Zuschauer, dachte Jessica gequält. So etwas Idiotisches, sie warten auf den Rest des Dialogs, warten, daß der Vorhang fällt, damit sie zum Abendessen gehen können in lärmende, kerzenbeleuchtete Restaurants, wo sie sich über unsere Aufführung unterhalten. Sie werden nach Hause gehen oder in ein Hotelzimmer oder in abgelegene Ecken im Park, sie werden sich küssen und sich etwas zumurmeln, und in der Lust ihrer warmen Körper werden sie uns vollkommen vergessen. Aber wenn der Vorhang gefallen und die Bühnenbeleuchtung gelöscht ist, sitze ich noch immer hier im Dunkeln und warte... warte... darauf, daß eine Verrückte die Treppe herunterkommt. Der Wind umwehte sie. Der graue Himmel war in den Raum gedrungen und legte sich drückend auf sie. Sie konnte kaum atmen.

Caroline nahm vor ihr Gestalt an. Sie durchwühlte ihre Handtasche. «Ich nehme alle deine Reiseschecks heraus», sagte die aufreizend langsame Stimme. Carolines Gesicht war, als sie sich zu Jessica hinunterbeugte, häßlich in die Länge verzerrt. «Ich schicke sie dir später nach. Ich habe ein bißchen Kleingeld dringelassen, damit du ein Taxi bezahlen kannst, wenn du aus dem Flugzeug steigst, aber nicht genug, um wieder hierher zurückzukehren. Dein Flugschein ist in der Tasche. Er ist in Sicherheit. Mutter hat ihn dir gestohlen, als sie gestern früh hier war, weißt du. Jetzt komm.»

Jessica fühlte, wie sie hochgehoben wurde. Sie wollte nirgendwo hingehen. Nach unten zu sehen machte ihr angst, denn der Teppich war abgrundtief unter ihr. Sie sah, wie ihre Füße über den Boden stolperten. Ein starker Arm umfing sie unter ihren Schultern. «Peter hat die Schlüssel zum Cottage, falls du das noch nicht bemerkt hast», fuhr die Stimme fort. Jessica wich zurück, als sie von einem Schwall kühler Luft getroffen wurde. «Du bist wirklich bejammernswert vertrauensselig, Jessica.» Jessica stolperte den Weg entlang. Für einen Augenblick war sie vollkommen verwirrt, als sie sich vor dem Armaturenbrett eines Autos wiederfand. «Ich muß deinen Koffer holen», sagte Caroline. «Gott sei dank ist das Wetter so schlecht, daß niemand draußen ist.» Jessica versuchte den Griff der Autotür zu bewegen, aber irgendwie konnten ihre Finger das Metall nicht greifen. Sie tastete immer noch ohne jede Wirkung mit der Hand an ihm herum, als Caroline neben ihr auf den Fahrersitz kletterte, den Motor anspringen ließ und losfuhr. Peter! schrie Jessica stumm. Caroline seufzte. «So weit, so gut», murmelte sie. «Sitz gerade, Jess, und bete, daß du Rensby Rill nie wiedersiehst.»

Jessica bekam kaum etwas mit während der langen Fahrt. Die Zeit schien stillzustehen. Sie starrte auf das Armaturenbrett, war sich undeutlich bewußt, daß Regen gegen die Windschutzscheibe geschleudert wurde und die Scheibenwischer angestellt waren.

Ihre regelmäßige Bewegung hatte eine hypnotische Wirkung. Ein Fluß chaotischer, halbbewußter Gedanken flog ihr durch den Sinn unter dem ständigen Dröhnen ihres Blutes. Manchmal meinte sie zu schlafen. Der Wagen brummte. Der Luftstau aus dem Ventilator blies in ihr Haar, es legte sich ihr um den Hals und verfing sich in der Kette, aber als sie es zurückschieben wollte, erkannte sie träge, daß es eine Ewigkeit dauern würde, bis sie ihre Hand gehoben hatte, und versuchte es gar nicht erst. Ihr Bewußtsein verschwamm und kehrte wieder.

Caroline sprach während dieses endlosen Nachmittags noch zweimal. Einmal sagte sie: «Ron und Tillie haben nichts damit zu tun. Außer der Familie steckt niemand drin. Sie sind heute morgen abgefahren, um ein langes Wochenende an der See zu verbringen. Vater und Peter hätten dein Grab in der Laube gegraben, unter den Platten, wo seit Jahrhunderten die Überreste all der anderen begraben wurden, außer Jane.»

Die Worte flossen Jessica ins Ohr, eilten durch einen hallenden Tunnel und verloren sich in Verwirrung.

Das zweite Mal hatte sie das Tempo gedrosselt, um durch eine kleine Stadt zu fahren. Durch die Regenstreifen auf der Scheibe nahm Jessica verzerrt die Bewohner der Straßen als gesichtslose, gebeugte Gestalten wahr, ohne eigenes Empfindungsvermögen, bewegt von der Gewalt des Sturms. «Die Geschichte mit Jane tat ihnen wirklich leid», sagte Caroline. «Das haben sie mir gesagt. Sie mochten sie und wollten ihr kein Leid antun. Sie wollten eigentlich Billy, das Idiotenkind, das immer auf der Dorfstraße herumsabberte. Niemand hätte ihn vermißt, am wenigsten seine leidgeprüfte Mutter. Aber im letzten Augenblick mußten sie feststellen, daß sie mit ihm fortgefahren war, in Ferien. Jane war zur falschen Zeit am falschen Ort. Das ist auch der Grund, warum ihr Körper in dem Hohlraum eingemauert wurde, in dem Lady Elizabeth gesteckt hatte. Vater wußte, daß es eine ernsthafte Untersuchung geben würde, wenn Jane vermißt würde – weit gründlicher, als wenn Billy vom Angesicht der Erde verschwunden wäre.» Jessica hörte, wie der Blinker klickte. Das Ticken dröhnte ihr in den Ohren, und sie wand sich vor Unbehagen. Caroline sah sie an. «Kommst du wieder ein bißchen zu dir?» fragte sie. «Gut. Es wäre gar nicht nötig gewesen, jemanden zu opfern, wenn Vater sich nicht mit ruinösen Investitionen in finanzielle Schwierigkeiten manövriert hätte. Wir standen kurz davor, alles zu verlieren, unsere Pachten, den Grundbesitz, alles. Wir brauchten Hilfe, aber dafür forderte er mehr Blut. Heute wärst du an der Reihe gewesen. Der Brief deiner Mutter an meine Mutter, in dem stand, wie niedergeschlagen du seist und daß du nicht über den Tod deines Mannes hinwegkommen könntest, war wie ein Geschenk der Hölle. Er hätte nicht zu einem gelegeneren Zeitpunkt kommen können.» Sie gab wieder Gas, und Jessicas Kopf fiel nach hinten. «Wenn du verschwunden wärst, hätte jeder angenommen, du hättest dich umgebracht. Alles sauber und ordentlich.» Sie langte an Jessica vorbei und stellte das Radio an. Jäh ertönte laute Rockmusik, attackierte Jessicas Hirn und erweckte es brutal zum Leben. Das Summen, das sie die ganze Zeit über eingelullt hatte, wurde zu einem abgerissenen Störgeräusch. Jessica jammerte und kämpfte. «Zeit, aufzuwachen», befahl Caroline. «Wir sind fast da.»

Ein paar Minuten später hielt das Auto an, und sie stieg aus. Kurz darauf wurde die Beifahrertür geöffnet, und Jessica fühlte, wie sie aus dem Kokon gezogen wurde, in dem sie recht behaglich geruht hatte. Sie protestierte schwach und stöhnte, als ihr frische Luft ins Gesicht schlug, stellte aber fest, daß sie stehen konnte. Ihre Bewegungen waren einigermaßen ruhig, aber ihre Gedanken blieben vollkommen wirr. Caroline hob ihren Koffer aus dem Kofferraum und stützte sie, als sie mit zögernden Schritten durch die Tür ging, die sich von selbst öffnete. Eine Welle von Lärm und Geschäftigkeit stürmte auf sie ein, sie stieß einen Schrei aus, wollte sich umdrehen und sich in Carolines Armen vergraben, doch

Caroline schob sie zu einem Sitz und ließ sie darauf niedergleiten. Den Koffer stellte sie daneben ab.

Caroline hob Jessicas Kinn und zwang sie, zu ihr aufzublicken. «Es ist vier Uhr nachmittags, und ich kann es gerade noch schaffen, rechtzeitig zur Zeremonie zurück zu sein», sagte sie langsam und deutlich. «Bleib hier sitzen, so lange du willst, aber ich schlage vor, daß du, wenn du dich stärker fühlst, irgendwo in dem Gebäude untertauchst, für den Fall, daß dir jemand folgt. Selbst wenn Peter ein anderes Opfer findet, macht er sich vielleicht Sorgen, du könntest zuviel wissen. Du bist in dem Terminal der Gesellschaft, mit der du fliegst. Bleib hier, bis der Flug am Sonntag geht. Es wird dich nicht umbringen, einen Tag zu hungern und ein paar Nächte im Sitzen zu verbringen. Gott, was für eine Plage du gewesen bist, Jessica Carter!» Ihre Finger griffen hinter Jessicas Nacken, sie löste das Rubinhalsband und ließ es in die Tasche ihres feuerroten Hemdes gleiten.

«Nein!» stammelte Jessica mit klopfendem Herzen, der Aufruhr in ihrem Gehirn war so groß, daß sie dachte, ihr würde der Kopf platzen. Caroline übersah ihre ausgestreckte, zitternde Hand.

«Ich lasse dich jetzt mit der faszinierenden Geschichte vom geheimen Leben der Rensbys allein», schloß sie. «Mir ist es egal, was du mit dieser Information anfängst. Es wird dir ohnehin niemand glauben. Auf Wiedersehen, Jessica. Es war mir ein besonderes Vergnügen. Denke daran, daß ich dir, trotz deiner ziemlich anmaßenden Verachtung für mich, das Leben gerettet habe.»

Jessica versuchte zu antworten, konnte aber kein Wort über die Lippen bringen. Sie sah Caroline nach, als sie auf die Tür zuschritt, eine aufrechte, selbstbewußte Gestalt in ihren engen Hosen und den klappernden hochhackigen Stiefeln. Sie drehte sich nicht um. Das letzte, was Jessica von ihr sah, war ein Fleck scharlachroter Seide, der sich rasch in dem Strom der Menschen verlor, der sich in den Terminal wälzte.

Lange Zeit saß Jessica bewegungslos da, ihre Handtasche mit beiden Händen gegen die Schenkel gedrückt, und versuchte sich an das mißtönende Getümmel um sich herum zu gewöhnen. Immer noch mischten sich Farben mit Geräuschen, Gerüche mit dem Gefühl des harten Sitzes unter ihr. Die Lautsprecher plärrten unverständliche Ansagen. Menschen eilten in ihren Gesichtskreis und wieder hinaus. Allmählich aber begann ihre Umgebung Konturen anzunehmen. Die Menge wurde kleiner, langsamer, reduzierte sich auf Individuen, die mit ihren eigenen Angelegenheiten beschäftigt waren. Die Geräusche wurden zusammenhängend. Eine Frau setzte sich mit müdem Seufzen neben sie, zündete sich eine Zigarette an, schlug raschelnd eine Zeitschrift auf. Jessica begann der Kopf zu schmerzen. Ihre Füße waren eiskalt, und Schauer jagten ihr über den Rücken. Sie befahl ihrem Bein, sich zu bewegen, und es gehorchte, ungeschickt zwar, aber es tat, was sie wollte. Sie spürte immer noch eine Kluft zwischen sich und allem, was sie umgab, als führe sie ein Telefongespräch, bei dem eine Satellitenübertragung alles verzögerte. Durch diese wenigen Sekunden hinkte sie einen Bruchteil hinter der Wirklichkeit her und empfand diese Orientierungslosigkeit als quälend. Sie blieb sitzen, atmete schwer, bis ihre Sinne und ihre Wahrnehmung nicht mehr verzerrt waren, dann wollte sie auf ihre Uhr sehen. Sie war nicht an ihrem Handgelenk. Langsam, mit dem Gefühl, als sei jede ihrer Bewegungen ihr völlig neu, zog sie ihren Koffer vor ihre Füße und öffnete ihn. Caroline hatte all ihre Habseligkeiten einfach planlos hineingeworfen, aber die Uhr war da, verheddert in ihrer Wäsche. Sie schloß den Koffer und sah nach der Zeit. Es war fünf Uhr.

Ich muß zurück nach Rensby Rill, dachte sie verzweifelt. Peter erwartet mich, er wird es nicht verstehen. Wenn ich nicht da bin für die Zeremonie, wird er schließlich mit einer anderen schlafen, und das könnte ich nicht ertragen! Caroline wird ihm erzählen, ich sei weggelaufen. Er wird so verletzt sein, so verwirrt und wütend. Ich muß ihn warnen, daß seine Schwester vollkommen verrückt ist, vielleicht sogar gefährlich, ach, was soll ich nur tun? Sie war immer ein Autokrat und richtete sich ausschließlich nach ihrem eigenen Kopf, sie hat eine starke Persönlichkeit, aber jetzt hat sich all diese Kraft zu einem Wahn gesteigert und konzentriert sich auf diese Dämonengeschichte. Ihr Liebhaber ist wahrscheinlich irgendein Mann aus dem Dorf. Arme Caroline. Aber wenn sie versucht, heute abend wirklich jemandem etwas anzutun? Eine Phantasie auszuleben? Es hat keinen Sinn, Peter anzurufen. Bis er hier sein kann, um mich abzuholen, ist die Zeremonie vorüber. Wenn es nur um ihn und mich geht, kann man sie vielleicht verschieben. Aber würde er mir glauben, wenn ich ihm erkläre, daß Caroline mich unter Drogen gesetzt und entführt hat? Würde er nicht denken, ich hätte einfach kalte Füße bekommen und ihn verlassen? Ich werde ihn am Telefon nicht überzeugen können. Er muß mein Gesicht sehen können, ich muß ihm von Angesicht zu Angesicht die Wahrheit beschwören. Ein Telefongespräch vergeudet nur wertvolle Zeit. Was soll ich nur tun?

Sie durchsuchte ihre Handtasche. Der Flugschein war da und ein paar lose Münzen, ihre Reiseschecks jedoch fehlten. Caroline hatte nicht gelogen. Mit einem enttäuschten Ausruf schloß sie die Augen und versuchte, trotz des heftiger werdenden Klopfens in ihrem Kopf, logisch zu denken.

Alix.

Jäh öffnete Jessica die Augen. Alix Trent. Was hatte sie doch noch gesagt? «Außer Freitag nachmittag habe ich immer Zeit. Freitag muß ich ein paar Besorgungen machen und gehe zu Snippets, um mir das Haar schneiden zu lassen, aber am Abend bin ich sicher wieder zurück, wenn dir der Sinn danach steht, ein Glas mit uns zu trinken.»

Snippets. Jessica stand auf. Ihre Beine fühlten sich an wie Gummi, aber sie hielt sich aufrecht. Unsicher bahnte sie sich ihren Weg zu den Telefonzellen links vom Haupteingang. Das Londoner Telefonbuch war auf einem Bord unter dem Apparat aufgestapelt wie die Bände einer Enzyklopädie. Sie brauchte lange, um die Eintragung zu finden, die sie suchte, und sie wurde dabei abgelenkt von Anfällen starker Übelkeit, die sie so weit wie möglich zu ignorieren versuchte. *Snippets* war in fetten schwarzen Lettern aufgeführt, darunter waren sechs Salons aufgelistet. Jessica häufte ihre Münzen auf die entsprechende Seite und fing an, den Apparat zu füttern.

Sie fand Alix beim vierten Versuch, und als sich ihre Stimme am Telefon meldete, wurde Jessica schwach vor Erleichterung.

«Alix, hier ist Jessica», stieß sie hervor. «Du mußt mir einen riesengroßen Gefallen tun. Ich bin in Heathrow, und ich muß einfach so schnell wie möglich nach Rensby Rill zurückkehren. Könntest du wohl herkommen und mich abholen?»

«Was um alles in der Welt tust du dort?» fragte Alix, und ihre Stimme verriet Erstaunen. «Ich dachte, du hättest beschlossen, bis Sonntag zu bleiben.»

«Das ist eine lange Geschichte, und eine verrückte noch dazu», antwortete Jessica. «Ich werde dir später alles erklären. Kannst du kommen?»

«Natürlich», antwortete Alix sofort, und Jessica segnete stumm Alix' Großherzigkeit und ihren gesunden Menschenverstand. «In welchem Terminal bist du?» Jessica beschrieb ihr, wo sie war. «Trink einen Tee oder so etwas, aber sei, bitte, draußen, wenn ich komme, damit ich keinen Parkplatz suchen muß. In Ordnung? Und mach dir keine Sorgen. Ich habe keine Ahnung, was los ist, aber ich sterbe vor Neugier, es zu erfahren. Wir sehen uns dann gleich.» Sie hängte auf, und Jessica legte ihre Stirn gegen den Hörer und atmete tief aus. Alles würde gut.

Sie hatte genug Wechselgeld übrig, um eine Tasse lauwarmen Kaffee und ein ziemlich pappiges Brötchen zu bezahlen, aber sie fühlte sich besser, sobald sie dieses unappetitliche Mahl hinuntergewürgt hatte. Dann saß sie aufrecht auf dem Sitz, auf dem Caroline sie abgesetzt hatte, die Augen auf die Tür gerichtet. Sie dachte daran, was Caroline ihr erzählt hatte, schreckliche, unmögliche Dinge, Ausgeburten eines kranken Hirns. Sie wußte, daß sie Mitleid empfinden sollte mit dem Mädchen, aber als sie daran dachte, was Caroline ihr gesagt und was sie ihr angetan hatte, spürte sie nur kalte Wut.

Um Viertel nach sechs ging sie durch die Tür und stellte sich an die Auffahrt. Der Regen hatte aufgehört, doch der Himmel war immer noch trübe, so daß sie den Stand der Sonne nicht bestimmen konnte. Sie wußte nicht, ob ihr warm oder kalt war. Das Mittel, das Caroline ihr gegeben hatte, verlor langsam seine Wirkung. Ihr Kopfweh war schwächer geworden, und sie fühlte sich wacher.

Endlich sah sie Alix' vertrautes Gesicht hinter der Windschutzscheibe eines kleinen roten Autos, das an den Kantstein fuhr. Alix sah in die Menge und runzelte die Stirn. Jessica winkte und rannte auf sie zu, und noch bevor das Auto angehalten hatte, war sie schon drin, lachte mit dem Gefühl unermeßlicher Erleichterung, schlug die Tür zu und drehte sich zu Alix um, als diese Gas gab.

«Danke!» sagte sie. Alix lächelte, die Augen auf den Verkehr geheftet. Ihr Haar war gewellt und aus der Stirn gekämmt worden, um in wohlberechneter Eleganz auf die Schultern zu fallen.

«Ich bin eine sehr nervöse Fahrerin», erwiderte sie. «Am besten sprichst du nicht mit mir, bis wir aus diesem Gedränge heraus sind.»

«Mir gefällt deine Frisur», sagte Jessica glücklich und verfiel in Schweigen.

Es dauerte eine weitere Stunde, bis die Stadt hinter ihnen lag, der Verkehrsstrom sich verdünnt hatte und sie nur noch gelegentlich anderen Autos auf der Straße begegneten. Alix setzte sich auf ihrem Sitz zurecht und entspannte sich. «Jetzt», kommandierte sie. «Erzähl mir alles.»

Und das tat Jessica. Sie begann mit Carolines Besuch am Morgen, und während sie sprach, wunderte sie sich insgeheim, daß sich alles in weniger als zwölf Stunden abgespielt hatte. Es schien, als hätte Caroline schon vor Ewigkeiten an die Tür des Cottage geklopft. Alix hörte zu, ohne sie zu unterbrechen, ihre Augen fest auf die Straße gerichtet. Sie fuhr schnell und gut. Auf das, was Jessica ihr erzählte, reagierte sie höchstens mit dem Zucken einer Braue, und Jessica erinnerte sich, daß Alix die Frau eines Geistlichen war und daran gewöhnt, die geflüsterten Sündenbekenntnisse der Schäfchen ihres Mannes zu hören.

Als Jessica geendet hatte, entstand eine Pause. Alix zog als Schutz gegen die nach Westen wandernde Sonne die Blende herab. Sie schien sich das, was sie gehört hatte, durch den Kopf gehen zu lassen. Schließlich sagte sie: «Es ist natürlich alles ein Haufen gräßlicher Unsinn. Ich fand immer schon, daß Caroline ein bißchen labil ist. Aber dich so zu behandeln, derartige Geschichten auszuspinnen...» Sie zuckte die Schultern. «Du wirst es ganz schön schwer haben, die anderen Rensbys davon zu überzeugen, daß das Mädchen durchgedreht ist.»

«Ich will es eigentlich nicht einmal versuchen, aber ich nehme an, mir bleibt nichts anderes übrig, Alix.» Jessica zögerte und fuhr dann fort: «Ben schien das Gefühl zu haben, daß vielleicht doch mehr an der Dämonen-Geschichte dran ist, als aktenkundig wurde...»

«Bens Beruf ist Religion», unterbrach Alix sie. «Was ihn betrifft, so muß alles einen spirituellen Grund haben. Du und ich, wir wissen beide, daß die ganze Geschichte nichts weiter ist als das Hirngespinst eines kranken Geistes, entzündet von einer albernen Legende. Und da wir gerade von Ben sprechen, macht es dir etwas aus, wenn ich fünf Minuten haltmache, um ihn anzurufen? Ich lasse ihn normalerweise wissen, wenn ich aus London heraus und damit außer Gefahr bin!» Sie kicherte. «Er macht sich Sorgen wegen meines Fahrstils.»

«Ich kann mir gar nicht vorstellen, warum», entgegnete Jessica. «Du fährst doch sehr gut.»

Alix hielt auf einem mit Gras bewachsenen Seitenstreifen an, stellte den Motor ab und zog den Schlüssel aus der Zündung, bevor sie zu dem beleuchteten Telefonhäuschen auf der anderen Straßenseite ging. Jessica sah ihr zufrieden nach. Sie waren bereits weit auf dem Land, nichts war zu hören als das Ticken des Motors, der abzukühlen begann, und das heimliche Rascheln unsichtbarer Kreaturen in der Hecke neben dem Auto. Die Straße vor ihnen war gewunden und eng, fiel dann plötzlich ab, und dahinter war weit entfernt ein Waldstück zu erkennen, dessen dunkle Silhouette jetzt im Gegenlicht der untergehenden Sonne noch dunkler wurde. Alix schob Münzen in den Schlitz, und bald konnte Jessica sehen, wie sich ihre Lippen bewegten, als sie mit Ben sprach. Sie sah mißmutig aus. Ihr Gesicht verzog sich, sie schien ärgerlich zu sein. Sie hängte ein und stieg wieder ins Auto.

«Ist alles in Ordnung?» fragte Jessica. Alix steckte den Schlüssel ins Zündschloß und lächelte sie an.

«Ja, ja, alles in Ordnung», sagte sie leichthin. «Sah ich verärgert aus? Ich habe ein wenig spät angerufen, und Ben war in heller Aufregung. Manchmal werde ich ein bißchen böse, wenn er so überängstlich ist. Aber er liebt mich, armes Schäfchen.» Das Auto schoß vom Seitenstreifen fort, und Alix stellte das Licht an. «Du bist ebenfalls besorgt, aber das ist ja kein Wunder», fuhr sie eifrig fort. «Du wirst keine Ruhe haben, bis alles wieder in Ordnung ist. Erzähl mir von dir und Peter. Ich muß schon sagen, ich war ziemlich erstaunt, als ich hörte, daß du dich auf eine Romanze mit einem Rensby eingelassen hast. Bist du sicher, daß es das ist, was du willst?»

Sie fuhren durch den Abend, und die Zeit verging. Jessica sprach über ihre Liebe zu Peter und die seltsame Wendung, die ihr Leben genommen hatte. Ermuntert von Alix, erzählte sie ihr auch von Sir Matthew, dem erst vor kurzem enthüllten Trauma ihrer Kindheit, dem neugewonnenen Gefühl von Freiheit, Michaels Tod hinter sich lassen und von vorne beginnen zu können. Als sie sich alles vom Herzen geredet hatte, war es seit über einer Stunde vollkommen dunkel. Alix war eine gute Zuhörerin, sie war verständnisvoll und einfühlsam, und sie konnte Jessica mit dem, was sie sagte, weiterhelfen.

Eingehüllt in eine kleine Kapsel der Wärme und Kameradschaft, rasten sie in der schwarzen, unbelebten Landschaft über irgendeine Straße, als der Motor zu husten begann. Alix biß sich auf die Lippen. «Verdammt!» sagte sie. «Ich habe Ben gesagt, daß diese alte Rostlaube nachgesehen werden muß! Was nun? Vermutlich verstehst du auch nichts von den Innereien eines Motors, oder?» Jessica schüttelte den Kopf. Alix bremste. «Ich kenne mich auch nicht besonders gut damit aus», bemerkte sie, «aber ich sehe wohl besser mal nach. Auf dem Rücksitz sind ein paar alte Zeitschriften. Stell dir die Innenbeleuchtung an und mach es dir gemütlich. Ich tue mein möglichstes, damit es nicht zu lange dauert.» Sie zog an der Öffnung der Motorhaube und stieg aus, die Zündschlüssel nahm sie mit. Jessica seufzte, legte den Kopf zurück und versuchte sich zu entspannen. Sie spürte keine Nachwirkungen mehr von Carolines niederträchtiger Droge, fühlte sich aber körperlich erschöpft und glaubte nicht, daß sie die Energie oder die Ruhe aufbringen könnte, zu lesen. Alix beugte sich unsichtbar irgendwo unter der Haube über den Motor. Jessica schloß die Augen.

Die Minuten krochen vorüber. Jessica war innerlich zu angespannt, um Ruhe zu finden. Er wird ohne mich anfangen, dachte sie. Er und eine andere Frau, Pamela, war das ihr Name? Sie ist vermutlich inzwischen in Rensby Hall eingetroffen und kann den großen Augenblick gar nicht erwarten. Was für ein Spaß! Jessica wagte nicht, auf ihre Uhr zu sehen. Mach schon, Alix! dachte sie verzweifelt. Wenn das Auto nicht will, dann müssen wir eben zum nächsten Haus gehen und Hilfe rufen. Sie wartete eine weitere Ewigkeit, wie ihr schien, und wollte schon aussteigen und selbst nachsehen, was los war, als Alix die Fahrertür öffnete und einstieg. Sie steckte den Schlüssel ins Zündschloß. «Jetzt!» sagte sie. «Laß sehen, ob meine Fummelei etwas bewirkt hat!» Jessica drückte die Daumen. Das Auto sprang ohne weiteres an, und sie grinsten einander erleichtert an. Alix steuerte zurück auf die Straße.

Aber es war sehr spät, als Alix das Tempo drosselte und Jessica das vertraute überdachte Tor und die schwarzen Umrisse der Kirche von Rensby Rill zu ihrer Rechten erblickte. Sie war überrascht.

«Wir kommen ja von Norden!» rief sie. «Warum bist du nicht durchs Dorf gefahren?»

«Ich habe eine Abkürzung genommen», erklärte Alix. Sie bog in die Straße ein, die an den Ruinen der Abtei vorbeiführte. Das Auto wurde noch langsamer und rollte durch die Eingangstore von Rensby Hall. Jessica sah die schwarzen schmiedeeisernen Gitter kurz im Mondlicht aufglänzen, bevor der Wagen knirschend über den Kies der Auffahrt fuhr und vor der Portalüberdachung, hinter der die düsteren Umrisse der Tür zu erkennen waren, anhielt. In diesem Augenblick stieß Jessica einen Schrei aus.

«Alix, ich habe meinen Koffer vergessen!» rief sie. «Er steht immer noch neben dem Sitz in Heathrow!» Alix stieg aus dem Wagen.

«Darüber würde ich mir keine Gedanken machen», hörte Jessica ihre Stimme, als auch sie auf die Auffahrt kletterte. «Ich denke, Peter wird nur zu glücklich sein, dir alles geben zu können, was du brauchst.»

Der große Park lag schwarz und schweigend da, trauernd standen die Bäume in den tiefen Seen ihrer Schatten, der Boden um sie war ein dämmriger Ozean des Nichts. Etwas kauerte unter der Eiche. Jessica sah dieses undeutliche Etwas, das sie in dem trüben Dunst nicht erkennen konnte, aber sie hatte keine Zeit, sich Gedanken darüber zu machen. Das Haus erschien Jessica feindselig, als sie darauf zutrat, ein blinder, finsterer Haufen Steine, der ohne jedes Licht vor ihr aufragte. Sie zögerte plötzlich mit einem bösen Vorgefühl. «Es ist alles vorüber», flüsterte sie.

Alix schob sie vorwärts, eine Hand in ihrem Rücken. Mit der anderen klopfte sie zuversichtlich an die Tür. Jessica hätte schwören können, daß sie hörte, wie das Klopfen gewichtig durch die Halle auf der anderen Seite dröhnte. Sie wurde plötzlich von dem Drang gepackt, zu fliehen, es war ein verrückter, vergeblicher Impuls, sich umzudrehen und in die schützende Nacht zu laufen, aber als ihre Muskeln sich anspannten, schwang die Tür auf. Peter stand da. Obwohl es unter dem Vordach dunkel war, konnte sie erkennen, wie bleich sein Gesicht war. Seine Augen glitzerten. Ein Tropfen einer dunklen Flüssigkeit hing in seinem Mundwinkel.

«Hallo, Alix», sagte er heiser, und Jessica sah, daß von seinen Zähnen derselbe ominöse Schimmer ausging. «Man hat mir erzählt, daß du eine sehr ereignisreiche Rückfahrt nach London hattest. Sie sagten, du hast angerufen. Und hallo, Jess. Du hast ja eine ganz schön wilde Hatz hinter dir, was?»

Er schien benommen zu sein, seine Rede und seine Bewegungen waren merkwürdig mechanisch. Hinter ihm, in der Dämmerung der Halle, erhaschte Jessica einen Blick auf Sir Matthews gerötetes Gesicht und Carolines rotes Hemd.

Peter ergriff ihren Arm. «Caro ist bestraft worden», fuhr er in dem beängstigenden, fremdartigen Ton fort. «Alles ist in bester Ordnung. Ich werde mich um dich kümmern.» Er lächelte Alix zögernd zu. «Danke, Schwesterherz», sagte er durch die befleckten Zähne. «Geh jetzt besser und eile heim zu deinem Mann, bevor er die Bergwacht ruft.»

Irgend etwas lief entsetzlich schief. Jessica zitterte am ganzen Leib, wand sich krampfhaft und versuchte sich aus seinem Griff zu befreien, aber unbarmherzig packten seine Hände um so fester zu.

Alix beugte sich zu ihr. Ihre Lippen fuhren an Jessicas Ohr vorbei, und als sie sprach, war die Luft ganz plötzlich erfüllt von dem vertrauten, beißenden, moschusartigen Geruch. «Ich glaube, ich habe vergessen zu sagen», flüsterte sie, «daß mein voller Name Alissandra ist. Ich bin ebenfalls eine Rensby.»

Dreizehntes Kapitel

Caroline fuhr mit durchgedrücktem Gaspedal nach Rensby Rill zurück. Sie war eine sichere Fahrerin, liebte Geschwindigkeit, und außerdem war es, wie sie sich oft sagte, völlig egal, ob sie Kopf und Kragen riskierte. Ihr Liebhaber würde schon dafür sorgen, daß sie keinen bleibenden Schaden davontrug. Sie war betrunken gefahren, bekifft, und manchmal war sie in einem Anfall von wildem Fatalismus vollkommen rücksichtslos drauflosgebraust, weil sie testen wollte, wie weit die Gültigkeit des bizarren Vertrags, unter dem sie und ihre Familie lebten, reichte.

Aber heute raste sie blindlings nach Hause, weil ihr wohl bewußt war, daß sie sich beeilen mußte. Außerdem war sie abgelenkt durch die Ereignisse des Nachmittags: Sie wußte immer noch nicht, was sie veranlaßt hatte, Gott zu spielen, Jessica Carter Mortimer aus ihrer Todeszelle zu holen und sie in die geordneten Geleise des normalen Lebens zurückzuführen. Peter war in ihr Zimmer gekommen, als sie noch kaum wach war. «Heute bist du an der Reihe mit Babysitten», hatte er gesagt. «Ich habe meinen Teil getan. Ich gehe mit Vater und den Hunden spazieren.» Er hatte eine Grimasse gezogen. «Das ist seine letzte Gelegenheit, mich mit väterlichen Ratschlägen einzudecken. Alter Idiot! Ich löse dich dann später am Nachmittag ab. Danke, Caro.» Er hatte die Tür zugeschlagen, ohne auf eine Antwort zu warten. Sie hatte sich mit Mühe aufgesetzt und nach ihren Zigaretten getastet, eine angezündet und blicklos in die von Vorhängen verhüllte Dämmerung gestarrt, während ihr Bewußtsein langsam zurückkehrte. Ihre Träume waren düster gewesen, voll von Melancholie, die sie sich im Wachzustand nicht gestattete. Sie waren oft so, nachdem sie und ihr Liebhaber fast die ganze Nacht hindurch bis zur Erschöpfung miteinander geschlafen hatten. Nein, er nicht, korrigierte sie sich und inhalierte den Rauch tief in die Lunge. Er ist nie erschöpft. In all den Jahren, die er auf meinen Ruf hin gekommen ist, war er nie derjenige, der bat aufzuhören. Es gefällt ihm, das weiß ich. Ihn erregt der Triumph, die Macht, die es ihm gibt, wenn er meine Nase in den Schmutz steckt und zusieht, wie ich es genieße. Er triumphiert über meine Unersättlichkeit, und er gießt noch Öl in das Feuer, das nie verlöscht. Manchmal läßt er mich betteln, aber schließlich kann er sich nicht weigern, denn er ist gebunden durch den Pakt, der mit Blut besiegelt wurde. Ich sehe ihn nackt, schweißüberströmt, seine kohlschwarzen Augen brennen vor Gier, seine Zähne, wie frischgebleichte Knochen, sind erwartungsvoll entblößt. Zärtlichkeit ist da nie. Natürlich nicht. Es gibt keine Liebe in der Hölle, keine Treue, nur Haß und einen endlosen, verschlingenden Durst nach mehr. Ich bin ein Sammelobjekt für ihn, und seine ungeheure Lust wird angetrieben von seiner Abscheu. Aber mir ist das egal. Ich bin süchtig nach Orgasmen, süchtig nach den Empfindungen, die nur er mir geben kann. Die menschlichen Männer, mit denen ich geschlafen habe, waren im Vergleich dazu wie unbeholfene kleine Jungen. In der ersten Zeit ist er als schüchterner Teenager zu mir gekommen, mit einer leicht verdorbenen Schönheit und einfachen, wissenden Händen. Er war mein Lehrmeister, er zog mich weiter, vergrößerte den kleinen Kern reiner Sinnlichkeit, mit der ich auf die Welt gekommen bin, bis sie meine Tage zu erfüllen begann und meine Nächte beherrschte. Als Vater mir schließlich erzählte, wer er wirklich ist, war ich bereits verloren. Vater hat seinen Augenblick gut gewählt. Was wäre geschehen, wenn ich seine ersten Annäherungsversuche abgelehnt hätte? Nicht auf seine Einladung eingegangen wäre? Nun, jetzt ist es zu spät. Um Jahre zu spät.

Sie hatte sich trübsinnig aufgerafft, gewaschen und angezogen. Der Tag paßte zu ihrer Stimmung. Der Himmel war stark bewölkt, und es war windig. Als sie ihre Haarnadeln ins Haar steckte, war sie wütend auf die zimperliche Mrs. Mortimer, dieses Muster tugendhafter Witwenschaft, die dennoch einen Hauch latenter Sinnlichkeit ausströmte, der Caroline fasziniert hatte. Ich habe diese dumme Frau gewarnt, hatte Caroline gedacht, als sie sich die Augen schminkte und den Mund rot anmalte. Ich habe ihr gesagt, sie soll ihre Tasche nehmen und fortlaufen, aber sie hat nicht auf mich hören wollen. Peter hat Sterne in ihre großen Augen gezaubert. Dumme, naive Ziege.

Aber unter den wütenden Gedanken regte sich eine Angst, die sie seit langem schon beunruhigt hatte. Ich werde zusehen müssen, wie sie stirbt, flüsterte diese Angst. Ich werde ihr Blut trinken müssen. Ich muß vergessen, was sie in den letzten paar Tagen gesagt hat, wie sie gelächelt hat, mit welchem Mut sie meinem reizenden, verdorbenen Daddy die Meinung gesagt hat. Ich darf nicht an ihre Hoffnungen auf eine Zukunft denken, die sie nicht haben wird, obwohl sie das nicht weiß. Ich muß ihre Menschlichkeit aus dem Kopf verbannen und anfangen, sie als Futter zu sehen, als gesichtsloses Mittel zu einem lebenswichtigen Zweck. Dir gefällt doch, was du hast, oder etwa nicht – liebe Caro? hatte sie sich gefragt, als sie nach unten ging. Dir gefällt doch dein dämonischer Liebhaber, dein Leben in vollkommener Verantwortungslosigkeit, deine schwarze Höhle, in der du alles erleben kannst, was du willst, ohne Angst vor Konsequenzen haben zu müssen. Dann mußt du auch bereit sein, dafür zu zahlen, nur dieses eine Mal. Du kannst es tun. Du brauchst nichts weiter als einen starken Magen und eine Haltung vollkommener Gnadenlosigkeit. Ganz deinem Charakter entsprechend, süße Caro. Ganz auf deiner Linie.

Sie hatte die restlichen Croissants aus einer Packung und ein bißchen Butter und Honig aus der Küche genommen, in der bereits Chaos herrschte, denn Tillie und Ron waren schon früh zu ihrem Wochenende am Meer aufgebrochen. Auf dem Weg zur Eingangstür war sie jedoch stehengeblieben. Ihre Mutter telefonierte im Wohnzimmer. Caroline konnte ihre besorgte, aufgeregte

Stimme hören und nahm an, daß sie mit den Leuten sprach, die das Büffet liefern würden, oder mit dem Floristen oder dem Besitzer der Weinhandlung. Großes Fest, dachte Caroline. Petey, aufgeputzt in seinem Dinnerjackett, Mutter, unmöglich sexy, denn ich weiß, sie wird ihr langweiliges Alte-Damen-Image ablegen, zur Feier des einundzwanzigsten Geburtstags ihres verhätschelten Sohnes, Vater wird brummend, aber strahlend versuchen, den guten Gastgeber zu spielen. Überall Blumen, haufenweise glitzernder Kaviar, und der Champagner wird fließen wie Kinderpipi. Später dann Tanz, Hitze, betrunkenes Gelächter, und all das, weil Jessica Carter Mortimer heute abend sterben wird.

Die Halle war leer und dämmrig. Caroline drehte sich um und rannte die Treppe hoch. Sie ging ins Schlafzimmer ihrer Eltern, direkt zum Nachttisch ihrer Mutter, holte den Schlüssel unter dem Brett am Kopfende des Bettes hervor, wo ihre Mutter ihn versteckt hielt, und schloß die Schublade auf. Sie war vollgepackt mit den hochwirksamen Kräutern und nicht weniger gefährlichen modernen Chemikalien, die ihre Mutter gesammelt hatte. Caroline kannte sie alle. Im Lauf der Jahre hatte sie die meisten ausprobiert. Sie wählte das harmloseste Schlafmittel und steckte es ein, schob die Schublade zu, verschloß sie wieder und legte den Schlüssel zurück. Dann betrachtete sie nachdenklich die Handtasche ihrer Mutter, die auf dem Bett lag. Sie wußte, daß Eleanor am Tag zuvor Jessicas Flugticket aus der Tasche genommen hatte, als Absicherung für den Fall, daß Jessica versuchen sollte, bei Nacht und Nebel durchzubrennen. Es war entschieden ärgerlich für alle Beteiligten, daß sie sich in dem Cottage aufhielt. Eleanor hatte darauf gedrungen, daß Jessica bis Freitag abend betäubt und unter Bewachung in Rensby Hall hätte bleiben sollen. Aber Peter hatte sich durchgesetzt, berauscht von dem Spiel, das er mit ihr trieb. Und wie üblich bekam er, was er wollte. Ich lasse alles offen, hatte Caroline gedacht, als sie rasch die Tasche durchforstete und das Ticket an sich nahm. Ich spiele das vollkommen aus dem Stegreif.

Das ist mein Spiel, mein heimliches Amüsement. Es war immer noch niemand in der Halle, sie durchquerte sie rasch und trat hinaus in den trüben Morgen.

Als sie an die Tür des Cottages klopfte und Jessicas enttäuschtem Gesicht gegenüberstand, hatte sie sich noch nicht entschieden, was sie tun würde. Selbst als sie in der engen Küche die Croissants herrichtete, Kaffee einschenkte, und überrascht zusah, wie ihre eigene Hand die kleine Flasche nahm und den Inhalt in einen der Becher leerte, hatte sie noch keinen Plan. Aber als sie in ihr Croissant biß und das recht teilnahmslose ovale Gesicht ihr gegenüber mit seinen wunderschönen, aber feindseligen Augen betrachtete, fühlte sie, daß sie ein bestimmtes Ziel verfolgte. Mein Spiel, dachte sie sarkastisch. Und nur meins. Die Macht, dich sterben zu lassen oder dir das Leben zu schenken. Was für seltsame Anwandlungen! Und doch war unter dem bewußt zynischen Gedanken eine merkwürdige Mischung aus Eifersucht und Mitleid und natürlich auch Angst, obwohl sie sich dafür verachtete.

Es war alles so leicht gewesen. Und erstaunlicherweise war sie von der Eifersucht und der Angst befreit, als sie der Frau, die jetzt mit glasigen Augen völlig bewegungslos dasaß, die ganze Wahrheit über ihren kostbaren Peter und den Rest der Familie erzählte. Caroline erwartete nicht, daß sie ihr glaubte. Jessica Carter war zwar leichtgläubig, aber nur in gewisser Weise. Es spielte keine Rolle, das Mitleid blieb. Die Halbbewußtlose ins Auto zu befördern, sie zum Flugplatz zu fahren, das alles war dann nur noch ein Kinderspiel, und sie drehte sich um und ließ die zarte, kleine Gestalt im Flughafengebäude zurück, ohne sich noch einmal umzublicken.

Jetzt aber ... Caroline zündete sich eine weitere Zigarette an, als sie durch die dichter werdende Abenddämmerung raste. Jetzt war Peter am Zug. Was würde er tun? Sie seufzte und stellte das Radio an.

Es war kurz nach acht, als sie ihr Auto neben dem Ferrari parkte und ausstieg, sich streckte und gähnte. Es war früh dunkel geworden, im Park hatten sich die Schatten bereits in das ununterscheidbare Zwielicht gemischt. Sie ging auf die Vordertür zu, als diese aufflog und Peter auf sie zugestürmt kam.

«Wo zum Teufel bist du gewesen?» rief er. «Wo ist sie? Wo ist sie?»

Caroline betrachtete ihn kritisch. Sein Gesicht war gerötet, und er hatte dunkle Ringe um die Augen. «Sie ist fort», sagte sie kategorisch. «Ich habe getan, was ich konnte, Pete. Sie war heute morgen sehr unruhig und wurde wütend, als ich sie daran hindern wollte, ihre Mutter anzurufen. Dann warf sie uns vor, sie abwechselnd zu bewachen, was natürlich stimmte. Sie rannte nach oben und packte ihre Sachen, dann kam sie mit ihrem Koffer wieder nach unten und sagte, sie würde irgendwo anders hingehen. Ich glaube, sie hat zwei und zwei zusammengezählt, und irgendwie ist der Groschen bei ihr gefallen.» Sie zuckte die Schultern und verschränkte die Arme. «Ich habe sie überredet, ins Auto zu steigen. Ich dachte, ich fahre sie ein bißchen herum, lasse sie reden und versuche sie zu beruhigen. Aber in Clapton ist sie einfach aus dem Auto gesprungen und verschwunden. Ich habe den ganzen Tag versucht, sie zu finden.» Sein Blick wanderte zum Inneren des Autos.

«Wo sind ihre Sachen?» herrschte er sie an.

Verdammt, dachte Caroline. O Hölle und Teufel. «Ich bin sie losgeworden», sagte sie gleichmütig.

Er starrte sie an. «Du blöde Ziege, ich dachte, du hättest Grips!» schrie er, dann schlug er sie hart auf den Mund. Ihr Kopf flog herum, und sie schwankte, aber schnell wie der Blitz hob sie ihre Hand und ließ sie auf seiner Wange landen. «Tu das nie wieder», fauchte sie und ließ ihn stehen.

«Du mußt jemand anders für mich finden, Caroline», rief er ihr nach, «und du hast nicht viel Zeit! Es muß alles um Mitternacht vorüber sein!» Sie hörte die Panik in seiner Stimme, ging aber weiter.

«Ich brauche etwas zu trinken», sagte sie.

Er rannte hinter ihr her ins Haus, rief nach seinem Vater, aber sie blieb nicht stehen. Als sie in ihrem Zimmer ankam, zog sie die Vorhänge zu, holte eine Flasche und ein Glas und ließ sich in den Sessel neben dem Bett fallen. Der Whisky tat gut, er lief glatt und scharf durch die Kehle und brannte tröstlich. Sie nahm einen Schluck, zog dann ihre Stiefel aus und hielt das Glas an die Wange. Warum hast du das getan, Caro-Baby? überlegte sie, und ihr Blick wanderte langsam über die Spiegel und ihre Zeichnungen, die die Wände zierten. Du hast es nicht gründlich durchdacht, nicht wahr? Was passiert jetzt? Wird wirklich von mir erwartet, daß ich ein anderes Schlachtlamm finde? Peter wird Mutter und Vater meine Geschichte erzählen, und in Kürze wird einer von ihnen die Treppe hochgeeilt kommen, um mir Bescheid zu sagen. Wir sind alle nicht besonders gut darin, Konsequenzen zu tragen, wenn einem die Verantwortung immer abgenommen wird. Sie nippte nachdenklich an ihrem Glas und prüfte ihre Gefühle. Es waren keine da. Die einzige Verantwortung, die ein Rensby hat, besteht darin, das Opfer zur rechten Zeit ans Messer zu liefern, dachte sie. Und ich habe die einzige Lektion zum Thema Konsequenzen, die ich hätte lernen können, verpatzt. Oder nicht? Muß ich alles richtig machen?

Sie sah sich in den Spiegeln mehrfach reflektiert. Das Licht der Nachttischlampe fiel sanft auf die losen Strähnen ihres zerzausten Haars, das um ihren glatten Hals fiel. Sie betrachtete ihren elfenbeinfarbenen Teint, ihren vollen, reifen Mund, der jetzt, nachdem Peter sie geschlagen hatte, leicht geschwollen war, ihre geschmeidigen Schultern unter der schimmernden roten Seide ihres Hemdes. «Und für wen ist das alles?» fragte sie laut. Stumm taten ihre Spiegelbilder es ihr gleich. Nicht für den guten, liebenswürdigen Scott, der sie liebte, aber nicht einmal bemerken würde, wenn sie mit kahlrasiertem Kopf in Sack und Asche ginge. Nicht für ihre Studienfreunde, die völlig in Anspruch genommen waren von dem einzigen Verlangen, es zu schaffen, was immer «es» war, und die sich in dieser Phase ihres Lebens nicht um die Verwicklungen einer großen Leidenschaft kümmern konnten. Und nicht für ihn, den Gebieter über ihren Körper, der nichts weiter konnte, als die Maskierungen anzulegen, die sie von ihm verlangte, und eine Beziehung zu heucheln, obwohl er doch ihre Reaktionen völlig in der Hand hatte. «Ich will Liebe», sagte sie zu den ihr zuhörenden Ichs, aber sie wußte nicht, was das war, was sie wollte. Deshalb schwieg sie, goß sich noch einen Whisky ins Glas und prostete sich zu, bevor sie ihn hinunterkippte.

Es klopfte, aber sie antwortete nicht, und kurz darauf trat Peter ein, schloß sorgfältig die Tür hinter sich und setzte sich auf den anderen Sessel. Er schlug die Beine übereinander und betrachtete sie einen Augenblick ruhig, dann fuhr er mit der Hand durch sein widerspenstiges Haar.

«Es tut mir leid, daß ich dich geschlagen habe, Caro», sagte er mit reuigem Lächeln. Sie schüttelte eine Zigarette aus der verknüllten Schachtel auf dem Nachttisch neben sich und zündete sie mit einer herausfordernden Geste an, bevor sie Rauch in seine Richtung blies.

«Nein, das tut es nicht», antwortete sie. «Versuch nicht, deinen beschissenen Charme an mir auszuprobieren, Petey. Ich kenne dich zu gut. Und mir tut es ebensowenig leid, daß ich dir eine runtergehauen habe. Sagen wir, wir sind quitt. Was zu trinken?»

Das Lächeln war von seinem Gesicht gewichen. Er schüttelte den Kopf. «Ich kann jetzt keinen Alkohol brauchen», sagte er. «Schau, Caro, ich habe mit Mutter und Vater gesprochen. Die Situation ist einigermaßen verzweifelt, weißt du. Vater ist offenbar der Ansicht, weil du Jessica verloren hast, sei es jetzt deine Sache, einen Ersatz für sie zu finden.»

«Ach, wirklich, ist er dieser Ansicht?» Sie hob eine Augenbraue. «Und warum ist er dann nicht gekommen, um es mir selber zu sagen? Er konnte mir noch nie standhalten, nicht wahr? Ich bin stärker als ihr alle zusammen, und das weiß er. Ich bin die einzige wahre Rensby, die übriggeblieben ist. Selbst du, mein lieber Peter, selbst du machst schlapp und wirst panisch und vertraust auf deinen jungenhaften Charme, um die Tatsache zu verbergen, daß nichts hinter deinen faszinierenden Augen steckt als Weichheit.»

Plötzlich spürte sie das unkontrollierbare Verlangen, ihre Zigarette an seiner bleichen Wange auszudrücken, ihren Stiefel zu nehmen und ihm den spitzen Absatz ins Gesicht zu stecken. Die Brutalität dieser Bilder schockierte sie, aber sie erkannte auch, welche Enttäuschung dahintersteckte, erkannte ihre eigene Einsamkeit. Am Ende würde er sie im Stich lassen. Das hatte er immer schon getan.

«Du kannst dir deine boshafte Zunge für deinen persönlichen Prügelknaben aufheben», protestierte er. «Scott liebt es, wenn du ihn attackierst. Es erinnert ihn daran, daß er lebendig ist. Vater will nicht herkommen und mit dir sprechen, weil er sagt, es sei meine Sache, die ganze Bescherung in Ordnung zu bringen. Ich bin derjenige, der Rensby Hall übernimmt.»

«Dann übernimm doch», sagte sie gleichgültig. «Und was wird Eure Lordschaft tun?»

Ein harter, verschlagener Ausdruck huschte über sein Gesicht. «Ich werde dich hinausschicken in die Dunkelheit, Caroline. Du wirst losgehen und mir einen Ersatz für Jessica suchen. Wenn dir das nicht gelingt, werde ich dir die Kehle durchschneiden.»

Sie brach in Gelächter aus. «Liebster Petey!» rief sie. «Du kannst doch nicht einmal zusehen, wie Blut aus deinem Steak läuft, ohne daß du umkippst! Du nimmst doch wohl nicht an, daß ich dir das abnehme!»

Er bewegte sich nicht. Er starrte sie unverwandt an. «Es steht heute abend zu viel auf dem Spiel, als daß man auch nur ans Kneifen denken könnte», sagte er kalt. «Du nimmst mich nicht ernst, Caro, und ich habe die Nase voll davon. Ich weiß sehr wohl, daß ich kein Blut sehen kann. Eine Menge durchaus ehrenwerter Menschen teilt diese Aversion. Aber ich werde diese Zeremonie durchführen, selbst wenn ich den Keller trocken trinken oder Mutters Drogenvorrat leeren muß, um es zu tun. Es ist mein tödlicher Ernst. Beschaff mir ein Opfer, oder du bist es selbst.»

«Und wer soll mich umbringen?» spottete sie über den Rand ihres Glases hinweg. «Du etwa? Meinst du denn, du hast den Mumm, mich zu packen, festzuhalten, festzubinden und mir danach das Messer an die Kehle zu setzen? In dem Wissen, daß wir uns, trotz allem, sehr nahestanden? Wirst du mir in die Augen sehen können, Peter? Wie wirst du das in Erinnerung behalten? Das würde ich wirklich gern wissen. Auch um dich zu erinnern, wirst du Mut brauchen.»

Er antwortete nicht. Er saß scheinbar entspannt da, die Hände hingen über die Armlehnen des Sessels, seine Beine waren immer noch bequem übereinandergeschlagen. Sein Gesichtsausdruck veränderte sich nicht, aber hinter seinen Augen sah Caroline etwas, das ihr vertraut war, ein Glitzern des Triumphes, das sie oft in einem anderen Gesicht wahrgenommen hatte. Ihr Herz krampfte sich zusammen.

«Ja, wir standen uns nahe», sagte er schließlich. «Und ich werde dich vermissen, Schwesterherz. Aber ich werde mich nicht allzusehr übernehmen müssen. Vater wird dich packen und festhalten und festbinden.» Er lehnte sich vor und trommelte mit raschen, erregten Schlägen auf die Sessellehne. «Also, um Himmels willen, Caroline, du willst doch ebensowenig auf das verzichten, was du hast, wie wir alle! Mach dich auf die Socken und lies irgendeinen wirrköpfigen alten Idioten auf! Was macht das schon? Das ist doch ein Kinderspiel für dich! Und beeil dich, die Zeit läuft davon.»

Jetzt erkannte sie die Angst hinter der erzwungenen Ruhe, mit der er zuvor gesprochen hatte. Er würde mich umbringen, wenn er wüßte, daß ich Jessica mit Absicht habe laufen lassen, dachte sie, dann lachte sie laut über die irrsinnige Ironie dieser Worte. Sie hob ihre Stiefel vom Boden auf, zog sie an, nahm einen weiteren Zug, dieses Mal direkt aus der Flasche, und stand auf. Er erhob sich ebenfalls. «In Ordnung», sagte sie. «Ich gehe. Zur Hölle mit euch allen.» Er folgte ihr zur Tür. Wenn du mir dankst, werde ich mich umdrehen und dich zu Boden schlagen, dachte sie, aber er sagte nichts, sondern zog nur leise die Tür hinter ihnen ins Schloß.

Feiner Nieselregen hatte eingesetzt, und bevor sie bei ihrem Auto ankam, waren ihr Haar und ihr Gesicht bereits naß. Sie hatte keine Zeit damit verloren, das Außenlicht einzuschalten, und brauchte einen Augenblick, bis sie ihre Schlüssel fand. Sie wünschte, sie hätte die Flasche mitgenommen. Sie vertrug eine Menge Alkohol, aber heute abend wollte sie richtig schön betrunken sein. Im Schatten des Vorbaus stand jemand und beobachtete sie, vermutlich Peter, aber sie ließ sich nicht anmerken, daß sie seine Gegenwart bemerkt hatte. Sie legte den ersten Gang ein und fuhr die Auffahrt hinunter. Ich hätte mit Vater reden sollen, dachte sie verärgert. Ich kann ihn in die Knie zwingen, wenn ich will. Peter soll seine schmutzige Arbeit selber erledigen. Ich hätte mich überhaupt nicht in ihre Pläne einmischen sollen. Ich hätte Jessica ihrem Schicksal überlassen sollen, und die ganze Angelegenheit wäre sauber, ordentlich und rasch vorüber gewesen. Du bist eine Idiotin, Caroline Rensby. Die Erinnerung an die Tötung wäre mit der Zeit verblaßt, und überhaupt, wer weiß? Vielleicht stürzte ja ihr Flugzeug ab. Sie kann nächste Woche von einem Auto überfahren werden. Ihre Zukunft ist völlig unsicher. Meine nicht, Peters ebensowenig. Nichts kann uns berühren, solange er seine Pflicht tut wie alle erstgeborenen männlichen Rensbys vor ihm. Meine Pflicht ist, ihm dabei zu helfen. Warum also dieser Anflug von Rebellion? Sich gesellschaftlichen Moralvorstellungen zu widersetzen ist eine Sache. Darin war ich schon immer gut. Aber ich habe die gesamte Familie in Gefahr gebracht, von Peters zukünftigen Kindern ganz zu schweigen, und das, ohne wirklich nachzudenken. Auf welcher Seite stehe ich eigentlich?

Sie lenkte das Auto aus dem Dorf in die schmalen Nebenstraßen, die sich zwischen Clapton und Rensby Rill hin- und herwanden. Heute abend war sicher kein Mensch draußen. Es war zwar Sommer, aber es hätte ebensogut Herbst sein können. Die Wirtshäuser waren allerdings vermutlich voll. Vielleicht sollte sie auf eine Kneipentour gehen bis zur Sperrstunde und dann an der Straße nach Clapton jemanden aus den Dörfern auflesen. Das klang einfach. Sie hatte früher genug Affären für eine Nacht auf diese Weise aufgelesen. Sie grinste freudlos über sich selbst, öffnete das Handschuhfach und tastete nach den Zigaretten, die sie dort aufbewahrte. Die alten Zeiten. Du bist ja so uralt, Caro. Ganz wie eine Achtzigjährige! Aber ihre Gedanken wurden überschattet von einer Vision von Jessica, die mindestens zehn Jahre älter war als sie selbst, letztlich aber nichts weiter als ein hilfloser Säugling. Jessica hatte Caroline immer das Gefühl von Lebensüberdruß vermittelt. Die Eifersucht war wieder da. Caroline ließ ihr goldenes Feuerzeug schnippen und zog wütend an ihrer Zigarette. Zum Teufel mit euch allen, dachte sie. Zum Teufel mit der ganzen verdammten Welt!

Wie sie vorausgesehen hatte, waren die Straßen vollkommen leer. Schwarz schimmerten sie im Licht ihrer Scheinwerfer, ein paar Hecken zogen sich an ihnen entlang, und geisterhaft kauerten Waldstücke am Straßenrand und glitten, als sie vorüberfuhr, hinter ihr ins Nichts. Ich wünschte, ich könnte mit Alissandra sprechen, dachte sie, aber sie ist heute nach London gefahren. Alix, die Älteste, diejenige, die sie am wenigsten kannte, die, wie Peter, im Alter von fünf Jahren in ein Internat verfrachtet worden war. Sie hingegen hatte um sich geschlagen und geschrien, sie wolle nicht dorthin. Alix, deren Porträt nicht mehr auf dem Flügel stand, weil sie der Wachhund der Rensbys war, mit dem Finger fest am Puls des Dorfes und der Kirche. Alix würde alles für sie einrenken, in ihrer schlauen, ruhigen Art. Ihr Vater war fast sprachlos vor Wut gewesen, als sie damals aus London nach Hause gekommen war und verkündet hatte, sie habe sich für einen Geistlichen entschieden.

Wut, aber auch Angst. Er hatte gedroht, das Biest zu beschwören, das Carolines Bett teilte, um Ben loszuwerden, aber Alix hatte ruhig und mit der kalten Überlegung, die immer schon ihr grundlegender Charakterzug war, auf die Vorteile einer solchen Verbindung hingewiesen. Gebiete dem Namenlosen, Ben nach Rensby Rill zu versetzen. Auf diese Weise könne sie, Alix, ein Auge auf die Gemeinde haben und die Stimmung der Dorfbewohner beobachten, welche die Herrschaft der Rensbys nicht besonders schätzten. Ihr Vater hatte nachgegeben. Alix hatte eine kirchliche Trauung durchgestanden, um Bens willen. Armer, leichtgläubiger Ben! Er wußte, daß seine Frau eine Rensby war, glaubte aber, sie würde sich ihrer Wurzeln schämen. Er unterstützte sie darin, Distanz zu ihnen zu halten, er hielt das für eine mutige Entscheidung und erwähnte auf ihre Bitte hin die Verbindung niemandem gegenüber. Wenn er sich überhaupt fragte, warum sie wohl mit ihm nach Rensby Rill hatte zurückkehren wollen, dann machte er vermutlich den Wunsch dafür verantwortlich, an dem Ort, den sie am meisten verabscheute, durch gute Werke Buße zu tun.

Caroline glaubte insgeheim, daß das Doppelleben ihrer Schwester deren Temperament sehr entgegenkam. Sie fühlte sich dem Erbe der Rensbys verpflichtet, gleichzeitig aber war sie süchtig nach den Schwierigkeiten ihres Doppellebens. Es vermittelte ihr eine fast schon sexuelle Spannung. Alix, die Spielerin, sann Caroline, als sie durch die nasse, gottverlassene Landschaft fuhr. Alix, die eine so ausgefuchste Intrigantin war, daß Bens Schäfchen sie praktisch anbeteten und die Unzufriedenen fast vergessen hatten, daß sie eine Rensby war. Alix würde ihr den Kopf zurechtsetzen und ihr sagen, sie solle die Augen schließen und es durchstehen, dachte Caroline. Alix hätte sie daran erinnert, daß Blut dicker ist als Wasser und sie der Geschichte der Rensbys gegenüber eine Verpflichtung hatte. Sie würde Caroline mit Tee abfüllen und ihr dabei eine Predigt halten über das, was mit den wenigen abtrünnigen Rensbys passiert war, die mutig oder dumm genug waren, den

Pakt mit der Hölle brechen zu wollen, den der gute alte Sir Julian geschlossen hatte. Dann würde Alix sie zur Hintertür hinauslassen und gleich darauf ihren Mann an der Vordertür küssen. Sie mochte Jessica ganz gern, wie Caroline wußte. Aber nicht genug, um ihr das Leben zu retten. Wenn das kein Witz ist, dachte Caroline. Ich bin mir nicht sicher, ob ich sie überhaupt mochte, aber ich stecke in dem ganzen Schlamassel, weil ich sie gerettet habe.

Als sie um eine Kurve bog, erfaßten ihre Scheinwerfer plötzlich eine dunkle Gestalt, so daß sie bremsen mußte und mit einem Fluch das Steuerrad herumriß. Sie hielt an, die Gestalt kam zu ihr gerannt und blickte durch das Fenster. Sie erkannte im prasselnden Regen, daß es sich um einen jungen Mann handelte, der in ein Regencape gehüllt war, das vom Wasser glänzte. Sein Haar klebte am Kopf, aber er lächelte. Caroline kurbelte die Scheibe herunter.

«Du bist wohl verrückt, in einer Nacht wie dieser per Anhalter zu fahren», fuhr sie ihn an. Er wischte sich mit der Hand über das Gesicht.

«Ich weiß», erwiderte er schuldbewußt. «Ich versuche nach Danebury zu kommen. Ich bin von einem Lastwagen mitgenommen worden. Er wollte mich eigentlich den ganzen Weg fahren, aber er hatte eine Panne, deshalb beschloß ich, allein weiterzukommen. Du fährst wohl nicht zufällig in diese Richtung?»

Caroline zögerte. Ich habe meinen Augenblick der Macht gehabt, überlegte sie nüchtern. Ich habe mein Soll erfüllt, was Ehrlichkeit und Tugend und all das betrifft. Ich bin vielleicht ein verwöhntes Balg, aber ich bin kein Idiot. «Eigentlich nicht», sagte sie, und er zog ein langes Gesicht. «Aber ich wohne ziemlich in der Nähe, und ich habe heute abend nicht viel vor. Ich fahre gern im Dunkeln. Wenn du es nicht eilig hast, dann komm doch mit zu mir nach Hause, iß etwas, trockne deine Sachen, und dann fahre ich dich, wo immer du hinwillst.» Sie war gewieft darin, ihre Augen, ihren Körper die Dinge sagen zu lassen, die ihre Worte nicht verrieten, und sie kannte ihre Wirkung. Er schluckte.

«Wenn du sicher bist, daß es nicht zuviel Umstände macht», sagte er eifrig. «Ich könnte einen Bissen vertragen. Ich habe seit dem Frühstück nichts mehr gegessen.» Sie nickte, wartete, und er rannte um das Auto herum und stieg neben ihr ein. «Ich bin Michael.» Er lächelte und hielt ihr seine feuchte Hand hin. Caroline unterdrückte einen Schauder, als sie sie nahm.

«Caroline», erwiderte sie kurz angebunden und wendete das Auto wieder in Richtung Rensby Rill. Sie sah ihn nicht an, wollte ihn nicht ansehen. Beide Hände um das Steuerrad geklammert, starrte sie geradeaus. «Woher kommst du, Michael?»

«Aus London.» Er kämpfte sich aus seinem Regencape, und Caroline sah aus den Augenwinkeln, daß er verblichene Jeans trug und einen weiten Pullover, der offensichtlich bessere Tage gesehen hatte. «Ich bin Student dort an der Universität. Das Semester ist natürlich vorbei, aber ich habe einen Ferienjob, ich verkaufe Schuhe in der Gegend, wo ich wohne. Es ist sehr praktisch.» Er förderte eine Schachtel Zigaretten aus seiner schäbigen Tasche zutage und hielt sie hoch. «Darf ich rauchen?»

«Ja, wenn du mir auch eine ansteckst.»

Das tat er, ungeschickt, aber mit gewinnendem Eifer. Caroline sah, als er ihr die Zigarette reichte, daß er schmale Hände hatte. Jetzt sei still, befahl sie ihm stumm. Bleib ein Fremder, ein Geist, ohne Körper, ohne Wirklichkeit. Sprich nicht mit mir.

«Ich habe dieses Wochenende frei», plauderte er weiter. «Meine Eltern wohnen in Danebury. Ich habe sie in diesem Jahr nicht oft gesehen. Aber morgen hat meine Mutter Geburtstag, und ich will sie überraschen, indem ich einfach auftauche. Sie wird ganz schön verblüfft sein! Ich habe sie absichtlich nicht angerufen, um zu sagen, daß ich komme.»

Sei still, dachte Caroline heftig. Sei still! Ich will nichts hören von dem verdammten Geburtstag deiner Mutter. Ich will nicht wissen, was für ein wunderbarer Sohn du bist! Sie spürte, wie er sie beobachtete, und gegen ihren Willen sah sie ihn an. Er sah nicht besonders gut aus, aber sein Gesicht hatte etwas Gesundes und Offenes.

«Wohnst du hier in der Gegend?» fragte er schüchtern. «Was machst du so?»

Ihre Augen kehrten auf die Straße zurück. «Ich studiere in London, aber nicht an der Universität. Ich bin im Augenblick während der Sommerferien zu Hause.»

«Es muß schön sein, für eine Weile zu Hause wohnen zu können», sagte er ohne eine Spur Neid. «Danebury ist nur ein kleiner Marktflecken, und ich konnte keinen Ferienjob dort finden, sonst hätte ich den Sommer dort verbracht. Mir fehlt das Land.»

Er hatte viel Ähnlichkeit mit Scott, offen und ehrlich wie ein Buch und vermutlich unkompliziert. Caroline merkte, wie Haß in ihr aufkeimte. «Das Landleben ist gar nicht so großartig», sagte sie bissig. «Eigentlich ist es sogar ziemlich langweilig.»

Rasch wandte er sich ab und sah aus dem Fenster. Sie merkte, daß sie seine Gefühle verletzt hatte. O Gott, dachte sie verzweifelt. Warum kannst du nicht irgendein tatteriger alter Niemand sein, der mir eine Entschuldigung bietet für das, was ich tun muß? «Es tut mir leid», sagte sie gegen besseres Wissen. «Ich bin nicht gerade berühmt für mein Taktgefühl.»

Er drehte sich wieder zu ihr um und lächelte bereitwillig über das ganze Gesicht. «Ach, ist schon gut», versicherte er. «Die meisten Leute sind ganz deiner Ansicht. Ich fürchte, ich bin in vieler Hinsicht hoffnungslos reaktionär.»

Caroline wurde plötzlich bestürmt von einer Menge widerstreitender Gefühle, so daß ihre Hände am Steuerrad heftig zitterten und ihr Fuß sich vom Gaspedal hob. Sie wollte in hysterisches Gelächter ausbrechen. Sie wollte schreien und schreien. «Ist alles in Ordnung?» fragte er. Statt einer Antwort brachte sie das Auto schlitternd zum Stehen. Sie langte an ihm vorbei, zerrte das Handschuhfach auf und holte ihre Geldbörse heraus. Sie hob seine Hand und klatschte Geldscheine in seine Handfläche.

«Wir sind gerade durch ein Dorf gefahren», sagte sie schroff. «Es ist nicht groß, ein oder zwei Häuser und ein Wirtshaus, aber da kannst du für die Nacht ein Zimmer bekommen, und morgen früh fährt hier der Bus nach Danebury durch. Du brauchst nur fünf Minuten, um dahin zurückzulaufen. Steig aus.»

Überrascht versuchte er, ihr das Geld wieder zurückzugeben. «Ich habe dich irgendwie beleidigt», sagte er bekümmert. «Es tut mir leid.»

Zu ihrem Entsetzen merkte Caroline, daß sie weinte. Das war ihr schon seit Jahren nicht mehr passiert, und sie verabscheute sich dafür. «Du hast mich keineswegs beleidigt», stieß sie hervor. «Überhaupt nicht. Glaub mir. Los, Michael. Nimm das Geld, und wenn du dich im Wirtshaus eingerichtet hast, geh an die Bar und trink einen auf mich. Viel Spaß beim Geburtstag deiner Mutter.»

Immer noch verwirrt, das Bündel Banknoten in die Hand geknüllt, nahm er seine Tasche und stieg aus dem Auto. Er begann, ihr für die Fahrt zu danken, aber sie zog die Beifahrertür zu, raste davon und wischte mit wilden Handbewegungen die Tränen von den Wangen. Es wird langsam zur Gewohnheit, daß du den guten Samariter spielst, Caro, altes Mädchen, sagte sie zu sich. Du wirst sentimental.

Es ging ihr durch den Kopf, daß sie einfach weiterfahren könnte. Sie hatte ihre Brieftasche. Sie hatte Kreditkarten. Warum sich nicht in London verlieren, nach Frankreich fliegen, Ferien machen und zurückkommen, wenn sich alles auf die eine oder andere Weise entschieden hatte? Weil sie mich mit Sicherheit bestrafen werden, sagte sie sich, als sie das Tempo drosselte, um durch Rensby Rill zu fahren. Auf diese Art habe ich wenigstens eine winzige Chance, mich aus meinem Schlamassel herauszureden. Wenn ich fortlaufe, habe ich überhaupt keine Chance. Es würde auf mich warten, wenn ich zurückkehre. Sie fragte sich, als sie vor dem Haus vorfuhr, wann sie angefangen hatte, ihre Familie als «sie» zu betrachten. Überwältigt von Einsamkeit und Grauen, schlüpfte sie leise durch den Vordereingang.

Nur ein kleines Licht an der Wand neben dem Eingang zum Speisezimmer brannte, der zarte Lichtschein wurde rasch von den drückenden Schatten der Halle geschluckt. Als sie einen Schritt darauf zu gemacht hatte, bewegte sich einer der Schatten, und Peter trat in den fahlen Schein. Bevor er Zeit hatte, den Mund zu öffnen, hatte sie ihn am Arm gepackt. «Ich muß mit dir reden», zischte sie und zog ihn ins Speisezimmer. Er leistete keinen Widerstand, aber als sie die Flügeltür hinter sich leise ins Schloß gezogen und ein Licht angeknipst hatte, befreite er sich aus ihrem Griff. Sein Gesicht hatte die Farbe von Wachs.

«Du hast es nicht getan!» sagte er laut, anklagend. «Verdammt noch mal, wegen dir stehe ich jetzt mit dem Rücken zur Wand, Caroline. Es ist bereits zehn Uhr. Ich habe nur noch zwei Stunden!» Er hatte seine Arme verschränkt und fuhr mit den Händen an den Ärmeln seines Hemdes auf und ab, preßte und knetete den Stoff. Seine Zähne schlugen aufeinander.

«Sei still!» sagte sie heftig. «Ich will nicht, daß die anderen schon wissen, daß ich zurück bin. Reiß dich zusammen, Peter. Es ist nicht das Ende der Welt!» Sie war um den Tisch gegangen und zog die Türen der Anrichte auf. Sie brachte eine Karaffe mit Sherry und zwei Gläser zum Vorschein, stellte sie ab und schenkte ein, schob ihm ein Glas zu und leerte ihres in einem Zug. Sie füllte es erneut und ließ sich auf einen Stuhl fallen.

«Du wagst es, mir Vorschriften zu machen!?» fauchte er sie an. «Du bist doch diejenige, die Jessica entkommen ließ, nicht ich! Sie wäre perfekt gewesen, der alberne kleine Tugendbold! Niemand hätte sie vermißt, außer ihrer Mutter.»

«Ihre Schüler hätten sie vielleicht auch vermißt», sagte Caroline leise. «Sie war Musiklehrerin, erinnerst du dich, Peter? Eine stille kleine Musiklehrerin, voller schlichter Ideale. Und eine Romantikerin zudem. Was glaubst du, was das wohl für ein Gefühl sein mag, wenn man so ist, Peter? Idealistisch? Romantisch? Ich habe so etwas nie empfunden. Wie könnten wir auch? Unser Leben ist pervers, korrumpiert, vom Tag unserer Geburt an. Große Teile von uns sind verlorengegangen oder haben sich zurückgebildet, bevor sie gedeihen konnten. Ein Romantiker betrachtet die Welt als etwas Schönes, Geheimnisvolles, als Herausforderung, vielleicht sogar als etwas Tragisches, nie aber als bestialisch und grausam. Ein Idealist strebt vor allem nach Vollkommenheit in allen Bereichen, auch wenn Vollkommenheit unerreichbar ist. Und was ist mit Liebe?» Sie zog sein unberührtes Glas zu sich hin und starrte in die zitternde goldene Flüssigkeit.

«Was soll schon damit sein?» fragte er ungeduldig. «Ich habe keine Ahnung, worauf du hinauswillst, Caro.»

«Ich habe nie Liebe empfunden», fuhr sie fort. «Kannst du dir auch nur einen Augenblick lang vorstellen, daß irgendein Rensby, seit Julians Zeiten, Liebe empfunden hat? Ich habe Lust gefühlt, Anziehung, flüchtige Zuneigung, die ich rasch wegen ihrer Schwäche verabscheute. So empfinde ich auch für Scott. Flüchtige Zuneigung und Verachtung. Ich habe geglaubt, daß ich dich liebe, aber das stimmt nicht. Nicht wirklich. Das Gefühl, das ich Liebe nenne, ist einfach Gewohnheit, Langeweile und das Nachahmen anderer, die lieben.» Sie sah zu ihm hinüber. Er stand immer noch mit finsterem Blick da, die Finger in sein Hemd gekrallt. «Oh, ich habe durchaus starke Emotionen. Die haben wir alle. Aber sie sind durch und durch selbstsüchtig, nicht wahr, Petey? Lieben wir einander in dieser Familie? Daß ich nicht lache!» Zornig schob sie das Glas von sich, es glitt über die polierte Tischplatte und blieb schwankend an der Kante stehen. «Heute abend ist es mir klargeworden», sagte sie gleichmütig. «Der Liebe am nächsten komme ich, wenn ich male, wenn ich vollkommen aus mir herausgehen kann. Meine Arbeit ist sehr gut. Sie ist natürlich verzerrt, aber das bin ich auch. Wie wir alle. Das hat die Bestie mit uns gemacht. Die Bestie hat mir meine kreative Begabung genommen und sie in Dreck verwandelt. Mich hat sie im Gefängnis sexueller Höhepunkte festgehalten, und ich bildete mir sogar noch ein, es selbst gewählt zu haben. Aber das habe ich nicht.» Sie stand auf und ging auf ihn zu. «Was hat es mit dir gemacht, Petey, Liebling?» fragte sie scharf. «Denk genau nach!»

Er wich vor ihr zurück. «Reiß dich zusammen, Caro!» fuhr er sie an. «Du redest Unsinn.»

«Tue ich das?» flüsterte sie. «Sieh uns doch an, Peter! Wir sind bereit, ohne Skrupel einen anderen Menschen zu töten. Vater hat bereits zweimal gemordet. Du weißt, was hinter der Wand im Keller steckt! Kannst du dir vorstellen, wie Janes Leiche dort hingekommen ist? Das Blut, der Dreck, wie sie in den Hohlraum gestopft wurde? Die Rensbys haben sich vor fünfhundert Jahren außerhalb der Grenzen von Anstand und Menschlichkeit gestellt, wir sind selbst Dämonen geworden und wissen es nicht einmal!»

Er hob die Arme und packte sie bei den Schultern. Sein Gesicht war verzerrt. «Also, Fräulein Moralapostel, was hast du heute abend geschnüffelt oder geschluckt? Ein paar Körnchen Gewissen? Du kannst mir doch nicht weismachen, du seist bereit, auf alles zu verzichten, was du von unserem Familienwohltäter bekommst, im Tausch dafür, dich besser zu fühlen. Ich kenne dich, Caroline Rensby, und du bist mindestens so verdorben wie jeder von uns! Du bist ebenso gierig und süchtig wie wir alle!»

«Ich weiß», flüsterte sie. «Ich weiß. Aber mir ist heute abend aufgegangen, Peter, daß wir zwar glauben, ihn in der Hand zu haben, aber das stimmt nicht. Er hat uns in der Hand. Er hatte uns immer in der Hand, eine Generation nach der anderen. Die Freiheit der Rensbys ist eine Illusion.» Sie griff nach seinen Handgelenken und legte ihre Stirn an seine. «Ich sehe, daß du Angst hast, Peter. Ich habe auch Angst. Ich versuche gar nicht erst so zu tun, als würde ich verstehen, was mit mir geschehen ist. Ich weiß nur, daß du heute abend eine Chance hast, den Pakt zu brechen und uns alle zu befreien. Du kannst es tun. Willst du nicht, daß deine Kinder ohne diese schreckliche Belastung aufwachsen? Bitte, Peter! Mach uns alle frei!»

«Du weißt ja nicht, was du da sagst», entgegnete er heiser. «Die paar Rensbys, die es versucht haben, sind früh gestorben und erlitten schreckliche Tode. Einer von ihnen wurde von seinem eigenen zehnjährigen Sohn ermordet, weißt du noch? Du hast es im Geheimarchiv gelesen. Wie kannst du an so etwas auch nur denken?»

«Ja», sagte sie, und ihre Stimme war kaum mehr als ein Seufzen. «Aber sie waren dumm, Peter. Sie haben es versucht und sind gescheitert, denn sie blieben weiter hier. Sie hätten es besser wissen müssen. Sie hätten das Haus bis zum Grund niederbrennen und Rensby Rill für immer verlassen müssen. Erst die Absicht, dann der Versuch, dann der letzte Akt. Sie scheuten vor dem letzten Akt zurück, aber das brauchst du nicht. Ich helfe dir. Willst du es versuchen? Bitte!»

Sie spürte, wie auf seiner Stirn der Schweiß ausbrach. Er atmete schwer, und in ihrer eigenen Verzweiflung dachte sie, es bestünde eine winzige Chance, daß etwas von dem, was sie gesagt hatte, zu ihm durchgedrungen wäre. Seine Hände glitten von ihren Schultern und legten sich um ihr Gesicht. Seine Lippen öffneten sich. In diesem Augenblick spürte sie, wie die Tür aufging. Er ließ sie sofort los und trat zurück. Eleanor stand da und hinter ihr Matthew.

«Hier bist du also, Liebes!» rief Eleanor aus. «Wir meinten, dein Auto gehört zu haben. Was um alles in der Welt tut ihr im Speisezimmer?»

«Du hast es verpatzt, Caroline», erscholl dröhnend die Stimme ihres Vaters. «Du warst sehr unvorsichtig. Ich hoffe, du hast deinem Bruder einen Ersatz mitgebracht.»

Caroline sah ihm voll ins Gesicht, sein cholerisches, zerfurchtes Gesicht mit den hellen Augen, die in dem irreführenden Fächer von Lachfalten lagen. Du haßt mich, dachte sie. Das ist mir noch nie aufgefallen. Ich hätte es merken müssen. Du hast mich gehaßt von dem Tag an, an dem ich die Beine meines Puppenstuhles in deine fummelnde Hand gestochen habe, nicht wahr, liebster Daddy? Du weißt sehr gut, daß ich allein zurückgekehrt bin, und du bist froh darüber. Du willst, daß Peter jetzt mir die Kehle durchschneidet, nicht wahr? Die ersten Regungen von Panik ergriffen sie, aber sie kämpfte sie nieder. Ihr Blick begegnete dem ihres Bruders. «Ich helfe dir, Peter», wiederholte sie langsam und nachdrücklich. «Gemeinsam können wir es schaffen, ich weiß, daß wir es können.» Aber so sehr sie sich auch bemühte, es gelang ihr nicht, seine Aufmerksamkeit an sich zu fesseln. Er blinzelte, seine Augen senkten sich, dann wandte er sich in stummem Appell an seinen Vater.

«Was soll das heißen, Peter?» fragte Sir Matthew scharf, und sein Sohn zuckte die Achseln.

«Ich mache mir Sorgen, das ist alles. Ich weiß nicht, was ich tun soll.» Caroline sprang zu ihm, schüttelte seinen Arm.

«Doch, das weißt du!» schrie sie. «Um Gottes willen, Peter, sei ein Mann, dieses eine Mal! Hör mir zu! Vertraue mir!»

«Was hast du vor, Caroline?» fragte ihr Vater argwöhnisch. «Versuchst du, dich um deine Verantwortung zu drücken, wie üblich?» Er straffte die Schultern unter seinem abgetragenen Tweedjackett, und Caroline spürte etwas ungeheuer Bedrohliches in dieser unbewußten Bewegung. Peter sah ihn immer noch flehend an. «Du weißt, was zu tun ist», fuhr Matthew fort, an seinen Sohn gerichtet, seine Augen aber blieben unbewegt und kalt auf seine Tochter geheftet. «Caroline ist jetzt deine einzige Hoffnung, um den Vertrag zu erfüllen. Caroline muß Jessicas Platz einnehmen.»

«Nein, das kann ich nicht! Ich kann Caro nicht umbringen!» jammerte Peter, und seine Armmuskeln verspannten sich unter ihrer Hand. «Ich will den Pakt brechen! Ich will, daß wir alle glücklich werden!»

Eleanor räusperte sich. Das Geräusch war höflich und diskret. «Caroline, Liebes», sagte sie. «Jessicas Flugticket ist nicht mehr in meiner Handtasche. Ich weiß, daß ich es nicht mehr angefaßt habe, seit ich es gestern dort hineintat. Weißt du irgend etwas darüber?»

Caroline sah ihrer Mutter ins Gesicht. «Nein», sagte sie ruhig. «Du bist manchmal geistesabwesend, Mutter. Vielleicht hast du es irgendwo anders hingelegt. Vielleicht hast du es sogar zerrissen. Das hättest du ohnehin tun sollen.» Sie zwang sich, ruhig zu bleiben, ein leichtes Lächeln auf den Lippen, aber allmählich spürte sie, wie Peter sich entspannte, und mit einem inneren Schrumpfen, einer langsamen, vereisenden Kontraktion, die ihr bis ins Mark ging, wußte sie, daß sie verloren hatte. Er schüttelte sie ab, legte ihr die Hand unter das Kinn und drehte ihr Gesicht zu ihm hin. Voll Entsetzen dachte sie daran, was er in ihren Augen lesen mochte. Er kannte sie besser als irgend jemand sonst, und sie kannte ihn.

«Ach, Caro, mein Herz», murmelte er. «Hast du in deiner Freizeit ein bißchen herumgeklaut?» Sie konnte keine Spur der schmerzhaften Unentschlossenheit mehr in seinem Gesicht entdekken. Sein Ausdruck war bitter, spöttisch, und sie meinte eine Andeutung von Enttäuschung dahinter zu spüren. Bevor sie handelte, rasten ihr im Bruchteil einer Sekunde die Alternativen durch den Kopf. Sie konnte weiterhin behaupten, sie sei unschuldig. Nein. Zeitverschwendung. Vater als Opfer vorschlagen. Verführerisch, aber nutzlos. Vater hatte, nachdem er selbst vor Jahren seinen Initiationsritus in die Abhängigkeit durchgeführt hatte, seine Sicherheit garantiert. Eine weitere Lüge auftischen. Ich habe das Ticket genommen, um es selbst zu benutzen, weil ich die Zeremonie nicht ertragen kann. Lachhaft. Sie kennen mich zu gut.

Sie wand sich und stieß um sich, und Peter taumelte gegen den Tisch. Eleanor stieß einen schrillen Schrei aus und streckte die Hand nach ihrem Mann aus, gerade als Caroline ihn hart beiseite schubste. Er fiel und landete unsanft auf einer Hüfte. Caroline verlor keine Sekunde. Sie floh durch die düstere Halle, ihre Finger flogen zur Tür. Irgendwo im Haus begann das Telefon zu läuten, das schrille Geräusch war wie ein Schock, und aus reiner Gewohnheit wäre sie fast herumgefahren, um es zu beantworten. Hinter sich hörte sie, wie ihr Vater rief: «Halt sie fest, Peter!» Dann war sie draußen und schlidderte über den nassen Kies.

Er kam bereits näher. Als sie das Auto erreicht hatte, war er aus dem Haus. Sie konnte hören, wie er keuchte, hören, wie der Kies unter seinen Sohlen knirschte. «Bleib ruhig», befahl sie sich lautlos. «Bleib ruhig, ruhig, ruhig.» Sie hatte das Auto nicht abgeschlossen. Sie zerrte die Tür auf und ließ sich hineinfallen. Er streckte die Hand nach ihr aus. Seine Fingerspitzen kratzten am Glas der Scheibe, als sie die Tür zuschlug. «Caro!» rief er, und sie hörte seine Stimme gedämpft, sah seine Umrisse verschwommen im Regen. «Sei doch nicht so dumm! Ich würde nie zulassen, daß er dir etwas antut!» Aber sie wußte, daß er log. Grimmig drückte sie rasch sämtliche Verriegelungen hinunter. Er schoß herum und versuchte jede einzelne Tür aufzuziehen, bevor sie sie verschloß. Schlüssel, dachte sie. Nicht im Zündschloß. Tasche? Er steckte in ihrer Hose. Keuchend zog sie den Schlüsselbund heraus, bemerkte ungeduldig, wie ihre Hand zitterte, als sie versuchte, den richtigen zu finden und ins Zündschloß zu stecken. Er schlug jetzt auf das Auto, schrie unverständlich. Caroline startete den Motor, rammte den Hebel der Gangschaltung in den ersten Gang und drückte ihren Fuß bis zum Boden durch. Das Auto heulte auf. Das Heck rutschte zur Seite weg. Mit zusammengebissenen Zähnen kämpfte sie, das Fahrzeug unter Kontrolle zu bekommen, es schlingerte vorwärts, und sie lenkte geradeaus, mißachtete die Kurve, die die Auffahrt machte, und fuhr über den weiten Kreis des Rasens, auf dem die Eiche stand.

Plötzlich war sie nicht mehr allein im Auto. Die Bestie, ihr Liebhaber, saß neben ihr auf dem Beifahrersitz. Er wandte ihr sein dunkles, bleiches Gesicht zu und sagte heiser: «Keine Chance, süße Caroline. Keine Chance in der Hölle.»

Sie schrie, und im gleichen Augenblick prallte das Auto mit

einem metallischen Kreischen gegen den Baum. Sie wurde vor- und dann zurückgeschleudert. Benommen hörte sie, wie neben ihr die Tür aufsprang, und als sie halb bewußtlos hinblickte, sah sie, daß sie verbogen war und offenstand. Sie sah zum Beifahrersitz, er war leer.

Bewegungsunfähig saß sie da, versuchte ihre Sinne zusammenzunehmen, versuchte, den Schock zu überwinden und ihre Beine dazu zu bringen, ihr zu gehorchen, aber es war zu spät. Peters Arm erschien, packte das Vorderteil ihres Hemdes und zerrte sie roh auf das nasse Gras. Dabei rutschte etwas aus ihrer Tasche und wickelte sich um seinen Daumen. Er hielt es hoch und stieß einen jähen Schrei aus. «Vater hatte recht!» rief er. «Du hast sie absichtlich gehen lassen, du selbstsüchtiges kleines Biest! Ich wollte ihm nicht glauben. Ich habe mich für dich eingesetzt, nachdem du mich geohrfeigt hast und in dein Zimmer hochgerannt bist. Ich habe mich zum Narren gemacht, dir zuliebe, Caro.» Er sah zu ihr nieder, sie saß da, den Kopf auf den Knien. «Du hättest deine Spuren perfekt verwischen können, wenn du gewollt hättest. Du hättest das Ticket lassen können, wo es war, und ein anderes kaufen können. Du hättest ihre Siebensachen im Cottage zurücklassen können. Das Halsband verstecken können. Es gab so viele andere Möglichkeiten, warum hast du es ausgerechnet in deine Hemdtasche gesteckt?»

Sie regte sich und sah auf. «Ich wußte, daß du es morgen Pamela geben wolltest, wenn du auf dem Fest deine Verlobung mit ihr bekanntgeben würdest. Du wärst wütend gewesen, wenn Jessica damit abgehauen wäre. Es hat immerhin eine Menge gekostet. Du hattest ohnehin vor, es wieder an dich zu nehmen, wenn du sie getötet hättest. Ich wollte es dir morgen früh zurückgeben. Ich habe nicht nachgedacht, Peter. Ich habe wirklich nicht nachgedacht.» Sie lächelte schwach. «Ich habe auf einen Impuls hin gehandelt.»

«Du hast gehandelt wie ein Verbrecher, der geradezu darum

bettelt, erwischt zu werden!» gab er hitzig zurück. «Und jetzt hast du mich in eine unmögliche Situation gebracht! Wie konntest du nur!» Er weinte fast. «Du bist eine Verräterin!» Sie konnte das Selbstmitleid in seiner Stimme nicht ertragen, die völlige Ichbezogenheit, die seine Gefühle immer zu einem Gegenstand überragender Bedeutung machten, selbst in einem solchen Moment. Mit großer Mühe stand sie auf.

«Ja, ich bin eine Verräterin», stimmte sie zu. «Und, ja, ich glaube, etwas in mir wollte, daß dieses ganze schmutzige Geschäft aufhört. Aber es wird nicht aufhören, nicht wahr, Petey? Du wirst mich abschlachten, und es wird weiter- und weitergehen, in alle Ewigkeit. Du könntest mich immer noch entkommen lassen.» Sie sah den Ausdruck auf seinem Gesicht, und ihr Mund kräuselte sich. «Nein, offenbar nicht», sagte sie unsicher, «und ich bin nicht in der Lage, gegen dich zu kämpfen. Versprich mir wenigstens, daß du das Bild aufbewahren wirst, das ich für dich gemalt habe, und es dir manchmal ansiehst und an mich denkst.»

«Halt den Mund!» befahl er barsch und packte sie beim Nakken. Sie leistete keinen Widerstand. Selbst wenn sie hätte fortlaufen wollen, ihre Beine hätten sie nicht weit getragen. Wenigstens ist Jessica entkommen, dachte sie, als sie auf das Haus zu taumelte. Ich hoffe, das reicht, um meine Seele zu retten.

Ihr Vater wartete. Im Gegenlicht des schwachen Lichtscheins aus der Halle war sein Umriß in dem überdachten Portal eine ungeschlachte dunkle Masse. Hocherhobenen Hauptes ging sie auf ihn zu.

Vierzehntes Kapitel

Es gab nichts mehr zu sagen. Wortlos schoben sie Caroline durch die Halle, durch die Küche, die steile Treppe hinunter in den Keller und ließen sie vor der Tür, die keinen Griff hatte, stehenbleiben. Die beklemmende Stille des Hauses, die Jessica so verstört hatte, vertiefte sich. Während Caroline zusah, wie ihr Vater einen schmalen Schlüssel von seinem Schlüsselbund nahm und ihn Peter überreichte, kam es ihr vor, als würde das gesamte Gebäude, Steine und Mörtel, Holz und Glas, Wandbehänge und Bilder, selbst die klamme Luft sich atemlos vor Erwartung um sie sammeln. Sie hatte diese gebannte Erwartung früher schon gespürt, viele Male, wenn sie selbst in diesem Zustand gespannter Erregung war. Dann hatte sie sich verdichtet, wurde fest und nahm die Gestalt ihrer intimsten Phantasien an. Aber jetzt wußte sie, daß es feindlich gesinnt war, sich gegen sie gewandt hatte. Peter schloß mit zusammengepreßten Lippen und zitternden Fingern die Tür auf.

Ohne einen Laut schwang sie nach innen, und Caroline wurde in den Raum dahinter geführt. Weder sie noch Peter waren vorher je hier gewesen. Ihr Vater hatte die dunkle Macht, deren sie sich beide ihr Leben lang bedient hatten, freigesetzt, als er einundzwanzig Jahre alt geworden war, sie stand ihnen seit der Zeit ihrer Geburt zur Verfügung. Wenigstens glaubten wir das, dachte Caroline, als sie sah, wie Peter sich umschaute. Was hat uns nur veranlaßt zu glauben, wir seien die Nutznießer?

Es gab keine unbezahlbaren Kostbarkeiten hier, das hatte sie wohl gewußt, als sie Jessica davon erzählt hatte. Die Wände und die Decke waren einförmig grau und vollkommen kahl. Der Boden jedoch war aus poliertem hellgrauem Stein, in der Mitte war ein wunderschöner schwarzer fünfzackiger Stern eingelassen, ein Pentagramm. Seine Spitzen reichten fast bis zu den Wänden. Caroline fragte sich, ob es sich um eine Art Marmor handelte, und überlegte verwundert, wie der Stein so tief hatte eingekerbt und der Stern so klar und ohne Bruch hatte eingelegt werden können. Sowohl der Boden als auch der Stern glitzerten leicht, als das harte Licht an der Decke sich darin spiegelte.

An der gegenüberliegenden Wand stand ein langer, niedriger Steintisch. Er war roh behauen, offensichtlich sehr alt, seine Oberfläche war mit bräunlichen Flecken besudelt. Darunter standen ein einfacher Zinnpokal und ein langes Messer, dessen Schneide sie in dem grellen Licht boshaft anglitzerte. Ein Angstschauer überfiel sie, kribbelte in ihren Handflächen und prickelte das Rückgrat hinab. Sie werden mich darauf festbinden, dachte sie, und Peter wird mir die Kehle durchschneiden. Die Wörter waren ohne Wirklichkeit, wie flüchtig vorbeiwehende Federn.

Sie sah ihre Familie an. Ihre Mutter befingerte die Kameenbrosche unter ihrem glatten Hals und bewegte lautlos die Lippen. Ihre Augen waren glasig. Sir Matthew wandte sich in den Raum um, nachdem er das Licht angeknipst hatte. Sein Gesicht war feierlich ernst, als hätte er eine Kirche betreten. Peter betrachtete seine Umgebung, seine Miene war unerforschlich. Das kann nicht wahr sein, sagte sich Caroline heftig. Fast mein ganzes Leben lang weiß ich davon, seit ich dreizehn war und Vater mich ins Arbeitszimmer mitnahm, um mir alles zu erklären. Er redete davon, wie bevorzugt wir seien, er sprach über Träume, die wahr würden, über unvorstellbare Phantasien, die Wirklichkeit würden. Er sagte, wir brauchten nie so zu sein wie andere Menschen, die in dem unvorhersehbaren Meer des Daseins trieben, wir seien behütet. Dann zog er mich zum Schreibtisch. Ich kann mich noch erinnern, wie seine Augen aussahen. Er wußte sehr gut, welche Phantasien ich hatte und wie ich sie bereits befriedigte, daß ich begonnen hatte, die Tiefen sinnlicher Erfahrungen auszuloten, berauscht von meinen eigenen Entdeckungen. «Ich werde dir jetzt sagen, welchen Preis die Rensbys all die Jahrhunderte zahlen mußten», hatte er gesagt, «aber zuerst mußt du einen Eid schwören, daß du, wach oder schlafend, betrunken oder nüchtern, nie wiederholen wirst, was du jetzt hörst.» Er hatte eine winzige Phiole mit einer fast schwarzen Flüssigkeit hervorgeholt. «Das ist Blut», fuhr er fort, drückte sie in ihre Hand und schloß seine heiße Hand um ihre. «Schwöre, und ich sage dir wessen Blut.» Und sie hatte geschworen, auf das Blut des ersten Opfers ihres Vaters, tief beeindruckt von dem Geheimnis und der Bedeutung des Augenblicks. Es hatte sie fasziniert und erregt, denn ihr eigenes Blut war stark und fieberte, und sie hatte ihren mysteriösen Liebhaber nie anders als in menschlicher Gestalt gesehen. Und was war das überhaupt, ein Dämon? Sie wußte es nicht, und es war ihr gleichgültig. Und später, als sie es wußte, war es ihr immer noch gleichgültig. Sie war seine willige Gefangene geworden.

Ich habe nie einen Gedanken auf das verschwendet, was Wirklichkeit bedeutet, rasten ihre Gedanken weiter, als sie sah, wie ihr Vater ihrem Bruder die Hand auf die Schulter legte und ihn in das Zentrum des großen Sterns führte, der eine Aura von fast fühlbarer Bedrohung ausstrahlte. Wirklichkeit, das war Sonnenschein, Leute, die in der Küche sitzen und Zeitung lesen, Kaffee trinken, vorüberfliegende Flugzeuge, plärrende Radios. Wenn mir nach einem flotten Ritt Whisky im Magen brennt, das ist Wirklichkeit. Ein Fleck Ockergelb auf meinem Daumen und eine Leinwand auf einer Staffelei. Mit Scott tanzen, zu Tode gelangweilt, mich von der Musik davontragen lassen und lächeln, wenn ich daran denke, was ich morgen tun oder nicht tun werde. Wir leben im zwanzigsten Jahrhundert. Was hat das mit Pentagrammen und dämonischen Liebhabern und geheimen, grausamen Zeremonien zu tun, die einem finsteren, längst vergangenen Zeitalter angehören? Ich habe es nie in Frage gestellt, ich habe es einfach akzeptiert. Nein, erwiderte etwas zischend in ihr. Du hast es nicht einfach akzeptiert. Du hast deine gierige kleine Hand ausgestreckt nach einem weiteren Höhepunkt, und mit der anderen hast du die Wahrheit abgewehrt.

Wenn du hinter den Spiegel siehst, flüsterte eine Stimme in ihr, wenn du ihn nur ein bißchen kippst, dann verschwinden die Flugzeuge, die Zeitungen und Radios, und du kannst sehen, was vorher nicht sichtbar war. Du siehst eine Welt, wo Kultur nur die Oberfläche ist, bröckelnde Krusten, eine über der anderen. Zivilisation ist nichts weiter als dünne Schichten, die sich im Lauf der Generationen übereinander gelegt haben, darunter aber herrscht Dunkelheit, und sie ist ebenso beständig und mächtig wie vor hundert, vor tausend Jahren. Für mich ist diese äußere Schale gesprungen, und ich bin in den Spalt gefallen. Ich gehöre nicht mehr in die Welt der Illusion, die Welt der kleinen alltäglichen Dinge. Ich gehöre zur Wirklichkeit. Selbst da draußen auf dem Gras beim Auto steckte ich noch in dem weichen Lügengewebe.

Auf einmal entfaltete sich wie eine häßliche schwarze Blüte in ihren Gedanken ein Bild von Jessicas Schwester. Jane war ganz in der Nähe. Jane war in der Wand auf der anderen Seite dieses Raumes gefangen. Nichts war von ihr geblieben als Knochen und Haar. Es heißt, Haare und Fingernägel wachsen noch weiter, wenn man gestorben ist. Wie lange? Wie viele gebogene, gelbe Zentimeter an den verrotteten Händen? Ist das Haar gewachsen und gewachsen und hat sich um die klaffende Wunde am Hals geschlungen, um den eingesunkenen Brustkorb? Werden sie mich dort hinbringen, zu ihr? fragte sich Caroline, oder werden sie mich in der Laube vergraben, mit all den anderen?

«O Gott, hilf mir!» sagte sie laut, in plötzlicher Angst. «Ich will nicht sterben!»

Ihr Vater hatte etwas in Peters Ohr gemurmelt, einen Augenblick lang stockte das Wispern seiner Stimme, aber er drehte sich nicht um. Im nächsten Moment sprach er weiter. Peter hatte seine Hände fest gegen seine Beine gedrückt. Er nickte. Caroline fuhr zu ihrer Mutter herum, aber Eleanor schien sich ihrer Anwesenheit gar nicht bewußt zu sein. Sie hatte die Augen geschlossen und den Kopf zurückgeworfen. Kleine Schauer bebten durch ihren Körper. Ihr helles Haar fiel ihr in einem unordentlichen Strom auf den Rücken, und Caroline erkannte den Ausdruck auf ihrem Gesicht. Sie hatte ihn viele Male gesehen, in den Spiegeln ihres Schlafzimmers, wenn sie wartete...

Sie wirbelte auf dem Absatz herum und machte einen Vorstoß zur Tür, aber innen gab es ebenfalls keinen Griff. Wenn sie erst einmal zugefallen war, brauchte man einen Schlüssel, um sie zu öffnen. Caroline hämmerte dagegen, schrie und schrie, überwältigt von Entsetzen und Wut. Keiner der Anwesenden nahm Notiz von ihr, als sie gegen die Tür trat und trommelte.

Dann hörte sie trotz ihrer Panik Peters Stimme, unsicher, aber laut. Die Worte waren fremdartig, hart, der Tonfall klang wie eine Parodie von Musik. Die Formel wirkte sofort auf sie, durchbrach ihren Anfall von Raserei und erfüllte sie mit widerstreitenden Impulsen. Es war, als würde ein Rudel Tiere mit scharfen Klauen an ihren Gedanken zerren. Töte. Lauf weg. Lache. Schrei wieder. Reiß dir die Kleider vom Leib. Tanze. Falle auf den Boden. Ihre Mutter stöhnte. Keuchend drehte Caroline sich um.

Ihr Vater lehnte an der Wand, Peter neben ihm. Er schwitzte stark und fuhr mit der Zunge über seine trockenen Lippen. Beide standen jetzt außerhalb der scharfen Spitzen und warnenden Linien des Pentagramms. Aber Carolines Blick floh von ihnen zu der Gestalt, die erschienen war und in den Grenzen des Sternes stand, eine spitzenverzierte Hand in die samtene Hüfte gestemmt, mit einem scharlachroten Schnallenschuh auf den Boden klopfend. Ihre Züge hatten Ähnlichkeit mit Peters. Ihr gewelltes Haar war mit einer schwarzen Satinschleife zurückgebunden.

Er ist immer am liebsten als Sir Julian zu mir gekommen, dachte sie. Wie schön er ist in der Verkleidung eines Edelmannes aus dem sechzehnten Jahrhundert, aber all die Anmut und Eleganz verbirgt die skrupellose Männlichkeit eines Beutejägers. Wie eifrig habe ich ihm diese Versatzstücke Stück für Stück vom Leib gerissen, bis er nackt vor mir stand. Die dunkle Haut glänzte gespannt über den vollkommen geformten Muskeln, sein Bild wurde in meinen Spiegeln vervielfacht, so daß ich umgeben, gefangen war von seiner überwältigenden männlichen Körperlichkeit und verrückt vor eigenem Verlangen. Trotz ihres Entsetzens fuhr Lust durch ihren Körper. Die Gestalt lächelte und trat aus dem Pentagramm. Sie ignorierte Matthew, Peter und Eleanor und schritt auf Caroline zu. Das Lächeln vertiefte sich, und Caroline sah, daß das Innere des Mundes hinter den gleichmäßigen, weißen Zähnen dunkelrot war.

«Ah, die köstliche Caroline!» flüsterte er. «Ich weiß, was du empfindest. Ich habe deine Lüste immer gekannt und jeden subtilen Grad des Verlangens mit exquisiter Befriedigung beantwortet. Was für eine lange und ereignisreiche Beziehung haben wir doch genossen, nicht wahr? Mit dreizehn warst du ein saftiger Leckerbissen, meine Schöne, aber was für ein Genuß, als du achtzehn warst!» Er schloß die Augen und seufzte. «Was tun wir hier, du und ich, in dieser kahlen, leeren Zelle, wenn wir oben sein könnten, auf deinem Bett, Mund an Mund, mein Geschlecht an deinem – wenn wir die Zeit stillstehen lassen könnten?»

Absichtlich atmete Caroline seinen scharfen Geruch ein. Nächte der Leidenschaft kamen ihr durch diesen Geruch wieder in den Sinn, sie und Sir Julian, sie und Jessicas Michael, sie und Jessica selbst – ach, was für eine unübertreffliche Erscheinung! – Leib an Leib aneinandergeschweißt, in den Stunden, die lang waren wie Tage, berauscht von Lust. «Du warst besser als alles andere», flüsterte sie. Er ließ seinen langen Fingernagel an ihrer Wange hinabgleiten.

«Und du, mein rabenhaariges kleines Tier, ich glaube, du warst die beste aus der ganzen Sippe. Alle Rensby-Frauen waren leidenschaftliche Geschöpfe, schwer zu bändigen. Große, kleine, üppige, gertenschlanke, Hunderte im Lauf der Jahrhunderte, ich habe euch alle gehabt. Und manchmal...» Sein Finger zog eine Kratzspur unter ihrem Kinn, hielt still und legte sich hart und kalt an Carolines Kehle. «Manchmal habe ich euer Blut genippt, ein Bouquet mit einem Dutzend verschiedener Düfte. Ihr seid eine Herausforderung, ihr Rensby-Frauen. Ihr seid einen hohen Preis wert. Ich freue mich besonders darauf, heute abend den Strom aus deinen Adern zu kosten, liebste Caroline. Es sei denn...» Seine Hand kreiste plötzlich um ihren Hals, und er stieß seinen Mund gegen ihr Ohr. Es war nichts Erotisches an dieser ungestümen Bewegung, nichts Intimes, nur eine kalte, unpersönliche Kraft, die sie erschreckte durch ihre Heftigkeit. «Es sei denn, du willst den Becher mit dem Blut eines anderen füllen», flüsterte er. «Dem deiner Mutter, zum Beispiel. Sieh sie dir an, Caroline, das eitle, dumme alte Weib. Was hat sie je für dich getan, als zu nörgeln und dich zu belästigen? Weißt du, woran sie jetzt gerade denkt, mit zurückgeworfenem Kopf und zitterndem Körper? Sie denkt an Peter, Peter, ihren Liebling. Peter, ihren Engel, Peter, der diesen dumpfen Steinhaufen erben wird! Sie liebt dich nicht. Sie hat dich nie geliebt. Was schuldest du ihr schon, meine appetitliche kleine Komplizin? Was bist du auch nur einem von ihnen schuldig?» Er nahm ihr Ohrläppchen zwischen seine Zähne, was sowohl eine Bedrohung als auch ein Versprechen war. «Peter kann ihr statt deiner die Kehle aufschlitzen», murmelte er. «Das würde dir doch gefallen, oder? Rache, liebe Caroline. Ein Beweis der moralischen Feigheit deines Bruders, o ich weiß, wie sehr du ihn verachtest. Und Eleanor hätte die Gelegenheit, ein wirkliches Opfer für ihn zu bringen. Andernfalls...» Er ließ sie los, trat zurück und zuckte die samtbegleiteten Achseln. «Andernfalls werde ich dein großes Bett vermissen, deine aufreizenden Spiegel und den Hunger in diesem unersättlichen Körper.»

O Gott, dachte Caroline, bitte nicht das. Nicht das! Einen Aufschub, eine Chance zu leben! Das Leben meiner Mutter für meines. Er hat recht, ihr liegt überhaupt nichts an mir. Aber was gewinnt er durch ein solches Angebot? Ich mache mir nichts vor, es hat nichts damit zu tun, nichts mit zukünftigen Genüssen. Auch kann es kein perverser Anflug von Gnade sein. Die Hölle kennt keine Gnade. Der Dämon betrachtete sie durch die vollkommen gestaltete Maske, das Gesicht ihres Vorfahren, und Caroline hatte eindeutig den Eindruck, daß er die Qual ihres Dilemmas genoß. Aus dem Augenwinkel sah sie die anderen, ihre Mutter, genau so, wie er sie beschrieben hatte, hingegeben an eine bewegungslose Ekstase, ihr Vater lehnte immer noch an der Wand, Peter neben ihm, beide betrachteten sie ausdruckslos. Sie hatten nicht gehört, was sie gesprochen hatten. Gib auf, gib nach, forderten Carolines Gedanken fieberhaft. Laß sie sterben. Sie hat länger gelebt als du, und überhaupt, sie hat ihr Leben verschwendet – oder etwa nicht? Du verdienst eine Chance, um deine Begabung zu entwickeln, den dir zustehenden Platz in der Welt der Kunst einzunehmen, erwachsen zu werden, alt zu werden, weiterzuatmen...

Aber die Hölle kennt keine Gnade. Nicht für Mutter. Nicht für mich.

Was will er?

Und dann wußte sie es.

«Beeil dich, entscheide», sagte er und verschränkte die Arme. «Ich werde allmählich recht durstig. Ich hatte nichts Rechtes mehr zu trinken seit der kleinen Jane. Was für ein unterhaltsames Spiel das war. Verführerisch, bis zu dem unvermeidlichen Augenblick! Ich war ihr Freund, weißt du. Im Obstgarten, oder wenn sie in der Laube las, war ich neben ihr. Sie dachte, ich sei ein freundlicher Geist aus der Vergangenheit, einer von denen, von denen sie in ihren Büchern träumte. ‹Julian›, sagte sie. ‹Erzähl mir eine Geschichte aus den alten Zeiten.› Und ich wurde heißhungrig, als ich ihr unschuldiges junges Gesicht sah. Dein Blut wird ebenso unwiderstehlich sein wie ihres war – natürlich nur, wenn du die falsche Entscheidung triffst.» Er kam wieder näher, sein schönes Gesicht war jetzt ernst und drängend. «Aber das wirst du nicht tun, nicht wahr, Caroline?» Er winkte mit dem Kopf zu ihrer Familie. «Wirf nicht alles für sie weg. Verglichen mit dir taugen sie gar nichts. Sorg dafür, daß wir auf immer vereint sind.»

Caroline zwang sich, still zu bleiben. Er ist so real, dachte sie betäubt, realer als irgendeiner von uns. Wir sind Spielzeuge, die er in einem kosmischen Spiel hin- und herschiebt, und wir in unserer Überheblichkeit meinen, es kontrollieren zu können. Wenn das Pentagramm nicht wäre, würde seine Macht in etwas explodieren, das wir nicht einmal fassen könnten. Sie wollte sich fallen lassen, in eine Ecke kriechen und sich hinkauern, aber sie richtete sich auf und begegnete seinem zwingenden Blick.

«Nein», sagte sie so gleichmütig, wie ihr möglich war, obwohl ihre Stimme zitterte. «Mein Entschluß steht fest. Jetzt ist es an Peter, seinen Part zu spielen. Aber ich wäre nicht zu optimistisch, daß er es durchhält, wenn ich du wäre. Glaubst du, daß er fähig ist, das Messer zu führen, wenn die Zeit gekommen ist? Ich bezweifle es. Er ist zu schwach.»

Mit einem raschen Schritt war er wieder bei ihr, packte ihr Haar und zwang ihren Kopf zurück, stieß sein Gesicht so dicht an ihres, daß seine rotgeränderten Augen ihren Gesichtskreis ausfüllten. Jede Spur von Einvernehmen war verschwunden, an seine Stelle war eine kaum verhohlene Grausamkeit getreten, bei der Caroline vor Entsetzen die Sinne schwanden. «Oh, er wird es schon richtig führen», sagte er heiser. «Er wird es tun, weil er erstickt wird von Gier und Ehrgeiz und Angst vor meiner Vergeltung, aber vor allem», fuhr er mit bedrohlichem Nachdruck fort, «vor allem wird er es tun, weil du seinen Stolz verletzt hast. Peter wird zum Mörder, weil du ihn im Stich gelassen hast.» Sein Griff wurde fester, bis Caroline aufschrie. «Welch ein köstlicher Grund», keuchte er gegen ihren zitternden Mund. «Ach, Caroline, was für eine jämmerliche, unbedeutende Geste das doch war! Ist das Leben dieser farblosen kleinen Jessica das Opfer deiner eigenen Zukunft wert?»

Caroline blickte in die fremdartigen Augen, die so furchteinflößend waren. Sie konnte kein Mitleid darin erkennen, kein menschliches Verständnis. Ich war blind all diese Jahre, dachte sie. Blind und irregeführt. «Ich habe hier keine Zukunft», erwiderte sie mit Mühe. «Keiner von uns hat eine Zukunft. Das ist dein Haus, nicht unseres, und das war es schon immer. Dies ist der Vorraum der Hölle, und du weißt nichts über das Leben, nur etwas über den Tod. Meine jämmerliche, unbedeutende Geste hat meine Seele gerettet, nicht wahr? Wenn Peter mich umbringt, verlierst du deinen Preis. Deshalb hast du mir die Wahl gelassen.»

Er fuhr zurück, als hätte sie ihn geschlagen. Die schmalen, rotgeränderten Augen flackerten auf vor plötzlicher Wut, und für einen Augenblick war Julians Ebenbild verschwunden, löste sich auf in eine Gestalt, die Caroline das Herz hätte stehen lassen, wenn sie sich verfestigt hätte. Aber dann bildete sich wieder ein menschliches Gesicht. «Wie kannst du es wagen, über mich zu urteilen, du Wurm?» Er wirbelte herum und ging auf Peter zu, sein resoluter Schritt verriet eine unheilvolle Absicht, so daß der junge Mann in sich zusammenschrumpfte und gegen die Wand zurückwich. «Sie hat ein ziemlich widerliches Durcheinander angestellt, nicht wahr, die dumme kleine Kröte?» sagte er giftig. «Bist du bereit, die Bedingungen des Paktes zu erfüllen, Peter Rensby, und deine Stellung als Herr dieses Hauses einzunehmen? Oder soll ich gehen und euch alle in eurem eigenen Saft schmoren lassen?»

Caroline wurde mit einem Schlag lebendig. «Tu es nicht, Petey!» rief sie. «Es ist deine letzte Chance! Steig aus! Nimm die Konsequenzen auf dich!»

Er schluckte. Sein Blick flackerte von ihr zu dem unerbittlichen Gesicht vor ihm und wieder zu ihr. Dann ballte er die Fäuste und wandte sich ab. «Tut mir leid, Caro», sagte er mit erstickter Stimme. «Ich werde nicht zusehen, wie meine Zukunft ruiniert wird, nur weil du einen Anfall von Gewissensbissen hattest. Für mich steht hier weit mehr auf dem Spiel als für dich, und ich bin nicht bereit, es aufzugeben. Schließlich bist du eine Verräterin. Du hast mich verraten.» Er nickte seinem Vater zu, und Sir Matthew regte sich. Mit unbewegtem Gesicht kam er auf sie zu.

Caroline schrie auf und floh zu Eleanor. «Mutter!» flehte sie, aber Eleanor ließ nicht erkennen, ob sie überhaupt etwas gehört hatte. Caroline wurde unbarmherzig von Matthews Armen umfangen, um sich schlagend und schreiend wurde sie zu dem Tisch geschleppt. Roh drückte er sie darauf nieder. An den Enden des Tisches waren Fesseln. Caroline hatte sie vorher nicht bemerkt. Peter spreizte ihre Beine und band sie fest, so daß sie sich nicht rühren konnte. Der Stein fühlte sich eiskalt an in ihrem Rücken. Das ist doch verrückt! dachte sie hysterisch, immer noch kämpfend. Das ist nicht wahr! Die Gestalt ihres Vaters ragte über ihr auf. Schweiß tropfte von Peters Stirn auf ihren Hals. Dann lag ein Mund an ihrem Ohr, und der Geruch ihres Liebhabers umgab sie ein letztes Mal.

«Peter weiß es noch nicht», flüsterte er, so leise, daß nur sie es hören konnte. «Aber deine Eltern wissen Bescheid. Jessica ist auf dem Weg hierher. Sie hat die liebe Alix vom Flugplatz aus angerufen, wo du sie so freundlich abgesetzt hast, und eilt an die Seite ihres Liebsten. Hast du wirklich gedacht, du könntest mich um meine rechtmäßige Beute bringen? Matthews Hände waren nicht die einzigen, die ihr die Unschuld nahmen, obwohl sie das noch nicht weiß. Sie ist mein, schon seit langer, langer Zeit. Auf Wiedersehen, meine Caroline. In ein paar kurzen Augenblicken werde ich auf deine Gesundheit trinken.»

Caroline öffnete den Mund, um wieder zu schreien, aber kein Laut war zu hören. Das letzte, was sie sah, war die Entschlossenheit, die sich rasch auf dem Gesicht ihres Bruders sammelte, bevor er zuschlug.

Carolines Körper lag hingestreckt auf dem Steintisch. Die oberen beiden Knöpfe ihres roten Seidenhemdes waren offen, unter dem

Ohr klaffte eine grausam plumpe, unregelmäßige Wunde. Ihr schwarzes Haar klebte naß und verfilzt an ihrem fahlen Gesicht, und eine Strähne kräuselte sich über ihren starren Augen.

Peter nahm den altertümlichen Pokal von der Kreatur, die am Fuß des Altars stand. Die Hand, mit der er ihn hielt, zitterte, er sah nicht auf den Inhalt. Das Messer hielt er in der anderen. Kreidebleich und leicht schwankend hob er ihn an den Mund und nahm einen Schluck. Seine Kehle arbeitete krampfhaft, als er sich überwand, ihn hinunterzuwürgen. Hastig reichte er den Kelch seinem Vater. Sir Matthew trank ruhig. Dann war die Reihe an Lady Eleanor. Sie nippte sorgsam, reichte den Kelch wieder ihrem Mann und wischte zierlich mit dem Finger einen Tropfen Blut aus dem Mundwinkel. Gemeinsam wandten sich die Rensbys ihrem Wohltäter zu und verbeugten sich tief. Die Zeremonie war vorüber.

Eleanor streckte eine Hand zu dem leblosen Körper aus. Es war eine Geste der Resignation und Ablehnung. «Das dumme Mädchen», sagte sie. «Ihre Bestrafung war unvermeidlich, aber ich werde sie sehr vermissen. Wirklich sehr vermissen. Wie sollen wir Scott ihr Verschwinden erklären? Und den anderen in London, all unseren Freunden?» Sie sah hilfesuchend zu ihrem Mann. Sir Matthew zuckte die Schultern.

«Sie bekam das Angebot, einen Malkurs in Italien zu machen», schlug er gleichgültig vor. «Sie ist mit irgendeinem Mann nach London durchgebrannt, und wir wissen nicht, wo sie ist. Sie trampt durch Europa. Was macht das schon? Peter hat für unsere Sicherheit gesorgt. Wenn irgendwelche übereifrigen Leute Nachforschungen anstellen wollen, werden sie im Sande verlaufen. Wir können uns jetzt auf ein höllisches Fest freuen.» Er schlug Peter auf den Rücken. «Gut gemacht!» dröhnte er. «Und mach dir keine Sorgen. Bis morgen hat der Schock nachgelassen, und bald wird das, was du zu tun hattest, nicht mehr sein als eine unangenehme Erinnerung. Konzentriere dich auf Pamela und eure Verlobung.»

Peter versuchte zu lächeln, sah ihn aber nicht an. Sie blieben alle schweigend einen Augenblick stehen, bis Peter von dem Tisch zurücktrat.

«Was sollen wir mit... mit ihr machen?» fragte er mit einer hohen, gehetzten Stimme und ruckte mit dem Kopf zum Tisch. «Sie ist... da ist... überall ist Blut.»

Sir Matthew wechselte einen Blick mit seiner Frau. «Also, ich glaube, für den Augenblick lassen wir sie einfach liegen», sagte er. «Es hat keinen Sinn, uns zusätzliche Arbeit zu machen.»

Peter blickte ihn scharf an, ein wenig Farbe kehrte in sein Gesicht zurück. «Was willst du damit sagen?» fragte er. Sein Vater spitzte die Lippen.

«Du hast noch ein anderes kleines Problem, Peter», antwortete er. «Aber ich bin sicher, du wirst damit angemessen umgehen können, und wenn du damit fertig bist, können wir zur Laube hinausgehen und die Platten gemeinsam hochheben.» Peter betrachtete ihn argwöhnisch.

«Ich verstehe nicht.»

Sir Matthew gluckste. «Du wirst mich schon noch verstehen, mein Junge», sagte er. «Das wirst du. Jeden Augenblick. Weißt du...»

Das Klopfen am Vordereingang war schwach und gedämpft, aber unmißverständlich. Peter stieß einen entsetzten Schrei aus, die beiden anderen schienen jedoch seltsam gelassen zu sein.

Plötzlich trat der Dämon, der diese Unterhaltung beobachtet hatte, nach vorn und riß Matthew den Kelch aus der Hand. Er trank mit tiefen Schlucken. Blut kleckerte auf die gestärkte weiße Spitzenkrause um seinen Hals und tropfte ihm vom Kinn.

«Jessica ist wieder da!» schrie er gellend. «Jetzt wollen wir uns amüsieren!» Peter starrte ihn an, steif vor Entsetzen, denn unter seinem Blick zitterte die Gestalt, löste sich auf und materialisierte sich wieder, in einer Erscheinung, die er fast sein ganzes Leben gekannt hatte. Er drehte sich zu dem Tisch um. Carolines Körper lag immer noch da, leblos und ausgeblutet. Er zwang sich, wieder zu dem Dämon hinzusehen.

Caroline grinste ihn boshaft an, ihre roten Lippen öffneten sich. Das Seidenhemd schimmerte. Die Stiefel mit den spitzen Absätzen glänzten. Caroline streckte die Hand aus.

«Du hast den Schlüssel, liebster Petey», sagte sie. «Schließ die Tür auf.»

Rabenschwarz

Roald Dahl
Roald Dahl's Buch der Schauergeschichten
(rororo 12629)
Die Zimmertemperatur sinkt? Nach Meinung des Experten Harry Price («Spukhäuser in England») ist das ein sicheres Anzeichen dafür, daß ein Gespenst im Raum ist. - Wer aber könnte ein besserer Führer durch die schaurige Welt der Geister sein als Roald Dahl, dessen literarische «Wechselbäder zwischen Gruseln und Schmunzeln» (Hessischer Rundfunk) bereits Millionen Lesern wohlige Schauer über den Rücken laufen ließen?

John Collier
Mitternachtsblaue Geschichten
(rororo 1559)
Diese fünfzehn merkwürdigen Geschichten sind Glanzstücke durchtriebenen Einfallsreichtums, funkelnden Witzes und teuflischer Pointen.
«Mit den mitternachtsblauen Geschichten versüßt Collier die Lesestunden im fahlen Schein der Nachttischlampe... Zwischen Henry Slezar und Roald Dahl hat auch John Collier mit seinen doppelbödigen Geschichten einen festen Platz im Bücherregal.»
Berliner Morgenpost

Denk nichts Böses *Dreizehn neue mitternachtsblaue Geschichten*
(rororo 5751)
«Es gehört zu Colliers Talent, den Leser am Schluß seiner unterhaltsamen Kurzgeschichten jedesmal zu verblüffen.»
Hessische Allgemeine

rororo Unterhaltung

Harry Kressing
Der Koch *Roman*
(rororo 12300)
Wer Kochrezepte sucht, der wird sie in diesem Buch nicht finden. Was jene Gestalt, die sich in dem Städtchen Cobb als Koch verdingt, unter den Mitgliedern zweier Familien mit ihren Künsten anrichtet, das darf mit Fug als Satanswerk bezeichnet werden. Dabei beginnt alles ganz harmlos...
«Ein Musterstück schwarzer Unterhaltung!»
Die Zeit

3307/2

Abenteuer

Mario Puzo
Der Pate *Roman*
(rororo 1442)
Ein atemberaubender Gangsterroman aus der New Yorker Unterwelt, der zum aufsehenerregenden Bestseller wurde. Ein Presseurteil: «Ein Roman wie ein Vulkan. Ein einziger Ausbruch von Vitalität, Intelligenz und Gewalttätigkeit, von Freundschaft, Treue und Verrat, von grausamen Morden, großen Geschäften, Sex und Liebe.»

Mamma Lucia *Roman*
(rororo 1528)
Animalisch in ihrer Sanftmut, aufopfernd in ihrer Fürsorge, streng und wachsam in ihrer Liebe – das ist Lucia Santa Angeluzzi-Corbo, Mamma Lucia, die im italienischen Viertel von New York um das tägliche Brot ihrer sechs Kinder kämpft.

Rudolf Braunburg
Hongkong International *Roman*
(rororo12820)
Ein aufregender Roman aus der Welt der Flieger und Passagiere vom Bestseller-autor und früheren Flugkapitän Rudolf Braunburg.

Rückenflug *Roman*
rororo 12333)
Während der Trainingstage beim internationalen Kunstfliegertreffen stimmt sich der bekannte Journalist Achim Reimers auf die spannungsgeladene Atmosphäre ein und macht auf seinen Streifzügen merkwürdige Beobachungen. Bald muß er erkennen, daß er sich ahnungslos in einem gefährlichen Spionagenetz verfangen hat.

rororo Unterhaltung

Josef Martin Bauer
So weit die Füße tragen
(rororo 1667)
Ein Kriegsgefangener auf der Flucht von Sibirien durch den Ural und Kaukasas bis nach Persien. «Diese Odyssee durch Steppe und Eis, durch die Maschen der Wächter und Häscher dauerte volle drei Jahre – wohl einer der aufregendsten und zugleich einsamsten Alleingänge, die die Geschichte des individuellen Abenteuers kennt.»
Saarländischer Rundfunk

James Dickey
Flußfahrt *Roman*
(rororo 12722)
Harmols wie ein Pfadfinderunternehmen beginnt der Wochenendausflug von vier gutsituierten Duchschnittsbürgern - schon am nächsten Tag jedoch verwandelt sich die Kanufahrt in einen Alptraum...
Unter dem Titel «Beim Sterben ist jeder der erste» verfilmt mit Burt Reynolds.